谨以此书

献给长江水利委员会七十华诞！

作者简介

董宏量

湖北咸宁人，1953年10月生于武汉。研究馆员，中国作家协会会员，曾任中国作协全委会委员、中国冶金作协常务副主席。著有多部诗集、散文集、长篇小说，作品被收入多种文选和教材，荣获全国冶金文学奖、湖北文学奖、湖北文艺明星奖等奖项。

画梦长江

波澜起伏的中国治水故事

董宏量——著

长江出版社
CHANGJIANG PRESS

致全委干部职工的一封信

同志们：

岁月不居，天道酬勤。七十年前的今天，1950 年 2 月 24 日，中央人民政府批准成立水利部长江水利委员会。七十年来，一代代长江委人坚守为党和人民守护好长江的初心，推动治江事业取得了举世瞩目的成就。在建委七十周年之际，我谨代表长江委党组，向全委广大干部职工和离退休老同志致以亲切问候和良好祝愿！

最近，新冠肺炎疫情防控牵动着每一个人的心，全委上下正齐心协力投入到这场没有硝烟的战役中。此时此刻，仍有不少同志正奋战在抗疫第一线，或者坚守在生产第一线，或者志愿下沉到社区前线，请允许我代表全委广大干部职工向你们致以最崇高的敬意！

长江是中华民族的母亲河，也是中华民族发展的重要支撑。但是新中国成立前，长江洪涝灾害频繁，平均每 10 年发生一次较大洪水。治国先治水，新中国成立仅 4 个月就组建了长江委。七十年来，在党中央、国务院的亲切关怀下，我们肩负起为党和人民守护长江的重任，开启了长江治理与保护的新纪元，推动长江流域发生了翻天覆地的变化：以防洪为重点的治江三阶段计划提出实施，开展了大规模水利建设；流域综合规划 3 次修编，描绘了治江事业发展的美好蓝图；治江基础资料日益积累，摸清了母亲河的家底；科技平台和综合站网建设持续加强，夯实了治江管水的基础；大国重器三峡工程建成运行，实现了中华民族百年梦想；“人间天河”南水北调工程顺利通水，创造了人工调水世界奇迹；3900公里中下游干流堤防全面加固，筑牢了防洪保安的“水上长城”；100座水工程实施联合统一调度，减轻了水旱灾害损失；长江大保护战略深入实施和河湖长制全面推行，改善了流域万水千山面貌；水利改革发展总基调贯彻落实，提升了流域治理水平和能力；西南诸河（澜沧江及以西）纳入统一管理，扩大了流域管理的职责和范围；60多个国家、地区和国际组织纳入“朋友圈”，助力“一带一路”走深走实……七十载励精图治、团结拼搏，令昔日桀骜不驯、灾害频发的长江，已经成为一条洪行其道、惠泽人民的安澜巨川，更是成为实现中国梦的重要战略支点。

回首波澜壮阔的七十年，这是一部兴利除害、造福人民的治理史，是一部依法管江、绿色发展的保护史，是一部人才辈出、成果丰硕的创新史，更是一部坚守初心、勇担使命的奋斗史。我们为七十年来取得的辉煌成就感到无比骄傲与自豪！

这些骄人成绩的取得，根本在于党中央、国务院对治江工作的高度重视和科学指引，得益于水利部的坚强领导，离不开相关部门、流域各地和社会各界的大力支持。我代表长江委全体干部职工，向长期关心支持长江治理与保护事业的各级党委政府、各有关部门和社会各界表示衷心感谢！

七十载栉风沐雨，七十载薪火相传。在林一山等老一辈委领导的带领下，一代代长江委人满怀对党、对祖国、对人民、对水利事业的赤诚和热爱，传承“团结、奉献、科学、创新”的精神，无私奉献、无怨无悔，把心血和汗水洒在流域江河大地上，用智慧和忠诚浇筑起一座座水利丰碑，书写了长江治理与保护的壮丽诗篇。我们崇尚科学，勇于创新。从成立初期2000多人的队伍，发展为如今累计拥有3位院士、11位勘察设计大师，总计2.5万人的大家庭，涌现出新中国“最美奋斗者”郑守仁、“全国离退休干部先进个人”杨光煦、“全国技术能手”罗兴等先进典型代表和一大批优秀共产党员、先进基层党组织，攻克了大江截流、穿黄工程等一系列世界级技术难题，荣获了国家级、省部级奖励700余项，我委主持设计的葛洲坝、三峡工程先后荣获国家科学技术进步奖特等奖，申请获批各类专利1000余项，建立了18个国家级、省部级科研平台。我们恪尽职守，敢于担当。先后战胜1954年、1998年流域性大洪水和2006年川渝大旱等洪旱灾害，圆满完成汶川地震、玉树地震、舟曲泥石流和白格堰塞湖等水利应急救灾任务，扎实做好援藏援疆和扶贫工作，多次受到各级党委、政府和有关部门表彰，用实际行动诠释了长江委人的责任与担当。我们精诚团结，和衷共济。无论是应对历次大洪水、参加重大水利应急救灾、组织编制各类规划、申报重大科研项目，还是开展长江流域规模以上入河排污口现场核查、长江干流岸线保护和利用专项检查等重要专项行动，我们都是举全委之力，依靠各部门各单位团结协作、各专业密切配合、全委干部职工共同努力,夺取了一次又一次的胜利,彰显了“全委一盘棋,共谋新发展”治江兴委理念在集中力量办大事、促进全委协同发展方面的优势。

七十年在历史长河中如沧海一粟，昨天的辉煌已经载入史册，明天的奋斗更加恢弘壮阔。进入新时代，习近平总书记高度重视长江保护与治理，两次视察长江并亲自擘画了长江大保护的宏伟蓝图，人民群众对防洪保安全、优质水资源、健康水生态、宜居水环境、先进水文化有了新期待，水利部提出了水利改革发展总基调，治江形势发生了深刻变化。“为长江经济带高质量发展提供全面的水利支撑和保障，使长江永远润泽华夏、造福人民”成为我们新的历史使命，我们已经站在一个新的历史起点上，开启了历史性跨越的新航程。

我们要坚持以习近平新时代中国特色社会主义思想为指引，认真贯彻习近平总书记关于生态文明建设、治水兴水、防灾减灾救灾、长江经济带发展、黄河流域生态保护和高质量发展等系列重要论述精神，围绕建设造福人民的幸福河的目标，坚持在保护中发展的总体思路，深入践行水利改革发展总基调，把握“抓保护促发展，补短板强监管”的治江工作定位，统筹推进安澜长江、绿色长江、和谐长江、美丽长江建设，健全防洪减灾体系、水资源综合利用体系、水资源与水生态环境保护体系、流域综合管理体系，全力推进长江治理体系和治理能力现代化。

我们要坚持“政治建委、经济兴委、科技立委、人才强委、文化塑委”发展战略，继续深化委内改革，强化内部管理体系建设，加快提升自身实力。要持续推动全面从严治党向纵深发展，不断强化政治保障；

要全面推进委内协同发展，不断提升经济实力；要着力提升科技创新能力，不断夯实科技支撑；要大力培养优秀人才，不断强化智力支持；要传承弘扬新时代水利精神和长江委精神，不断激发内生动力。以更高的自身管理能力水平，为治江事业发展提供更有力支撑保障。

我们要坚持立足“共”字做文章，持续深化实化长江大保护跨部门跨地区合作，加快建立长江涉水管理联席会议制度和长江涉水信息共享机制，充分发挥长江技术经济学会和长江治理与保护科技创新联盟的作用，充分利用河湖长制平台，强化涉水管理部门协同联动，逐步实现共商共建、共管共享，推进形成社会共治良好局面。

当前，新冠肺炎疫情防控战役已进入关键阶段。疫情就是命令，防控就是责任，长江委党组坚决贯彻落实习近平总书记重要指示精神，特别是习近平总书记在统筹推进新冠肺炎疫情防控和经济社会发展工作部署会议上的重要讲话精神，按照水利部和属地管理有关要求，坚持把疫情防控作为当前最重要的工作抓紧抓好。目前，疫情防控形势依然严峻，我们要进一步坚定信心，再接再厉，强化担当，科学防治。坚持把职工的生命安全和身体健康放在首位，从严从快从细落实各项措施，完善公共场所、办公场所、委管小区防控机制；坚持一手抓防疫、一手抓生产，确保各部门、各单位重要事务的有序运转，做好疫情防控期间水利保障工作。同心战“疫”，共克时艰，奋力夺取疫情防控的全面胜利。

七十载大江东去，九万里风鹏正举。忆往昔，人水和谐蓝图绘；看今朝，治理保护正扬帆。让我们高举习近平新时代中国特色社会主义思想伟大旗帜，积极响应建设“幸福河”的伟大号召，在水利部的坚强领导下，不忘初心，牢记使命，奋楫激浪，砥砺前行，当好新时代长江的守护者和长江大保护的先行者，为流域经济社会高质量发展提供更加坚实有力的水利支撑与保障，以永不懈怠的奋斗精神开启时代新征程，以一往无前的奋斗姿态再创历史新荣光！

祝福祖国！祝福长江！祝福长江委！

长江委党组书记、主任

2020 年 2 月 24 日

目录

CONTENTS

目录

CONTENTS

目录
CONTENTS

水调歌头·大江寻源

长江，中国第一大河，从世界屋脊奔腾而下，
汇聚千溪百川，挥洒出连绵的山岭、坦荡的沃野，
波涌着一幕幕历史活剧，也催生出无数诗词歌赋。

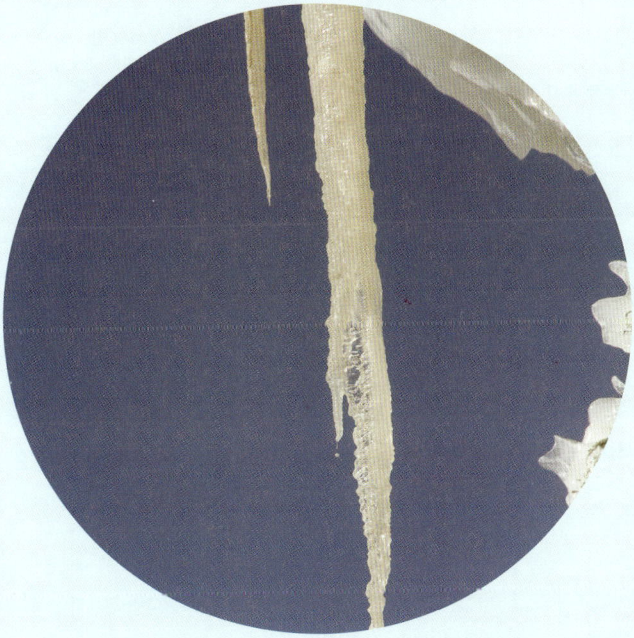

长江，中国第一大河，从世界屋脊奔腾而下，汇聚千溪百川，挥洒出连绵的山岭、坦荡的沃野，波涌着一幕幕历史活剧，也催生出无数诗词歌赋。

这是神奇的天水，“孤帆远影碧空尽，唯见长江天际流。”

这是狂舞的巨龙，“云间朱鸟峰何处？水上苍龙瑟未终。”

这是奔腾的时光，“大江东去，浪淘尽，千古风流人物。”

这是悠长的情思，“问君能有几多愁？恰似一江春水向东流。”

这也是难以喻说的梦境，云飞浪卷，“长江不见鱼书至，为遣相思梦入秦。”

……

哦，山苍苍，水茫茫，谁能画梦，画千古长江之梦？

也许，诗就是醒着的梦，是对梦的探问，对梦的诠释。

早在2000多年前隆隆涛声中，出生于长江三峡的屈原，就已仰首发出“天问”：“遂古之初，谁传道之？上下未形，何由考之？……隅隈多有，谁知其数？”

是的，面对浩荡大江，怎能不问苍茫天地，谁主沉浮？这神奇的江河是何时形成、怎么造就，又有谁能知道和破解它们的奥秘？

长江如梦，梦绕长江。尽管“长江”二字已包罗万象，穷尽时空，展示着无数诗境画图，但作为长江之子、龙的传人，我们怎能不上下求索，探梦寻源！

地球的脐带

当世界浓缩为地球仪，在现代人的指尖上轻巧地转动，我们就看到了一条神秘而奇特的纬线——北纬 30°。长江就像一条蓝色的锦带，在北纬 30° 线上飘舞，一端系着青藏高原，一端连着东海浩波。

看啊，这条纬线竟然奇妙地贯穿四大文明古国，即古巴比伦（美索不达米亚）、古埃及、古印度、中国这四个大型人类文明最早诞生的地区，并以世界之巅珠穆朗玛峰作为银光闪闪的皇冠。

它也串联着世界上许多著名的自然及文明之谜：古埃及金字塔群、古巴比伦“空中花园”、玛雅文明遗址，以及令人惊恐的“百慕大三角区”……

它还被称为“地球的脐带”：世界几大河流——埃及的尼罗河、伊拉克的幼发拉底河、中国的长江、美国的密西西比河，均是在这一纬度线浩荡入海。

这难道是上帝画下的妊娠线，是地球的生命线？

或许，长江的许多难解之谜，都不过是系在这条神秘纬线上的小小花环。如历史上记录了长江两次突然枯竭的史实，便令人费解。

公元 1342 年，江苏省泰兴县内，千万年从未断流的长江水一夜之间忽然枯竭见底，次日沿岸居民纷纷下江拾取遗物。江潮骤然而至，淹死了很多人。1954 年 1 月 13 日下午 4 时许，这一奇怪现象在泰兴县再度出现。当时天色苍黄，江水突然出现枯竭断流，江上轮船搁浅，历经两个多小时，江水汹涌而下……

好在科学技术不断发展，人类对世界和生命的追问，有了渐渐清晰的解答。地球物理学家如此解释北纬 30° 的奇异现象：地球在 46 亿年的历史变迁过程中，形成了今天独特的地质和地貌特征。北纬 30° 现象有一定的必然性，其微量元素矿、磁场、电场、重力场对人与环境都有影响。另外地球自转，导致内部不同的纬度有不同的力作用，如百慕大现象是磁场或海底水藻腐化后引起的，青藏高原隆起是板块碰撞造成的。显然，长江的断流与板块运动有关，断流的地方可能就是“暂时隆起”的地方，当板块之间的力“放松”时，地面又恢复了原样，江水复流。

长江就这样奔腾在云谲波诡的纬线上，不断地给人们带来惊奇，带来追问。今天我们已经知道，长江形成于远古时代，在 2 亿年前的三叠纪，长江流域是茫茫大海，海湾一直延伸到三峡中部，与今天的流向相反，从东向西流入浩渺的古地中海。

强烈的印支造山运动，使昆仑耸立、秦岭突起，古地中海一步步向西退缩。距今 300 万年前，神州大陆形成了西高东低的地形，河流切割出许多深邃险峻的峡谷，又渐渐切穿巫山，使东西古长江贯通汇合，按照水往低处流的自然法则而浩荡东去。

日月经天，江河行地。虽然东方古国以“诗国”著称，产生了补天填海的创世史诗、追日奔月的瑰丽神话，但在浪漫“画梦”之中，中华民族从未停止过寻找梦源的脚步。

江源冰川

索　源

古人把河流统称为水，分为了四大径流，分别取名江水、河水、淮水和济水，河水专指黄河，江水则专指长江。发展到后来，江河二字才有了更多的含义和区别。

一是按地理区域，北方的河流大多称为河，南方则称为江。

二是流入内海或湖泊的河流称为河，流入海洋的则称为江。

从造字角度讲，“河”字从水从可，本义是指人工治理而形成的径流；而“江”字从水从工，表示这条水系是天地造化之工。还有人按河流盈枯来区分，常年流水充沛的是江，而有盈有枯的是河。另外，从音韵上释义，“江”同“疆”，即疆域地区所有的水道。

长江古称大江，六朝以后才通称“长江”。据说，东晋大书法家王羲之是较早用“长江”之名的，他写信说：“保淮之志非复所及，莫过还保长江！”

大江东去，每条河段都有美丽的名称，如从南京以下至入海口的下游河段，便因古有扬子津渡口而得名为扬子江。近代以来，由于来华的西方传教士最先接触的是这段长江，西方把中国长江通称为“扬子江”，“Yangtze River”也成为英语中对长江的称呼。

江河之称，体现了华夏文明的博大精深，也展示着长江的鲜明特色，我们智慧超拔的祖先，自然不会放弃对这条大江源头的探寻。

“路漫漫其修远兮，吾将上下而求索。”

早在战国时期，《尚书·禹贡》中就有关于长江源头的记载：“岷山导江，东别为沱。”但此岷山不是今四川省内的岷山，而是指嘉陵江上游西汉水的源头嶓冢山。所以当时的人们认为长江的正源是嘉陵江。北魏郦道元著《水经注》，也认为岷江或嘉陵江是长江的正源。

元代词人卢挚曾作过一首词《题万里江山图》——

诗成雪岭，画里见岷峨。浮锦水，历滟滪，灭坡陀。汇江沱。唤醒高唐残梦，动奇思，闻巴唱，观楚舞，邀宋玉，访巫娥。拟赋招魂九辩，空目断云树烟萝。渺湘灵不见，木落洞庭波。抚卷长哦。重摩娑。

直到明代，这种认识才被徐霞客纠正。徐霞客的《江源考》，根据中国山脉大势与江河源流的关系，断定长江发源于昆仑之南，金沙江才是长江的上源。徐霞客只到了丽江，险峻的峡谷阻挡了他探寻的脚步，难以溯江上行，寻找源头。但这位旅行探险家所做出的正确判断，令人肃然起敬。到了清代，云南诗人孙髯翁仍在金沙江边为此感叹：

波摇日月苍藤细，沙走雷霆白昼昏。
倒峡翻浪自今古，更从何处觅江源。

为了编纂中国第一本地图集《皇舆全览图》，清朝康熙皇帝曾派人实地探查长江源区。这次探查首次采用近代测量术，绘出通天河上游水系的大体方位图。但面对江源地区密如蛛网的河流体系，考察的人只能长叹：“江源如帚，分散甚阔。”

长江到底从哪里发源？长度多少？这不是浪漫的“天问”，而是一个严肃的科学课题。但囿于历史、交通和技术条件的限制，长江源头云遮雾罩，其确切位置始终没有一个清晰的结论，以至于长江的真正长度也一直没有确定的答案。

清代以后，涉及江源水系的著述虽多，却无新的进展。不知是否受西方学者的影响，到了二十世纪三四十年代，竟然出现了“江河同源于一山”之说，认为长江与黄河发源于巴颜喀拉山南北两麓，长江全长约 5800 千米。此说还写进了地理教科书。

新中国成立后，迅速组建了长江水利委员会★。

> ★ 1950 年 2 月，长江水利委员会成立，简称长委会。
>
> 1956 年 10 月至 1989 年 5 月，长江流域规划办公室，简称长办。
>
> 1989 年 6 月至今，长江水利委员会，简称长委、长江委。
>
> （本书为表述完整，简称统一为长江委。）

本书所画录的长江之梦，也就有了一曲正本清源的“水调歌头”。

长江委领军者名叫林一山，他深刻地认识到，发源于本国国土上的大河的长度及源头地理坐标，是一个国家最基本的地理信息数据。“一个现代国家，如果连自己的重要山川这样最基本的情况都弄不清楚，则不仅不足以言现代，更不足以与之谈开拓创造精神。”

要治长江水，须寻长江源，源头与上游的生态环境状况，对中下游及规划未来发展至关重要。

1956 年 5 月，长江委首次派人溯通天河而上，在岗桑寺、直门达和岗托分别设立了水文站。

1958 年 6 月，长江委和青海省水文总站联合组织“长江河源水文查勘队”，翻越昆仑山，查勘了青藏公路附近的楚玛尔河、沱沱河和当曲，却因冰雪阻隔，未能离开公路去探查源头。

1975 年初冬，长江委拟编撰出版《长江》画册，却苦于缺乏江源地区的照片。林一山痛定思痛，指派宣传干部成绶台多方联系，得到了解放军总后勤部、国家体委、青海省军区等部门的大力支持。经过一年多时间的筹备，组建了江源拍摄考察队。

1976 年 7 月，由长江委组织的首次江源考察队，配枪骑马，突破雪锁冰封，终于找到了长江源头，探明长江发源于唐古拉山主峰西南侧的姜根迪如冰川。

一位队员写道："那里共有 50 多条巨大的冰川，像一片美丽的冰塔林，利剑一样直刺云天；有的像千姿百态的宝塔，矗立在茫茫天地间。那些用之不尽的固体水源，正是孕育长江的伟大源泉。"

一条世界大江的身世，至此水落石出。

这次考察虽然只有两个月，却完成了一件国家大事——找到了长江的发源地与源头，为全面规划和综合开发长江水资源提供了科学依据。新华社为此发布消息："长江流域规划办公室组织查勘的结果表明，长江源头不在巴颜喀拉山南麓，而是在唐古拉山脉主峰各拉丹冬大雪山西南侧的沱沱河，长江全长不是 5800 千米，而是 6300 千米。"

世界著名大河源头地理位置的确定，一直被视为重大的地理发现。当《长江》画册公开出版发行，国外媒体纷纷报道："中国长江取代了密西西比河，成为世界上第三大河流。"

江源地区由此揭开了神秘的面纱，那里地势高耸，山体庞大，终年积雪。巍峨的雪山上，冰川高悬，沼泽遍布。每到冰雪融化的季节，一股股雪水汇成许多水流，看上去就像金鱼的尾巴，又像一把扇子，故称扇状水系。

在众多河流中，较大的有三条：沱沱河、当曲、楚玛尔河。其中沱沱河纵贯江源地区中部，河道比其他两条顺直，被确定为长江正源。

值得一提的是，这是根据雪线而确定的，雪线以上尚不得而知，可见人类对大自然的探索与认识是不断深化的。

青藏高原腹地的三江源区，平均海拔 4000 多米，为长江、黄河、澜沧江这三大河流的发源地，因而被誉为“中华水塔”——长江总水量的 2%、黄河总水量的 30% 和澜沧江总水量的 15%，均来自这一地区。

今天，走过三江源的沱沱河大桥，远远就能看到一座花岗石砌筑的“长江源”纪念碑。碑文曰：

“摩天滴露，润土发祥。姜根迪如冰川，乃六千三百八十公里长江之源，海拔五千四百米，壮乎高哉。自西极而东海，不惮曲折，经十一省市，浩浩汤汤；由亘古至长今，不择溪流，会九派云烟，坦坦荡荡。如此大江精神，民之魂也，国之魂也。”

灵秀母亲河

这是科学的寻源，也是文明的寻源。

长久以来，说起母亲河，人们就会想起黄河，把这条流淌在中国北方的大河誉为中华文明的源头。人们一直认为，当文明曙光照临滔滔黄河时，长江流域还在沉睡，还是一片没有开化的蛮荒之地，以至于古代人把沿长江流域迁徙流布的部族称为“苗蛮”。

长江与黄河从青藏高原携手而下，浩荡东流，一南一北，遥相呼应，互受濡染，可国人对长江的认知比黄河迟滞了不止千年。

进入 20 世纪后，随着大溪、河姆渡、三星堆等遗址的相继发现和考古研究，证实了长江流域存在发达的非中原文明，南方的长江文明绝不比中原黄河流域落后，甚至可以说更为进步。

巫山大溪文化遗址出土的器物有石斧、石镜、石凿、网坠、鱼钩、箭镞、纺轮等生产工具，釜、罐、曲腹杯、碗等生活用具，还有耳坠、玦等装饰品，代表了新石器时期从中期到晚期3个不同的发展阶段。

在长江中游的江西万年仙人洞、吊桶环遗址的新石器早期地层中，发现了距今1万年前的稻植硅石，把世界水稻栽培种植的历史提前了几千年。同时，该地层中还发现了距今1.7万年前的大量原始陶片，可能是目前世界已知的最早原始制陶的痕迹。

浙江余姚的河姆渡文化遗址，出土了大量“骨耜”，证明7000年前的河姆渡人已脱离“火耕”，开始用骨耜翻地，还出土了大片木构建筑，已出现榫卯，是迄今已知最早的“干栏式”木构建筑。他们饲养猪、牛，种植蔬菜，在象牙上雕刻太阳鸟；为躲避洪水和野兽害虫，用木头建起高高的房子，就像树上的鸟巢，与黄河流域半地穴式人居完全不同，可谓神话中的“有巢氏”。

四川三星堆出土的精美文物，是青铜时代的奇品绝作，令人目瞪口呆，浮想联翩。青铜神树分为3层，树枝上共栖息着9只神鸟，显然是“九日居下枝”的写照。众多青铜造像形态各异，有“千里眼、顺风耳”等极尽夸张的造型，还有金杖等器物上的符号，不知是族徽、图画、文字，还是某种宗教符号。

石破天惊的，还有“良渚文化”的发现和重新认定。

早在1936年，中国考古学家就掀开了浙江余杭良渚遗址的一角，此后历经数十年抢救性发掘，出土了大量灰黑陶以及玉琮、玉璧、玉钺等玉器。这些魅力四射的玉器相当坚硬，在还没有金属的时代，不知良渚人是用什么方法刻画雕琢出繁缛而纤细的花纹。

2007年，300万平方米的良渚古城终于重见天日，其规模宏大的城

良渚古城遗址公园

体、外围水利系统、分等级墓地（含祭坛），以及以具有信仰与制度象征的系列玉器为主的出土物，揭示了新石器时代晚期在长江下游环太湖地区，曾经存在过一个以稻作农业为经济支撑的区域性早期文明。

2019 年 7 月，经第 43 届世界遗产委员会大会审议，“良渚古城遗址”获准列入《世界遗产名录》。这意味着中国文明起源和国家形成于距今 5000 年前，终于得到了国际认可。

良渚古城可称为“中华第一城”，不仅证实了 5000 年中华文明史，也彻底改变了“黄河独源”之说，展现出中华文明“多元一体”的起源特征：长江黄河，共生互动，都是我们美丽的母亲河。

因此，有作家形容：长江宛如一架手推童车，将中华民族的历史，从远古轻轻推来。200 万年前，长江流域就有人类活动的足迹，1 万多年前就播下了文明的种子。先民在这里披荆斩棘，狩猎耕作，构室筑屋，熔铸冶炼。那饱满的稻粒、精致的榫卯，还有彩陶、美玉、丝绸、漆器，都让人震撼惊叹。

而最令水利专家惊叹的，是良渚古城功能复杂的外围水利系统。

这显然是古城建设之初统一规划的城市水资源管理工程，由谷口高坝、平原低坝和山前长堤的 11 条人工坝体和天然山体、溢洪道构成，形成面积约 13 平方千米的水库，库容量超过 6000 万立方米，是中国迄今发现最早的大型水利工程遗址，也是目前已发现的世界上最早的堤坝系统之一。

这气势磅礴的水利系统，在坝址选择、地基处理、坝料选材、填筑工艺、结构设计等方面，都表现出较强的科学性，具有防洪蓄水、灌溉运输、调节水系等多种功能，可谓东亚地区人类早期开发、利用湿地的杰出范例。如果大禹治水是一个神奇的传说，那么，这距今

5000 年至 4800 年的水坝遗址就真实地展示着中国"水利社会"的雏形。

马克思曾研究东方亚洲国家的起源问题，就敏锐地指出："那些通过劳动而实际占有的公共条件，如在亚细亚各民族中起过非常重要作用的灌溉渠道，以及交通工具等，就表现为更高的统一体，即高居于各小公社之上的专制政府的事业。"

这就是一种由亚细亚灌溉生产方式决定的"水利社会"，并产生出一整套的"治水政治"和"治水文化"。美国学者卡尔·魏特夫研究认为，中国历史上的中央集权与大河流域生产关系密切相关。水旱无常的地方往往成为人类文明的起源地，比如埃及、美索不达米亚平原、中国北方、印加帝国等。在这些地方，水资源必须加以管理、开发与分配，必须兴建大规模的水利工程。这就需要动员和征召人民，并需要一个强大的公共管理中心来管制足以影响国家安全的水利系统。当淡水成为稀缺资源，更要仰赖中央集权管理的水利系统，于是就会出现具有成熟控制体系的高度发展的水利社会。

有中国学者认为：此说未必全对，但有助于启发我们的思考。虽然我们更熟悉"治水如治国"的古训，但也要看到深刻的传统文化制度烙印，看到这种集全国之力办大事的效力及优势是如何影响中国的进步与发展。

是啊，当我们描绘绚丽多彩的长江之梦时，怎能不细细分析这梦的色彩是如何沉淀，又是如何濡染呢?

长江委原副主任傅秀堂曾参加良渚古城水文化专家咨询会，他在会上风趣地发言："我作为一个老水利建设者，乐见良渚古城水文化的发现，把我国的水利史提至大禹治水前。或许，因为这一重大发现，当今世界关于要不要建坝之争论就此戛然而止。"

哦，大江寻源，几多探索，几多情思？人类文明尽管因水而生，却并非都是因水而发展。我们完全可以说，中华文明生生不息的奥秘，就隐藏在长江与黄河的沧桑回旋中。所以，笔者也就从典雅的宋词中撷取几片水淋淋的词牌，作为本书章节的篇名。

江城忆

我是长江边长大的孩子，儿时常趴在冰凉的窗台上，眺望着墨汁般流淌的夜江。那甜鼾似的汽笛、江中流动的灯火，就像梦中的乐曲、闪烁的童话，不知给了我多少美好的向往。

因此，长江对我来说，就是一个个做不完的梦，朦胧而又真实，美丽而又缥缈。我写过许多关于长江的诗文，都不过是取一瓢饮耳，从来没想过有一天，会来尽情地描绘这条浩荡的大江，描绘千古长江之梦是怎样变得越来越真实，越来越瑰丽。

这是 2019 年夏天的武汉，长江在我的窗外奔腾。时而有轮船剪影似的飘过，洒下几声温柔的汽笛。

夏季水涨，大江显得更加壮阔。尽管远远望去，雾气茫茫，但我知道，浪花正跳上江滩，盛开在一个个小脚丫上，让戏水的孩子们感受到母亲河的律动。码头上那湿漉漉的跳板也在渐渐缩短，让渡轮越来越靠近江堤。在我儿时的记忆中，一到夏天，最热闹的就是江边，大家仿佛都在围着长江过狂欢节，大人小孩兴奋地呼唤：走啊，上堤去！

上堤乘凉，挟一卷草席，穿过闷热的街巷，让江风吹散一身汗气。

上堤游泳，不会游泳的不是武汉伢。一个猛子就能扎到趸船边，攀着铁链爬上船去，把船台当跳台比赛跳水，跳出朵朵浪花。

上堤看水，看江水越涨越高，也漂浮着越来越多的杂物。如果漂来的是西瓜，孩子们就会争先恐后地游过去，然后又顶着一牙西瓜皮游回来。如果漂来的是木头、门板、脚盆，也会有人立即抢捞这些上游送来的宝贝，但大人们往往沉默起来，还会摇头叹气。

还有上堤防洪。

当江水几乎要漫过长堤，老鼠和蛇都爬到了堤外的树尖上，所有的堤口通道都会封闭，堤上也垒起了装满土石的草包。红旗招展，哨子声声，入夜后，守堤者的点点灯火，连成了两条长长的光线。整座城市仿佛都屏住了呼吸，紧张地注视着暴涨的洪水，为穿城而过的洪峰倒计时……

是的，这不仅是我的，也是所有老武汉人的记忆。武汉，就是一

两江交汇

个漂浮在江湖上的城市。那一道道黄色水位线、红色警戒线，不仅刻印在史书里，刻印在江汉关厚重的砖墙上，也刻印在我们纷繁的记忆中。

时光如水，长堤常青，但武汉三镇的江滩，几乎都变成了花红柳绿的公园。

每当落日熔金，江上波涌着嫣红的晚霞，女人们在华灯下跳广场舞，男人们组成了一队队“跑步群”，举着旗帜，吹着口哨，沿着长长的江堤快步飞奔。只是现在的孩子们老实多了，不敢野泳，渡口码头也被改造成观水台、音乐厅、旱冰场……

这就是我温暖的家园，深情地拥抱着穿越城市的大江，如同拥抱迤逦的画廊。尽管暴雨滂沱，长江水位不断上升，但江城波澜不惊，仍然如此从容，如此温馨。在微信朋友圈，晒的是一幅幅多彩的江景照，或是长虹落日，晚霞满天；或是江风习习，月色如银。令人不禁欣然吟诵：“江南好，风景旧曾谙。日出江花红胜火，春来江水绿如蓝。能不忆江南？”

难道江城人已忘记了那些与洪水搏斗的沧桑往事，眼中只有浪漫的春水，火红的江花？我走下楼去，漫步江滩，笑问一位打太极拳的老人：“又涨水了，不慌吗？”

老人收腹平息，指着上游说：“慌什么？有三峡大坝呢！”

哦，大坝，三峡大坝，虽然离武汉很远，但武汉人说起它，就像是说起门前安全闸，不仅信任它的坚固牢靠，似乎还能看到那闸门开开合合，关住的是恶浪，流出的是清波。

我又问：“老哥，防过洪吗？”

老人望了我一眼，笑着说：“哪个没上过堤，抬过草包？唉，现在好了，再也不用跑水啦！”

“跑水？”我陡然一惊。这可是一个被时光淹没的名词，一句地道的“武汉老话”。在老武汉俗语中，逃避战乱叫“跑反”，逃避洪水叫“跑水”，一个“跑”字，尽显惊慌之态、逃难之悲。

我曾琢磨过“反”的含义，似乎不是“返”之音误，而是“造反”或“反着来”的意思。在那战乱年代，烽烟四起，警报呼啸，老百姓只能仓皇而跑，四处奔逃。

“跑水”就简单明了，容易解释：当破堤的洪水汹涌而来，野兽般的浪头追着脚跟，你只有跑，拼命地跑，才能求生保命。而且往往不是一个人跑，而是抱着孩子跑，背着老人跑，一边跑，一边发疯似的叫喊：快呀，快！实在跑不动了，就把孩子放进脚盆，漂向远方……

老人见我发愣，哈哈一笑：“说得不对吗？年轻人哪知道我们过去吃的苦！那洪水一淹，鞋子到处漂！”

显然是见我霜染鬓发，老人才说“我们”，认为我与他应有相同的记忆和感慨。

是啊，岁月无情，我们这代人转眼就老了。我们是和新中国一起诞生、一起成长的一代人，幸运地拥抱着和平的年代。没有战争，没有“跑反”，但听说过“跑水”，参加过抗洪，知道江城布满了难以抹去的洪水记忆。

正如老人所言，感谢三峡大坝，武汉才如此安宁，才没有头顶着一江洪水而惶惶不安。

可是，当霓虹灯尽情闪烁，旅游船抚摸着江中荡漾的月色灯影，我也看到了一条令人不安的微信——有人根据在谷歌地图上截取的三峡大坝卫星影像，惊呼：“中国的三峡大坝已经变形，一旦溃堤，半个中国将生灵涂炭！”

这条微信迅速刷爆网络，好在有关部门立即辟谣，说三峡大坝设有安全观测系统，观测精度以毫米计，绝对不会放过蛛丝马迹。中国航天科技集团还在官方微博上贴出了高分六号卫星经过三峡上空时拍摄的图像，证明大坝安然无恙。

国际大坝委员会主席迈克尔·罗杰斯还为此发声："通过对诸多工程的了解，包括2012年考察三峡工程，我目睹了中国工程师为确保大坝具有尽可能高的安全度所做的巨大努力，见证了中国大坝工程界对大坝质量和安全的高度重视。以中国对大坝安全的重视程度来说，我对三峡大坝良好的运行维护和安全监测充满了信心。"罗杰斯认为，三峡大坝出现安全问题这一毫无根据的谣言将会消失。

这则卫星遥感图像的乌龙事件，虽然是别有用心的人导演的一场闹剧，但也说明关于三峡大坝的争议，至今没有停息，就像长江的浪花翻腾不休。

或许，只有时间才能验证这项"世纪工程"的成败，验证它对现代中国深远的影响。尽管我生活在因三峡大坝而受益最大的城市，也觉得应客观地看待争议，真实地记录历史，并从历史的反思中获得有益的启迪，如同吟唱那一曲古老的楚歌："沧浪之水清兮，可以濯吾缨；沧浪之水浊兮，可以濯吾足。"

同时，我们也应该尊重科学，正本清源，深刻了解三峡大坝决策与建设的过程。而最有发言权的人，真正掌握三峡大坝真实性态的人，显然是那些殚精竭虑、栉风沐雨的水利专家。

守护长江的专家们就在武汉。

在汉口解放大道靠近黄浦路的长江二桥桥头，耸立着三栋巨著似的高楼，它们是由一排饱经风雨的红砖房子演变而成，宛如将一本本书籍不断叠加，终于摞上云空，并包装了亮丽的外封，让从江南延伸而来的长江二桥在这厚重的著作下化为美丽的花环。

黄浦路曾远离闹市，是因 1927 年黄埔军校武汉分校在这里建立兵站而得名，附近有不少见证历史的老房子，如汉口新四军军部旧址、八路军武汉办事处旧址。望着那些老房子，你会遥想当年，有多少热血青年打着背包走出兵站，走向北伐和抗日的战场。

新中国成立后，这里又出现了一个神秘的大院，夜夜灯火通明。进进出出的人或是穿着洗白的军装，或是上衣口袋里插着几支钢笔，不知道是从事什么机密工作。直到“文化大革命”中揪斗“走资派”林一山，人们才知道这里是个“龙王庙”——长江水利委员会。

这显然是一个通天的重要部门，毛主席曾多次接见林一山，周恩来总理还亲自兼任长江流域规划委员会主任。正是因为周总理的悉心保护，林一山才被“解放”，去修建葛洲坝。

这显然也是一个盖地的部门，管理着中国乃至亚洲最大的江河。防汛抗旱、抢险救灾、水情预报、规划设计，从这个大院里发出的指令，可以覆盖到长江流域以及澜沧江以西约 257 万平方千米的国土范围。

今天，大院还有两块长牌十分醒目，一块是“长江科学院”，另一块是“长江防汛抗旱总指挥部”。

在中国，能以科学院自称的大院可谓凤毛麟角，给人一种凌波蹈浪的霸气。而“长江防总”更不简单，由湖北省省长担任总指挥，四川、湖北、湖南等地副省级官员担任副总指挥，长江委主任担任常务副总指挥。这里年年“水官”云集，不断谱写“洪波曲”。防汛调度大楼的临街面墙上，就有三块醒目的铜牌，分别刻着 1931 年、1954 年和 1998 年三次特大洪水最高水位线，这是历史沉痛的印记，水患不息的警示。

长江水利委员会大院新貌

大院里三座 20 多层高的大楼，分别称为防汛调度大楼、设计大楼和水文测报大楼，显示着长江委的主要职能，还有几栋红砖老房子掩藏于高楼之间，悄然展示着时代的变迁。

1950 年 2 月成立的长江委，至今已走过 70 年历程。

70 年，虽然只是千古长江一节短短的波段，却发生了许多惊天动地的大事，创建了许多史无前例的工程，令人壮怀激烈，欲说还休。从这个大院走出的人，个个都不简单，都有说不完道不尽的故事。

于是，在这个炎热的夏天，我走进了长江委大院，走进了厚厚的史册之中。我之所以接受这个重任——撰写长江委七十春秋的报告文学，是因为长江委的故事，不是一个行业、一个部门的故事，而是典型的中国故事——在排名前三的世界大河中，只有长江是一国独自拥有的大河，是中国的母亲河。

母亲河的故事，自然是引人关注并深感亲切的。

但70年时光也十分漫长，创业者们渐行渐远，使我难以采访，听他们讲述那些如烟的往事、翻腾的波浪。我只能在巨著般的大楼中攀登长梯，穿梭回廊，去追寻他们的足迹，抚摸他们的手印，感受时代的温度，倾听历史的回声。

是的，登上长江委大楼，你会看得很远很远，看到上游的金沙江，看到下游的黄浦江，看到明珠般闪烁的湖泊、蛛网般密布的水系。所以，在这里工作的人、奋斗的人，视野和胸怀都格外宽广。

你也会豁然感悟，长江委为什么会设立在武汉——如果把长江比作一条巨龙，中游的武汉就是龙腰，是脊梁主体之所在，可挺腰发力，呼应首尾。

当然，你还会看到长江的昨天、今天和明天。

透过茫茫雾气，我遥望沧浪之水，它们并没有无情东流。许多波涛、许多浪花，都被收藏在长江委的史料里，收藏在赤子们的回忆录中，使我强烈地感受到一个沉甸甸的“梦”字，不由吟叹——

治水安澜七十秋，能不梦长江，击水到中流？

是的，当我们说起中国梦，就不能不提及“长江梦”，她是炎黄子孙梦境中一曲豪放的浩歌，一卷壮美的图画。而在长江委人亲手描绘的图画中，长江之梦，是如此真实，如此丰满，是一座座耸立的大坝，一道道绵延的长堤，一个个深幽的钻孔，一条条穿梭的测船，也是无数有血有肉、有情有义的人……

那么，就让我们穿越时光，走向那些波翻浪涌的故事，走向长江赤子们的光荣与梦想！

水龙吟·初展蓝图

第一章

5000年前，文明曙光照临滔滔黄河、浩浩长江，孕育出中华民族第一个伟大的英雄——大禹，传说他就是因成功治水而成为夏朝的开创者。从此，古中国步入了豪杰辈出、巨人崛起的“英雄时代”。

人类所谓的洪荒时代，就是洪水茫茫的世界，而中国古代关于洪水的记载，也多和治水相联系。先人们基于对超自然力量的无限崇拜，把帝王将相、酋长首领传为神灵，产生了众多瑰丽的神话。

引人深思的是，中国的创世神话与西方不同，不论是女娲补天、羿射九日，还是大禹治水、精卫填海，都是为了摆脱和战胜自然灾害的困扰。在那苍茫的洪荒时代，当洪水泛滥，淹没世界，先民们不是逃难于“诺亚方舟”，在茫茫洪水中苦苦漂流，被不可知的命运所左右，直到鸽子衔来鲜绿的橄榄枝，才得知洪水消退，走向希望萌生的陆地。

中国神话中的鲧，是抗洪大丈夫，搏击于浪峰之上，造山于激流之中，并窃天帝之息壤来化堤堵水，挽救苍生。尽管出师未捷身先死，也死得悲壮神奇，其身三年不腐，化生出精魂和心血的结晶——禹，来继承其未竟的治水伟业。

大禹从其父鲧治水的失败中汲取教训，化“堵”为“疏”，因势利导。他带领民众排山倒海，“三过家门而不入”，历经13年，终于完成了治水的大业。

这是壮美的神话，也是历史真实的写照。上古时期没有文字，生息大事全靠口口相传，介于神话与历史之间。在史书的记载中，禹有姓有名，血肉丰满，因治水有功而成为夏朝第一位天子，因此后人也称其为夏禹。他死后安葬于会稽山（今浙江绍兴），山上仍存禹庙、禹陵、禹祠。

沧海横流，方显英雄本色。宋代词人辛弃疾如此赞叹：

悠悠万世功，矻矻当年苦。鱼自入深渊，人自居平土。

红日又西沉，白浪长东去。不是望金山，我自思量禹。

挥斧开山、力挽狂澜的大禹，是中华文明丰沛生命力的象征。他由此成了永恒的“水神”，成了中国“水官”之宗。

接管长江

1949 年，中国划时代之年。

神州大陆硝烟弥漫，铁流滚滚，人民解放军飞速的进军脚步，牵引着世界惊奇的目光。

奔腾的铁流势不可当，转眼间就染红了北方广阔的原野，越过滔滔黄河，漫向又一条浩荡的大江。

这就是长江，世界第三大长河，横贯神州，分界南北。“北麦南稻，南船北马”，无论是地理风貌，还是生活习俗，长江南北都有明显差异。

在冷兵器时代，长江天堑成了一条天然的军事防线。每当天下大乱，群雄逐鹿，强者总是挥师南下，剑指长江，图谋一统。而弱者也往往是隔江对峙，期望凭借天险而偏安江南。但中国文明发展史有个相当奇特的规律：长江虽然能成为一些封建王朝固守江南一隅的天然屏障，最终的结果却总是北方统一南方。

这一次也不例外。尽管蒋家王朝妄图划江而治，保住江南半壁河山，在宜昌至上海间的长江沿线部署了约 70 万兵力，还调集了 130 艘军舰和 300 多架飞机，但这壁垒森严的“陆海空立体防线”也难以阻止汹涌澎湃的红色铁流。

1949 年 4 月，人民解放军千帆竞发，百万雄师强渡长江，占领南京，把红旗插上了“总统府”。喜闻捷报，毛泽东欣然挥毫作诗：

钟山风雨起苍黄，百万雄师过大江。
虎踞龙盘今胜昔，天翻地覆慨而慷。
宜将剩勇追穷寇，不可沽名学霸王。
天若有情天亦老，人间正道是沧桑。

大军势如破竹，一路高歌：“下江南，下江南。取京沪，夺武汉，打到两广和福建，解放那同胞两万万……”

5 月 16 日，华中最大城市武汉解放。当第四野战军先遣兵团开进市区，马路两旁排成了水泄不通的“人墙”，家家户户门前摆着热气腾腾的茶水，墙上贴着墨迹未干的标语。大军过处，爆竹声、鼓掌声此起彼伏……

紧随先遣兵团的是浩浩荡荡的大军，还有准备接管各地政权的南下工作团。9 月下旬，第四野战军南下工作团秘书长林一山率兵到达武汉，紧锣密鼓，将 1.4 万多名干部和学员分往继续南下的部队和地方。他也早已接到任命，准备随军南下，赴任广西省人民政府第一副主席。

林一山，人如其名，个子不高，难以称峰，脸部的线条却如刀砍斧削，尽展峥嵘，近视眼镜也遮挡不住其锐利的目光。他曾就读于北平师范大学，担任过辽南省委书记，口才极佳，号称“林铁嘴”，常挥舞着没受伤的左臂，用一口浓重的山东口音，滔滔不绝地做报告，第四野战军挑选这位儒将来培训南下干部，可谓才尽其用。但他没想到，送走最后一批学员后，就接到了新的任命——改任中原临时人民政府农村水利部部长。

搞水利？当水官？林一山摇头苦笑，琢磨起组织上的用意。想来想去，望着汹涌的长江，他明白了，这是天命难违，长江留人。

1949年夏天，隆隆回响的不仅是解放的炮声，还有长江洪水的涛声。这年七八月，长江上游洪水下冲，沙市站最高水位达44.49米，为有水文记录以来的最高水位；汉口站最高洪水位达27.12米，25米以上高水位持续了126天，为近30年来少有的现象。仅在湖北省，水灾已经遍及31县，灾民达316万，占全省人口的1/7。在武汉三镇，街可行舟，到处都能看到流浪的灾民、可怜的乞丐……

滔滔洪水，给新政权一个猝不及防的下马威。抗洪救灾，成为头等大事。

百废待兴的新中国，各条战线都急需人才，尤其需要有较高文化素养的干部，那些受过高等教育又久经考验的干部便成了各集团军的宝贝，率先转向建设战场。由第四野战军首长担纲的中南局自然是近水楼台先得月，如清华大学毕业的李一清便被选任工业部部长。林一山虽然读的是历史系，但出身农家，熟悉农业，抗战期间曾成功组织胶东根据地农业生产自救运动，把亩产由百斤提高到千斤，一时传为佳话。如此干将，显然是农林水利部部长最合适的人选。

军令如山，救灾如救火。林一山二话不说，立刻走马上任。

这一年，他38岁。他没想到会从此定位武汉，定位长江，为治水安澜奋斗终身，被毛泽东笑称为“长江王”。

因此，当他白发苍苍时，在回忆录中如此感慨：没有什么比抉择更能影响人的一生，没有什么比认识更能影响你的前程。

时光如水，斯人远去，70年后的今天，我们只能遥想林一山当年走马上任的情景。好在他留下了一本厚厚的回忆录，使我们可以搜寻历史的脉络，感受时代的氛围。所以，笔者在本书中会不断地引用当事者的回忆，力求能真实地再现那些曾经盛开的浪花。

林一山：

我正在中原临时人民政府农林水利部忙于长江中下游的堵口复堤和救灾工作时，1949年11月8—18日，中央水利部在北京召开全国各解放区的水利联席会议。才就职不到一个月的傅作义部长根据这次会议做出的“以流域为单位，组织流域性水利机构”的决议，在会上提出拟先设置长江水利委员会、黄河水利委员会和淮河水利工程总局的意见。我作为中原地区水利部门的负责人出席了这次会议。傅作义将军曾参加过阎冯联军的反蒋之战，抗日战争爆发前后当过绥远、察哈尔两省的主席，战后又代表中国政府接受当地日本侵略军投降，解放战争时期任华北“剿总”司令，天津解放后在北平举行和平起义使古都免受战争破坏。我对他闻名已久，没想到能在这种场合相识，并共商治水大计。会后，中央水利部即就长江委的设立和对我的任命报请政务院和中央财政经济委员会批准。同年12月16日，在周恩来总理主持的政务院第11次政务会议上，宣布批准成立长江委和任命我的职务。1950年2月初，中央水利部又根据政务院这次会议的决议，通知从拟将撤销的中原临时人民政府农林水利部分出部分人员，组成长江委，并兼理中南水利部日常工作。

1949年11月11日，政务院第五次政务会议决定组织“中央人民政府指导接收工作委员会华东工作团”，由陈云、董必武两位政务院副总理任正副团长，去宁沪等地指导办理国民党政府中央机关及其他重要机关的接收事宜。此时正是中央水利部拟设长江委期间，我便作为中央水利部的代表随董必武前往南京，负责接收了国民政府及所属长江水利工程总局。

这次接收，就意味着中国共产党正式接管长江。

大禹的传人

接管一条大江，这是何等豪迈的重任，不能不使人思接千载，浮想联翩。

中国史册，波翻浪涌，在农业立国的历史进程中，水利文明自始至终发挥着决定性的作用，水利事业为历代施政重心，以至产生了“治国先治水，治水即治国”的古训。

因《尚书》记“禹作司空”“平水土”，古代中央政权中主管水土等工程的最高行政官，便称为司空。

司空位尊权重，东汉将司空和司徒、司马并称“三公”，是最高政务长官，类似宰相，虽掌管水土工程，但并非专官。历代水利机构与水官虽然变化复杂，但都是职责重大，如清代的总督河道，多以兵部尚书兼任。

随着中国文明的重心从黄河流域向长江流域南移，长江治水史也日益醒目发聩。

近代长江流域内最早的水利机关，当推 1905 年在上海成立的“黄浦河道局”。此时，长江上已驰行着喷吐着黑烟的洋轮商船。

中国近代史可以说是从长江翻开扉页的，写满了屈辱和悲愤。1840 年第一次鸦片战争爆发，英国炮舰轰开了清政府腐朽的大门，并从长江口长驱而入，逼迫清政府签订了中国历史上第一个不平等条约《南京条约》。第二次鸦片战争使中国丧失了更多的领土和主权，外国侵略势力扩大到沿海各省和长江中下游地区。

凡热血男儿，怎能不忧心如焚？野史中便记载了这样一则令人吁叹的轶事：1861 年 9 月的一天，湖北巡抚胡林翼骑马走在长江边上，看到两艘洋人轮船高鸣汽笛，迅捷如风，推开的巨浪冲翻了渔民的帆船，他愤然扬鞭，驱马追行，追了一阵后，“变色不语，勒马回营，中途呕血，几至坠马”。时人薛福成在《庸庵笔记》中说，胡林翼本来久病在身，突然受到洋人轮船刺激，一口鲜血吐了出来，病情加重，到月底就离世了，年仅 49 岁。病逝前，胡林翼曾对左右说，洋枪洋炮长驱直入怎么得了？这是我的一块心病。

驱马与洋轮赛跑的胡林翼，颇像与风车挑战的堂·吉诃德，因此曾有人嘲笑这位湘军虎将古板迂腐，不合时宜。但细细品味，你就会品出一种不甘落后的悲壮、誓扫屈辱的激情。

1919 年冬，在华英国商会以长江航道阻滞有碍航行为由在上海集会，竟然通过设立“整理扬子江委员会”议案，并转达北洋政府。一年后，英国商会迫不及待，再次集会，声称当局不照办，商会将联合其他国家在华团体自行设立。

泱泱大国，浩浩长江，岂容外人染指国家主权！著名实业家张謇虽已卸任北洋政府农商总长，仍挺身而出，向政府提议抢先设立治江机构，“由湘、鄂、赣、皖、苏”共同组建。

1921 年 8 月，全国水利局呈文大总统，提出组成“长江水利讨论会”，经核准后于 12 月 26 日咨照全国水利局及江苏、安徽、江西、浙江、湖北各省省长，宣告成立扬子江水道讨论会。其机构驻南京，隶属内务部，以“消弭水患，发展航业”为宗旨。扬子江讨论会下设技术委员会“执行一应技术事务”，其成员由内务部土木司、全国水利局、海关巡港司、浚浦局等机构派员充任委员。技术委员会在上海设立测量处，测量处在汉口、九江分设流量站、精密水准测量队、地形测量队。

北洋政府倒台，南京国民政府建立后，1928 年 5 月扬子江讨论委员会改组为扬子江水道整理委员会，改属交通部。委员会由内务、外交、财政、农矿、工商五部和建设委员会派人组成，由交通部次长兼任委员长。议定“以勘测长江、疏通河道、便利航行为主要目标”，还协商制定了长江防汛的第一个法规——《扬子江防汛办法大纲》。

20 世纪 30 年代，长江洪患肆虐成灾。因军阀割据，长江水政腐败，水利常年失修。国民党执政后，内战连年，无暇顾及水政，以至于江河水道泥沙淤积，江身日高，旱不能引水，涝则无法宣泄，无法抵御较大灾害的侵袭。地方政府每年虽收取近百万元的堤工捐费，并设置有堤工委员会，但堤防常年失修如故，终于酿成了 1931 年特大水灾的惨痛后果。人们对长江开发利用的认识不再仅仅局限于航运，长江流域专设水利机构由单一的航道整治转变为以防洪为主的综合治理。

1935 年 4 月，民国政府将扬子江水道整理委员会、内政部所属太湖流域水利委员会、湘鄂湖江水文站合并为扬子江水利委员会，隶属全国经济委员会，后又改隶经济部、全国水利委员会，负责“掌理扬子江流域一切兴利除患事务”，其目标为“防洪、航运、灌溉、水力兼筹并顾”。

1947 年 6 月，全国水利委员会改组为水利部，原设各流域机构之“委员会”一律改为工程总局。同年 7 月，扬子江水利委员会改名为长江水利工程总局，隶属水利部，掌理长江兴利除患事宜。机构设置扩充了专业工程处、水文站、测量队。职工总数突破 2000 人。

但战火不熄，民生凋敝，长江水利部门也是风雨飘摇，难有作为。

1949 年 11 月，新中国成立伊始，政务院总理周恩来在接见以水利部部长傅作义、副部长李葆华为首的解放区水利联席会议的代表时，就语重心长地说：“战争还没有结束，国家正在初创，我们要用大禹治水的精神，为人民除害造福。”

共产党人接过了治水安澜的“大禹之斧”，展开了水利建设的蓝图。12 月 16 日，政务院第 11 次政务会议决定设立长江水利委员会，由第四野战军南下工作团秘书长林一山担任主任，负责筹建。新中国的长江管理机构就这样应时而生，林一山成了新中国第一位管理长江的“水官”。

1950 年 2 月 24 日，长江水利委员会在汉口召开成立大会，林一山主任慷慨陈词：“同志们，我们都是大禹的传人。古代文化，源于河流；现代文化，改造河流。传承着前辈的光荣传统，现在，我们正走在新时代的治水路上，我们的事业任重道远，无比自豪！”

打造长江新水师

长江委成立后，摆在林一山面前的首要问题，是如何尽快打造一支新中国的治江主力军。

长江长达 6300 多千米，横贯西南、华中、华东三大区，自西而东流经青海、四川、西藏、云南、重庆、湖北、湖南、江西、安徽、江苏、上海 11 个省（自治区、直辖市）。支流展延至贵州、甘肃、陕西、河南、浙江、广西、广东、福建 8 个省（自治区）。浩大的流域，西以澜沧江水系为界；北与黄河、淮河水系相接；南与珠江和闽浙诸水系相邻。

长江水利委员会成立旧址

长江流域面积约 180 万平方千米，约占中国国土面积的 18.8%。

面对如此广阔的区域，如此繁重的任务——“管理长江干堤，与长江直接有关的各支流、湖泊的水利建设”，林一山接手的却是一个千疮百孔的烂摊子。整个长江委只有 2600 多名职工，匆匆成立的武汉总部人才更少，主要是部队转业人员和新招的青年学生，他这个“光杆司令”也是个门外汉，现有人员的专业构成、技术水平显然难以担负重任。

他轻轻地抚摸着地图，抚摸着流淌的大江，手掌停留在中游的武汉，停留在他正站立的城市。这是辛亥革命首义之地，每当他路过蛇山下的红楼，就有一种亲切感，因为他就出生于 1911 年，封建王朝被推翻终结的那一年。他有幸没留“猪尾巴”似的长辫子，在山东文登县的农村长大、求学，读的是新课本，学的是新知识。家人希望他能做个洋货店店员，他却不甘心苦守柜台，以低学历考上了济南高中，顿时荣耀乡梓，100 多户乡亲自愿捐钱助他去省城读书。

但刚读高中，就发生了“九一八事变”，教室里已难摆下平静的课桌。热血青年们拍案而起，他奔走校园，成了爱国救亡运动的领头人，并组织同学们去南京请愿，要求国民政府出兵收复失地。当同学们冲进济南车站，一列火车轰隆隆地开过来时，他率先跳下站台，站立在铁轨之间，迫使司机不得不紧急刹车。济南“卧轨事件”震惊全国，“山东请愿团”的上千名学生便押着这列超载的火车开往南京。

经过浦口轮渡时，他第一次见到了长江，觉得江面就像海一样宽广。那时他怎会想到，自己的人生会像一朵跳跃的浪花，迟早要汇入这条浩荡的大江。

学生时代，他就充分显示出组织才能。考上北平师范大学后，他担任了地下党支部书记。1937 年“七七事变”，两个月后，他就奉令回到家乡胶东，发动抗日武装起义，创建了根据地，成为胶东特委书记和游击司令员。次年，在牟平雷神庙激烈的枪战中，他的右手腕负伤，从此写字就如刻石雕印，特别费力。

他就是这样在炮火中锻炼成长，抗战胜利后，他被委任为中共青岛市委书记兼市长，但还没赴任便被调往东北；解放战争时期，先后担任辽南省委书记兼军区政委，第四野战军南下工作团秘书长。12 年的战争岁月，身上留下了多处伤疤，还有弹片未取出，每逢阴雨天就隐隐作痛，似乎在提醒自己：有多少战友在征途中倒下，你要不惜一切去完成他们未竟的使命！

今天，他终于有幸迎来新中国的诞生，并有幸领军治理长江，这是多么光荣而豪迈的事业！他对自己说：林一山，你岂能辜负党组织的信任，辜负长江对你的呼唤！

他想起去南京接管时留守者打量他的眼神，还有那堆积如山的长江水文档案。那眼神分明是在质疑：“你看得懂吗？”或许，在他们眼中，林一山是一个只会打仗的赳赳武夫，是一个不会游泳的北方汉子，竟然跑到长江来玩水了，长江之水，是那么好玩的吗？

是的，必须尽快学会“游泳”，尽快熟悉新的战场。毛主席说过：“在新的局势下，我们过去熟悉的东西有些快要闲起来，我们不熟悉的东西正在强迫我们去做。我们必须学会自己不懂的东西……不要装懂，不懂就学，学它一年两年三年。”

想到此，他下达了第一条指令——“提高与扩大并重”，招兵买马，招贤纳士，打造一支能打仗的长江新水师。

旭日东升的新中国，吸引和召唤着曾经报国无门的仁人志士。

新成立的长江委，使水利专家们找到了用武之地。美国留学归来的李镇南、杨贤溢，英国留学归来的曹乐安，都有在国外从事水利建设的经验，还有杨绩昭、刘鼐臣等归国学子，都是踌躇满志，激情满怀。何之泰、雷鸿基等学界泰斗也慕名前来，长江委顿时良将如云，人才如林。

此时正逢土改，阶级斗争的弦绷得很紧。曹乐安原在湖南大学教书，被招进长江委后，有一天，湖南省来人说他有问题，要马上把他带走。林一山曾在辽南搞过土改，知道工作中不免有过左行为，把家庭和亲友的问题算在早已到异乡谋生的年轻人身上。于是，他对来人说："你回去吧，就说人被林一山留下了。"

林一山果敢地保护人才，不拘一格，唯才是用，使技术人员如遇伯乐，如逢知音。后来，曹乐安不仅没因家庭成分受到影响，反而一直得到重用，被提拔为副总工程师。他在丹江口工程、葛洲坝工程、三峡工程等大型工程的设计中贡献良多，获首批"中国工程设计大师"称号，还当选为全国政协委员。令人痛惜的是，他在全国政协会议上为三峡工程上马积极建言之际，不幸突然发病，过早去世。

工程师吴康宁是"留守人员"，在南京迎来解放后，就积极参加浦口码头抢修，并成功试制出回声测深仪的打印纸，为突破国外经济封锁做出了贡献，长江委授予他特等功，还推选他去北京参加国庆观礼。他后来也被提拔为长江委副总工程师，98 岁时还撰文感叹林一山对技术干部的高度重视。

上海、武汉、南京、重庆等沿江大城市的报纸上长江委的招聘招工广告，吸引着学子、技工前来报到。长江委又陆续举办各种专业培训班，并抽调部分技术骨干赴苏联留学深造。两年后，长江委的工程师以百计，技术员以千计，职工总数已达 5000 余人，并组建了勘察、测量、钻探、水文等专业机构。

后来，长江委又创办了长江工程大学，林一山亲自兼任校长，教师也多半由水利专家、工程师、工程负责人兼任。学校 1959 年筹办，1960 年开始招生，“文化大革命”期间停办，短短 6 年就培养了 400 多名技术人才。

多年后，许多人回忆起那时报考长江工程大学（简称“长江工大”）的原因——因为高考落榜了。为什么落榜？因为家庭出身不好，社会关系复杂，有海外关系……

而这所以“进军三峡”为号召的大学却不嫌弃落榜生，特别是那些成绩好但因各种政治原因落榜的学生。这是出于林一山对招生工作的明确指示：“长江工程大学可以从高考落榜生中精选一部分文化素质高的知识青年入学；对于招生对象的家庭出身和社会关系可以放宽限制，但必须注重本人的政治表现。上海高考区、长沙高考区、武汉高考区等是文化水平较高的知识密集地带，招生的主要来源就摆在这几个地区。”

当时，有人讥笑林一山“舔碗底”，他理直气壮地回答：我们舔的可是北京饭店的碗底，是金碗底！开学后，为鼓舞士气、激励师生，他还提出了“破铜烂铁炼好钢”“夺清华教授皮包”等口号。

三年困难时期，一些院校压缩专业甚至停办。为了保住长江工大，林一山安排师生们到农场“自种粮食，自谋生路”。当时，学校还面临政治压力——高教部下发通知，要求清理家庭关系特别复杂的子弟。林校长便想了一个办法——组建“农田水利”专业班，把一批面临清退的学生集中保护起来。而颇具戏剧性的是，恰恰是这个农田水利班，后来涌现出不少人才。长江工大培养的学生，虽然没能夺走清华教授的皮包，但在水利事业上做出了独特的贡献，还谱写了108名长江工大校友会师三峡工程的佳话。

到了20世纪60年代，长江委已有了上万人的职工队伍，技术领导层集中了美、英、德、日、苏的留学回国人才，因而笑称是世界上最大的办公室。

“打铁还需自身硬”，领军者林一山更是以刻苦学习、虚心请教而闻名。他在《回忆录》中如此自白：

林一山：

本来我只做过军政工作，对长江的全部知识大概不会超出我在学校里学的，无疑是个外行。然而我又知道，不论哪一行，各行之间的事理和做法总是相通的，如同打仗之前必须知道敌情一样，我必须尽快了解长江及其利害问题。要做到这一点，还必须会挤时间。我不能陷于行政事务和管理工作，这些工作我基本上全权托付于我的副职和部门领导人，我把我的工作重点放在业务上，如果什么都管，我将一事无成。有了目标和时间，工程师们就成了我的老师；汇报会和实地考察就成了我的课堂；亲自动手做总结、写文章，再经同志们讨论和修改补充，则近乎我的作业。

从1946年就给林一山当警卫员的崔吉礼说，林一山最爱看地图，战争期间看军事地图，到长江委后迷上了流域图。他的办公室挂着一幅长江流域图，每天都会对图思索，图上标注的地名已烂熟于心。熟悉了地图后，他又开始查阅各个地方的历史水文资料，一边查一边记，以至后来，他不仅能清楚地说出何时何地发生过洪涝灾害，还能说出每个地方历年的水文情况。对这些资料，林一山称之为“水账”，他常对手下人说：“干什么事都要有一本账，我们搞水利的，也要有一本‘水账’。”

是的，搞水利的人怎能不研究水，不以水为师？他记得一个古老的典故：相传老子的老师常枞即将离开人世，老子询问老师最后的教示，常枞用微弱的声音说：“你看牙齿和舌头，哪个刚强？哪个软弱？”

老子回答：“牙齿刚强，舌头软弱。”

常枞不语，缓缓张开嘴巴，让老子观察。常枞年老体衰，牙齿早已掉光了，而柔软的舌头依然存在。

老子含泪而问：“今后，我将以谁为师？”

“以水为师。”老师给出了最后的遗言。

“上善若水”“水滴石穿”“水能载舟，亦能覆舟”……水的哲学真是博大精深。

水汇江河，搞水利工作必须要摸清每条江河的脾气、性格和特点。

“长江水师”初具规模后，因营盘太小，林一山一直想寻找一个能藏龙卧虎的大基地。有一天，他路过正在修建的解放大道，看到汉口跑马场（后来的解放公园）附近有一大片荒野菜地，便当机立断征购下来，然后自行设计、建设办公和生活区，一排排“红楼”拔地而起。1955 年，长江委机关从汉口长春街正式迁移至解放大道。此时，为集中优势兵力开展长江流域规划，撤销了上、中、下游工程局，使原来分散在重庆、南京的技术力量向武汉集结，“红楼”便成了专家云集、远近闻名的“水利技术王国”。

说来还有一件趣事。1958年冬，中央在武汉召开了政治局扩大会议。会后，周恩来总理要林一山陪他去麻城看一看。当小车路过长江委大院时，林一山指着琉璃瓦大屋顶的办公楼说："总理，这就是长办的机关。"

总理望着大院里的红楼，风趣地笑道："好啊，这个门面很大，比我们的国务院还大！"

荆江第一笔

水师打造，蓝图铺展，长江委开始为长江画梦了，第一笔从哪里开始？

专家们异口同声：荆江！

长江从三峡奔腾而出，冲出南津关后，宛如蛟龙脱困，顿时天高地阔。不再是山封岭锁，云遮雾罩，而是进入"楚地阔天边，苍茫万顷连"的大平原。流经古荆州地区的长长河道，通称荆江。

荆江从湖北枝城到湖南洞庭湖的出口城陵矶，全长423千米，其中又以藕池口为界，分为上荆江和下荆江。下荆江是典型的蜿蜒型河道，全长240千米的堤岸其实两端直线距离只有80千米，江水在这里绕了16个大弯，如同"九曲回肠"。

如果你乘舟顺江而下，从云封雾锁的三峡，来到"潮平两岸阔，风正一帆悬"的平原，眼前就会豁然开朗，充满了盈盈诗意。长江就像一个出门后撒欢的孩子，尽情地玩水弄潮，在这里形成了一个庞大的水网地带，造就了富饶的"鱼米之乡"。

“禹划九州，始有荆州。”荆州建城历史长达3000多年。自公元前689年楚国建都纪南城，先后有6个政权、34位帝王在此建都。屈原、李白、杜甫……无数文人墨客在荆州吟诗作赋。始建于三国时期的荆州古城墙，被誉为“中国南方不可多得的完璧”，使人想起“刘备借荆州”“关羽大意失荆州”等脍炙人口的三国故事。

“湖广熟，天下足”，接天莲叶无穷碧，映日荷花别样红。但是，水可载舟，亦可覆舟。荆江以北是古云梦大泽范围，以南是洞庭湖，地势低洼，长江带来的泥沙在此大量沉积。1600年前的东晋时代开始筑堤防水，围垦云梦大泽，至明代形成北岸荆江大堤。由于泥沙不断沉积，涨洪水时犹如地上悬河，形成了“人在堤下走，船在天上行”的奇特景观。

因荆江河道弯曲，洪水宣泄不畅，极易溃堤成灾，荆江就成了长江最危险的河段。历代防洪，一直靠古老的荆江大堤来保护北岸的江汉平原。南岸因有洞庭湖的容蓄和“四口”分流，地势略高，水灾略轻于北岸。冲过三峡呼啸而来的洪水是如此凶猛，再坚固的堤防也难以抵挡波撕浪咬。据史料记载，从明洪武十八年（1385年）到1937年，荆江大堤共有91个年份溃口。从1931年到1949年的19年中，荆江两岸有16个年份遭受洪灾，几乎年年遭灾。当地人每年汛期都在提心吊胆过日子，故有“荆江不怕刀兵动，只怕南柯一梦中”的民谣。

近代荆江最大的一次水灾发生在1935年7月。据当时出版的《荆沙水灾写真》，荆州城外，“登时淹毙者几达三分之二。其幸免者，或攀树颠，或骑屋顶，或站高阜，均鹄立水中，延颈待食。不死于水者，将悉死于饥，并见有人剖人而食者。”

“万里长江，险在荆江。”荆江洪水，已成国人的心腹之患。

因荆江大堤溃口不断，清朝乾隆年间曾为此惩办过一大批官员。但

荆江大堤

年年修堤加固，也不能改变洪水来量大大超过荆江河道宣泄能力的困境。而且，荆江的险要，还在于它的两岸已发展成为人口密集的经济发达地区，一旦大堤发生不测，一望无际的江汉平原顷刻将变成汪洋泽国。

1949 年夏季的长江洪水虽然不大，却促使新中国立即铺开了水利建设的蓝图。毛泽东、刘少奇、周恩来等党和国家领导人大多是南方人，对长江有深沉的认知，他们之所以批准长江委设在武汉，就是因为长江中游是巨龙之腰，只有把握龙腰，才能舞起龙头，摆动龙尾。

新中国成立初期，百废待兴，还要进行抗美援朝，国家的财政经济尽管十分困难，仍然倾力治水安澜。1950 年，政务院用在水利建设上的经费相当于国民党政府时期水利经费最多之年的 18 倍，1951 年增至 42 倍，1952 年增至 52 倍。此时治理长江，最迫切的是中下游溃口复堤工程，林一山把有限的经费都投入到修堤之中。他走得最多的路便是堤，长长短短的堤，破破烂烂的堤，他觉得自己就像一个泥瓦匠，干的尽是修修补补的事。长江委成立，使他有了实力，也有了雄心：不能总是被动防守，头痛医头，脚痛医脚，要主动出击，突破历来以堤防为防洪唯一措施的旧法，搞一个像样的大工程。

林一山曾参加过荆江救灾，目睹了祈家渊大堤被大水冲掉一半的险状，那洪水滔天的惨景使他刻骨铭心。荆江，显然是中国心腹之患，是龙腰之千年痼疾，要构建新的长江防洪体系，应首先在这里点穴开刀。

滔滔大江水，天地相终始。
经阅几世人，复叹谁家子。
东望何悠悠，西来昼夜流。
岁月既如此，为心那不愁。

这是唐玄宗时大臣、诗人张九龄登荆州城望江后的兴叹，是孔子“逝者如斯夫”一语的诗意化表达。诗中虽言“为心那不愁”，但那不是无可奈何的“愁”，而是积极进取的“愁”。今天的长江委人也有同样的情怀，更有改天换地的实力。

经查勘荆江大堤，梳理历史资料，反复研究论证，长江委的专家们形成了共识：解决荆江症结的最好办法就是向南岸分流，开辟分洪区来分蓄荆江河道的超额洪量，以减轻洪水对北岸大堤的威胁。简单说来，就是“两害相权取其轻”。

1950 年 7 月，长江委编制完成了《长江建设五年计划》，提出分三个阶段治理长江：第一阶段培修加固堤防；第二阶段兴建平原分蓄洪工程；第三阶段兴建山谷水库，进一步控制和调节洪水，并发挥水利枢纽防洪、发电、灌溉、航运、引水、养殖等综合效益。而第二个阶段的首要任务，就是建立荆江分洪区，利用湖泊洼地蓄洪垦殖。

这个大胆而新颖的计划，引起了党和国家领导人的高度重视。国庆节期间，毛泽东、刘少奇、周恩来听取了荆江分洪水利工程计划汇报。毛泽东问中南局代书记邓子恢：“当前国家要花钱的地方很多，财政相当紧张，但是，再困难也要解除洪水的威胁！不过，这项工程能够保用多少年呐？”

“这个我还说不太清楚。”邓子恢虽然答不上来，但早有准备，已把林一山、魏廷琤和雷鸿基三人带到北京，正在住处待命。他立刻派人问林一山。

林一山请雷鸿基计算后，回答：“可保用 40 年，至少 20 年。”

“够了，20 年足够了。”毛泽东当即批准了该项工程计划。

于是，浩浩荆江便成了长江委扬帆启航的起点，也是第一张长江建设的考卷，面临着中央及各方考官严格的审核。

1951年初，长江委向中央水利部提交了《荆江临时分洪工程方案》，并在汉口召开了有湘鄂两省政府人员参加的座谈会。林一山没料到一交初卷，就会得到地方考官截然不同的评分：湖北赞成，认为优秀；湖南反对，认为不及格。

荆江分洪工程方案包括荆江大堤加固、进洪闸、节制闸、拦河土坝、围堤培修以及安全区等工程项目，总面积921平方千米，有效库容54亿立方米。对于这个方案，湖北持积极态度，湖南则有顾虑。历史上就存在着舍南保北的矛盾，荆江分洪区虽在湖北境内，但分洪区蓄满水，就等于在洞庭湖头上顶了一盆水，万一南线大堤决口，就要水淹湖南。湖南省委书记黄克诚正是担心这一点：荆江分洪工程搞得不好，湖南出了力，就等于自己淹自己。

周恩来总理十分重视两湖的意见，他给邓子恢写信，希望邓子恢向有关领导说明，搞荆江分洪工程不能搞本位主义。信写完，他把水利部党组书记兼副部长李葆华叫到政务院，让李葆华持他的亲笔信去武汉找邓子恢，请邓子恢召集中南局会议征求意见，并拜访湖北张难先、湖南程潜等有影响的元老，做好说服工作。

这时又出现了波折。长江委利用有限的修堤费，把分洪区原先群众修的老堤戴了个帽帽，加了个埂埂，湖南有关部门从当地利益考虑向中央告了状，给毛泽东写信，力陈长江委的做法损害了洞庭湖滨湖地区群众的利益。

毛泽东主席将信转给了周恩来总理，请他着手解决。周恩来总理指示水利部安排两湖有关人员来京开个荆江分洪会议。在会上，总理先表扬常德专署、湖南水利局写信给毛主席，关心滨湖群众利益，而后话锋一转，变得严厉起来，问道："荆江分洪工程是毛主席批的，怎么到现在还没有开工？”

刚才还比较轻松的会场一下子气氛紧张起来，谁也不说话。总理的目光几乎扫过每一个人的脸庞，并加重了语气：“毛主席批的工程，中南局、湖北省委、水利部、长江委都置之脑后，不负责任！”总理唯独没有点湖南的名，旨在化解矛盾，湖南的同志心里自然明白，他们纷纷表态服从大局，但提出了几个问题：如何估算特大洪水？如何分洪？如果不确定特大洪水的标准，分洪没有规定，会给以后的工作带来麻烦。

总理认为此言有理，立即组织布可夫等中苏专家再对方案进行推敲和修改，对于什么是特大洪水、分洪时间、分洪办法、预先组织救护、转移群众等关系人民切身利益的问题，做出了更加严格细致的规定。

荆江分洪工程工地

1952 年 3 月 31 日，政务院正式公布了《关于荆江分洪工程的决定》。为保证工程顺利开展，周恩来总理从全国各地调集了大批物资器材，并征得毛泽东主席同意，从部队抽调了 6 个师参加分洪工程。

毛泽东主席亲笔题词的锦旗

分洪区分两期施工，第一期为主体工程，计划工期 90 天。20 世纪 30 年代，美国在密西西比河下游也修建了一个分洪区，其工程总量相当于荆江分洪工程的 1/3，用了 3 年才完成。因此，有些技术人员心里打鼓：这么短的工期，又大都是土设备，能完成吗？

1952 年 4 月 5 日第一期工程全面动工，10 万军人、16 万民工、4 万多技术人员汇聚荆江。工地上人山人海，红旗招展。

5 月，水利部部长傅作义到荆江工地慰问建设大军，带来了毛主席和周总理亲笔题词的锦旗。毛主席的题词是：“为广大人民的利益，争取荆江分洪工程的胜利！”周总理的题词是：“要使江湖都对人民有利。”

于是，这两段题词就写在飘舞的旗帜和工地的标语牌上，30 万建设大军深受鼓舞，日夜奋战，克服了施工条件差、技术手段落后等重重困难，仅用 75 天便完成了浩大的主体工程。

新时代的中国人创造出水利建设奇迹，国际友人参观时都惊叹不已。今天，透过那些发黄的老照片，我们仍可感受到当年大会战的火热气息：简陋的工棚，如雁的队列，挥洒的汗雨，满身的泥污，连笑脸上也沾满了点点泥痕……那真是一个激情燃烧的年代、忘我奋斗的年代，人们笑得是如此纯朴，又是如此灿烂。

建设速度之快，有一大原因是要与洪水抢时间，抢在夏季洪水到来前让工程发挥作用。在大干快上的热潮之中，负责设计、技术和施工管理的长江委人必须保持清醒的头脑，确保工程质量，这样就不免发生一些矛盾和冲突。林一山便记叙了一些幕后的情景：

林一山：

当时我分管工程的设计与施工，长江委的主要行政、技术力量都投入进去，在沙市设立了荆江工程处，后方就在汉口长江委本部。

荆江分洪工程包括54孔、长1054米的进洪闸（北闸），32孔、长344米的节制闸（南闸），和总长208千米的分洪区围堤，主体工程只用了75天时间便完成了。这个速度人们都说在世界水利史上是空前的，我想至少在中国还没有过如此快的工程。事后想来，如果没有新中国成立初期那种急待建设的大环境、国家政令的高度统一、军民的齐心合力、国家机关的办事效率，以及都以大局为重的工作作风，这项工程是不可能在两个半月里完成的。那时候，只要是为了荆江分洪工程，不管是天南还是海北，要人有人，要物有物，真是一呼百应，尽管当时的技术水平和设备的功能都比较低，远不能和今天相比。但荆江分洪工程建设的领导层即指挥部门的工作作风，并不尽如人意。我在技术措施、工程质量这些原则问题上决不妥协迁就。于是当面顶撞、会上争吵、背后指责，乃至骂我的都有。面对这种情况，我为了工程质量也得顶着干下去。对于关乎百年大计和人民生命财产安全的建筑工程，我要对它绝对负责，不允许失败，只能成功！

当时，长江委才成立两年，人员又来自五湖四海，这些人中的行政干部不消说，主要技术干部也只有少数人在解放前参加过个别的小工程，如同作战前完全未经训练就仓促编队马上出阵，结果真是不堪设想。但是我们毕竟成功了。成功的原因并不仅仅是党和政府的重视、两湖人民的团结和工程建设者的热情等社会、政治方面的条件，最基本的一个前提性条件就是我们在技术上十分谨慎，在向中央提出建议前，对于所有重要的技术问题都先进行科学试验，如荆江分洪区的水工整体模型试验，南北闸、排水闸的过水断面模型试验，以及闸基土样和混凝土配比的试验等。科研不走在前头，不以科研成果为依据，光有热情和决心，其结果是不堪设想的。这件事说明，只有我们不怕困难，勇于实践，团结一致，重视科学试验，认真对待工程中的一切技术问题，我们才会成功。

在设计北闸闸室底板时，因当时技术所限，缺乏成熟的经验，工程师曹乐安决定将国外运用于飞机跑道和高速公路的弹性地基梁和“威斯卡特公式”引入，计算出需要的钢筋量较多；但闸室底板是分块的，主要受力方向和飞机跑道受力完全不同。规划科科长王咸成建议，改用简单的梁板公式来计算，可以抽掉一些钢筋。建议方案最终得到了领导的支持，实践证明修改是成功的，节约了75吨钢筋。事后，王咸成受到表彰，曹乐安受到批评。这一事例便充分显示了工程建设开明的技术氛围，不唯书、不唯上、不唯洋，只唯实。

老工程师冯自强也在回忆文章中记述了难忘的一幕：

1952年冬，荆江分洪工程技术总结会在汉口长春街长江委礼堂召开，长江委主任林一山主持了这次会议，主要议程是荆江分洪工程建设时期的有关技术方面的总结和讨论以后工作的开展。会议主要技术讲述人是长江委负责设计和施工的总工程师雷鸿基、何之泰两人，与会单位和人员有中南军政委员会水利部及长江委有关人员和各方面的代表。

我是水文方面的代表，每天早上从鄱阳街景明大楼骑自行车到长春街长江委大礼堂听取荆江分洪工程技术总结报告后回来再上班。会议开了20天。由于分洪工程建设中出现了一些问题，最初会议气氛比较紧张，会上雷鸿基和何之泰对工程中的问题做了全面检讨，对工程中的责任做了认真的检查。最后林一山主任总结说："像这样举世瞩目的工程，我国前人没有有关这方面的经验可以借鉴，工作中出点毛病和错误不可避免，其责任不能由一两个主要负责人

北闸——1954年荆江分洪工程太平口进洪闸正在分洪

来负担。”会议紧张的空气顿时缓和下来，大家一致认为林主任的总结发言太好了，最起码的一条是不会处理和处分哪一个人了，问题可能由集体负责了，两个总工程师绷紧的神经也很快放松下来了。

分洪主体工程建成后，林一山在长江委小礼堂做报告，讲学习《实践论》《矛盾论》的体会，总结荆江分洪工程的设计思路，分析了水利事业与国家计划、区域规划与流域规划、局部利益与整体利益、当前利益与长远利益、任务重大与技术力量不足等5个方面的矛盾统一，妙语连珠，生动感人。连续几个晚上，员工们都提前去抢座位听讲。好多年后，老专家们还记得他激昂的语音：“这是新中国创造的奇迹，只用了75天，就把我国第一座建筑在冲积平原上的1054米长的分洪大闸修建起来了！我们一定要学会运用辩证法这把锐利的武器，去解剖工程中存在的问题。”

1953年，完成了荆江大堤的加固工程。在庆祝全面竣工的锣鼓声中，林一山仍未舒展紧锁的眉头：这项史无前例的大工程，能否经受得住大洪水严峻的考验？

是的，长江委的第一张答卷是否及格，谁说了都不算，还是得等待实践的检验。洪水无情，人命关天，大家的手心里都捏着一把汗。

1954：战洪魔

1954年夏天，大洪水呼啸而来。

中国自古就是洪涝灾害严重的国家。据不完全统计，在从公元前

206年到1949年的2155年间，共发生较大水灾1092次，死亡万人以上水灾每5~6年即出现一次。

长江的径流洪水来源于暴雨。夏季来自太平洋、印度洋的两个暖湿气团常在长江中上游与冷气团相遇，形成两个暴雨区，这便是“川水”和“南水”（桃花汛）的来源，前者通常是7—8月，后者通常是5—6月。一般情况下，干支流产生洪水的时间有先有后，相互错开，不致形成威胁中下游平原区的大洪水，但如遇气团移动情况反常，长江干支流和洞庭湖、鄱阳湖水系同时涨水，就会造成严重洪灾。

关于长江洪灾的历史记载，每章每页都惨烈不堪。

1870年长江特大洪水，宜昌站最大洪峰流量达到10.5万立方米每秒，规模为数千年调查洪水最大。损失之巨，范围之广，为数百年所罕见。嘉陵江畔的合川县“大水入城深四丈余，仅余缘山之神庙、书院、民舍数十间，水连八日，迟半月水始落，房屋倾大半，未倾者污淖充塞，腥腐逼人，历两月之久，稍可居人，满城精华一洗成空，十余年未复元气”。

荆江南岸大堤在松滋县被水冲决形成松滋口，洪水直泻洞庭湖，洪道所及，荡然无存；北岸大堤在监利决口，加之汉江决口，荆北及江汉平原一片汪洋，“衙署、庙宇、居民、田禾淹没无算，为数百年未有之奇灾”。

1848年洪灾，武汉成为“茫茫泽国，野水连天”，灾民呼号，陆地行舟。清人叶调元曾用25首竹枝词详细记录了“人家百万水中萍”的惨状：“眼前无路可如何，屋顶开门似鸟窠。高碰头来低擦背，肥人长子吃亏多。”

长江中下游损失最惨重的当数1931年大洪水。那年初夏，长江流域各省普降暴雨，连绵经月，昼夜如注。荆北大堤覆没，江汉平原一

防汛大军加固武汉关前堤防

时成为“内海”，与洞庭湖区几乎连成一片，受灾人口达 2887 万以上，死亡 14 万多人，直接经济损失为 1384 亿银圆。当年《巴黎日报》路透社称这次洪灾为“最近一个世纪所未曾有过的大惨剧”。

根据历史洪水调查与分析，长江洪水有丰平交替的规律性，但更多的是随机性和突发性。1954 年天气反常，梅雨天气早来，暴雨频繁，以致上游洪水提前发生，中下游洪峰滞后出现，全江河段干、支流洪峰叠加，酿成长江中下游特大洪水。

每到汛期，长江委便进入一级战备，通过冯自强的回忆，我们可以感受到水文工作者艰辛和奉献：

1954 年夏天，上级派我到沙市和长江委沙市水文站的有关同志到分洪区，在荆江分洪工程首次运用开闸分洪时施测进洪闸（即北闸）的洪水流量。当时我在老工程师郑慕孝带领下与同事梅万福、临时工陈远仁一起，带着仪器光着双脚，请了一位当地中年人给我

武汉防洪纪念碑

们挑着行李，在沙市渡过长江到对岸的太平口进洪闸。我们的工作是在进洪闸下游的马家嘴狭颈临时设立测站，因为马家嘴是荆江分洪区的最狭窄处，洪水通过进洪闸后经过马家嘴狭颈区向下游流去，这里测流比较理想。郑慕孝工程师负责全面工作，我和梅万福负责测流工作，陈远仁在马家嘴对岸临时水尺处做水位观测记录。

当时工作条件差，生活非常艰苦。我们住在一个高大的没有墙壁的旧木房内，每天测流完，夜间点上小煤油灯进行流量计算，用的是算盘和计算尺，算完后互校无误，便立即通过电报发往北京防汛总指挥部和总理、主席办公室，长江委，水利部，湖北省水利厅以及沿江各关键测站。就这样日复一日，我们度过了全程防汛期。最使我难忘的是我们测流时所用的民用小船上爬满了蛇和老鼠，它们虽不伤人，但看到却有些怕，时间久了也习惯了。

水文预报中心如同作战指挥部，最多一天接到防汛电报 1700 多份，不断地测算分析。对于长江委准确的洪水预报，沿江群众评价：“真有板眼，说涨就涨，说退就退！”

当时，汉口的 136 千米堤防残缺不全，好的高度只有 29 米，差的只有 26 米左右，而武汉关水位达到 29.73 米，洪峰流量 76100 立方米每秒，均为 1865 年有水文记载以来的最高值，其水位比 1931 年的破堤水位高出 2.84 米。

暴雨倾盆，洪浪呼啸，政务院副总理邓子恢代表党中央坐镇武汉，长江委大院灯火通明，有 30 万防汛大军战斗在堤防第一线，还有 31 万人组成服务队、突击队和预备队。全国各地紧急调运到武汉的麻袋、草袋就有近千万条，芦柴、高粱秆 900 多万千克，土箕 38 万对。

1954 年 7—8 月，长江上游洪峰汹涌而下，长江中下游出现了有水文记录以来最大的洪水，江水已经没过了武汉市的最高水位线，江堤险情迭出，荆江大堤危在旦夕。

一份份电报飞向北京：长江告急！汉江告急！武汉告急！

为了保住荆江大堤，保卫武汉，中央不得不下令动用刚刚完工的荆江分洪工程。3 次开闸分洪，使沙市水位下降近 1 米，削减了洪峰对武汉的压力。但汉口堤防仍有 64 处决口，仅湖北境内农田被淹就达 2127 万亩，受灾人口 926 万，死亡 3 万人，南北大动脉京广铁路中断 100 多天……

洪水退后，毛泽东向武汉军民发了贺电："庆贺武汉人民战胜了一九五四年的洪水，还要准备战胜今后可能发生的同样严重的洪水。"

这一题词意味深长，至今还呈现在汉口江滩公园的长江防洪纪念碑上，令人在自豪之中也品味出一种沉重的苦涩，深感使命的艰辛。

如同题词所预料的，1998 年长江又发生特大洪水，荆江分洪工程几乎再次被迫启动。直到三峡大坝建成后，荆江河段的防洪形势才发生了根本性变化——

长江上游若发生 100 年一遇洪水，通过三峡水库拦洪调节，可将枝城站流量控制在荆江河道的安全泄量以内，荆江分洪区不分洪。

若发生 100 年一遇以上至约 1000 年一遇洪水（长江历史上发生的 1870 年特大洪水），通过三峡水库调蓄，运用荆江分洪工程，可避免荆江两岸堤防溃决和发生大量人口伤亡的毁灭性灾害，减少洪灾损失。

岁月证明，荆江分洪工程功不可没，经受住了严峻的考验。我们也永远不会忘记分洪区人民所做出的巨大牺牲，正是那沉痛的记忆，为三峡大坝不断催生。

酹江月 · 梦绕云水

第二章

东方古国创造了灿烂的水利文明，紧随大禹身影的第二个治水英雄当数战国时期的李冰，他所设计兴建的都江堰位于岷江中游，规模宏大，地点适宜，布局合理，兼有防洪、灌溉、航运三种作用，在世界水利工程史上也是罕见的奇迹，今天仍被水利工作者赞叹不已。

2000多年来，都江堰为蜀地百姓带来了千年福泽，也造就了天府之国。后来他的儿子也加入了治水的行列，为此，蜀地百姓建了二王庙，来纪念情系苍生的李冰父子。

但近代以来，创造水利奇迹的是西方世界，当古老的硪歌仍在东方大地上回荡时，西方江河上的混凝土大坝已接连耸立，科技落后的中国不能不打开封闭的门窗，向西方学习取经。满怀实业救国梦想的仁人志士，在谋划水电建设时，纷纷把目光投向了神奇的长江三峡。

三峡是瞿塘峡、巫峡和西陵峡三段峡谷的总称。它西起四川奉节白帝城，东到湖北宜昌南津关，全长193千米，其中峡谷段90千米。北魏时郦道元所写的《水经注》，就有一段关于三峡的生动叙述："自三峡七百里中，两岸连山，略无阙处。重岩叠嶂，隐天蔽日，自非亭午夜分，不见曦月……"

长江冲过三峡呼啸而出，引发出无数奇诗妙文，散文家王充闾曾如此感叹——

三峡，这部上接苍冥、下临江底，近四百里长的硕大无朋的典籍，是异常古老的。早在语言文字出现之前，不，应该说早在混沌初开、乾坤始奠之际，它就已经摊开在这里了。它的每一叠岩页，都是历史老人留下的回音壁、记事珠和备忘录。里面镂刻着岁月的屐痕，律动着乾坤的吐纳，展现着大自然的启示；里面映照着尧时日、秦时月、汉时云，浸透了造化的情思与眼泪。

我们不能设想在自己有限的一生中，读尽它的无限内涵，但总可以观嬗变于烟波浩渺之外，启哲思于残编断简之中。作为现实与有限的存在物，人们徜徉其间，一种对山川形胜的原始恋情，与源远流长的历史激动，会不期然而然地被呼唤出来。

开窗放入大江来

最先关注三峡的，是伟大的先行者孙中山先生。

1911年，辛亥革命推翻了清王朝，结束了中国几千年的封建专制，建立了中华民国。孙中山开始为振兴实业而积极奔走，曾赴日本考察铁路、工业、商贸，谋划振兴农桑、兴办工业、建设交通以推动发展。他深知，要想实现这些计划，离不开一个重要的能源，那就是电力。为此，他在1918年用英文撰写的《实业计划》中，对改良长江上游水路进行了如下论述：

> “自宜昌而上，入峡行，约一百英里而达四川之低地，即地学家所谓红盆地也。此宜昌以上迄于江源一部分河流，两岸岩石束江，使窄且深，平均深有六寻，最深者有至三十寻者。激流与滩石，沿流皆是。改良此上游一段，当以水闸堰其水，使舟得溯流以行，而又可资其水力。其滩石应行爆开除去。于是水深十尺之航路，下起汉口，上达重庆，可得而至。”

该文发表后，引起了英国工程师波韦尔的关注，认为孙中山虽非专业技术人员，但所提设想值得研究。1919年，波韦尔来到中国进行实地考察，并提出了《扬子江三峡水电开发意见》。

1924年，孙中山在广州国立高等师范学校举办讲座时，又说起了他的“三峡梦”：“像扬子江上游夔峡的水力，更是很大。有人考察由宜昌到万县一带的水力，可以发生三千余万匹的电力，像这样大的电力，比现在各国所发生的电力都大得多。不但可以供给全国火车、电车和各种工厂之用，并且可以用来制造大宗的肥料。……让这么大的电力来替代我们做工，那便是很大的生产，中国一定可以变贫为富的。”

这时，孙中山已把开发三峡水力资源和他的强国梦想联系起来，让世人更加充分地认识开发三峡的深远意义，实为高瞻远瞩、振聋发聩之声。

“要看银山拍天浪，开窗放入大江来。”

孙中山在《建国方略》之“实业计划”中，描述了对三峡资源的利用开发，营造了中国人的第一个三峡梦。不幸的是，《建国方略》正式出版后不久，孙中山先生就在辛劳与焦虑中与世长辞。但是，他热切的呼唤，已引起了仁人志士的一声声应答。

三峡梦激励着心怀“科学救国”之志的热血青年，地质学家丁文江激情澎湃：“长江三峡是中华民族的一个拳头，早晚要显威的。”1924年，李四光带着助手赵亚曾，第一次以科学家的身份实地考察了三峡，写下了《长江峡东地质及峡之历史》的论文，对三峡地区的地质情况及周围环境进行了准确的论述。也许正是李四光这一贡献直接回应了孙中山先生编织的“三峡梦”，所以在次年孙中山先生去世的送别仪式上，李四光被推荐为抬灵柩者之一。这个殊荣在当时可以认为是后辈“继承人”的某种象征，其荣耀可想而知。

1930年，国民政府又派工商部人员踏勘三峡，准备在三峡地区搞水力发电。可时世艰难，刚刚收集到一点资料，便草草收兵。

1932年10月枯水季节，由国民政府资源委员会主持，组建了长江上游水力发电勘测队，队员有资源委员会的恽震、曹瑞芝，美籍工程师史笃培和扬子江水道整理委员会宋希尚等。勘测队翻山越岭，在三峡地区进行了两个多月的查勘和测量，然后编写出了《扬子江上游水力发电勘测报告》。这份报告从供电范围、技术条件考虑，选定地形、地质条件良好的西陵峡东段的黄陵庙和葛洲坝修建两座低坝，并建通航船闸。两座枢纽总装机容量80万千瓦，总投资1.665亿元，建成后既能利用三峡水力资源，也能改善三峡航道。

鉴于当时的国力和技术水平，此项计划比较粗略，开发利用的三峡水力资源有限。但是，这是对长江三峡水力资源的首次查勘，也是拟实现“三峡梦”的第一张规划草图，为后来三峡工程建设提供了可贵的参考资料。可叹时世不济，蒋介石正忙于“围剿”苏区，这份苦心之作被束之高阁，无人问津。

1944年，抗战胜利曙光初现，国民政府成立了战时生产局，并聘请美国著名经济专家潘绥任顾问，想争取更多美援。潘绥来到中国后，提出《利用美国贷款筹建中国水力发电厂与清偿贷款方法》的报告，建议由美国政府贷款9亿美元并提供设备给中国政府，在三峡建一座装机容量为1050万千瓦的水电厂和年产500万吨的化肥厂，用廉价水电生产化肥向美国出口，以偿还美国贷款。这就是名噪一时的“潘绥方案”，既满足了国民政府争取美援、发展生产的愿望，又满足了美国政府解决化肥紧缺问题的需求，同时美国还能达到出口设备的目的。所以，此方案一抛出，就引起中美朝野的高度重视。

尽管潘绥对中国国情缺乏了解，在水电、化工方面是外行，以致“潘绥方案”有明显的局限性，但资源委员会主任翁文灏、副主任钱昌照都是爱国知识分子，认为要抓住这个搞建设的好机会。他们商量后，决定邀请世界著名水坝专家萨凡奇来华考察。

萨凡奇计划

萨凡奇是誉满全球的水利大师，也是一位白求恩式的国际友人，其传奇般的人生令人赞叹。

1879 年圣诞之夜，萨凡奇诞生于美国一个普通的农家。24 岁那年，这个马背上长大的“西部牛仔”获得威斯康星大学工程学博士学位，进入美国垦务局工作。此时美国经济陷入大萧条，罗斯福总统推行“新政”，由政府投资大搞水利工程，以工代赈，解决工人失业问题。垦务局一年有几亿美元的工程建设费，在西部 17 个州修建几十座大坝，年轻的萨凡奇得以大显身手。

萨凡奇设计的胡佛大坝（世界上最高的重力拱坝），创造性地建立了高拱坝应力分析方法，解决了混凝土大坝建筑技术的一系列难题，广受好评。接着，他又提出在哥伦比亚河上建造世界最大的大古力水坝，装机容量 197 万千瓦，耗资 3 亿美元。

这一建议首先遭到了同行们的反对，1938 年，美国水工程协会在芝加哥集会，斥责萨凡奇为什么花那么多钱在不毛之地建坝，是不是老糊涂了？结果，罗斯福总统力排众议，支持建坝，大古力水坝以美国历史上前所未有的规模和速度建成，给美国西部带来了繁荣，特别是在第二次世界大战期间，为美国战时生产提供了充足的电力。

到 20 世纪 40 年代，萨凡奇在美国已成功设计建造了 60 座大坝，其中有当时世界上 4 个最大的水坝。他退休以后，还到处“打义工”，为瑞士、印度、西班牙、澳大利亚等国的水电工程担任顾问。

1944 年 6 月，萨凡奇从印度来到重庆。考察第一站，便是千年不毁的都江堰。他震惊、慑服，连声赞叹：“太了不起了，中国人真聪明！2000 多年前的中国人就懂得当代最新的水利学原理，真是不可思议。”

有人告诉他李冰父子的六字真经——“深淘滩，低作堰”，萨凡奇细细品味，说：“他们才是世界上最伟大的工程师！”

年届花甲的萨凡奇强烈要求前往三峡考察，当时宜昌是敌占区，日本飞机经常在峡江巡逻轰炸，非常危险，萨凡奇执拗地对中国陪同人员说：“我不要你们承担责任，我写一个遗嘱给你，万一我回不来，就寄给我妹妹（萨凡奇没有子女，其时夫人已去世）。”

当局不敢大意，只好为他提供安全保障。萨凡奇在中国水电专家的陪同下，于 8 月间坐船由三斗坪下水，至石牌一带，翻山越岭，踏勘地形和地质状况。在勘测过程中，中国水利工程师钱光宗不幸坠江身亡。

陪同人员对这位外国老头子的印象是：大块头，胡子刮得干干净净，除了谈工作，什么也不谈。他日出而行，日落而归，翻山越岭，横涉沟壑，手执地质锤奔波不息，并拍下许多照片，获得了丰富的第一手资料。因南津关一带被日军占领而难以察看，一路护卫的江防司令吴奇伟中将便将缴获的日军航拍图送给了萨凡奇。这份航拍图只标出了地形地貌的等高线，没有标明高程，萨凡奇执意要登上山顶实地勘察，吴奇伟只好陪同老人登山，冒险来到前沿阵地，使前线士兵深受鼓舞。

结束勘察后，萨凡奇立即投入紧张的研究、设计和计算，在 20 多名中国技术人员的协助下，苦干 40 多天，终于完成了《扬子江三峡计划初步报告》，即著名的“萨凡奇计划”。

萨凡奇计划长达 3 万余字，内容涉及三峡水利工程的方方面面，想象大胆，思维缜密，堪称一部宏伟杰作，立即轰动中外。

萨凡奇建议：在宜昌上游 5~15 千米处的南津关至石牌之间选定一坝址，坝身为混凝土直线重力式，建坝高度 250 米，水库蓄水位 200 米高程，水电站房设在长江两岸，总装机容量 1056 万千瓦，年发电量为 817 亿千瓦时。大坝设船闸通航，万吨船队可直达重庆。水库可拦蓄洪水，从根本上解除长江水患。工程造价估计 10 亿美元，计划 8 年内竣工。

1944 年 11 月，在重庆陪都，国民政府把一枚金色勋章颁给 65 岁的美国人——萨凡奇，表彰他为中国民生做出的巨大贡献。中美两方要员都出席了颁奖仪式，场面十分隆重。

萨凡奇返回美国后，穿梭于垦务局、国务院、国会三者之间，寻求中美间在三峡工程上的合作。他说：“长江三峡的条件，在中国是唯一的，在世界上也不会有第二个。开发三峡计划，涉及发电、防洪、航运、灌溉、农业等方面，不仅关系中国的繁荣，而且也是世界性的伟大工程计划。”

1945 年初，抗战胜利在望，国民政府原则上同意了萨凡奇的三峡计划，令资源委员会着手筹备。经过多方努力，11 月 21 日，中国资源委员会与美国垦务局终于签订了技术协助合约，由垦务局代为进行三峡大坝的工程设计，资源委员会为此向垦务局支付设计费 25 万美元。

资源委员会聘请萨凡奇为顾问。1946 年 3 月，萨凡奇重回长江三峡，再次对坝址实地勘测。他兴奋地说：“三峡计划是我一生中最得

萨凡奇考察长江三峡

意的杰作，如果上帝给我时间，让我看到三峡工程变为现实，那么我死后的灵魂会在三峡得到安息！”然而内战再起，何谈修坝？1947 年 5 月，南京国民政府宣布“三峡工程暂告停顿”。资源委员会主任翁文灏怀着万般苦涩致函萨凡奇，称有关三峡计划设计工作因国内经济困难暂停，召回在丹佛从事设计的中国技术人员。

萨凡奇心灰意冷，连叹：“遗憾！遗憾！”取消了当年 7 月再度来华考察的计划。

1963 年，美籍华人、著名水利专家徐怀云去看望了萨凡奇。萨凡奇已经 84 岁了，他伤感地说：“中国大坝一定会建起来的。你们中国有许多聪明人，不会把巨大的财富长期摆放着不用。只是对于我，已是一个失落了的美好而又痛苦的梦境了……”

2003 年，当三峡大坝首批机组发电、永久船闸通航时，长江委等部门特地派出代表，专程赴美国，在萨凡奇墓前献上一束鲜花，报告三峡梦想成真的喜讯，表达感恩之情。中国人民永远不会忘记这位著名水利大师为长江画梦所做出的历史贡献！

长江三日

“茫茫九派流中国，沉沉一线穿南北。烟雨莽苍苍，龟蛇锁大江。黄鹤知何去？剩有游人处。把酒酹滔滔，心潮逐浪高！”

这是 1927 年春天，毛泽东主席在武昌写下的一首沉郁而悲壮的诗词。此时，黄鹤楼已成废墟，大革命处于低潮，诗人俯瞰浩浩大江，心情焦虑，思绪万千。

时隔 26 年后，1953 年春节，毛泽东主席南下视察，重返白云黄鹤之乡。一到武汉，他就披着纷扬的雪花登上蛇山，旧地重游，分外亲切。

随后，长江委主任林一山便接到中南局通知，要他随毛泽东主席外出并汇报工作。他的心情既紧张又兴奋，与秘书魏廷琤一起，拎着装满资料的皮包，登上了停泊在武汉关码头的“长江”号军舰。

军舰刚出港口，工作人员就通知林一山去二楼汇报。他走进卧舱，只见毛泽东身着军呢大衣，头戴军帽，随意地系着一条方格围巾，显得十分潇洒。毛泽东与他握手后笑问：“你过去见过我吗？”

“见过，西安事变之后，我作为白区的党代表去延安开过会，听过您的报告，您还参加了我们小组的讨论。”

“真对不起，你认识我，我不认识你。”毛主席笑指着林一山手中的地图，“这是从哪儿弄来的？”

毛主席这么平易近人，使林一山紧张的心情渐渐地放松下来。他递上地图，说是在东北打仗时弄到的，是上海《申报》为纪念创刊 60 周年出版的《中国地图》。

“这本地图还是不错的，长征开始时我路过湖南、广东边界时也弄到过一本，以后打仗行军经常用它，长征时它给我帮了不少忙。”

毛泽东接过地图，发现林一山右手不便，便问：“你的手是打仗时受的伤吧？”

“是的，是跟日本人打战时受的伤。”

“你打了多少次仗？”

“大大小小的有几十次吧。”

“好！打一打仗有好处，可以减少主观主义。”

毛泽东主席听取林一山关于治理长江问题的汇报

谈笑中，毛主席在桌子上铺开地图，开始切入正题，首先询问长江洪水的成因。林一山指点地图，着重介绍了长江流域的气象特点：“长江流域有两个暴雨区。一个是从南岭向北流水的地区，在 4—6 月这 3 个月，暴雨由南向北、由东到西逐步发展。另一个暴雨区是四川盆地和三峡区间，也包括秦岭以南的汉水流域，在 7—9 月这 3 个月。如果这两个大暴雨区同时降雨，洪水汇合，长江就会发生水灾。这种全流域性的降雨天气，一般 5~10 年可能发生一次。另一种暴雨在较大的区域发生，即区域性暴雨，因暴雨强度太大，也会形成罕见的特大洪水，如 1860 年、l870 年和 1935 年的洪水，就造成了特大灾害。”

毛主席问：“长江流域暴雨最大的强度是多少？”

林一山回答：“根据历史记录，1935 年 7 月，湖北五峰县一次降雨总量达到 1500 毫米，比两湖地区通常年份一年的雨量还多。川西的峨眉山青衣江流域因地形关系，每年的降雨总量都可达到 2000 毫米以上，所以叫做‘川西天漏’。”

“真了不得！”毛主席转过身去问陪同的公安部部长罗瑞卿：“罗长子，你有多高？”

罗瑞卿笑答：“一米八几。”

“呵，长江真能下雨，有的地方年降雨深度比你还要高啊！”

饱读史书的毛主席深信欲治国安邦必先治水安澜。新中国成立伊始，他便做出了许多关于治水的指示，黄河、淮河、海河，等等，都牵系着他的思虑。此刻，他凝视着窗外奔腾的江涛，若有所思地说：“要驯服这条大江，一定要认真研究，这是一个科学问题。”

第二天汇报，林一山展开了一张“长江流域水利资源综合利用规划草图”，图上的干支流上标着大大小小的水库群。他说，我们计划兴建一系列梯级水库来拦蓄洪水，解除洪水的威胁，同时开发水电，改善航道，发展灌溉。

毛主席抚摸着万里江山图，手指从长江源头向金沙江、大渡河、岷江、嘉陵江、乌江、湘江、汉江、赣江、长江口移动。他沉思片刻后，划了一个大圆圈："这些支流水库都加起来，能不能抵上三峡这个大水库？"

林一山摇头："抵不上。"

毛主席指着三峡东口说："那为什么不在这个总口子上卡起来，毕其功于一役？就先修这个三峡水库怎么样？"

林一山激动地说："我们很希望能修三峡大坝，但现在还不敢这样想。"便介绍了"萨凡奇计划"，当时造价约 13 亿美元。毛主席就问罗瑞卿人民币与美元的比价，然后大致一算，认为造价不算高，接着又问了工期和地质基础条件方面的问题。

毛主席当然是读过孙中山的《建国方略》的，现在能探讨中山先生的"三峡梦"能否实现，使他十分高兴。他又留林一山吃饭，边吃边问："你有多少工程师啊？"

"270 多个。"

毛主席停下筷子，惊讶地说："工程师讲百呀！有多少技术员？"

"1000 多。"

"喃，技术员讲千啊！"

长江水师有如此雄厚的技术实力，使毛泽东深感欣慰，难怪上一年搞荆江分洪工程，75 天就顺利完成。在他实施的战略中，人总是第一位的，探明虚实后，他心里有了底，开始考虑又一件大事。

林一山在回忆录中记载了第三天的交谈——

林一山：

主席问："南方水多，北方水少，能不能把南方的水借给北方一些？这件事你想过没有？"

我说："想过，那是当我想到全国农村水利化问题时，考虑过这个问题。"

主席又问："你研究过这个问题没有？"

我说："没有。"

"为什么？"主席问。

我说："不敢想，也没有这个任务。"

主席这时用铅笔在地图上指着白龙江问："白龙江的水，能不能引向北方？"

我说："不行。"

"为什么？"主席问。

我说："白龙江发源于秦岭，向东南流向四川盆地，越向下游水量越大，但地势越低，不可能穿过秦岭把水引向北方。而白龙江水引向西北更有意义，引水工程也有兴建的可能性。越是河流的上游，地势越高，居高临下，则利用地势自流引水的可能性越大，但水量却越小，因此引水价值不大；反之，河流越是往下游，水量越大，地势又越往下越低，兴建引水工程的可能性就越小。"

主席觉得我说得有道理，也就没有往下问。

但主席又把铅笔指向嘉陵江干流的西汉水说："这里行不行？"

我说："不行。"

主席说："为什么？"

我用与白龙江不能引水的同样道理做了说明。

接着，主席指着汉江问："汉江行不行？"

我回答说："汉江有可能。"

主席问："为什么？"

我说："汉江与黄河、渭河只隔着秦岭平行向东流，越往东地势越低，水量越大，而引水工程规模反而越小。"

这时，主席用铅笔从汉江上游至下游画了许多杠杠，每画一道杠杠他都要问："这里行不行？"

我说："这些地方都有可能性，但要研究哪个方案最好。"

当主席指向丹江口一带时，我说："这里可能性最大，可能是最好的引水线路。"

主席即问："这是为什么？"

我说："汉江再往下即转为向南复向北，河谷变宽，没有高山，缺少兴建高坝的条件，所以也不具备向北方引水的有利条件。"

我为什么说丹江口一带可能最好呢？因为，当时我们在研究汉江中下游防洪问题时曾提出过丹江口工程，只是还没有考虑利用这个工程进行南水北调。主席的提醒使我立刻想到如果经过调查研究工作，丹江口工程有可能作为南水北调的一个方案。

主席听到丹江口一带可能有条件兴建引水工程时，立刻高兴地说："你回去以后立即派人查勘，一有资料就即刻给我写信。"于是在这次接见后不久，当年我便布置了引汉济黄线路的查勘。

军舰快到南京时，主席又叮嘱："三峡问题暂时还不考虑开工，我只是先摸个底。中央分管这项工作的同志，你也暂不跟他们讲，但南水北调工作要抓紧。"

毛泽东主席的这次视察，可谓是一次喜枕波涛的畅想长江之旅，不仅萌发了三峡建设、南水北调等宏略大计，也指明了长江委今后的奋进方向。好多年之后，林一山还清晰地记得夜谈送客，主席手捧茶杯、凝视江涛的情景，那是“星垂平野阔，月涌大江流”的意境，是“一樽还酹江月”的滔滔诗情。

初探美人沱

林一山严格遵守长江舰上的“君子协定”，没有向外透露毛泽东主席拟兴建三峡大坝的设想。他深知，按目前国力，是难以拦截长江搞浩大工程的，各方面条件都不成熟。那么，能否以多取胜，在长江上游控制洪水，即在金沙江及岷江、嘉陵江、乌江等大支流上建坝，来代替三峡工程呢？另外，三峡工程迟早会上马，必须摸清三峡情况，当好领导的参谋。于是，1953 年秋天，当荆江分洪工程刚刚竣工，他便到重庆上游局部署查勘事宜。

上游局技术力量较强，原西南军政委员会水利部处长李镇南刚调任上游局主任工程师。这位留美专家先后获得康乃尔、爱荷华、伊利诺三所大学的结业证书，曾利用寒暑假实地考察水利工程，跑遍了美国 40 个州。他曾在美国垦务局从事工程勘察设计工作，与大坝权威萨凡奇共事多年。

林一山与李镇南一见如故，交谈甚欢。他曾感慨：“有人问我，我的业务知识是从哪里学的？我没有别的秘密，就是所接触的大多是工程技术人员，同这些人在一起就是一边工作，一边学习。”

自从接管长江之后，林一山就对萨凡奇计划颇感兴趣，这位世界著名水利大师为了中国的水利建设，不远万里三次来到四川，冒着战火舍生忘死沿江勘察，呕心沥血完成了三峡计划，令人肃然起敬。李镇南回国后曾任教大学，口才极佳，把许多枯燥的技术问题讲解得十分生动，使林一山不仅理解了萨凡奇计划的要点，还知道了著名的“萨凡奇准则”——最小最大后悔值法：决策者不知道各种自然状态中任一种发生的概率，决策目标是确保避免较大的机会损失。

林一山品味着这个“准则”，笑道：“很有道理，那么，我们应该尽量去了解自然，探索自然，抓住机会，避免失误，努力把前人的梦想变成美好的现实。”他谈了自己的设想后，李镇南激动地站起来，紧握着他的手说，“好，好，这是我一直想干的事，终于可以不再做梦了！”

李镇南立即着手研究“控制性工程”，组织人员查勘四大支流，寻找可建水坝之地。当年年底，他便从重庆到武汉汇报：可分别在向家坝、偏窗子、温塘峡、七子背兴建控制性枢纽工程。但是，经反复计算，这些工程都不能解决长江中下游的洪水之患，不能替代三峡工程。所以，应实施以兴建三峡工程为主、主要支流为辅的上游治理开发方案。

听到这个结论，林一山沉吟着，说了两个字：“探梦。”

1954 年 4 月，上游局组织了 10 余人的三峡坝区查勘组，由副局长饶兴带队，李镇南负责技术工作，在宜昌包租了一条大木船，溯江而上。

这是新中国水利工作者首次查勘三峡，是对先行者的庄严致敬，也是对“三峡梦”的又一次探寻和求证。

再没有战争的烽火，南津关显得格外宁静。这是三峡的东口，也是长江上游和中游的分界处，为上川下楚的咽喉要道，自古就有“雄当蜀道，巍镇荆门”之称。

船泊古关，李镇南要求大家注意观察岩土状况，尤其要注意石灰岩的溶蚀情况。他在沙滩上详细讲述了“萨凡奇计划”，并摆放木棒形象地讲解三峡大坝的轮廓，比较设计高程，估算混凝土用量和设想上下游围堰，说两座围堰就相当于两座大坝。

李镇南的讲解，使大家对大坝的浩繁宏伟有了深刻的认识。更令人震惊的是，他严肃地表示，南津关一带地质复杂，基本上是石灰岩，溶洞较多，要根据实地勘探情况对“萨凡奇计划”进行考证。

“考证你的老师？”有人惊讶地问。

李镇南平静地说：“是啊，在美国时，老先生常请我去他家吃饭交谈，他总是说你们东方人太内向，不敢大胆提问，在科技问题上不能迷信权威，要反复求证。如果他还活着，知道我正踏着他的脚印考察三峡坝址，是一定会鼓励我精益求精的。”

江水的险，险在窄，险在急，险在曲折，险在多滩。山的好处，在不单调。这个峰很高，那个峰还要更高，前面有一排，后面还有一排，后面的后面，还有无数排，一层一层地你围着我、我围着你，你咬着我，我咬着你。前面无路，后面也无路。四面八方，都被悬崖阻住。船身得转弯抹角地从山缝里穿过去。两旁的高山，笔直地耸立着，好像是被一把快刀切成似的，那么整齐，那么险峻。仰着头，才望见峰顶，中间是一线蔚蓝的天空。偶尔看见一只黑色的鸟，拼命地飞，拼命地飞，总觉得它不容易飞过那高的峰顶。江水冲在山崖上、石滩上，发出一种横暴的怒吼，有时候可以卷起一两丈高的浪堆。

“上有六龙回日之高标，下有冲波逆折之回川。

黄鹤之飞尚不得过，猿猱欲度愁攀援。”

李太白这几句诗，要亲自走过这一段路的人，才知道他是写得真，写得深，写得活现。

这并非是李镇南的记录，而是著名学者刘大杰乘船过三峡时的描述。勘察队员们可不像游客那么轻松，船舱里摆的是行军床和油灯，每天过山涉水，攀岩越谷，察岩样，勘地形，测水文，足迹踏遍葛洲坝、平善坝、石牌、南沱、黄陵庙、三斗坪、茅坪、太平溪、美人沱，以及西陵峡中最险峻的兵书宝剑峡，直到秭归香溪才系缆上岸。

经过历时近一个月的查勘，勘察组提出意见：“南津关坝区河床窄且深，建坝需做地下电厂，施工难度大，并且岩溶发育、洞穴较多，地质条件复杂。相比之下，上游美人沱坝区的三斗坪等处河床开阔，火成岩强度较高，建高坝很理想。”

这个意见与萨凡奇选址南津关不同，是向世界学术权威的结论挑战。因此，李镇南谨慎地表示：因缺乏水中勘探设备，没有探测河床，此意见还有待论证。

刘大杰对三斗坪一带也有描述：“江南的山，玲珑秀丽，树木亦青葱可爱。黄牛峡黄陵庙在焉。古语有‘朝发黄牛，暮宿黄牛’语，现在并不觉得如何危险，不过南沱至美人沱一段石滩较多，江流较急而已。在这一段，我最爱黄陵庙。在南岸一座低平的山上建立一个小小的古庙，前面枕江，三面围绕着几百株浓绿的树木，最难得的是在三峡中绝不容易见到的几十株潇洒的竹子，石崖上还倒悬着不少红色紫色的花。”

建高坝必选峡谷，而李镇南却突破了他师从过的这个“美国原则”，竟然选择宽谷作为三峡坝址，使同行们既惊讶又佩服。林一山认为，无论这个意见是否妥当，这次“探梦之行”都是值得肯定的，让我们心里有了底，有了自己的主见和初步方案，如果三峡工程上马，就不用临阵磨枪了。我们可以称选址南津关为“南案”，选址美人沱为“美案”。“美案”还不成熟，就暂时保密，不要声张，慢慢地揭开这个美人的面纱。

1954 年 9 月，苏共总书记赫鲁晓夫应邀访华，参加中华人民共和国成立 5 周年的国庆庆典。他率领一个庞大的代表团，办展览、签协议，团员们还到各地参加活动。但鲜为人知的是，他曾秘密飞临长江中游上空，在野水茫茫的分洪区上空盘旋，深受震撼，从而为今后援助中国水利建设埋下了伏笔。

当苏联人在飞机上俯瞰茫茫分洪区时，林一山从防洪前线武汉赶到重庆，再次与上游工程局的专家们共商大计。

《长江建设五年计划》是以 1949 年、1931 年出现的最大洪水为防御标准的，即近期防洪能力可防 1949 年型洪水，进一步再防 1931 年型洪水，但这场百年不遇的大洪水完全打乱了既定目标，“千湖之省”的江汉平原已是汪洋无涯，江湖难分了。尽管动用了荆江分洪区，勉强保住了荆江大堤和武汉市，国家仍然遭受了严重损失。虽然这是不可抗拒的自然灾害，但身为长江水官，林一山不仅深感痛心，也深感内疚。

要达到能抵御 1954 年大洪水的水平，荆江大堤需普遍加高 2~3.5 米，这不仅难实现、不经济，且堤防越高，潜在危险也越大。而再建分蓄洪区，在人口稠密、经济发达的平原地区已越来越困难。

痛定思痛，长江防洪必须治本。林一山敏感地意识到，这次大洪水可能会促使三峡工程提前实施，长江委应未雨绸缪，做好打大仗的准备。

“何当共剪西窗烛，却话巴山夜雨时。”他再次与李镇南细细交谈，两位中年汉子以茶当酒，纵谈长江，都认为在治江中，必须把防洪问题放在首位，无论是长江流域规划还是三峡工程，都是势在必行。

后来，李镇南成为长江委首任总工程师，是林一山最得力的臂膀。透过一张老照片，我们可以看到这对搭档壮年时的容貌，那是在长江边与一群苏联专家的合影，林一山穿着中山服，神情严肃，若有所思；穿着旧军装的李镇南站在最后一排，显得谦逊而又沉稳。

列车夜话

转眼就是冬天。1954 年 12 月的一个傍晚，林一山突然接到电话通知：速到汉口车站汇报工作。他推测是重要领导到了，匆匆扒了几口饭，便赶往大智门车站。上了火车以后，才知道是毛泽东主席的专列，会议室里坐着的还有刘少奇、周恩来。

三位国家领导人停车等候，可见中央对长江治水问题的高度关切。林一山后来才知道，几位领导人是来湖北察看灾情的，他们越看心情越沉重，认为要果断采取措施。周恩来特意安排他利用从汉口至广水的 3 个小时行车时间，汇报三峡工程问题。

简单问候之后，毛主席就开门见山，直奔主题：“三峡工程在技术上有可能性吗？不靠外国人，行吗？”

林一山回答：“如果中央尽快部署，依靠我们的力量，在苏联专家的帮助下，是可以建成的。即使不用苏联专家的帮助，我们也可以建成，但需要先修汉江丹江口水利枢纽工程，那也是世界一流的大工程，有了经验，就能胜任三峡工程的设计和施工。”

毛主席问：“你的根据是什么？”

“我认为苏联的水利工程水平与美国的差不多，美国大坝专家萨凡奇有信心设计三峡工程，苏联专家也应该可以设计。”

林一山讲了美国的胡佛大坝和大古力大坝，又讲了苏联几个正在兴建的大坝，并把两方情况做了具体的对比。这是他与李镇南等专家畅谈后的收获，此刻就讲得比较生动。

领导们听得饶有兴味，又问三峡的地质情况。

林一山说：“虽然我们现在缺少先进设备，勘测手段还不完善，但在坝址地质问题上自有主见，而且看来是正确的。我们早就认为萨凡奇所选择的南津关坝址不合理，把坝址暂定为三斗坪河段。根据勘探结果，三斗坪河段地质基础是花岗岩，这种地质各方面条件都比较好，也不存在大坝漏水问题，只是花岗岩容易风化。”

毛主席点燃了香烟，深深地吸了一口，问道：“花岗岩风化最严重的情况会是怎样？”

“根据已掌握的资料，世界各地区花岗岩风化层最深的可达百米。”

毛主席皱起眉头：“如果三斗坪风化也有 100 米，那么，100 米以下呢？”

“请主席不用担心，河床虽然还没勘探，但是根据岸边初步勘探，30 米深的风化层，可能是最深了。而且，三斗坪上下的火成岩河段约有 25 千米，我们可以选择的河段很多，三斗坪的上一段属于片麻岩。”

毛主席的脸上有了笑容，当刘少奇问什么是片麻岩，他伸出手掌晃动着说：“好啦，好啦，片麻岩就是花岗岩的变质岩，很坚硬，在片麻岩地区选坝址是没有风化问题的。”

林一山不禁暗暗赞叹主席的睿智，从来不打无把握之仗。前一年在长江舰上，主席的水文和地质知识还十分有限，而仅仅一年后，他已经比较内行了。由此可知，主席治理长江的构想已进入研究和实施的阶段。

谈完三峡工程，火车就到了广水车站。广水是湖北最后一站，过了武胜关，就进入河南。周总理提醒林一山，该下车回武汉了。

望着窗外的夜色，林一山说:“我不下，我又不是地方官，到这小站，连个睡觉的地方都找不到，天也冷，让我去哪儿过夜？”

见林一山如此率真，三位领导都笑了起来，毛泽东马上说：“聊聊天吧，别下去啦。”

正因为有上次与主席聊天的经历，林一山才如此随意，觉得机会难得，可跟领导们多聊聊长江的治理和规划。

毛主席谈兴正浓，又点燃了香烟，沿着开发大自然造福人类的话题，从东半球谈到西半球，从恒河、黄河谈到尼罗河、亚马孙河，不知不觉又回到长江来。

“你说说，长江在世界上能不能排第一？”

“从综合条件看，也可以算世界第一。”

毛主席眼睛一亮：“为什么？”

“长江的水量虽然在世界上居于第四位，次于巴西的亚马孙河、美国的密西西比河、印度的恒河，但长江流域地势西高东低，跨越中国地势的三大阶梯，从能源这个角度讲，长江落差大，蕴藏的水力资源可以说是世界第一。”

“还有呢？”毛主席含笑又问。

林一山说，世界上许多大河流都是跨国界的，长江则为我国所独享，虽然密西西比河流域的平原面积大，但是我们的气候条件不比美国差。我们的祖先在山地开垦了大量梯田，弥补了耕地的不足。

三位领袖都兴致勃勃，听林一山海阔天空地侃侃而谈，毛主席笑道：“在北京难得这样谈天说地，还是出来走走好。”

后来，话题又转到三峡工程。周恩来总理细听林一山的估算：如果能得到苏联援助，在规划、地质、测量、施工等方面，大约需要多少专家。

周总理问：“你认为布可夫的技术水平怎么样？”

林一山说：“有些专家大国沙文主义思想严重，态度恶劣。布可夫是苏联建国以后培养出来的专家，对我们比较客气，比较民主，和我们合作得很好。不过，我们头两年向他们学习，过两年我们就能超过他们。”

领导们都笑了。毛主席欣赏地看着胸有成竹的林一山，对周总理说：“你记着，回北京后给布尔加宁拍个电报，尽量满足长江委的要求。”

领导们如此信任，使林一山备感使命神圣。在这宁静的冬夜，在行进的列车上，他坚定了一个信念：此生与长江永不分离，为完成治江大业，鞠躬尽瘁，死而后已。

车到郑州时，窗外已透出曙色。毛主席说：“夕在长江，朝至黄河，林一山，我请你吃早饭。走，少奇，恩来，为客人饯行。”

一夜未眠，众人却毫无倦意，含笑向餐车走去。林一山记住了一个温暖的细节：进门时，总理停下礼让，要他先走，他只好轻轻地将总理推到前边，总理回头微微一笑。

早餐很简单——稀饭、馒头，还有一小碟红辣椒。

“美人”与“猫儿”

列车夜谈一个月后，林一山进京汇报工作。水利部部长傅作义因公外出，党组书记、副部长李葆华亲热地把他迎进办公室，说：“你来得正好，国务院刚刚来了一个文，你可以看一看。”

李葆华是中共创始人之一李大钊的儿子，温文尔雅，平易近人，大有乃父遗风。林一山接过文件一看，便笑得合不拢嘴了。

这个文件是苏联部长会议主席布尔加宁给周恩来的复照，同意派出专家，支援长江流域规划和三峡工程建设，第一批专家12人立即启程来华。

林一山大喜过望，对周恩来的工作效率敬佩之极。他这次进京，就是为规划人手不足而发愁，希望得到上级的支持，并询问苏联专家何时可来。没想到中央行动真快，已将治江大计列入国家议事日程。

李葆华说，大水冲了龙王庙，水利部现在天天谈的是长江，你不是叫苦，说地质勘探缺人吗！我找了地质部何长工部长，他答应马上派人支援。

李葆华曾与林一山多次畅谈，说长江骨子里是激昂、坚硬的。长江之水天上来，长江就是以这种形式，带着莽撞狂野，劈开山脉峡谷，奔流而下。他难忘父亲李大钊在《艰难的国运与雄健的国民》中写到的：“一条浩浩荡荡的长江大河，有时流到很宽阔的境界，有时流到很逼狭的境界，哪能阻抑我们民族生命的前进？我们应该拿出雄健的精神，高唱着进行的曲调，走过这崎岖的道路……”

林一山捧着一杯热茶，与李葆华含笑碰杯。

1955 年 6 月，以德米特里也夫斯基为首的苏联水利专家组来华。周总理亲自接待，并风趣地说：中国的天漏了，老百姓吃不消，请你们来帮我们把这个漏补上。

从 1955 年至 1960 年 8 月，先后有 126 位苏联专家来长江委工作。他们在地质勘探、水文、科研、规划、施工设计等方面，与长江委工程技术人员进行了广泛合作，对所涉及的 22 个专业给予具体的指导和帮助，还带来了十几架航测飞机，进行长江流域航摄。那是中苏合作的蜜月期，中国人都尊称苏联专家们为“老大哥”。

第一批苏联专家到达武汉后，长江流域规划拉开了序幕。有了“老大哥”的支持，纷繁的规划工作进展得十分顺利，一年后就剑指规划的核心——三峡大坝。

1956 年春天，李葆华和林一山亲自带队，率领 143 位中苏专家，由重庆溯江而上，查勘了金沙江、岷江、大渡河、嘉陵江等干支流，然后挥师东下，查勘三峡坝区，历时近 3 个月。

在长江上游查勘时，苏联专家对猫儿峡产生了浓厚的兴趣。

猫儿峡位于重庆江津市境内的铜罐驿，为渝州三峡（另有铜锣峡、明月峡）之第一峡，其北岸是壁立千仞、刀劈斧削的金剑山，南岸怪石横江，形如层层堆积的书本，人称“万卷书”。清代诗人张问陶感叹：“山容留禹凿，峡意仿夔门”，形容石壁高耸入天，犹如半个夔门，仿佛是大禹留下的鬼斧之作。

经过详细考察，苏联专家德米特里也夫斯基和戈尔涅夫认为猫儿峡江面较窄，如在此拦江建坝花钱较少。他们计算后得出的结论是：猫儿峡大坝建成后，库容量非常大，可以大量装机发电。然后，查勘队顺江而下，再探“三峡之梦”。与两年前李镇南带队查勘相比，这一次可谓兵强马壮，鸟枪换炮，“海陆空”——航测、水测、地测全面推进。而且，还有“南案”与“美案”这两份“蓝图”作为参考，可以少走许多弯路。

三峡是长江风光的精华，神州山水中的瑰宝，一山一水，一景一物，无不如诗如画。然而，队员们来不及欣赏风景，更留意的是山形地貌、水文石质。

从宜宾以下，一直到宜昌，整个河段里面都是比较松软的岩石，跋山涉水的地质专家们不免唉声叹气。李镇南心中有数，含笑指点西陵峡的美人沱。

从美人沱顺流而下，就到达了一个名叫三斗坪的小镇，抗战期间，湖北省政府曾西迁至此，热闹得被人们称为“小武汉”。三斗坪对岸是秭归县的茅坪镇，在两镇之间的江面上有一个船形小岛，当地人称为中宝岛，长江委的专家觉得它像水中的碉堡，便在地质图上标名为中堡岛。

这小岛果然有宝。经过勘探，地质专家们在中堡岛下找到了一块绵延 20 多千米、形成于 8 亿年前的巨型花岗岩体。大家都兴奋得欢呼起来，如同在茫茫江水中淘到了一颗珍贵的钻石。

李镇南向苏联专家介绍：这片宝地得天独厚，不仅有长江流域罕见的花岗石结构，河谷中的中堡岛还可将长江一分为二，让三峡大坝进行分期施工。德米特里也夫斯基含笑点头，连连拍照。

但出人意料的是，回到武汉，苏联专家组闭门讨论后，既不赞同著名的“南案”，也否定了长江委的“美案”，而是提出了一个别开生面的新方案：在重庆上游 40 千米的猫儿峡建重点工程，再配以岷江的偏窗子、嘉陵江合川和金沙江向家坝等一些大中型枢纽群，可解决长江中下游的防洪问题。

苏联专家组认为，三峡水利枢纽工程的规模太大，投资过多，不太现实。而猫儿峡枢纽装机容量几百万千瓦，投资也少，工程比较简单，易于实施。他们之所以否定“美案”，是认为在美人沱河段建坝有两个问题：一是将坝址从南津关上移 30 多千米，会损失 10 米水头，这等于损失了一座 300 万千瓦装机容量的电站；二是会阻碍航道，使船舶难以通行。相比之下，萨凡奇的方案就较合理，不存在这些问题，如果一定要在三峡建坝，还不如采纳“南案”。

长江委的专家们仍然坚持“美案”，认为坝址地基是根本性的问题，要解决南津河段坝址漏水的问题是极其困难的。至于苏联专家组所提出的“猫案”，即建猫儿峡枢纽，则淹没区域太大，把重庆市都淹没一半，不太靠谱，且“猫案”重在发电，弱在防洪，有违防洪优先的原则。

工作之余，苏联专家经常邀请长江委人打网球，喝过几年洋墨水的李镇南被推举为代表。他在美国练过网球，偶尔还能弄出两下“ACE”球，故胜局居多，苏联人输得挺服气，满口“哈拉受”（хорошо）。但在讨论中，双方针锋相对，毫不退让。当时中苏关系较好，违抗“老大哥”的意见是有政治风险的，林一山却顶着压力，据理力争。

虽然这是“争坝”，并非“争霸”，但也是重大之争，惊动了中央。1956 年 12 月，周恩来特地邀请苏联专家组组长德米特里也夫斯基和林一山赴京面谈。为了便于讨论长江的洪水成因等问题，周恩来还请来了著名气象学家竺可桢。周恩来总理耐心听取了双方的意见，然后对德米特里也夫斯基说：中国的情况与苏联有许多不同，长江的防洪问题紧迫而严重，1954 年的教训记忆犹新。中国的耕地面积太少，在猫儿峡建枢纽则淹没区域太大，移民太多，也离长江中下游防洪重点保护区太远，三峡一带的暴雨区也是猫儿峡枢纽所无法控制的。相比之下，三峡水利枢纽不仅有巨大的防洪库容，而且地理位置优越，综合效益巨大，有着“对上可以调蓄，对下可以补偿”的独特作用，还是以三峡枢纽作为长江流域规划的主体比较好。

周总理没有判定孰是孰非，而是诚恳地讲国情、谈需求，并指令长江委进一步勘测三峡，以翔实的数据说话。德米特里也夫斯基心服口服，当即表示要着重研究三峡坝址。

1958 年 2 月，周总理率副总理李富春、李先念和各方领导、专家等 100 多人，乘江峡轮察看三峡坝区，并主持召开讨论会，听取中苏专家的选址汇报。

一年多前的争论后，为了弄清南津关河段坝址漏水的问题，苏联专家组又从国内调来岩溶专家到现场勘查研究。大量勘探资料证明，南津关河段的地质情况比原来设想的复杂得多，确实不适合建坝。

长江委也对“美案”进行了补充修改：汲取“萨凡奇计划”中多发电和不碍航的优点，建葛洲坝作辅助，即除建三峡大坝外，再在下游修建一座大坝，来调节水位水量变幅。这样，既可以多发电，又可以改善峡谷河段的航道。

中苏双方研讨后，一致认为经过修改的“美案”是可行的、合理的，便提交这次会议讨论。但德米特里也夫斯基发言时，话中有话，说萨凡奇先生是世界著名水利权威，要推翻他的方案还得慎重而深入地论证。

周总理欣慰地说：“大家都辛苦了，能取得这样一致的意见是很大的成功，今后工作中还要允许有反对意见。三峡一定要搞，一定能搞好。”

大坝选址的争论由此告一段落。但好事多磨，直到 1979 年，长江委拿出更多有说服力的数据后，才最终确定在三斗坪建坝。

三峡地质勘探历时 40 年，在 2 个坝区、15 个坝段、13 条坝轴线中反复查勘论证，取出来的钻井岩芯达 10 万米。美人沱的三斗坪之所以艳压群芳，是因为它不仅具有完整的花岗岩地质结构，河床开阔，还可利用中堡岛进行分期施工，分期导流。

1986 年 5 月，世界著名岩石力学专家米勒在察看中堡岛探洞时，用铁锤敲击花岗岩，陶醉地说："多么好听的音乐，修什么坝都是安全的。这真是一个好坝址，是上帝赐给中国人的礼物。"

梦显"长流规"

毛泽东主席一直挂牵着三峡。1954 年在广州珠岛讨论"一五"计划时，他说："要把三峡工程列入计划，但按我们国家现在的物力、财力，又不能列入五年计划，只能列入长期计划。我是看不到了。"他曾意味深长地对在场最年轻的干部邓力群说："将来我死了，三峡大坝修成后，你，邓力群，写一篇祭文，告诉我。"

1956 年夏天，毛泽东巡视南方，在武汉视察了长江大桥工地，畅游长江后，写下了《水调歌头 · 游泳》，展望三峡远景：

"更立西江石壁，截断巫山云雨，高峡出平湖。神女应无恙，当惊世界殊。"

强调"诗言志"的毛泽东，用诗词勾勒出中国革命和复兴的进程，而且多首豪壮的诗词都是写于长江之滨。从"龟蛇锁大江"，到"龟蛇静，起宏图”，真是天翻地覆，日新月异。《水调歌头·游泳》在《诗刊》发表后，三峡顿时成为世人关注的热点，一曲“高峡出平湖”，成了中国人的集体畅想曲。

同年9月1日，《人民日报》头版头条醒目地刊出了“长江流域水利资源查勘工作结束”的特号字标题新闻，副题为：开始编制流域规划要点，争取年底确定第一期开发工程方案，解决三峡大坝施工期间发电、航运问题的研究工作即将完成。

这年夏天，毛泽东主席在武昌东湖又一次接见了林一山。

林一山：

这次接见之前，是主席的一次集体接见，接见的是武汉地区一批有代表性的人士，时任武汉大学校长的李达就在其中。这次接见由王任重同志主持。当我们在客厅坐着等候时，主席来了。他向大家招手致意，见到我时说：“你这个‘长江王’来了。”接着又和我与李达等人一一握手。主席在与众人合影留念后，就上楼到他的房间里去了。在被接见者离去后不久，我接到通知到楼上去见主席。

我走进主席的房间，见李先念同志也在场。当时主席很高兴，还没说正事，就先开玩笑似的说：“你看能不能帮我找个人当主席，我给你当助手，帮你修三峡大坝，好不好？”

李先念说：“这个大坝长我都想当。”

这次接见，毛主席透露了一个很重要的信息：中央决定修三峡大坝。林一山激动不已，在长江委大会上说：“请同志们好好品味毛主席的诗词，这是为我们的‘长江流域规划图’画龙点睛。”

是的，只有确定了核心，才能描绘好长江流域规划这幅宏伟的蓝图。

规划并非纸上谈兵，而是提纲挈领，纵横捭阖，如同一个浩繁的大工程，须动用大量人力物力。为此，周总理决定设立长江流域规划委员会，亲自兼任主任，李富春、李先念、聂荣臻及华东、中南、西南三大区负责人为副主任，湖北省委第一书记王任重为秘书长，林一山为副秘书长兼长江流域规划办公室（简称“长办”）主任；长办为该委员会办事机构，可以说是一个规格颇高的水利机构。

1956 年 10 月 22 日，水利部转发国务院通知，批准以长江水利委员会为基础，成立长江流域规划办公室。

根据苏联专家的意见，长办按照专业为主、配套齐全的方针，撤销原勘测设计院，分别设立水文水利计算室、航运铁道室、农业灌溉室、水工建筑物室、经济室、汉江规划设计室、长江中下游室、长江上游室、测量处、地质勘探处等机构，同时，将原试验研究所扩建为长江水利科学研究院。

1957 年 12 月，长办成立了《长江流域规划要点报告》编撰委员会，任命李镇南为编委会主任，正式开始编制工作。

说起编制、报告，人们可能会以为是一群人关在房间里书写画图，然后出一本小册子，就算是完成任务。

不，这是在填补历史的空白，是在一张白纸上描绘最新最美的图画。要知道，千古长江，从来没有一张包罗万象的规划图，此次编制工作的意义重大而深远，内容包括国土、矿产、森林、农业、工业、交通、社会经济、自然灾害，等等，是为综合开发利用长江水资源绘制壮阔而细致的蓝图。

因此，画笔纵横长江，涉及甚广，地质部、交通部、铁道部、水产部、文化部、电力部、中科院等部门都派人参加，有的专家还担任项目负责人，著名诗人蔡其矫也来长办体验生活，担任宣传部部长。因为长江中下游平原地区是我国血吸虫病主疫区，中央还特别派人来长办，要求在规划中予以反映。

另外，规划并非关门造车，每根线条、每个数据都来自对长江流域的勘测与调查，包含地质、地貌、水文及水资源，等等，既有粗线条的勾勒，也有远近景的细描，可谓千山万水，尽展其貌；千军万马，闻风而动。

曾有人不解地问，你们长办不就是治水吗？管什么工业农业？

林一山笑答：难道工业农业与长江水的洪枯利害不相关吗？

是的，在这广阔而富饶的长江流域，谁能离开水，离开母亲河的养育滋润？

林一山：

长江流域规划的制定，从1955年开年起，到1959年夏，用了四年半的时间，向中央提交了一个共3册14篇的《长江流域综合利用规划要点报告》。这是从长办成立后集中力量正式进行工作的意义上来说的。其实，自长江委一成立，根据这个机构的流域性而非地方性的特点和职责，我在工作安排上不是头痛医头脚痛医脚，或者坐等中央的布置，而是在完成眼前紧急的事务外，尽可能地制定一个具有前瞻性的计划。

《长江流域综合利用规划要点报告》审查会

1959年，长办正式发布《长江流域综合利用规划要点报告》。这份史无前例的纲领性文件，根据“统一规划，全面发展，适当分工，分期进行”的基本原则，明确提出了以三峡水利枢纽为主体的五大开发计划。按照周恩来总理“要使江湖都对人民有利”的要求，在规划中特别考虑了远近景、干支流、上中下游、大中小型工程、防洪、发用电、灌溉与航运等7种关系的科学协调。

除长江流域规划外，长办还先后主持完成了金沙江、岷江、赤水河、嘉陵江、乌江、清江、洞庭湖水系、汉江、赣江、青弋江与水阳江、滁河和太湖水系等主要水系、河流的规划，以及防洪、水能发电、灌溉、航运、南水北调、水土保持、中下游河道整治等专项规划。

与此同时，三峡工程的设计研究工作也取得阶段性成果，1959年5月，完成了《三峡工程初步设计要点报告》。值得注意的是，三峡工程作为长江流域规划的核心和主体，为了防洪、航运、供水等社会责任而舍弃了能获取最大发电效益的方案。

《长江流域综合利用规划要点报告》可谓长办的奠基之作、治江之宝，称得上是大手笔、大视野、大蓝图，开篇便诗意地纵论“伟大的长江”，不仅浓墨重彩地画出了新时代的长江之梦，也穿越时空，使后来的修编均以其为蓝本范图。事实证明，长办创作的这个“全景方案”，是科学的、正确的、经得起时光检验的。

纲举目张，云卷浪飞，可用著名诗人、长江委首任宣传部部长蔡其矫的诗句来形容：

波浪啊！你抚爱船只，照耀白帆，
飞溅的水花是你露出雪白的牙齿微笑着，
伴随船上的水手走遍天涯海角。

浪淘沙 · 笔卷惊涛

第三章

“大江东去，浪淘尽，千古风流人物。”苏东坡赤壁怀古，将浩荡江流与千古人事并收笔下，描绘出长江“乱石穿空，惊涛拍岸，卷起千堆雪”的非凡气象。

因此，尽管毛泽东主席为长江画图添上壮美的一笔——“截断巫山云雨，高峡出平湖”，速圆“三峡梦”的呼声甚高，但面对大自然的伟力，他不能不慎之又慎，反复推敲。

为了长江水利建设，从1953年2月乘“长江舰”视察到1958年1月南宁会议，5年之中，毛泽东主席先后6次召见林一山。他对三峡工程一些关键性问题思考得越来越细致：一是如何解决水库泥沙淤积问题；二是投资国力能不能承受；三是怎样解决防空炸，特别是要考虑防原子弹袭击的问题。

新中国成立后，毛泽东主席第一次离京，巡视的是黄河。自古以来，黄河就以“善淤、善决、善徙”闻名于世，可算是全球最难治的泥浆河。面对滔滔黄浪，他神情凝重，再也没有面对淮河时挥笔写下“一定要把淮河修好”的豪情，而是简短嘱咐：“要把黄河的事情办好。”

1953年2月毛主席视察长江后，又顺路到郑州看看黄河的情况。他指看图纸上的三门峡，问随行的黄河水利委员会主任王化云：“三门峡水库修起来，能用多少年？”

黄河泥沙大，王化云一直坚持“筑坝拦沙”的治河主张。他答道：“可以用300年。”

毛主席笑了：“300年后，你早就有重孙了。”

1955年7月，一届全国人大二次会议召开。会上，人大报告将三门峡水库的修建上升到了政治高度，提出“黄河清，圣人出，圣人出而天下治”。这样一来，即使原先对工程持反对意见的人也只有噤若寒蝉了。决议的结果是全体人大代表一致举手通过修建三门峡工程。消息传出，举世瞩目，周恩来总理感慨道：“做了这么一个世界性的报告，全世界都知道了。”

1956年5月，黄河水利委员会收到黄万里的意见书，反对修建三门峡水库。黄万里是时任全国政协副主席黄炎培的儿子，毕业于美国伊利诺伊大学的工程学博士，在清华大学任教。

黄万里的意见书全面否定了苏联专家的《三门峡工程初步设计要点》，并说人大报告“不正确”。他认为水库建成后会很快将被泥沙淤积，结果是将下游可能发生的水灾移到上游，成为人为的自然灾害。另外，所谓“黄河清，圣人出”的说法毫无根据，缺乏最起码的科学精神。因为黄河下游河床的土质为沙土，即使从水库放出的是清水，也要将河床中的沙土裹挟而下。

遗憾的是，正如梁思成挡不住北京城墙被拆的厄运一样，黄万里也拦不住三门峡工程的上马，直到1957年4月三门峡水利枢纽工程剪彩开工，争论仍然没有停息。

在1958年中共中央召开成都会议期间，毛泽东主席特地去考察都江堰，看到2200年前的古堰还在运行，他感叹不已。这都江堰挡水有硬堰、软堰之别，江来远，水势缓，为硬堰；江来近，水势湍悍，猛暴难制，为软堰。它的卵石竹笼既阻水又透水，小水时与水共存，大水时自行溃决，以宣泄更大洪水。既阻又泄，疏堵结合，使成都平原“水旱从人，不知饥馑，时无荒年，谓之天府”，就是说，有了都江堰，才有了后来的天府之国。我们的祖先，不简单啊，真称得上是鬼斧神工！

因此，毛主席虽然批准了三门峡上马，仍不免担心泥沙问题、水库的寿命问题。而放眼长江，少一个“门”字的三峡工程可远远超过三门峡，一旦建成，将是一个位于中国腹地、拥有近400亿立方米库容的特大水库，必须要反复论证，力求万无一失。

大浪淘沙，滚滚长江之水，能淘去那些阻碍和忧虑吗？

南宁论战

1958年1月，毛泽东主席在南宁主持召开有部分中央领导人、几个大区负责人和部分省委书记参加的政治局扩大会议，即后来所称的“南宁会议”。会议的主要内容是讨论1958年的国民经济计划预算、批判“反冒进”。

冬天的南宁温暖如春，鲜花盛开，但参会者都感受到了一种紧张的气氛，感受到了高层对于经济发展的速度有意见分歧。“大干快上”三峡工程，也成了一个重要议题，薄一波反映说，此事有反对派，有个李锐是搞水电的，同林一山在这个问题上有争论。毛主席说，那就把两个人都找来当面谈一谈。

于是，一架专机载上李锐从北京出发，在武汉停留时又捎上了林一山。两人过去见过面，但没有交往，还在打“笔墨官司”，就只是点点头，不失风度地打个招呼。

1956年6月，《中国水利》杂志发表了林一山的长文《关于长江流域规划若干问题的商讨》。林一山提出，“在长江流域规划中必须首先解决防洪问题”，认为“三峡是防洪性能最好的地区”“三峡水库可以根本解决两湖平原的水灾”。

当时的神州大地，到处热气腾腾，但也有很多人对三峡工程的上马持怀疑乃至反对的态度。李锐，就是一位“反对派”。

针对林一山的文章，时任燃料工业部部长助理兼水电总局局长的李锐，在《水力发电》第九期上发表了一篇题为“关于长江流域规划的几个问题”的长文。李锐认为：“综合利用是规划河流的唯一总方针和总原则。”据此，他认为林文把防洪问题绝对化了。李锐还根据国家当时的经济实力和经济发展的需要，提出了长江开发应“先支后干”，分步实施。他后来在《回忆三峡工程上马过程的始末》一文中写道：

李锐：

我在大学是学工科的，比较容易理解三峡大坝这样的大型工程中的要害问题。设想中的三峡大坝是世界上从未有过的特大工程，要建那么大容量的水电站，其技术要求、工程规模都大大超越了当时的世界水平，也非国家的经济能力所能负担。当时我负责水电工作，知道中国能够建设多高的水电站大坝，也知道要建一个数倍于全国现有水电站发电总能力的三峡电站会有什么样的困难。苏联和美国当时的技术水平比中国先进，我们在苏联参观过不少大坝和水电站，水电总局里也有很多人了解美国水电站的情况。即使按照当时世界上的先进水平来衡量三峡水库方案，也只能用四个字来表达，就是“不能设想”。所以我认为，三峡工程太大、太复杂，只能留给后人从长计议。

这就是水利水电界著名的“林李之争”，争论持续了一年之久，尚未停息。毛泽东主席喜欢看“笔墨官司”“争鸣文章”，为此要秘书田家英将林李“请来”当面论战。

田家英与李锐是延安结识的老朋友，一见李锐，他便悄悄透露了会议的情况：毛主席大批“反冒进”，还批评了周恩来和陈云。大家情绪高昂，三峡工程也成了超英赶美的一项内容。看来，天时、地利、人和，已被林一山占尽，田家英为李锐捏着一把汗。

在饭厅吃晚饭时，人们见了林一山和李锐，都笑起来，说是“两个冤家碰了头”。当天晚上，“两个冤家”就参加了接近尾声的南宁会议。

会议在主席住的“明园”会客室里开，中间放了一张长条桌，大家围桌而坐。林一山和李锐被安排在毛主席的正对面，毛主席的两边是刘少奇、周恩来、朱德、彭真等领导。

大家坐定后，毛主席先问林一山：“你要讲多少时间？”

林一山答：“要两个小时。”

毛主席又问李锐：“你要几个小时？”

李锐说：“我只要半小时。”

一番谦让之后，林一山先讲，纵横古今，滔滔不绝。他从汉朝贾让治水谈起：2000 多年间长江洪水为害，平均 10 年一次；辛亥革命以来的 40 年中，平均 5 年一次，可见长江洪灾愈演愈烈；1954 年特大洪水，虽采取紧急分洪等措施，保住了武汉和荆江大堤安全，仍淹死了 3 万余人……

林一山强调：长江洪水主要来自宜昌三峡以上，至少占汛期干流水量的 50% 以上。因此，三峡水利枢纽对长江防洪有决定性意义。只有三峡枢纽才能控制川江洪水，解除荆江大堤的严重威胁和洞庭湖区的洪灾。倘若荆江大堤决口，将直接威胁江汉平原几百万人的生命财产安全且有使长江改道之虞。修建三峡水库，可以根本解除两湖平原的水患，改善宜昌到重庆的航道条件，还可以每年发电 1000 亿度以上。

他的记忆力惊人，不用翻资料，就随口列举了诸多数字：“修建三峡水库，按正常蓄水位 200~210 米，装机容量 1340 万千瓦计算，投资约需 72 亿人民币。只计发电效益，也属于成本较低的工程。”

毛主席指着茶几上一堆资料说：“怎么少了，过去不是提 160 多亿元吗？”

林一山解释：“经过科研，有些突破，因而能省一些。”

周恩来总理很仔细地听着，他问林一山：“三峡电站装机容量由 2500 万千瓦减到 500 万千瓦，50 亿元够不够？”

“够了。”

主管财经的副总理薄一波见林一山回答得这样干脆，就问：“25 亿够不够？”

林一山摇头：“不行。”

湖北省委书记王任重说：“不是谈规划吗？你答应了吧！”

林一山挺认真：“不行，我又不招标投标。”

毛主席说：“那好吧，就按你说的这个造价，少装机，先把大坝修起来防洪。不过，会不会中央决定上马后，你又说不够了？”

“不会。我们不搞上马预算。能算清的我们都算清了，算不清的，从多不从少。”

毛主席点点头。

轮到李锐了。他打开皮包，取出一张地图，平铺在长桌上。

这是一张全国水电开发示意图，一下子吸引了所有人的注意力。后来，林一山谈起他的老对头时曾说道：“南宁会议上，他拿了张水电站分布图，一目了然。”

李锐指着图，讲起了水利资源的开发，尽可能地避免使用专业术语，也没有列举成串的数据，阐述了三峡工程短期内不能上的理由，特别是经济上的理由：

“我们已经有了 1954 年抗洪的经验。荆江大堤溃口可能造成大量人员死亡的说法，夸大了可能的灾情，不能说在中华人民共和国时代还存在这种威胁。

“现阶段长江防洪，应以加固堤防和设置分洪区为主。以一个三峡大水库去统一地一口解决长江的防洪问题，是不经济的。

“左右三峡水库修建时间的，是国家财力，是经济发展需要，是电力而不是防洪。一个能发 1000 亿度电的大电站，何年才需要投入呢？”

李锐特别谈到三峡水库主要是一个发电站：1957 年全国用电的总需求只有 190 亿度，而三峡一个大电站就要发电 1000 亿度以上，即使预测 15 年后全国用电量达到 2000 亿度，这个电站的发电量占全国发电量的比例也太大，并将严重影响电网的运行，因为一个电站的发电量在一个电网中所占的比例一般来说是不应该超过 20% 的，一个地域广大的国家总有好几个电网。讲到这里，李锐打了一个比方：“在一座城市里，总不能只有一个百货商店吧，尤其大城市，需要多少个商店啊！中国什么时候需要三峡这样一个大电站，我说不清楚。”这个比方使得毛主席和与会人员频频点头。

当李锐说到三峡工程投资巨大，技术问题复杂，国防也是问题时，毛主席插话：“三峡这样的工程当然会吸引敌人的注意，决不能遭受破坏。”

两个人都讲完后，毛主席沉吟着说：“讲了还不算数，你们两人各写一篇文章，不怕长，三天交卷。第三天晚上再来开三峡工程的会。”

林一山说："我不是作家，写文章我不如他。"

毛主席说："让王任重给你当政治委员好不好啊？"

林一山笑了："行啊，省委书记当政治委员还有不好的。"

于是，林一山用伤残的右手，奋力写下20000字，提前一天交了卷。

李锐曾写过《毛主席的青年时代》一书，深知毛主席所提倡的文风。他力求简洁生动，只写了8000字。

第三天晚上，仍在原处开会。与会者都将文章看过了，认为是两篇少有的力作。

林一山的文章材料丰富，逻辑严谨，长江的古今上下尽收笔底，但专业术语多，讲技术多，对外行人来说难免会感到生涩难懂（后来，此文经周恩来总理亲自修改，被引用为"长江流域规划"的概论）。相比之下，李锐的文章提纲挈领，观点鲜明，行文流畅，一如他的发言，容易为众人理解和接受。

仍是毛主席先讲，他说李锐的文章写得好，意思清楚，内容具体，论战可以服人。"关于三峡问题，中央并没有要修建的决定，但对三峡我还是有兴趣的。如果今后15年能建成，那是赶上美国的问题。还有原子弹问题，太集中了也不好，还得有别的电站。水力用之不竭，应当多搞水电，加快发展水电，'水主火辅'嘛。"

会议很快就结束了，毛主席指着李锐说："我们要有这样的秀才，大家都要注意培养秀才！"他把文章还给李锐："这是你的。你当我的秘书吧。"

李锐毫无思想准备，连忙说："我当不了，水电业务忙得很。"

"是兼职的嘛。"毛主席又把林一山的文章递给林一山，"这个给你，三峡还是归你负责。"然后转身对周恩来总理说："三峡的问题，你来管吧！”

周总理谦让：“这么大的事，还是请主席管。”

毛主席脸上浮起笑容，伸出四个指头：“还是你来管，一年抓四次。”

多年以后，李锐发表了《关于三峡问题的“御前”争论》一文，仍得意地回忆“南宁论战”的结果：“大概有点像围棋什么名人战、天元战的结局一样，胜负已决，只待主持者宣布结果，会议不到半个小时就散了。”

他还写了一句诗：“但说文章好，未言经济长。”他认为三峡工程没有被卷进“大跃进”的洪流，毛主席的决心竟然被反对意见所动摇，在新中国成立后也许是仅有的一次。

南宁会议后，李锐担任毛主席的通讯秘书，并出任新组建的水利电力部副部长，与林一山成为常打交道的同事了。他参加了成都会议上《中共中央关于三峡水利枢纽和长江流域规划的意见》的起草，又参加了 1959 年的庐山会议。在庐山上，李锐因为直言“大跃进”的阴暗面而出事，被撤销一切职务，甚至坐牢，直到 1979 年才恢复工作。

林一山倒是很平静，认为争论很正常。他一直都在长江委提倡“技术民主”，鼓励辩论，何况是三峡这么一个世界级的大工程，涉及如资金、国防、移民、泥沙、坝工、航运等诸多问题，有反对意见是好事，可促使工程计划进一步完善。

1958 年 9 月 11 日，毛主席在武昌东湖单独接见林一山时，突然问他：“你说说看，李锐这个人是个什么思想？”

林一山说：“因主席问的是思想方面的问题，我想这只能就事论事，谈他的治水思想问题。李锐的思想从原则上讲，是保守的，具体说，他似乎认为苏、美没有做的事，我们就不应该做。”

主席说："中国革命的历史，也有这个问题，苏联人没干的，我们就不能干！"

当李锐后来不断撰文提及"南宁论战"时，林一山只是在回忆录中淡淡地感叹：

林一山：

如果自己认定了的道理是真理，自然应该坚持，即便自己是少数派。但多年来与李锐同志的"文字之交"使我感觉，他先是没有认真研究三峡问题和长办对三峡问题的研究，后来就不免感情用事，与对方不是尽量求同而是尽量立异，像随笔、小品文一般，有感即发，想说什么就说什么。

静心思之，三峡工程在研究过程中，所有的不同意见也都是一种贡献。因为，任何一个三峡建设方案的初稿都不可能是尽善尽美的，只有从各种角度作缜密的观察并提出种种问题要求回答，才能促使方案日臻完善，而得以付诸实施。从这个意义上讲，所有对三峡问题持不同意见的同志，都是在积极关心国家的建设，希望对这种巨型工程特别慎重，期能万无一失。

旗舰名为"江峡号"

长江二月，雪花纷飞，一艘名为"江峡号"的轮船拉响汽笛，迎着寒风飞雪，从武汉向三峡溯江而上。

该船形如宝塔，由苏联专家和中国工程师共同设计，上海江南造船厂建造。由于船身吃水浅，船底构造独特，全年都适宜在川江航行，即使在枯水季节也可由上海直航重庆。

这不是一次普通的航行，而是又一次载于史册的“三峡探梦之旅”，江轮来去，先后载着两位伟人巡视峡江，穿行巫山云雨，踏看中堡岛，眺望神女峰，孕育出决定三峡命运的号令。因此，我们完全可以把这艘“江峡号”比作千帆竞发中的旗舰。

南宁会议后，周总理访问了朝鲜，又风尘仆仆乘火车赶到武汉。毛主席要他主管三峡工程，使命极其重大，如果考虑不周或一着不慎，都会给国家带来不可估量的损失，造成严重的国际影响。他决定实地考察，集思广益，拿出最合理、最科学的方案。

2 月 26 日，周总理在副总理李富春、李先念的陪同下，率领中央各部委、省市负责人以及各方面专家 100 多人，乘“江峡号”溯江而上。大部分人没去过三峡，大家兴致很高，谈笑风生。可天公不作美，天气阴沉，鹅毛大雪纷纷扬扬。江轮停靠郝穴，首先考察荆江大堤险段。上岸后，周总理头戴一顶皮帽，身着黑灰色呢子大衣，不一会儿，身上就白花花一片。他站在荆江大堤上，细听林一山等人的介绍，询问这一带的历史沿革和抗洪情况。

林一山抹着脸上的雪花，对周总理恳切地说：“为了确保荆江大堤，必须尽早修建三峡大坝。这样大汛时可把大量洪水拦住，降低荆江水位，即使再遇到 1954 年那样的洪水，分洪区也可不用。”

天寒水瘦，江风呼啸，周总理环视四周，大声告诫林一山：“我站在大堤上，却感到如履薄冰，如临深渊，不论修不修三峡大坝，荆

周恩来总理冒雪视察荆江大堤

江大堤一定要加固加高！”

离郝穴不远的祁家渊，是荆江大堤最险要的堤段。那里有一座170年前为防止河岸冲刷而修建的导流丁坝，周总理盛赞古人的智慧：“这是1780年建筑的，它充分表现了我国劳动人民和古代水利专家的智慧。170年前有改变水流方向的思想可不容易啦！”

下午2时，周总理来到沙市，顾不上吃午饭，匆匆吃了几块点心，就同荆江地委负责人座谈治理荆江和加固大堤的问题。他指着地图上九曲回肠的荆江说：“长江是个不平凡的对手，不能等闲视之！我们要从全国人民的利益出发，从长江上中下游出发，以三峡大坝为主要工程，从根本上解决长江的防洪问题。”

3月1日上午，“江峡号”在南津关下牢溪附近泊岸。周总理健步踏着青石板路，登上了南津关制高点，环视大江东去，与林一山、李镇南谈起“萨凡奇计划”，以及与苏联专家的坝址之争，还特地去看了三游洞打的斜钻孔，了解溶洞情况。他对林一山说：“你看用什么办法使苏联专家也能过得去，给他们一个台阶下。”

江轮继续西上，船过秭归时，周总理提议暂时休会，让大家看看岸上的风光。他向苏联专家介绍：这是中国古代爱国诗人屈原的故乡，《离骚》等诗篇已由苏联汉学家费德林译成了俄文。

“路漫漫其修远兮，吾将上下而求索。”想起屈原的诗句，周总理便心潮翻涌。尽管他在南宁会议上受到毛泽东主席的批评，心里充满苦闷与矛盾，但他仍然忘我工作，事必躬亲。这天下午，他便去察看三斗坪坝址，踏上了中堡岛，与正在钻探的地质人员热情地握手。

江风很大，李镇南在土台上摊开设计图纸，用石头压住，汇报了三峡枢纽布置及施工方案。周总理对照地形，左看右问，并拿起一节地质钻探岩芯，反复观看，爱不释手："光我们说好，还不行啊！把这宝贝给毛主席看看，让主席也高兴高兴才好。"他问地质人员："能让我带走一节吗？"

地质人员笑道："当然可以，能献给毛主席，太好了！"

周总理按照管理制度，在编号卡片上签字。这节岩芯后来带到了北京，珍藏在总理办公桌上的一个玻璃罩中。

江轮穿过巫峡后天气转晴，一个又一个讨论会却是时晴时阴，柳暗花明。需不需要修建三峡大坝？能不能修建？是不是要争取提前修建？周总理要求大家敞开思想，各抒己见。他边听发言，边做记录。

时任湖北省委书记王任重在日记中写道：

> 我是主张上三峡大坝的积极分子。我本着多听少说的精神，参加讨论，只在一次会议上作了10分钟的发言。我说：以三峡工程为主体的长江综合开发是国家的重要问题，长江三峡水利枢纽的兴建的确会对国家建设起到难以想象的重大作用。三峡水利枢纽工程的准备工作要积极进行。我还说到长办主任林一山同志。我说他在工作上是负责任的，提出问题是经过调查研究的，是有根据的，不是随便说的。

船到重庆后，周总理似乎如释重负，吃饭时要大家喝酒，轻松轻松。他笑声朗朗，领着服务员劝酒，把李葆华喝得满脸通红。苏联专家都夸酒好，林一山从服务员端着的大木盘上取下一杯茅台酒，与"老大哥"碰杯，然后一饮而尽，与总理会心一笑。

3月8日，周总理赶往成都参加中共中央政治局扩大会议，在会上作了关于三峡工程的报告。25日，会议通过了《中共中央关于三峡水利枢纽和长江流域规划的意见》（以下简称"三峡决议"），明确指出：

“从国家长远的经济发展和技术条件两个方面考虑，三峡水利枢纽是需要修建而且可能修建的。但是最后确定修建及何时开始修建，要待各个重要方面的准备工作基本完成之后，才能做出决定。估计三峡工程的整个勘测、设计和施工的时间需 15~20 年。现在应当采取积极准备和充分可靠的方针，进行各项有关的工作。”

这是关于三峡工程的第一个“红头文件”。

“三峡决议”也对三峡工程有关前期工作提出明确要求——三峡工程的规划性设计应当争取于 1959 年提出，初步设计应当在 1962—1963 年提出，为了尽可能减少淹没损失，三峡大坝的正常水位控制在 200 米以内。

毛主席对“三峡决议”批示：“积极准备，稳妥可靠。”

可以说，三峡工程的预想是毛主席“大胆设想”和周总理“小心求证”风格的完美结合。正如两位伟人所期冀的那样，有关三峡问题一直在“积极准备”，一直在争论，不论是大刀阔斧，还是小心翼翼，都是在朝前推进。

成都会议结束，当工作人员征求毛主席返京的路线和方案时，他表示一不坐飞机，二不坐专列，大手一挥：“我要坐船，走长江看看三峡。”

“江峡号”已在重庆等候，如同一把金梭，织了来线，再织回线，编织着两位老战友对三峡的绵绵情丝。

1958 年 3 月 29 日清晨，毛主席乘“江峡号”从重庆起航东下。

湍急的江流闯入夔门，在紧逼的峡谷中奔腾咆哮，船驶峡中，真有“峰与天关接，舟从地窟行”之感。当朝阳升起，毛主席望着滚滚激流，兴致勃勃地说：“这个水可以游泳吧！”陪同者都暗暗吃惊，主席在武汉横渡了长江，但川江水流急，漩涡多，危险啊！万县地委书记燕汉民便说起川江水流的凶险情况，毛主席哈哈一笑：“我倒不相信不能游，身上绑上三根绳子，看到不好，就往岸上拉。”

不能游泳，毛主席就去驾驶室看风景。见船长李吉成的制服袖口上有四道金线，便问：“你是船长吗？工作几年了？”

李吉成笑答：“是的，我是船长，工作30多年了，16岁上船的。”

毛主席点头，拿着望远镜观察着两岸的地形，看到江轮小心地避开江中心的一块大石头，又问：“这石头能不能炸掉？”

“能炸。解放后已经炸了不少了，今后还要炸。”

毛主席说：“看来有些航道仍然不好。在三峡修个大水闸，又发电又便利航运，还可以防洪、灌溉，你们赞成不赞成？”

李吉成答：“太赞成了！今后航行就更加方便了。”

船过白帝城，毛主席轻声吟诵：“朝辞白帝彩云间，千里江陵一日还。”然后对燕汉民说：“李白诗中‘两岸猿声啼不住’，那一定是满山树木，才能有猿猴栖息。从万县东下，我看这两岸多是光秃秃的。你们应该发动群众，多栽树绿化长江。”

进入巫峡，两岸峰峦屏列，幽深秀丽，毛主席看到悬崖壁上有字，拿起望远镜仔细观看，接着又远看神女峰。他喜欢宋玉的散文，《高唐赋》《神女赋》都读过多遍，所以才在词中笑问“神女应无恙”，此时细看，那山峰果然像个挥舞云袖的女子。

“十二巫山见九峰，船头彩翠满秋空。朝云暮雨浑虚语，一夜猿啼明月中。”毛主席是读过陆游的《三峡歌》的，此刻虽是初春，也没有猿啼，但朝云暮雨之中，他一路都在推敲着三峡大计。他与柯庆施、李井泉、王任重交谈，了解这几位长江流域地方官的看法，听到的意见并不一致。他又问重庆市委书记任白戈和万县地委书记燕汉民："你们都是三峡地区的父母官，要在三峡修个大坝，既防洪又发电还养鱼，好不好？"

任白戈等人都说，好是好，就是淹没的土地多了点。

毛主席说："淹了土地，少吃点粮食，多吃一点鱼，好不好？"

燕汉民笑道："多吃鱼那当然比多吃粮食好。不过，淹没了大片土地后，如何大量安置移民可是个大问题。"

毛主席沉思着慢慢地说："是呀，大批的移民得生产，得穿衣吃饭，他们的子女得受教育，这些事，今后总得要妥善安排啰！"

"江峡号"抵达中堡岛时，已是 30 日傍晚。轮船调头减速，稳在江中不动。

暮色苍茫，毛主席站在船尾甲板上，举起望远镜仔细察看神奇的小岛。这架望远镜是 1944 年美军延安观察组送给他的礼物，一直随他南征北战，现在又把三峡坝址收入眼中。半个月前，周总理带给他一节来自这小岛的岩芯，他摸后说，坚硬得很啊。看来，今后就是在这里截断云雨了，高峡出平湖，是可以尽情游泳的，可以优哉游哉，"不管风吹浪打，胜似闲庭信步"。只是，不知自己是否能看到这梦想变成现实？

这是毛主席唯一一次巡视三峡，巡视了他的诗行，触摸了他的梦想。但他对三峡工程的考虑，不再只是浪漫的畅想，而是逐步深入实质，就像他握着那节采自中堡岛的岩芯，已经切实感受到梦想的坚硬、使命的艰巨。

热潮之中“沙洲冷”

在 1958 年“大跃进”的热潮之中，唯有面对三峡工程，毛泽东主席显得格外冷静，也格外谨慎。这冷静之中自然含有泥沙之忧，可用苏东坡的一句词来形容：“拣尽寒枝不肯栖，寂寞沙洲冷。”

这年夏天，在武汉东湖梅园，一夜无眠后，毛主席又叫人请来林一山，专门汇报长江的泥沙问题。

林一山说：“长江的含沙量远比黄河的少，根据计算，三峡入库泥沙每年约 5 亿吨。假定三峡以上不修其他水库的话，三峡水库使用寿命可达 300 年，至少也可达 200 年。”

林一山的回答几乎与王化云相同。毛泽东抬头看了一眼他所笑称的“长江王”，又低头沉思，叹道：“这样大的工程，千年大计的工程，两三百年就淤死了，那太可惜了！”

看到主席忧思的神情，林一山心里沉甸甸的。他回去后就抓泥沙研究，一抓就是好几年，并探讨黄河与长江的泥沙差异，可称泥沙专家了。他要向主席交上一份合格的答卷，证明三峡不是三门峡。

1964 年夏天，林一山上交第一份答卷——长江委研究泥沙问题的汇报。可是毛泽东看到这份论文似的汇报充满了大量技术术语和数据，不禁摇摇头。他把王任重叫来，问：“这篇文章你看懂了吗？”

“看不懂。”王任重老老实实地承认。

“我也看不懂。”毛主席笑叹，“这个林一山呐，这样难为我们！”

这份汇报被退回来了，显然，交给有关专家审阅后也不满意。林一山深感愧疚，对文伏波说："我们不能闭门造车、埋头答卷，走，去外面看看。"

1964 年 8 月，林一山带领文伏波、张植堂等科技人员到华北、东北、西北地区的 8 个多泥沙水库进行考察。每天坐着吉普车颠簸，不知走了多少里路，风沙打红了眼睛，脸都晒脱了皮。在调查的 8 个水库中，清水河张家湾水库已淤废；永定河官厅水库、三门峡水库淤积十分严重。

经过分析研究，长江委提出了《水库淤积调查报告》，认为水库淤死的原因主要是库区流速过小，基本处于静水状态。如果创造条件使库区在必要时既可达到排沙的流速，又可充分发挥水库兴利的作用，就可达到水库长期使用的目的。

根据模型试验，报告提出了水库长期使用运用方式：汛期丰沙季节降低库水位运用，泄洪排沙，并腾出库容调蓄洪水；汛后少沙季节蓄水运用。这种调度运用方式既有利于水库长期使用，又有利于发挥水库的综合利用效益。另外还有一个重要认识：三峡水库是河道型水库，其输沙能力远大于三门峡那样的"湖泊型"水库。

据此，可以说已经摸索到了一条防治泥沙的有效途径。恰遇三门峡告急，长江委的研究报告竟然为挽救三门峡水库发挥了作用。

1958 年 11 月 25 日，三门峡工程完成对黄河的截流；1960 年 9 月，实现关闸蓄水拦沙。然而，由于对泥沙来量估计严重偏低，又没设排沙孔，仅仅一年半的时间，水库就淤了 15 亿吨泥沙，不仅三门峡到潼关的峡谷里淤起厚厚的泥沙，就是潼关以上，渭河和洛河的入黄口也淤了"拦门沙"，已威胁到关中腹地的工业区。

问题相当严重。毛主席听到陕西省的反映，焦虑不安，又没见到解决的确定方案，便对周总理说："三门峡水库不行就把它炸掉！"

炸坝是否可行？陕西省有意见不说，水电部和黄委会的意见也不一致，周总理决定成立“治黄领导小组”，特请林一山参加，然后召开治黄会议，商讨如何解决淤积问题。

会上，各方意见不一，讨论激烈。河南省科委的杜省吾怨愤道：“黄河本无事，庸人自扰之！”王化云主张在黄河上游再修一个大坝拦沙，林一山则向周总理建议：降低三门峡水库水位，恢复潼关河段河床，即可解除对关中平原的威胁，同时，打开大坝底孔排沙，使水库泥沙进出平衡，将改造后的三门峡水库变成一个中型水电站。

最终，会议确定了以林一山的建议为主的改建方案，分两期进行。大坝保住了，总算是暂时解决了排沙问题。

事实证明，三门峡水库是一个惨痛的教训，耗费了大量的人力物力财力，折腾了几十年，最终却不得不回到原点——力争变成无库自然状态。

关键时刻，林一山立了一功，显示着“长江王”名不虚传，但他一点也高兴不起来，反而出了一身冷汗。责任重于泰山，悲剧不能重演，三峡水库，决不能像三门峡水库一样被泥沙堵“门”！

经过一段时间的试验研究，长江委对水库泥沙淤积科研课题终于有了重大突破。1966年春天，林一山写了《关于水库长期使用的初步探索》，兴冲冲地把文章交给周总理转呈毛主席。他完全有把握，此文简洁生动，毛主席这次一定能看得懂。

可惜这时风云突变，毛主席已经无暇研究三峡泥沙问题。他正在考虑备战备荒、三线建设，考虑后来掀起的“文化大革命”……

三峡工程的时间表发生了重大变化，以致毛主席于有生之年没能看到这一世纪工程开工上马，没能看到他的“三峡梦”破茧而出，化为吞波吐浪的大坝。但人们不会忘记，以毛泽东主席为首的共和国开国领袖们曾怎样为这个壮美的梦想殚精竭虑！

值得一说的是，泥沙淤积一直是三峡工程的重大研究课题，也是争议较大的问题。在三峡工程重新论证期间，长江委于1986年特成立泥沙专家组，长期跟踪研究三峡工程泥沙问题，协调组织科研攻关，为三峡工程的论证、设计、建设和运行各阶段提供了重要的科技支撑。后来，三峡大坝设计中充分吸取了三门峡工程的教训，在“死水位”以下设有排沙孔。

1992年，长江委编制的《长江三峡水利枢纽初步设计报告（枢纽工程）》第九篇“工程泥沙问题研究”，对三峡工程泥沙问题历年研究成果做了系统总结。研究表明，三峡水库运行100年后，水库基本达到冲淤平衡。

三峡工程建成后，数据表明，三峡水库自2003年蓄水以来，多年平均泥沙量不仅远低于兴建前的多年平均值，也远远低于工程规划设计时的估算值。这一是得益于长江退耕还林、水土保持等一系列环保措施，二是得益于上游相继建成的向家坝、溪洛渡等水电站，即使有卵石，也不会流入三峡水库，泥沙淤积情况比当年预想的要好得多。

赤壁试笔

根据“积极准备，稳妥可靠”的八字方针，成都会议结束后，周恩来总理就指示国家科委成立三峡工程科研领导小组，由中国科学院副院长张劲夫任组长，开展三峡工程科研大协作，调动全国科技力量解决三峡工程重大技术问题。

1958 年 6 月，国家科委在武汉召开了第一次三峡工程科研会议。来自全国科研、设计、施工、高校等领域的 268 名专家学者济济一堂，江城论道，华罗庚、钱学森等著名科学家也欣然到会。

从 1958 年到 1960 年，召开了 3 次三峡工程科研会议，先后有 360 多个单位近万名科技人员参加了科研大协作，共提出了 1376 份研究报告，如水利化对径流的影响问题的研究，即有 13 个单位共 400 余人集中在汉口进行；又如浙江大学机电系全体师生突击 40 昼夜，完成发电机水冷却的研究与试制；武汉水利电力学院、清华大学等单位还搞起“三峡运动”，形成了研究三峡的热潮……

1958 年 6 月 28 日午后，林一山刚上班，就接到周总理的电话：三峡工程是否可以提前拿出初步设计报告？

林一山在汇报中提出了一个大胆的设想：在湖北省陆水或者清江建一个试验坝，在河中采用大体积混凝土预制块装配的办法，就像搭积木一样修建大坝，并通过高压水泥灌浆使河床沙石凝固，即采用水下混凝土形成的办法解决坝基问题，这样可以大大加快施工进度。

“试验”？在“大跃进”的热潮中，这个名词显得有一种冷静的色彩。周总理说：“这个想法很好，你写个报告，由我来向主席和政治局汇报。”

当天晚上，林一山字斟句酌，起草了一份关于立即进行水利工程技术革命的报告，次日用电报发给周总理和水利电力部党组。他认为：“此项试验如能成功，将使原来大坝混凝土浇灌速度由每月上升 4~6 米提高到数十米，未来三峡大坝的施工周期可大大缩短……”

7 月 3 日，水利电力部给国务院秘书长习仲勋上呈报告，并代国务院起草了一个通知，先后有习仲勋、陈毅、邓小平、陈云、薄一波、李先念、李富春、聂荣臻等领导人圈阅批示，全部表态拥护支持。10日，毛主席批示：“叫林一山偕同中苏总工程师各一人，湖北水电局负责人一人，到北京过细研究一次，然后做出处理。”

因清江远在鄂西深山，而陆水离武汉近，试验方便，这条古赤壁边的河流便流进了共和国最高决策层的视野。

8月，中央政治局扩大会议在北戴河召开。周总理让林一山同机赴北戴河，当面告诉他：“毛主席很重视你提出的在陆水搞试验的建议，这次会议期间，要安排时间开会讨论。”北戴河会议期间，周总理主持召开了关于长江三峡工程的准备会议，并正式宣布兴建三峡试验坝——陆水蒲圻水利枢纽。

在中国水利建设史上，还没有哪个工程能像陆水枢纽这样得到众多党和国家领导人的批阅意见，而且从提议到决定上马，只有短短的3个多月时间，可见三峡之火热、试验之重要。

在世界水利史上，也从无用一个大工程作为试验的先例，可见中国人的气魄、胆略和集中力量办大事的优势。

陆水河因三国东吴名将陆逊驻军屯田于此而得名，是湖北省注入长江的重要支流，发源于幕阜山，在嘉鱼县陆溪口注入长江，全长192千米，流域面积3947平方千米。

古人曾以“酒旗翻野色，渔棹弄秋光”来描绘陆水河流域的秀山丽水。三国时期，东吴水军统帅陆逊慧眼独具，在陆水之滨安营扎寨，训练水军，可以说，陆水河是中国最早的海军基地。年轻的陆逊率领大军，水陆并进，直捣夷陵，“火烧连营七百里”，使蜀主刘备命殒白帝城。所以，当陆水试验坝的试验成果被运用于宜昌葛洲坝，人们都感叹历史的奇妙，仿佛冥冥之中陆水注定要为峡江推波助澜。

“故垒西边，人道是，三国周郎赤壁。”建设大军迅速集结蒲圻，6万多外来人口，把一个只有几千人居住的小县城一下子挤得水泄不通。钢筋、水泥、木材和起重机、钻机、压力灌浆机等机械设备，从全国各地不断地运到蒲圻。当时的蒲圻火车站很小，货场内各种物资堆积如山，还都用油布盖着，规定陌生人不得靠近，因为这是保密工程。林一山曾自豪地说：“陆水水利枢纽的物资供应在全国排在第一位，我们三峡试验坝的质量和速度也要在全国排第一位！”

1958年10月23日，蒲圻举行开工誓师大会，湖北省省长张体学宣布陆水蒲圻水利枢纽工程正式破土动工。国家副主席董必武后来还亲临工地视察，慰问建设大军，看到热火朝天的景象，十分高兴。

据参加建坝的老人回忆，当时大坝工地上，食堂就有100多个，工地附近的小店里，馒头、饼干常常被工人们购买一空。此外，睡觉也是一个大问题，为了节省地方，每个茅草房的通铺上都要睡几百号人。有一天，突然有来自崇阳、通城、嘉鱼等周边地区的数百名新工人报到，一时没有地方睡觉，只好分班睡，一班睡上半夜，一班睡下半夜。

可“三年困难时期”到来了，环境艰苦，有时吃饭都成问题，一些民工跑掉了，林一山不得不向周总理求援。1960年4月，3000多名铁道兵集体转业，留在长江委陆水施工试验总队——这支专业化的水电施工队伍不但成功完成陆水工程建设，后来还成为葛洲坝等工程的生力军。

高级工程师赵秋霞是1962年从北京水力发电学校分配到长江委系统的，她还清晰地记得，当年在蒲圻下火车后，是同事挑着她的行李步行到工地的，和她一起来的大学生有几十个，分别来自北京、上海、武汉等地。后来，虽然有些人不慎感染血吸虫病，但大家都无怨无悔，为成为林一山主任所说的“三峡原子部队”的一员而深感自豪。

著名作家骆文曾如此描绘工地景象：“强烈的爆破声轰响，腾空的烟尘迎来曙光，河上层层袅袅的雾气刚刚飘散，载人的巨大竹筏开动了，上下两座浮桥也川流着密集的人群，如同镇守河防的部队，他们在鼓帆疾进。”

陆水枢纽在当时是一项了不起的工程，特别是日后有“亚洲第一黏土坝”之称的 8 号副坝，全长 1543 米，全部由人工碾压而成。作为三峡试验坝，陆水枢纽对战争、自然灾害等可能出现的问题一一进行了科学试验。由于河床条件不适合，砂基固结灌浆技术难以试验，但魔方般的混凝土预制安装筑坝全面应用，创造了中国水利史上第一次使用大块体预制安装筑坝的施工方法。

后来还完成了简易干运垂直升船机、水库拦鱼设施、电站控制技术、微机实时应用、流域水文自动测报系统、大坝测压管水位遥测系统、葛洲坝 17 万千瓦机组转轮叶片等 200 多项试验，许多试验成果入编高校教科书。

经过 10 年奋战，大坝建成蓄水。

虽然其后科技进步，陆水混凝土预制安装筑坝技术未能应用于三峡大坝，但是这项新成果仍发挥了不少作用。1962 年，丹江口大坝初期工程浇筑的坝体出现严重裂缝，长江委正是采取这项技术予以补救。后来在处理葛洲坝工程质量事故时，也是运用这一成果取得成功，使大坝混凝土胶结质量达到设计要求。

于是，人们风趣地说，陆水大坝是葛洲坝的父亲，三峡大坝的爷爷！

陆水水利枢纽

中国工程院院士文伏波在评价三峡试验坝的历史地位时，仍然充满激情："尽管陆水试验枢纽的许多试验并没有运用到三峡工程之中，但是，其 200 多项试验成果，为三峡工程日后开工所做的准备提供了直接依据。在今天看来，这些试验依然具有极高的科学价值和指导意义。"

陆水建设还保护和造就了一大批技术人才，当年"反右"时，林一山就悉心安排被打成"右派"的技术干部去陆水工地发挥作用，像郑守仁等干将就是从陆水走向葛洲坝和三峡的，所以陆水有"工程摇篮"之称。

今天，蒲圻县已改名为赤壁市，陆水湖也成了省级风景名胜区，群山环湖，湖中有岛，"湖似战盘藏百局，岛如棋子补千图"。著名景点有三峡试验大坝、民俗风情岛、鸟岛、麋鹿岛、三国岛等，还有"中华水浒城"，是电视连续剧《水浒传》的外景拍摄基地之一，已成为湖中一道新的风景线。

但面对碧水，笔者难以忘记一位"水二代"怀念父亲的一段文字：

父亲死前曾提过，他希望死后埋在陆水大坝右侧山头的橘园里，那里有阳光，还可以看到大坝，可以听到大坝闸门泄漏下的哗哗水声。父亲死了，但这愿望却没能实现，陆水作为风景区，怎么可以把一个重要的山头作为坟场？

我只好把父亲的骨灰盒埋在远处的一个山头上，那里可以遥望副坝，远听水声。我对一堆黄土说："看着吧，那就是你出力流汗最多的地方，看看你就心安了。"

丹江浪中架“天梯”

为三峡做试验坝，不仅有陆水，还有丹江口。

汉江是长江的最大支流，也是中华文明的源头之一,《诗经》中有云，“维天有汉，监亦有光”，因此才有了汉江之名。楚人以汉江上游丹阳为起点，开疆拓土，取威定霸于春秋战国。汉朝发祥于汉中，得名于汉江，刘邦登上皇帝宝座，便以其发迹之地来命名其新建立的王朝。汉族、汉服、汉语、汉字、汉子、汉剧、汉隶、汉白玉，乃至璀璨夺目的汉文学，都是因有了汉朝才定型的。

在交通闭塞的古代，汉水是西北连接中南的黄金水道。唐代大诗人王维在《汉江临眺》一诗中如此赞叹：

楚塞三湘接，荆门九派通。

江流天地外，山色有无中。

与雄浑浩荡的长江相比，汉水显得平缓而清亮，李白就曾陶醉于它碧绿的水色：“遥看汉水鸭头绿，恰似葡萄初酦醅。”但它也是一条洪涝灾害严重的河流，威胁江汉平原，常常破堤决口。1935 年汉江发生的特大洪灾，一夜之间就夺去 8 万多人的生命。

江汉平原流传着一首充满辛酸的民谣：“汉江大水浪滔天，十年倒有九年淹。卖掉儿郎换把米，卖掉妮子好上捐。打死黄牛饿死狗，背起包袱走天边。”

为改地换天，安澜造福，长江委成立后所做的第一件大事，就是治理汉江。林一山认为，治理一条河流，首先要确定一个主体工程。

1950 年，长江委决定筹建汉江遥堤、小江湖蓄洪垦殖区，对临江废堤进行堵口复堤施工，并组织查勘碾盘山和小孤山等坝址。这是对历史方案踏勘研究，以做出科学的取舍。比如，扬子江水利委员会曾提出在马良筑坝拦洪的构想；江汉工程局美籍工程师史笃培曾查勘过白河以下干流河段，建议在碾盘山筑坝建库拦洪；水利界老前辈李仪祉先生也提出过江汉分治的意见……然而，岁月艰难，都只是纸上谈兵。

春去秋来，终于找到了丹江口。

丹江，发源于陕西秦岭的黑龙口，注入汉江。因此，古时候丹江叫黑水，也叫过粉青江。据说，夏时洪水遍溢，尧的儿子丹朱带领乡亲们对黑水进行治理，丹朱因劳累过度而牺牲在工地上，人们为纪念丹朱，把黑水改名为丹江。

丹江口地理位置优越，可获得较大的有效库容调节洪水，并进行综合利用。长江委当即用从上海联合国善后救济总署仓库中接收的两台 CP5 钻机，在丹江口和碾盘山打钻孔，详细了解这两个地方的地质情况。钻探资料表明，丹江口是火成岩，比砾岩的碾盘山基础好。

1952 年深秋，荆江分洪一期工程胜利完成，中央指示再接再厉，抓紧研究汉江的治理和开发。水利部部长傅作义、副部长李葆华率领中外专家近百人进行汉江查勘，重点查勘了丹江口坝址。

当时的林一山秘书、后来接任长江委主任的魏廷琤，在回忆文章中记录了这次查勘过程：

当时气候骤变，阴雨连绵，我们乘汽车至沙洋弃陆登船，溯汉江而上，查勘了钟祥县城上游 20 余千米山口的汉江碾盘山坝址。接着乘船逆流而上，从沙洋至丹江口水路约 200 千米，因河道险滩甚多，行船颇为困难，一天只走三五十千米，5 日后才到襄阳。查勘团分乘木船七八只，每船10人左右，从部长到一般工作人员，各人自备行李，挤住船内，除工作外，大家谈天说地，古今中外无所不谈。

抵襄阳后，查勘团本拟弃船登陆，乘车至老河口再换乘小船至丹江口，但因连日阴雨，道路泥泞，不能通行，遂改变计划仍乘小船。由于水道坡陡流急，多卵石滩，需背牵，日行仅10余千米，至丹江口差不多走了一个星期。抵丹江口坝址后，首先查勘两岸地形，并登坝址右岸凤凰山，然后查勘坝址地质及水工布置，据当时已掌握的工程水文地质资料，以及钻探岩芯资料，确认此地是少有的高坝良好坝址。据此，我们选定了丹江口作为汉江流域规划的主体工程，碾盘山作为将来开发汉江的梯级工程。

1953年初春，毛泽东主席在军舰上听取林一山的汇报时，说要考虑研究南水北调、引汉济黄的方案，林一山便欣然提起了丹江。他认为，若将建设三峡大坝比作登天，丹江口工程就是一架登天的梯子，汉江可先于长江独立规划，画出“天梯”的造型，为三峡工程建设练兵开路。

诗经还有名句：“汉之广矣，不可泳思。江之永矣，不可方思。”意思是汉水滔滔深又阔，水阔游泳力不接；汉水汤汤长又长，纵有木排渡不得。今天，我们终于可从容畅游，轻舟飞渡。1956年3月，长江委特成立汉江规划设计室，由魏廷琤、洪庆余担任正、副主任，专门研究汉江规划、丹江口工程设计和引汉济黄。

正因为“天梯”已有雏形，1958年成都会议通过的《中共中央关于三峡水利枢纽和长江流域规划的意见》明确指出：“由于条件比较成熟，汉江丹江口工程应当争取在1959年做施工准备或者正式开工。”当年2月，周总理在“江峡”轮上听取长江委的汇报后提出要求：丹江口工程一是要确保质量，二是要妥善安排移民，三是设计由长江委负责，施工由湖北省政府负责。

湖北省早就想架设这架天梯了，3个月后就和水利电力部组织审查，通过了丹江口水利枢纽初步设计报告——工程主体任务是防洪、发电、灌溉和航运，远景引汉济黄、济淮。为控制工程投资和移民数量，设计洪水采用历史上最大的实测洪水——1935年型大洪水（约百年一遇），推荐正常蓄水位为170米，淘汰了诸如180米、190米这样的高水位方案。

1958年9月1日，丹江口工程破土动工。鄂豫两省10万建设大军浩浩荡荡开进丹江口工地，头顶蓝天，脚踩荒滩，开始了治理汉江的壮举。长江委派出设计代表组，组长文伏波还兼任工程指挥部技术处处长。

正值“大跃进”风起云涌之时，工地大喇叭叫响的是“政治挂帅，自力更生，土洋结合，先土后洋”等激进的口号，是慷慨激昂的民歌：

天上没有玉皇，
地上没有龙王，
喝令三山五岳开道，
我来了！

我来了！10万民工自带口粮铺盖，自带简易工具，喝的是泥巴水，吃的是红薯面，点的是煤油灯，住的是竹铺草棚，靠的是人海战术、蚂蚁啃骨头般的精神。

我来了！总指挥长是湖北省省长张体学，他与林一山一样都是军人出身，作风硬朗，雷厉风行。他亲自驻扎在工地一线，与建设者同吃同住同劳动，为加快工程进度，在汉江两岸组成左翼和右翼兵团同时作战，一心想尽快完成这个“造福工程”。

丹江口水利枢纽

我来了！“腰斩汉江”大会战，施工现场不到2平方千米，几万人一起施工，白天人山人海，晚上没有电，照明用火把、汽灯，从采料场到江边连成几条火龙。

我来了……林一山却忧心忡忡。荆江、陆水的施工经历，使他深切体会到这种“人海战术”的利弊。当设计组进驻工地时，他就严肃地交代过有关原则：凡关系到大坝主体安危的，要坚持标准不能让步。文伏波笑称这是给大家的“紧箍咒”。为此，总指挥长张体学多次对文伏波发火：“你能吃苦，也非常勤奋，就是什么事都听林一山的！”但张体学也理解文伏波的苦衷。1959年反右倾，工地上批评文伏波“保守”的大字报铺天盖地，他立即向大家解释设计的重要性，压下了这股气势。

热潮奔涌，谁敢逆流而上？丹江口工程是我国自己设计和施工的第一个高坝，没有经验，本应求稳，却一味追求进度，一再压缩工期，不仅质量难以保证，也打乱了设计，不得不多次遵令修改，如将坝型由混凝土双墩大头坝修改为结构较简单的宽缝重力坝……

长江委女工程师丁琦为保证坝基的安全，每天拿着地质锤敲打浇筑后的基岩，遇到不合格的地方就要求返工，否则决不验收，因此得到了“小钉锤”的外号。张体学常开玩笑说，他一看到丁琦拿着地质锤到处敲打就胆战心惊……

在地方大吏中，林一山与号称“治水省长”的张体学打交道最多，并因志同道合而成为知音。在他眼中，张省长是个实在人，从不做表面文章，只是性格有点急躁，常说人要有开拓进取的精神，有条件要上，没有条件创造条件也要上。湖北素有“鱼米之乡”“千湖之省”的美称，但“旱包子”“水袋子”也多，洪水一淹就是“泽国汪洋”。1954年大水灾，全省受灾人口达千万之多，受灾田地2000余万亩，这使张体学深刻认识到"水利是农业的命脉"，一见到林水官就笑眯了眼。在国家的支持下，湖北举全省之力，先后建成了漳河、白莲河、陆水、富水等大型水库，形成了水利网络，现在又建丹江口水利枢纽，张省长浑身都有使不完的劲。他想"快"，林一山却求"稳"，这样两人就不免常打嘴巴官司，但又惺惺相惜，越打越亲热。

周恩来总理也不放心，1959 年 8 月庐山会议期间，他要林一山谈谈丹江口工程，林说当年 1 月曾会同水利电力部一起到工地检查，工程质量不好，基础出现了破碎带。周总理严肃指出："丹江口破碎带一定要处理好，一定要保证工程质量！"

"大跃进"年代开工，力争"多快好省"，丹江口工程可谓是全国众多基建工程的一个缩影。在没有太多机械化设施的情况下，10 多万民工担土填坝，竟连担土用的竹筐子都填到坝里了。筑坝只能填黏土，但石渣子、灰渣子、沙软土都往坝里填。由于施工方取消了对浇筑质量的设计要求，致使大坝上下出现了"蜂窝""狗洞"，最严重的是关键部位出现了贯穿性裂缝，好比将整个坝体竖着砍了三刀……

林一山深感责任重大，于 1962 年 1 月给周总理写信，详述了丹江口大坝的严重质量事故，建议立即停止施工，消除隐患。

此时，中共中央正召开七千人大会，对"大跃进"错误进行纠正。这次大会的第二天，周总理就在北京主持召开丹江口工程质量会议。工程问题严重，又加上国家经济困难，会上有不少人提议工程下马，王任重、张体学等湖北领导脸色沉重。林一山发言，说不应下马，要下也是"文下"，可分期建设。最后，周恩来拍板：先集中力量处理坝体裂缝问题，工程暂停施工。

为此，长江委与工程局共同组成大坝事故处理科研组，长江科学院副院长杨贤溢任组长，水利电力部也派出得力人员协助，对已浇筑的89万立方米混凝土进行了全面的裂缝检查，并提出了大坝补强轮廓方案。

半个多世纪后，《丹江口工程往事漫忆》出版，记录了许多令人震撼的故事——

1960年秋汛，刚建成通车的汉江悬索大桥被洪水冲垮。大桥设计者陈工程师在察看险情时，明知桥身可能随时倒塌，但依然冒险观测，拿着照相机不停拍照，最后与桥体一起被洪水冲走。他大声呼喊："你们快下去，危险啊！我要观察，我有罪，桥要完了！要完了！"这是一个以身殉职、将工程质量看得与生命同等重要的知识分子，跌落洪水的一瞬间，仍使劲抛出照相机以保存资料。

还有因施工而断臂的钱国芝。她断臂以后，仍坚持上工地摸爬滚打，在家里用双腿夹住物件为孩子们洗衣做饭。她对儿子这样说道："妈亲眼看到放炮工在排除哑炮时被突然爆开的炮炸上几层楼房高……为了大坝，妈手残了也值得！"

1962年，吃饭也成了问题，施工人员一天只能吃上一顿干饭、两顿稀饭，笑称为"早上梆梆梆，中午靠山桩，晚上调个顿，还是红薯汤"。

经过两年多的整顿，直到1964年底，丹江口工程才复工，并决定分期施工，违背科学打乱仗的情况基本没有出现。民工队伍由10万人精简到1万人，经过培训后能熟练地进行机械化施工。张体学也痛定思痛，常戴上白手套擦拭基岩面，亲自检查质量。

但复工不久，"文化大革命"就开始了，林一山、张体学等领导干部都受到冲击，文伏波也被降格为绘图员，甚至"贬"到厨房烧火……

几经波折，1970年11月1日，汉江截流的时刻终于到来，一块块巨石从15只梆子船和3只自卸木船上抛向江心，顿时巨浪滔天，欢声动地。这一刻，许多人都流泪了，然后纷纷给家人写信报喜。寄往武汉长江委大院的信件，都离不开一个“丹”字，或是说工程顺利，或是问询以“丹”取名的子女，如文伏波的女儿就叫文丹。

丹江口首期工程历时12年，取得了防洪、发电、灌溉、航运、养殖五大效益，被周恩来总理称为“五利俱全”，后来又成为南水北调中线工程的水源地，可谓建功甚丰。

丹江口水库成为亚洲第一大人工湖，被称为汉江的天然水位调节器。一旦汉江上游发生大范围降雨，江水暴涨，就会根据情况在丹江口大坝开闸泄洪。除了总闸之外，有两个引水渠分别向湖北、河南引水，用于农业灌溉。

“亚洲天池”边耸立起崭新的丹江口市，湖光山色，美不胜收。

为修建这一“天梯工程”，水库淹没均县、郧阳两座古县城，淹没耕地29.7万亩，移民搬迁38万多人。当这一库碧水穿越黄、淮、海河，一路北上流进北京时，人们品尝着清甜之水，也品味到湖北人民所做出的重大牺牲和贡献。

难忘虎跳峡

虎跳峡是万里长江第一大峡谷，横穿于哈巴和玉龙两座雪山之间，因猛虎跃江心石过江的传说而得名。

虎跳峡

金沙江迢迢千里奔波而来，突遇两座雪山的阻挡，原本平静祥和的江水顿时变得怒不可遏，风声、涛声鼓荡深谷，如同阵阵虎啸。当阳光照亮幽深的峡谷，撞碎的浪花就会闪现出七色的彩虹。

虎跳峡以山高谷深、雄奇险峻闻名于世，分上虎跳、中虎跳、下虎跳三段。它不但是壮美的自然风景区，也是一个巨大的能源宝库，3900 米下的水石咆哮，216 米短距离落差，江流最窄处仅 30 余米。水利工作者到此都会梦想建一高坝，开发虎跳峡的水能资源。

1965 年春天，林一山亲自率队查勘金沙江虎跳峡，笑称“西征玉壁金川”。随后经国务院批准，开展虎跳峡引水发电工程项目（工程代号 433），长江委迅速组建了 433 工程指挥部，并成立了物探队，进行实地勘测设计。

虎跳峡江面狭窄，水流湍急，队员们冒险攀上悬崖，一锤一锤地开凿石眼，然后架设了一根过江钢绳，套上滑轮，用强度较大的尼龙绳把工作木船吊上，才能控制木船稳定地操作仪器。涛声如雷，大家却豪迈地笑道："虎跳峡，虎跳峡，老虎嘴里来拔牙！"顺利而安全地完成了艰巨的任务，获得了有史以来虎跳峡江段水下地形和覆盖层分布资料。

好多年后，物探队队长邹鸣盛撰文记叙了那些难忘的日子——

下虎跳峡是建设发电厂的所在地，也是峡谷地区，激流险滩。为便于开展工作，工程指挥部为小组提供了一条小木船，时间大概是1966年6月，小组经丽江大具坝进入虎跳峡。那天下午5时左右，全组人员加上雇请的船工，抬着小木船，背上行李仪器工具生活物资等，到达下虎跳峡江边时，突然发现奔腾咆哮的金沙江几乎断流，我们感到很意外，小组同志不顾疲劳，抢抓这一难得的机遇开始工作。炊事员赵承本在江边垒起石头灶做晚餐，船工把木船抬到水边，其他同志准备物探工具，我当时帮小组搞测量，抓紧时间做了一些测控点。晚餐后，全组同志夜宿岩洞，养好精神准备明日开始物探工作。同志们劳累了一天，大家睡得很香，快到半夜时分，忽听峡内传来雷鸣般的怪叫声，小组同志在睡梦中被惊醒。正在这时，睡在木船上的船工光着身子往上跑，原来是排山倒海的洪水冲下来了。小组放在江边的生活物资、锅碗瓢盆等都被洪水冲走了，唯有小木船还在洪水中摆动（因收工时用尼龙绳将木船吊在岩石上），后在一个大浪的冲刷下，将船尾摆向岸边……

后来查明，是上虎跳峡附近修公路，进行大爆破，岩石倾覆到金沙江形成上虎跳峡堰塞湖，造成上游淹没下游断流。等到水势消退，下虎跳峡的物探工作仅做了几个电测深点，未能形成完整资料。

女技术员曹先玉同志身怀六甲，小组拟留她在下桥头基地做一些后勤工作，她坚决要求进峡。她说："我是学物探专业的，不入虎穴焉得虎子，既然来到虎跳峡，再困难我也得去闯一闯。"进峡的当天，她背着简单行装，勇往直前，翻越24道拐，踏过大深沟，安全抵达只有两家人居住的地方，后来她的宝宝出生后取名"金川"，作为她夫妻俩在这段艰苦岁月的永久记忆……

金沙江水能资源蕴藏量达1亿千瓦，技术可开发水能资源达8891万千瓦，富集程度在全世界也排名靠前。长江委人艰辛勘探，可谓沙中淘金，画出了金沙江闪闪发亮的电力之梦，共计划开发27级水电站，规模约为4座三峡工程。2017年8月3日，仅次于三峡电站的世界和中国第二大水电站——白鹤滩水电站全面开工建设。具有丰富物种资源的虎跳峡因是否建电站的争议而改名为龙盘水电站，是金沙江中游开发的"龙头"水库工程。

"金沙水拍云崖暖，大渡桥横铁索寒。"险峻的虎跳峡有太多的象征，可用来形容那惊涛骇浪的年代。

1958年底，长江委提出《三峡初步设计要点报告》。庐山会议期间，林一山向周恩来汇报三峡工作时，周总理问在座的苏联专家组组长巴克塞也夫："三峡工程的研究现在达到了什么水平？"

巴克塞也夫说："工程的设计工作已达到可以做施工准备的水平。"

中国最高决策层慎之又慎，只是批准陆水、丹江口工程。直到1960年4月，中央在广州召开协作区会议，讨论并原则同意在"二五"期间投资4亿元，次年开工建设三峡大坝。

可是，天不遂人愿，“大跃进”和三年困难时期接踵而至，加之 1960 年中苏关系恶化，在长江委工作五年的苏联专家恋恋不舍地撤离回国……

苏联专家撤走后，李葆华给林一山打电话，询问长江委继续开展工作是否有困难。林一山转问总工程师李镇南，李镇南自信地说：“请领导放心，我们有信心也有能力完成各项任务，即使今后遇到特殊难题，还可以请全国各专业的专家来研究解决。”但经济形势越来越严峻，中央决定调整包括三峡工程在内的国民经济建设步伐。不仅“三峡梦”飘忽不定，连“长江委”这个机构也朝不保夕，撤销或者压缩的声音不绝于耳。有关部门甚至打算“冻结”三峡研究，说先要吃饱饭，给了林一山“上中下”三个选择：自谋生路、压缩编制、就地解散。

解散？老子不干！林一山一听到这话就火了。这好比当年，林司令好不容易拉起了一支游击队，建立了根据地，难道要因为缺乏粮草而解散回家？不行，绝对不行！可是，光发火没有用，这可是一支上万人的部队啊，缺乏粮草怎么打仗？怎么搞研究？他召开党委会，毅然拍板，选择了“自办农场解决生路”的“上策”。

放下画笔，拿起锄头，保住火种，自力更生，再唱一曲《南泥湾》！从 1961 年下半年起，长江委的工作重点开始转为“大办农业”——在东西湖、谌家矶、柳山湖、银莲湖、沙湖、沙洋等地兴办农场，开垦荒耕地 36000 多亩，收获粮食 300 多万斤，油料 100 多万斤，棉花 3 万斤……

谈起那个时期的艰难，曾任长江委副主任的季昌化对笔者感叹：“不容易，真是不容易！不论你是工程师还是设计师，都推着粪车走街串巷收集肥料，以满载而归为荣。当大家都为吃饱饭而发愁时，长江委机关职工每人每月可以得到三斤半粮食和三两油的补助，更重要的是，数千人的科研队伍得以保存下来。”

艰难之际，国家安全形势也急剧恶化。1962 年，先是爆发了中国与印度之间的军事冲突，又发生了古巴导弹危机——一场核战争与人类擦肩而过。这样的国际风波，使得中国领袖们重新定位国家安全形势，得出“早打、大打、打核战争”的战略判断，一场轰轰烈烈的三线建设就此拉开帷幕。

“备战，备荒，为人民”成为响亮的口号，三峡建设只能搁置。长江委根据周恩来总理的指示——“雄心不变，加强科研，加强人防”，将三峡工程设计工作，改为研究从防空地下枢纽布置考虑的坝址，以及高坝分期开发方案。因中央希望兴建一些地下水电站，以解决战时的电源供应问题，林一山才去踏勘金沙江的虎跳峡。

据调查，虎跳峡周围方圆数百千米是一个地震带，历代修建的一些古塔全都倾斜或是倒塌了，唯独虎跳峡下口一个明代古塔没有发生倾斜，说明虎跳峡是一个稳定的地块。因为地势险峻，交通极为不便，即使本地“马帮”通过这个 16 千米的大峡谷也需要两天时间，所以外来人员极少，了解它的人就更少了。但是有一个名叫约瑟夫的美国教授曾在虎跳峡一带收集了大量资料，并出版了著作，林一山曾经在云南省副省长张冲那里看过此书，还商量如何翻译借鉴。但谁也没想到，虎啸声声，还有更猛烈的惊涛骇浪呼啸而来。

1966 年“文化大革命”爆发，林一山被当作“走资派”批斗，他长期以来重视吸收各界知识分子参加治江事业的功绩，居然成为打倒他的“口实”。造反派说他骄傲自大、招降纳叛，甚至一些老干部也认为他过于看重“臭老九”，诬蔑林一山是“老革命不如新革命，新革命不如不革命，不革命不如反革命”。

每天凌晨4时，林一山就得用他伤残的右手去擦洗两层楼的地板，8时上班前必须干完。他被囚禁在新大楼的地下室里，竟然用室内的积水“画地图”，用水泥袋里的剩灰“筑坝”。大字报说这是他“不思悔改”，还想“东山再起”的铁证。

在阴暗的地下室里，林一山最苦恼的是没有书看，幸好还有一本地图。他后来在回忆录中写道——

林一山：

我喜欢地图，打仗用它，工作用它，如今形同囚禁无以排解时更需要它。它比其他书籍更适宜当时的处境，密密麻麻的地名、纵横如织的交通线可以使你离开现在，回到过去，遐想未来。

风风雨雨葛洲坝

1970年3月10日上午，长江委在毛主席塑像前召开大会，由林一山做检查，军代表突然宣布：“同志们，周总理通知林一山去北京开会，大家同不同意解放他？”

总理的威望是很高的，场下自然一片掌声。

林一山：

总理用心良苦，“文化大革命”中他总是利用各种机会去解救一批干部，比如国庆观礼、会见外宾，以及各种会议等。我是借参加总理3月中旬在京主持召开的全国计划会议的名义获得保护的。我到北京后被安排与黄委主任王化云同志住在一处。我们在1964年的治黄会议上意见不一，而6年后重逢却处境相同，他和我一样也经受了两年多从人身到精神的折磨，彼此相见，不胜唏嘘。

会议一开始，总理就望着会场的人群问：“林一山、王化云同志到了没有？”我们站起来。总理又问：“解放了没有？”因平生从未受此冤屈，一听到总理慰问，我们虽均已是花甲之年，激动之情却犹如青年游子漂泊归来回到母亲怀抱。

长江与黄河的两位水官，就是这样怆然相会，当他们应声站起来时，人们都预感到这次会议将有浪花翻滚。果然，会议发放了一份重要文件——国家计划委员会准备兴建三峡工程的报告。

林一山一直患有眼疾，潮湿阴暗的地下室里，视力更加恶化。但影影绰绰之中，他一眼就认出了那两个朝思暮想的大字——三峡！翻阅着这份厚厚的报告，他不禁热泪盈眶，忙掏出手帕擦着眼泪，不好意思地对王化云说：“老啦，眼睛也出毛病了。”王化云点点头，眼中也有泪花闪烁。

历尽坎坷，梦想又悄然浮现。

周总理明显消瘦了许多，但浓眉下的目光仍是那么炯炯有神。这位中国人民的好总理，世界著名的实干家，此时就像骑在一头狂躁的烈马上，牢牢地紧抓着国民经济的缰绳，一有机会就想越过难关险阻，驰上阳关大道。因此，他又拿起画笔，给已变得黯淡的“三峡梦”添上了一笔亮色，希望能通过兴建三峡工程，为恢复经济发展生产注入一管强心剂。他在会上表示：长江三峡工程是毛主席的伟大理想，我们一定要抓紧，不要耽误了这件事，如果不能让毛主席在他的有生之年看到工程的开工建设，我们将对不起党，对不起人民，对不起毛主席！

大家热烈鼓掌，提起“三峡梦”，谁不热血沸腾？

但几天后，工作人员到与会者的房间，将那份报告收回去了。

“为什么？”有人提出疑问。

工作人员摇摇头。

会议也没做出任何说明和解释，这是敏感的年代，不必多问。

周总理在会议后，特地请林一山和王化云吃饭交谈。他们本来有一肚子的话要倾吐，但看到总理一脸憔悴，就再不忍心多说什么。周总理没提一个“水”字，只是要他们正确对待这次运动，继续把自己的工作做好。林一山提出要到淮北了解农田水利情况，周总理脸上才浮现出笑容，说：“你们现在可以自由行动了嘛，想去哪儿就去哪儿。”

林一山去安徽、江苏、河南考察了一个多月，在郑州突然接到国务院办公厅通知：速来北京。

难道又有大事？他既兴奋又紧张。原来是有人告状，说林一山这个“走资派”还在走，到处开会做报告。周总理对他说：“你别再乱跑了，你还没有被批够吧？还是回到葛洲坝去吧，你还是我的顾问呢！”

“葛洲坝要上马？”林一山惊讶地问。

周总理点头，说：“找你来，就是想听听你的意见。”

催马上阵的是张体学。林一山不知道，他被“解放”，还多亏这位老兄助一臂之力。

张省长比他早一年“解放”，恢复工作后，就为湖北电力紧张而焦虑不安，希望三峡工程能早日上马。他督促长江委成立了“三峡选址领导小组”，还下设规划班、枢纽班、地质班、施工班。

1969 年 9 月，毛主席视察武汉，张体学和武汉军区司令员曾思玉汇报工作时，就谈到湖北“电荒”，请求兴建三峡工程。适值中苏珍宝岛战事余波未了，毛主席认真又不失幽默地说：“现在要准备打仗，你脑壳上顶一盆水，怕不怕？”

见张体学半晌无语，毛主席缓和口气说：“体学同志是老湖北人，你在汉江上游建了一个丹江口水电站，淹了河南一部分土地，河南人收益小，问题解决了没有？”

张体学回答：“基本上解决了。”

毛主席点头：“你建水电站有些经验，有发言权，思玉同志打仗还可以，但你们想在中国第一大江上兴建大型水电站，有把握吗？”

张体学便谈起了长江委的方案，说正在积极准备。

谈起长江，毛主席自然想起了快人快语的林一山，便问其近况。

张体学说，林一山还在被批判。

毛主席问：“有什么问题吗？”

张体学答，没有什么大问题，都是些小事。

“那应该出来嘛。”毛主席又说起三峡工程，“目前战备时期，不宜做此设想。”

汇报结束后，张体学就迅速传达毛主席的指示，通知长江委尽快查清林一山的问题，早日结束审查、批判。林一山由此不再被关押在地下室，还可以有空看看地图。

次年春天，战备形势有所好转，为恢复经济，发展生产，周总理主持召开全国计划会议，就以要讨论三峡工程的重要性为契机，“解放”了林一山、王化云等水利大将，但他没料到毛主席仍把战备问题放在首位,认为打起仗来,三峡电站将是个大包袱,所以那份报告又被悄然收回。

被关久了，林一山不知道的事情太多太多。

比如，毛主席不同意上三峡工程，张体学仍不甘心，鼓动兼任湖北省革委会主任的曾思玉，说我们应该深刻领会毛主席的指示，毛主席担心的是溃坝洪水，并不是不让建坝。不能搞大坝，能不能先建小一点的葛洲坝?

湖北到处停电，闹得曾思玉焦头烂额，听说还有个解决难题的好方案，自然是举双手赞成。随后，张体学又开始说服水利部部长钱正英。这期间，钱正英正好在武汉参加活动，便被张体学请到武昌洪山宾馆听取建设葛洲坝工程的汇报。

钱正英毫无准备，谨慎地表示：要摸一摸中央的意图再说。

所以，当国家计委的三峡工程报告被突然收回，张体学却不灰心，他还有一手准备：大力推荐葛洲坝。他四处奔走，尤其是恳请老首长李先念出面游说。周总理心动了，便召开国务院办公会，听取湖北省的汇报。

在会上，张体学大谈建葛洲坝的好处，说这是为三峡工程实战练兵，施工难度小，投资少，而且分期施工，财力也能接受。这也是为战备而建，湖北有二汽等好多三线基地，战备战备，没有电怎么行？他甚至当场立下军令状：“如果建坝出了问题，我把脑袋挂在天安门城楼上，向全国人民谢罪！”

看到头发花白、脸色蜡黄的张体学如此悲壮，与会者无不动容，李先念、纪登奎等副总理都表示支持葛洲坝工程上马。

在座者之中，没有谁比周总理更了解长江委的方案，他曾亲自调解中苏专家关于三峡工程的坝址之争，知道修建葛洲坝工程的构想最初是作为三峡水利枢纽的反调节水库提出的。1959 年，长江委完成了选择葛洲坝上游 40 千米处的三斗坪作为坝址，修建三峡水利枢纽的全部设计。考虑到三斗坪建坝后，三峡电站在枯水调峰运行时泄量的时多时少会使下游河段内的水位忽高忽低，给航运带来不利，所以要修建葛洲坝反调节航运梯级，同时接住长江这 40 千米的水头发电。

能否先建葛洲坝？周总理拿不准，便想听听林一山的意见。

没想到极力主张建三峡大坝的林一山连连摇头，说："不行，万万不行，应按照过去研究的建设程序，先建三峡工程，或者至多两者同时建。当三峡水库拦蓄了长江洪水和全部泥沙，葛洲坝工程就不仅成本小，技术问题也简单得多。若先建葛洲坝，葛洲坝将要独立地承担长江上游的洪水和泥沙，不仅增加资金成本，还有许多技术难题，而且会使今后的三峡工程由水面施工变为水下施工。"

周总理沉吟着说："好，就是喜欢听你说真话。"

9 月，武汉军区和湖北省革命委员会向党中央和国务院递交《关于兴建宜昌长江葛洲坝水利枢纽工程的请示报告》，请求中央快做决策，实现毛主席"高峡出平湖"的伟大理想。而且，曾思玉访问朝鲜归来后，留在北京不走，屡次请周总理尽快同意"请示报告"。

湖北人闹得水响，当然会惊动毛主席，他指示国务院开会研究。

于是，周总理又一次召来林一山，与钱正英、曾思玉等一起商议论证。大多数人赞成，林一山却表示反对。他不管上级有什么考虑、与湖北省有多大冲突，都要把憋在心底的话痛痛快快说出来。他认为还是应先建三峡大坝，至少在三峡一期工程完成后再建葛洲坝，这样做省钱省力，困难也少。另外，葛洲坝的地形勘测、地质钻探都做得很不够，隐患很多，不宜开工兴建。

在当时的政治气候下，会议讨论的结果，拟按多数与会者的意见上报毛主席审批。

11 月，中央原则上通过了上葛洲坝方案。

12 月 16 日傍晚，周总理主持国务院业务会，听取葛洲坝工程设计情况的汇报。他先把设计负责人请到前台就座，然后问唯一的反对者："林一山同志来了没有？"

"来了。"林一山回答。

"你不是唱反调的吗？"

"党一决定，我就不唱反调了。"

"你唱反调我们不怕，你有什么意见可以谈，主席经常给我讲，要听取不同意见，要善于听取反面意见，光一方面意见怎么行……"

尽管木已成舟，但林一山的拳拳报国之心，灼灼耿直之见，周总理明察深知，借机点题表扬，也由此表示对工程含有担忧。

当设计者讲解时，周总理不断地询问有关问题：江面多宽？水底海拔多高？江水出南津关后为什么向右偏？回水到什么地方？搬迁到底多少人？黏土岩怎么处理？船闸设计有没有把握……其细致入微，使与会者都暗暗叹服。

听完汇报后，大家发言，均拥护中央决定，赞成葛洲坝上马。林一山又忍不住开口，但有所克制，只是简单谈了几点对修建葛洲坝利弊的看法。

会议结束，夜已经很深了，周总理看到林一山还在沉思，便走到他跟前微笑着说："林一山同志，刚才你没有把话说完整吧？还是应该讲嘛。你总是讲真话，讲真话就好。"

周总理要他把意见马上写成书面材料，作为报告的附件，提交毛主席最后审批时参考。

林一山明白周总理的苦心，回到招待所就连夜加班，又用残疾的右手奋笔疾书，一口气写了3500字。次日交稿，周总理看后笑问："你那里有多少人支持你的意见？"

"长江委党委和多数总工程师的意见和我一致。"

"你开个名单给我，以便主席问起时，我好回答。"

林一山列下一排名单，长长的，把党委成员和总工程师们都写上了。

周总理看着名单，问道："叶扬眉？是男的还是女的？"

"男的。"

"噢，他和叶挺女儿的名字一样，三个字一字不差。"

24日，周总理将武汉军区、湖北省的报告以及《中共中央关于兴建宜昌长江葛洲坝水利枢纽工程的批复》送审稿等，呈送毛主席审阅。

26日，毛主席在77岁寿辰的那天写下批示："赞成兴建此坝。现在文件设想是一回事。兴建过程中将要遇到一些现在想不到的困难问题，那又是一回事。那时，要准备修改设计。"他自然也审阅了林一山的意见书，预见到了工程的难度，才字斟句酌地写了这么长一段话，显示出犹豫不决、退而求其次的心情。

毛主席批示后，周总理又一次召开会议，再次提出要求，并对林一山说："毛主席批准了这个方案，你要从组织原则出发，密切做好配合工作……"林一山回答："请总理放心，我一定会这样做的。"

新年新气象。就在毛主席批准后的第六天，1971年元旦，葛洲坝

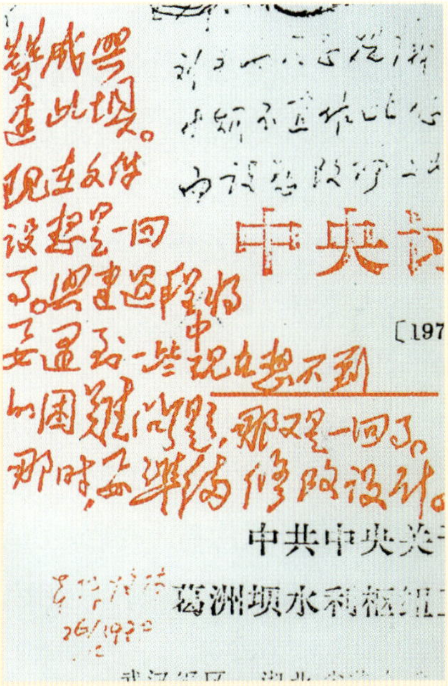

批复文件

工程便在没有详细工程设计的情况下，匆匆忙忙敲锣打鼓大规模开工了。标语牌上的“最高指示”只有六个大字——“赞成兴建此坝”。

从丹江口赶来支援葛洲坝工程建设的李茂清，至今还记得动员大会上老省长张体学的呼唤：“丹江的同志们,咱们老在汉江、死在长江，活着干，死了算！”

那是个特殊的年代，各单位都由军代表挂帅，搞建设也按军队编制。中央文件原定由武汉军区、湖北革委会主持，并由国务院各个部委派人组成工程指挥部。但真正执行起来就顾不了那么多，大干快上，兵贵神速，工程指挥部基本上由没有搞过水利的军人组成,来自四面八方的技术设计人员也被编进连队,而且团、连长都由军队干部担任。

当时，长江委的大多数高级工程师还没“解放”，即使在施工现场，也大多有职无权。还有人提出要撤销长江委，把拥有 8500 多名技术人员的队伍锐减为 450 人。虽然周总理否定了这种意见，指示“长江委不能动”，并经国务院下文保证执行，但葛洲坝工程仍不免受到影响，施工队伍以新兵为主。

这是排山倒海的大会战，“万炮齐鸣，万人下河”，工棚绵延，汗雨飞溅。古老的南津关，从来没有这样喧闹，这样沸腾，布满了千军万马，一起呐喊着冲锋陷阵。在火热的工地上，你分不清谁是干部，谁是士兵，大家都是一身泥水，都是晒黑的脸庞，磨破的工衣，粗糙的手掌，坚毅的眼神。

指挥者穿着洗得发白的军装，站在高高的围堰上，心中充满了豪情。中国人民终于向长江发起挑战了，终于可以筑起水上长城，驯服这条狂躁的巨龙！

是的，困难也很多，但“群众是真正的英雄”。没有施工设计怕什么？路是人闯出来的，可以采取“边施工、边勘探、边设计”的方针，边走边唱，到什么山唱什么歌。工地发起了“千人设计，万人审查”的运动，设计人员“奉命设计”，只绘图，不签名（有的说签了字是名利思想；有的因图纸是按领导干部意图画的，不愿签名），还要到一个个芦席棚去征求民工的意见。

“三年施工，五年完工”，进度要快，要快！炎炎夏日，混凝土还要“吃冰棒”？指挥部下令，破除大体积混凝土搅拌加冰（水泥的水化热需要发散）的制度。减少了旧工序，大坝就呼啦啦地往上升，真是芝麻开花节节高！

建设大军日夜奋战，工地上欢锣喜鼓敲不停，天天有喜事，月月有捷报，只是几个重大技术问题还没有解决，令指挥者抓耳搔头。

第一，长江从南津关出峡后，突然 90 度向南急转，原河宽由 300 米骤然展至 2100 米，河床由海平面以下 40 米陡然上升为海拔 30 米，呈现出泡水、漩涡、剪刀水等各种极其复杂的流态，同时长江每年要下泄 5 亿多吨泥沙，工程如何顺应河势开出两条人工航道保证通航，又不被泥沙淤积？种种模型试验都失败了。

第二，葛洲坝基础是建在黏土岩和砂岩夹层上的，含有黏土岩软弱夹层，其中部分已经泥化，建坝后泥化夹层会不会恶化，造成坝体滑移和漏水等危险，都没有可靠的依据。

第三，由于没有先建三峡工程拦截洪水，原来设计只要抗1万~2万立方米每秒洪水的葛洲坝一下升至要独立抗11万立方米每秒的流量，大坝建筑物如何合理安置，如何消能防冲，也没有成形的设计。

最可怕的是因为质量控制不严，造成已浇筑的数万立方米的坝体到处是裂缝、“蜂窝”、“狗洞”，使人触目惊心。这对于一个大型工程来说实在是致命伤，指挥者被浇了一盆冷水，猛然清醒过来，深刻而痛苦地认识到：看来，搞建设不能光凭热情，外行指挥的确有问题。

大坝工程采取“三边”方针带来了三大恶果：质量差（两年共浇筑混凝土10.52万立方米，因不合格炸掉了1.62万立方米），进度慢，浪费大（设计还没搞出来，已花费人民币2.6亿元）。葛洲坝工地的种种问题，通过各种渠道反映到国务院。

匆匆上马的葛洲坝工程，很快走上了丹江口质量事故的老路。1972年4月，周总理在机场送走来访友人，对钱正英说：“葛洲坝是我的一块心病啊。”

同年10月，因建坝引起长江干道碍航，相当于10多条京广铁路的黄金水道被堵，交通部向中央呈交了紧急报告。

葛洲坝告急，不断告急！

1972年11月8日，国务院召开紧急会议，听取关于葛洲坝工程的汇报。一向沉稳的周总理，情绪显得烦躁而激动，没像往常一样亲切地与人打招呼，而是拿起汇报人员名单扫视了一遍，就询问工地领导机构，并对机构的设置和人选表示不满。

听取汇报后，周总理极其严厉地批评了急躁蛮干、不实事求是、不总结经验教训和不敢坚持真理的思想作风。他语重心长地说："长江出乱子，不是一个人的事，是整个国家、整个党的问题……新中国成立20多年了，在长江上修一个坝，不成功，垮了，是要载入党史的问题……"

那天，会议从下午3时一直开到晚上9时，护士几次来给周总理送药，都被他拒绝了。大家难免有些担心，望着他清瘦的面容，心中都有一种难言的酸楚。

问题实在严重，实在复杂，以致这个紧急会议开了三次，都是开得很晚很晚。

开第二次会议时，林一山迟到了。

他走进会场时，周总理正在讲话。他以为会挨批评，谁知周总理却关切地问："林一山，你身体好吗？"

"眼睛不好。"

"你去看过吗？"

"去了，就是因为去医院检查才迟到的。"

"哦，你可能有点不同意见吧？"

"没有不同意见。讨论过了，现在是如何把工作做得更好的问题。"

"都一致了，不见得吧？不会没有不同意见，总有点吧，是照顾大局。"

周总理话中有话。

林一山：

从1970年3月被“解放”后不久，我就恢复了在长江委的工作。1972年春，我又成为葛洲坝工程的副指挥长之一。这个时期无论在长江委还是葛洲坝，都是以军代表和武汉军区、湖北省的意见为准，我有力用不上，说了也白说。此时还笼罩着浓厚的运动气氛，处处仍“以阶级斗争为纲”，而我竟然不同意先建葛洲坝，等于与中央唱反调，所以令人侧目而视。尽管如此，凡是我参加的有关葛洲坝的会议，可以说我没有不发表意见的。我不能虚掷光阴。在1971年6月16—23日我参加了总理在京主持的葛洲坝工程汇报会，自感这次会议仍然未能改变工地大局，我又无能为力，便去西部的青海、四川考察南水北调的线路问题。

周总理没批评林一山，但毫不客气地点名批评了许多人，其中便有张体学。

当张体学汇报工地是有困难，但有办法，有希望，要鼓干劲时，周总理说：“光鼓干劲不行吧？主席批示兴建过程中将要遇到一些现在想不到的困难，要修改设计，重点在这里。”

如何修改？谁也没拿出锦囊妙计来。会议气氛很沉重，有人提出，如果通航问题难解决，宁可把已浇筑的1万立方米混凝土炸掉，鸣金收兵。

张体学低下头，心里很难受。他没想到因自己的急躁和盲目，违反了客观规律，竟给国家带来这么大的损失。

谁能力挽狂澜？周总理自然想到了林一山，经过20年的交往和考验，他早已认定这员大将不仅有胆有识，而且已成为出色的水利专家。

因此，在谈到泄洪、通航、发电时，他话锋突转：

“林一山，要你去挂帅，敢不敢？这是长江上的工程。”

周总理的意思很明显，是在提醒大家，长江委主任管长江上的工程是责无旁贷的。

“我不是那种材料。”林一山说。

“你不敢咯？”

林一山熟悉周总理热切的目光。军中无戏言，总理临阵点兵激将，你何德何能，岂能畏首畏尾！他想了想，坦然答道：“大家领导，我当参谋。”

这便是接下了令牌。会场显得格外安静。

李先念又强调：“这是长江的工程，是在长江上建坝。葛洲坝设计出问题，找林一山可不可以？”

林一山毅然回答：“出了问题，我有责任。”

周总理的眉头舒展开来，果断决策：第一，主体工程停工，重新修改设计；第二，改组工程领导，成立葛洲坝工程技术委员会，直接对国务院负责；第三，原来参加设计的单位一律退出，改由长江委负责设计。

总理指定由林一山负责，袁宝华、谢北一、张体学、钱正英、王英先、马跃骥、沈鸿、廉荣禄等参加，组成新的葛洲坝工程技术委员会，重新讨论葛洲坝工程应该上还是下，负责向中央提出报告。

林一山就这样临危受命，肩负起两副重担：一是作为葛洲坝工程最高技术决策机构的负责人，要保证该工程所有重大技术问题决策的正确性。二是作为葛洲坝工程设计单位——长江委的负责人，要保证修改设计的科学性与可靠性。

周总理还参加了葛洲坝工程技术委员会的第一次会议，了解工程计划的起草情况。经充分讨论后，大家一致认为，葛洲坝工程的问题是没有按基建程序办事，勘测设计工作太粗，投资估计过低，施工准备不足。把这些因素充分考虑后，它的经济效益还是好的，也有把握可以建成，因此提议在做好设计的基础上继续建设。

于是，周总理嘱咐林一山：要集中精力把葛洲坝搞好，对这项工程要抱有如临深渊、如履薄冰的谨慎态度。他在会上说："解放 20 年，我关心两件事，一个水利，一个上天。"

望着强撑病体的总理，林一山心潮翻涌，深感使命重大。他知道，总理一直对葛洲坝工程不放心，早就把他作为一枚重要的备子，现在终于把他拍在棋盘上了，希望他能把死棋变成活棋。在座的其他 8 位技术委员会成员，除廉荣禄外，不是部长就是省长，级别职位大都比他高，可总理却要他牵头挂帅。这并非是因为他有多大能力，而是因为他有长江委这个坚强的后盾，有一支藏龙卧虎、久经考验的技术队伍。想到此，他站起来，对周总理轻声说："您放心，也请您转告毛主席，我林一山一定要把葛洲坝修起来！"

壮士出山，妙笔回春

1972 年春天，林一山慨然接下了修改设计的重任，带领长江委众人去挽救葛洲坝。他重新排兵布阵，在工地设立代表处，长江委党委

林一山在葛洲坝工地察看地质岩芯

副书记张魁元和魏廷琤为总代表，文伏波、洪庆余、曹乐安、王家柱、邵长城、刘一是等一大批技术骨干都来到工地。长江委参加葛洲坝工程建设的有2000多人，其中技术干部300多人，勘测人员1000多人，搞水文工作的也有400多人，可谓兵强马壮，全力以赴。

“风萧萧兮易水寒，壮士一去兮不复还。”在峡江的寒风中，望着布满裂缝的坝体，林一山感到心痛，也陡生一种悲壮之情。他习惯性地挥舞着左手，对同事们斩钉截铁地表示：不建成葛洲坝，我们谁都不要回家！

在长江上建坝，泥沙问题、航运问题、大江截流技术、大型机电设备制造等，是20世纪70年代中国水利建设最大的挑战。林一山特地聘请张光斗、严恺、张瑞瑾3位教授为工程的技术顾问，他们都是著名的水利专家，可为设计保驾护航。

11月中旬，葛洲坝工程技术委员会在北京开了五天会，经过充分讨论，决定葛洲坝工程停工两年，由长江委重新设计。设计的主要任务就是确定枢纽布置，解决泥沙淤积、通航等问题。

此时，林一山的眼病已越来越严重，医生警告：要赶紧动手术，搞得不好要挖掉眼球。他哪顾得上治病，每天都在和技术人员探讨如何合理地修改设计，看不清图纸就闭目静听，他早已对地形河势烂熟于心，可以“下盲棋”了。

林一山：

过去许多人包括水利技术专家在内，都认为在长江干流修建低坝比修建高坝容易些，特别是认为修建葛洲坝比三峡大坝容易得多。可是深入接触这个问题就会发现情况并不是这样，相反，葛洲坝比三峡大坝复杂得多。特别是葛洲坝电站的坝址选择，向上或向下移动的选择余地连1000米的范围都没有。因此除了在大流量河流上修建大坝的困难在这里都能遇到以外，在葛洲坝还有无法避免的特殊困难。这个特殊困难是指，它正在三峡河段的峡口南津关以下，其流态之奇异几乎是其他河流所没有的，而且这里的地质条件特别差，在大坝基础的处理上困难太多。

集中文伏波等专家的智慧，面临挖掉眼球风险的林一山竟然提出了“挖掉葛洲坝”的大胆设想。此语一出，举座皆惊，他顿时成了工地上妇孺皆知的“林疯子”。

有人摇头：古人说过，皮之不存，毛将焉附？

有人质问：坝都挖掉了，还叫葛洲坝吗？

林一山耐心解释，大坝仍叫葛洲坝，只是挖掉了江中的小岛，这与“河势规划”有关。

“河势规划”是什么？在江河上做工程难免同河流的水流与泥沙发

生关系，由于受人为工程的影响，必然使河流原有的走势和冲淤关系发生变化。特别像葛洲坝这种大流量的低坝工程，冲淤关系处理得好与坏，常常决定着工程的成与败。必须运用河流辩证法的理论，研究工程所涉及河段的河床演变规律，特别是主泓的轨迹及其形态，制订出因势利导的方案，合理地解决河道行洪、冲淤和通航三者之间的复杂关系。

挖掉葛洲坝并非标新立异、别出心裁，而是先经过仔细分析，再经过模型试验证明后才提出来的。长江委进行试验时，北京、南京、武汉等地的水工试验单位也同时做了试验，结果不谋而合。葛洲坝工程初期阶段所存在的重大技术问题其实都同河势规划有关，只要正确地搞好河势规划，其他重大技术问题便可迎刃而解。

林一山说得头头是道，说得复杂难懂，让人难以辩驳，只好暂时存疑。

接着，林一山又提出了“关刀”“宝剑”以及葛洲坝“一体两翼”的枢纽布置方案。他说：“我们何不在坝上游建两道堤伸向南津关，在船闸上游形成两个静水区。这样船舶一出南津关就可很快进入静水区，从容减速通航。静水区的水面较窄，可以提高冲沙的效率，把边滩冲掉；同时也消除了坝前的横向水流，岂不一举数得？”他把这两道堤形象地称之为一把“关刀”、一把“宝剑”，后来被称为“防淤堤”。

他的这个设想经过模型试验被证明是可行的。长江平均每年下泄泥沙达 5.21 亿吨，如果有 1/10 或是 1/20 淤积在坝前航道口区域，那每年就有 2000 万 ~4000 万立方米，容易导致整个航道淤塞，长江断航。设计人员经过反复论证和试验，报告“静水通航，动水冲沙”方案。所谓“静水通航”，就是船队经引航道过船闸时，冲沙闸全部关闭，航道完全处于静水状态；“动水冲沙”，即在通航间隙临时性停航，全开冲沙闸，达到清理航道和排除粗沙卵石的目的。

这就最终形成了葛洲坝枢纽“静水通航，动水冲沙”的运用机制。葛洲坝多年运行的实践证明，这种布置方案是完全成功的。

令林一山感动的是主管施工的老伙伴张体学全力支持他。无论别人有什么议论，张体学总是说：“要相信林主任，相信长江委，相信科学。”老省长威望很高，一发话，谁敢不听？

葛洲坝出了问题，张体学在北京受到了严厉批评。回到武汉，他就马上传达会议精神，把总理批评他的那些话，一句都不隐瞒，原原本本地传达到省委机关，还印发了记录稿。有天晚上，张体学还特地来到长江委设计室，对设计人员说：“过去我批评你们，批评错了，你们什么时候要我检讨，我就来。”

对这件事，林一山非常佩服，说这就是体学同志的风格，光明磊落，从不文过饰非。

林一山答应出山，张体学十分感动，说：“中央相信你，你这次可帮了我的大忙了。”

林一山说：“不是我帮你，要建成葛洲坝，咱们谁也离不开谁。”

“你大胆干吧，你说怎么干，我们听你的。”

“你还是施工的指挥长，千军万马，还是凭你调度指挥。”

“技术委员会指向哪里，我们就打到哪里！”

常常为工程问题争得面红耳赤的两位老对头，此刻都觉得说话太客气，不禁哈哈大笑。

但张体学也病了，而且是肝癌晚期。在此之前，他开过两次刀，仍咬着牙去工地指挥施工。1973 年 1 月，张体学在北京医院住院，林一山前去看望。张体学紧握着老伙伴的手说：“葛洲坝我看不到了……”

走出医院大门，林一山流泪了。他想起许多往事，从荆江、陆水、丹江口到葛洲坝，与体学同志一路紧密合作，如影相随。记忆中的老伙伴，总是生龙活虎，步步生风，连吵起架来也是眼珠瞪得圆圆的，中气十足。两人都是军人出身，都有倔强的牛脾气，记得那年为丹江口工程质量争吵后，他觉得问题严重，就去北京找周总理告状。到了国务院，李先念副总理见他气鼓鼓的，便含笑拦驾，说："总理忙，有什么事跟我说，我来批评那位瞎指挥。"他不干，仍要找总理，李先念摇头："你这个林一山，就是你的头难剃！"

唉，病魔不饶人，这个刚强直爽的老伙伴，竟然倒在病床上了，可还惦记着那风雨中的大坝。那是他的心病，是他的一个没做完的梦呀！"老伙伴，你放心，我一定不负你的重托，去圆你的梦，我们共同的梦……"

在北京，林一山一边治疗眼疾，一边主持召开技术委员会讨论设计修改方案。他已得知自己患了眼癌，说不定哪天就会双眼失明，他要抓紧时间，抓住最后一丝光亮。

周总理惦记着他的眼疾，特派秘书前来看望。秘书说："总理近来很忙，抽不出时间来看望你，希望你多多保重。"

林一山知道总理病了，但不知道总理患的也是癌症。后来得知，不禁失声痛哭。这是一个癌症病人在为另一个癌症病人操心啊！

1974 年 9 月，经中央批准，葛洲坝于当年底重新开工，从此工程进展顺利，然而此时的周总理已经进行了癌症的第一次手术。当葛洲坝截流成功之时，周总理的骨灰已经撒进江河大海。

所以有人说，葛洲坝工程是 3 位癌症病人做起来的。这指的是葛洲坝工程总设计师林一山（患眼癌），当时的湖北省省长、工程总指

葛洲坝水利枢纽

挥长张体学（患肝癌），工程的总决策者周恩来总理（患膀胱癌）。

从 1973 年到 1982 年，几乎双目失明的林一山主持了 10 次技术委员会会议，协调了一个像小“联合国”的 9 人八方的关系，做出了一系列重大决策，才使工程一步步走出低谷，走向正确的轨道。

在此期间，林一山和长江委的得力干将魏廷琤、张魁元、文伏波等完成了近乎天才的设计——

挖掉葛洲坝以理顺河势；

选定“一体两翼”的枢纽建筑物布置；

筑两道超长防淤堤实现“静水通航，动水冲沙”；

利用尾岩抗力固定坝体；

采用大单宽流量泄水闸消能防冲；

特别是据理力争取消了原设计大坝的 5 孔泄水闸，添置 4 台 12.5 万千瓦发电机组，使葛洲坝装机容量由 221.5 万千瓦一跃为 271.5 万千瓦，增加发电能力 50 万千瓦。

这些设计是集体智慧的结晶，但作为总设计师，林一山起到了关键的作用。

曾有专家认为，葛洲坝工程危险得很！一是地质条件很差，就像放在一个玻璃镜面上，水一急就要滑掉或被冲掉；二是泄洪闸的设计有问题，不安全，消力池的底板为节省工程量而采用轻型结构，万一基础排水失灵，这个底板就要漂起来……

听了一些水利专家发表的意见以后，国务院主要领导便打算暂缓葛洲坝二期工程，把钱挪出来，先修建湖南境内长江支流沅水上的五强溪水电站。

葛洲坝即将进行大江截流，怎么能停建呢？水利部部长钱正英心急火燎地赶往葛洲坝工地，召开紧急会议，参加者有冯寅、林一山和长江委的几员大将魏廷琤、曹乐安、张邦圻。

钱正英开口就问：二江泄洪闸到底安全不安全?

魏廷琤说，我们做了好多次安全试验，又看了巴基斯坦两个大坝，保证绝对安全。

钱正英认真听取了各位专家的意见，松了一口气，回到北京后便向国务院汇报，建议二期工程继续施工。

魏廷琤如此有底气，是因为长江委已攻克了许多重大技术难关。

葛洲坝坝址地形地质条件的确相当复杂，是在软弱夹层上兴建工程，这是世界级重大技术难题，美国圣法兰西斯拱坝坝肩的失稳、意大利瓦依昂水库的大滑坡，都与层间剪切带有关。

长江委工程师徐瑞春肩负重任，带领勘测地质队用两年多的时间，查清葛洲坝坝基下72层层间剪切带，并提出了剪切带的建层、分类及空间分布规律。这一重大技术问题的突破，为解决大坝地基基础处理问题发挥了重要作用，也为长江委的现场设计和优化设计提供了科学依据，加快了工程建设的步伐。

徐瑞春还在现场素描了100余个地质仓位，验证勘察期间所做种种判断的正确性，成功解决了二江电站厂房、护坦等处的软基础和强透水带处理，其中仅将3号水轮机组机窝202夹层视倾抬高1度的建议，就减少了30000立方米土石开挖和混凝土回填的工作量，为国家节约数百万元投资。

葛洲坝工程勘测地质成果获得国家勘察金奖，屡建奇功的徐瑞春后来担任长江委三峡勘测大队总工程师，被授予“全国工程勘察大师”的称号。

二江电站进水口

发电机转子吊装

电站厂房内部

水轮机转轮吊装

葛洲坝工程科研成果甚多，仅水工模型就有上百个，进行了上万组试验。如用三维地质力学模型对二江泄水闸的抗滑稳定问题进行试验研究，上万民工 7 天 7 夜搭建巨大的模型。试验表明，采取防渗板或深齿墙等工程措施可提高稳定安全度。龚召熊主持研究的“地质力学模型技术”取得可喜成果，荣获国家科学技术进步二等奖。1979 年，国际大坝代表团参观葛洲坝工地后，一位专家感叹：你们能建成世界上的任何水利工程！

夏季施工，混凝土要“吃冰棒”，即为了防止混凝土浇筑后因水化热温升过高和气温变化而产生裂缝，必须降低和控制混凝土的浇筑温度。黄范昌等专家又不断创新，先后采用了加冰拌和、喷雾降温等综合措施，并成功地研制成片冰机，开创了我国预冷混凝土的新技术新工艺，于 1984 年荣获水利电力部优秀科技成果奖。

不论是“夹心饼干”“吃冰棒”，还是“在玻璃镜面上搭积木”，长江委的专家们都研究设计出最稳妥、最扎实的破解方案。这不是童话，不是儿戏，而是严谨的科学论证，是关系到一项巨大工程成败的百年大计，每张图纸都如重千钧。在 20 世纪 80 年代改革开放初期，刚刚恢复活力的长江委能破解如此众多的世界级难题，的确令人惊叹！

而大江首次截流，更是荡气回肠的一大科研成果。

浩荡长江，曾滋生出“投鞭断流”的历史典故，警醒后人切勿轻狂，而今天，为了造福民众，又有了史无前例的创举——“腰斩长江”。

这是在流量 4720 立方米每秒的大江上截流，规模和难度均为国内外罕见，截流流量比黄河三门峡工程大 3 倍，比汉江丹江口工程大 20 倍，仅次于巴西的伊泰普工程。

因为是长江首次截流，长江委心里没有底，找了一家法国公司，对方说这是世界难题，要价 20 万美元做截流方案，这对于刚刚改革开放、外汇稀少的我国无疑是天文数字。

工程师郑守仁毅然请战：咱们自己干！

攻关团队马上成立，郑守仁担任导流组组长，借鉴国内外经验教训，首先进行模型试验。

炎热盛夏，宜昌前坪科研基地灯火通明。通过多次模拟试验，发现水深了之后，抛下去的块石不能一下子冲到水底下，有的就在坡面上搁着了，这样坡面渐渐变陡，变陡到一定的时候，就会整个地坍塌下去……

专家们查询国内外有关文献，都没有这方面的记载。显然，由于三峡水急浪涌，水下地质状况十分复杂，在深水和大流量条件下截流，两侧堤头向前推进过程中的坍塌问题能否解决，将决定大江截流的成败。而且，在块石抛投过程当中，坍塌还会危及施工人员和施工机械的安全。于是，便发明了深水炸弹般的大型混凝土“四面体”，有多种尺寸，钻孔穿索，并对钢索的长度、如何绑扎、绑成什么形状，都有细致的考究。

国际水工界对于大江大河的截流，有平堵和立堵两种方式。一般而言，平堵的水力学效果较好，但需要架设浮桥、栈桥，不仅施工困难、工期较长，还与航运产生较大冲突，经过比较后，予以放弃。在立堵方案上，又比较了单戗立堵和双戗立堵两个方案，最终选取了在上游围堰采用单戗立堵的方案。

长江委还依据丹江口工程截流的经验，对施工场地如何布置、自卸卡车如何运料、推土机如何推料、什么时候该抛投什么材料，都反复推敲，确定的各项参数均在合理范围内，并留有一定的余地。

1981年1月3日上午7时30分，大江截流正式开始，进展比较顺利。但在下午，上游龙口宽度束窄到127米时，下导渠子埂出现异常情况，随着龙口渐渐缩窄，截流落差越来越大，水流越来越急，一车车块石投下去，马上就被冲走，不得不暂停施工。

指挥部于深夜召开紧急会议，郑守仁提出妙计：把数个四面体用钢缆串联，用“钢筋石笼”为截流龙口护底，以增强抛投块体的稳定性。这种“人造巨石”能镇服激流狂浪吗？谁心里都没有底，大家都度过了一个不眠之夜。

4日中午，龙口宽度被束窄到40米，流速提高到接近7米每秒，当接近合龙时，一块块25吨重的混凝土四面体抛下去，立即被激流冲走，接连抛投一两个小时，龙口依然如故。这是人与水的较量，不得不动用“重型炸弹”，“人造巨石”轰隆隆地投入江中，溅起巨大的浪花，连续几次抛投，终于起了作用，龙口渐渐合龙，大家悬着的心也像石头落了地，欢呼声直冲云霄。前线指挥文伏波看着手表——历时36小时23分钟，终于

葛洲坝工程大江截流

完成了人类首次截断长江的壮举！

奔腾不息的长江，第一次按照人们的意志从泄水闸滚滚东去。

文伏波事后回忆，截流时大家虽然紧张、激动，但对自己的设计方案充满了信心。因为——那是长江委等单位无数试验的结晶。

葛洲坝的航运也是很多人担心的问题。恢复通航以前，一些船长讲："原来过南津关的时候，大摇大摆；现在你们修葛洲坝工程，把我们限制在这个胡同里面走，我们出了事故是会被戴手表的（指戴手铐）。"有些交通技术干部也说："修了葛洲坝工程以后，形成'一关四口'，即南津关、上下航道的进出口，把长江卡死了，南津关将会变成'难出关'。"

事实上，大江截流以后，到6月份就正式恢复通航，试航时洪水流量达到6万立方米每秒，三江航道走船平平稳稳，一碗水放在船上，纹丝不动……

1985年，"葛洲坝工程二、三江工程及其水电机组"与"两弹一星"一起荣获了当年仅有的两项国家科技进步奖特等奖。

林一山动手术后少了一只眼，但幸运地看到了美梦成真。他想起周总理的叮嘱和期望："你要是把葛洲坝工程做成了，你就给党立了大功。"不禁老泪纵横，对同事们感叹："可惜毛主席、周总理没有看到，体学同志也没看到……"除了深深的遗憾，还有难言的幸运。看左膀右臂都是拔尖的人才，都是久经战火考验的"伏波将军"。

说起来，"伏波将军"的称号来自文伏波。周总理曾开玩笑说："文伏波治水，马伏波镇南。汉朝有个伏波将军马援，越南人不喜欢，你以后别到越南去。"

文伏波是湖南桃江人，桃江邻近洞庭湖，是个水窝子，洪水时常泛滥，父亲给他取名伏波，显然是寄托了治水的意愿。他也不负期望，考上中央大学后就选择了水利工程专业，并在抗战烽火中毅然投笔从戎，参加赴印、缅远征军，实践了他“国家兴亡，匹夫有责”的诺言。日本投降后，他重续学业，积极参加学生运动，于 1949 年 1 月加入中国共产党，9 月，进入长江水利工程总局工作。1950 年 2 月，长江水利委员会在汉口成立，同时，在南京设立下游工程局，文伏波被派到该局，5 月，他被求贤若渴的林一山选中，调到设在武汉的长江委本部，由此开始了他长达半个多世纪的治江生涯。

文伏波在丹江口工地含辛茹苦 12 年，直到 1970 年被张体学点名到葛洲坝担任勘测设计团副参谋长，后任现场设计代表处处长，一干又是 12 年。他以作风踏实、思维缜密、办事干练而为人称道，屡建奇功，后来当选为中国工程院首批院士。

中国工程院院士文伏波

长江委人才辈出，几多伏波将军！想到此，林一山信心十足。葛洲坝工程尽管饱经坎坷，但全是中国人自己干的，不仅在技术上也在思想上为建设三峡工程做了实战准备，那些对中国人有无能力建设巨大水利工程的疑虑，现在也该打消了。自己虽然老了，但还有梦，建世界上最伟大工程的“三峡梦”，只要还有一口气，就要为画出这个美梦而奋斗不息！

葛洲坝是全部由我国自行设计、施工、制造、安装的大型水电工程，开挖回填土石方1亿立方米，浇筑混凝土1000万立方米，金属结构和永久性设备安装约15万吨，创造了100多项当时中国水电工程施工的纪录，并为后来的三峡工程施工建设打下了坚实的基础。

雄伟的大坝北抵江北镇镜山，南接江南狮子包，具有发电、航运、泄洪、灌溉等综合效益。大坝的兴建，使水库水位增高20多米，向上游回水100多千米，形成一个蓄水量巨大的人造湖，同时也有效地缓解了三峡航道的险情，大大提升了货运量。

这是“万里长江第一坝”，是“中国的新长城”。它巍然屹立于长江之上，标志着中国的水利工程技术水平达到了一个前所未有的高度。巨型船闸时开时合，吞吐着波浪，翻卷着峡江的猿声、纤夫的号子和古老的渔歌，把一艘艘江轮、一声声汽笛托向云空……

望海潮·云破日出

第四章

1979年，当葛洲坝一期工程基本建成后，水电部又向国务院提出关于修建三峡工程的报告，建议尽早决策。此时正值中美建交、邓小平访美。这一年，中美两国相继签订科技合作协定、水电开发和有关的水资源利用议定书。中美两国准备再次在三峡工程建设上进行合作。

长江委副主任魏廷琤参加中国水利代表团，去美国考察收获很大，尤其是对修改葛洲坝工程设计方案颇有启发。

他回国后就对同事们说，美国大多数河流的水力资源开发得差不多了，因此，就水电建设而言，他们的时代已经过去了，我们却是方兴未艾，有许多东西可能会后来居上。

没想到中美合作还没有正式开始，就险些夭折，甚至出现影响到三峡工程是否上马这样的大问题。多年后，魏廷琤在回忆文章中如此记叙：

当时国内对三峡工程争论很大，反对的意见传到美国，影响到了美国政府。1980 年 3 月，美国政府为慎重起见，专门派了一个代表团，以田纳西河流域管理局局长弗里曼为首，包括美国陆军工程师兵团一把手莫尔斯中将和美国垦务局局长希金森，到三峡考察。中国方面也组成了陪同团，李锐为团长，长江委这方面有我和陈济生。美国人是兵分两路。我和李锐一起陪同莫尔斯中将看了水电部长沙勘测设计院正在进行现场勘测、规划中的龙滩，然后到了三峡。弗里曼他们则是先看上游，然后顺江而下到宜昌看三峡。

美国代表团回国后，在莫尔斯的坚持下，弗里曼在《工程新闻记录》发表了一篇文章，认为条件不成熟，不赞成上三峡工程，并说中国人听了他们的意见，把三峡工程扼杀掉了。但事实上，我陪同美国考察团走了一路，看得很清楚，他们两个星期跑了那么多地方，走马观花，是不可能提出这么重大的意见的。弗里曼的文章主要是受了我们自己反对派观点的影响。

但是，美国考察团的报告影响很大，中央很关注，从而引出了一个大问题——三峡工程到底建不建？

1980 年 3 月，邓小平同志在听取国家计委五年计划的汇报时，提出三峡工程要不要列入的问题。国家计委的很多人受不久前美国考察团影响，对此很有顾虑。小平同志刚访问了美国，对美国技术的先进是清楚的。美国考察团的意见，加上国家计委部分同志的顾虑，使他当时认为，按中国的财力，三峡工程可能10年都上不去。

当时，我是长江委副总工程师，负责三峡工程和葛洲坝工程设计，同年任长江委副主任，正在葛洲坝工地，听到湖北省委副书记王群传达国家计划会议预备会议精神。在这次会上，邓力群传达了小平同志的话，根据当前经济形势，三峡工程10年之内可能上不去。我听后很着急。恰巧这时新华社湖北分社记者李永长采访我，我向他讲了三峡工程的基本情况，包括规划设计、施工、设备供应、资金需求等方面的情况以及葛洲坝工程和三峡工程的关系等。他据此写了一篇动态清样。

同时，我针对弗里曼和莫尔斯的意见写了一篇《三峡工程辩证》，针对他们提出的问题逐条作了辩驳。后来，美国的《工程新闻记录》登载了这篇文章，署名是我、杨贤溢和美籍华人赵耆琛。

美国国内对三峡工程意见也不一致，特别是美国垦务局，自萨凡奇开始，一直对三峡工程很热心。美国垦务局局长希金森在看过葛洲坝工程之后说："中国建成了葛洲坝，就可以做成任何一项他们想做的水利工程。"希金森也在《工程新闻记录》上发表文章，表达了与弗里曼和莫尔斯不同的观点。

这样，美国水利界三巨头形成不同意见，而且都在权威杂志上发表，再加上新华社出了动态清样，小平同志感到各方意见分歧实在太大，于是带着家人，在1980年6月下旬到了成都，说是为了度假，实际上是要亲自到三峡地区和葛洲坝工地实地考察。

看准了就下决心

20 世纪 80 年代初，中国迎来了改革开放的新时代，长江三峡迎来了又一位慨然画梦的伟人——邓小平。

仍是乘江轮从重庆顺水而下，只是江轮换成了“东方红 32 号”，离毛泽东主席上次巡视三峡已过去了 22 年。这段时期，中国经历了太多的风风雨雨，终于云开雾散，开始集中精力搞经济建设了。

1980 年 7 月 11 日，邓小平以普通乘客的身份，在朝天门码头登上了客轮。中央有关部门提前通知交通部，只能派一条船，而且可以卖一部分票给旅客，并强调既要保证安全，又要使中央领导同志能接近群众。这就是邓小平的风格，洒脱随意，举重若轻。他特地吩咐：在船上不要搞得警卫森严，大家要随便一些。

不过，旅客们马上就认出了小平同志，他上船后就引起一片欢呼声，有人还上楼来观望，邓小平便亲切地招手示意。走廊上放了一排椅子，见小平同志平易近人，和蔼可亲，工作人员也就无拘无束，只要看到他身边的椅子空着，就赶紧坐上去与他合影。

正是盛夏，江面上铺满了灿烂的阳光，邓小平靠在藤椅上，迎风远眺，思绪万千。

60 年前的 1920 年 8 月 27 日，16 岁的少年邓希贤（邓小平原名）

自重庆留法预备学校毕业后，打点行装，辞别父母，自重庆乘船东下，前往法国，开始了勤工俭学、实业救国的历程。那一次他走的就是这条水路，乘的是法国轮船“吉庆号”。

德国人写的《邓小平传》，如此描绘这次行程：

1920年的9月上旬，终于一切都准备好了。一艘生锈的扬子江汽船摇晃着离开了码头，驶入了棕灰色的、旋涡翻卷的激流中。此船要行驶几天才能抵达武汉，小平和他的同学们站在汽船的甲板上，翘首观看着具有神话般色彩的“三峡”。年轻人过去只是听说此地有着本省历代流传下来的沉睡的龙，以及藏有三国时期蜀国丞相诸葛亮兵书的传说。现在，这批年轻的先驱者得以亲身经历，目睹浩荡的江水，是怎样猛烈地冲击着陡峭的悬崖和峡谷。

通过了长江三峡，家乡消失在千年古老的门户后面。在这群新鲜好奇的旅行者前面，出现了通往西方的大门——富有生气的海港城市上海。

9月11日，邓小平和同学们一起在上海码头登上法国邮轮开始远航。在海上颠簸39个昼夜后，这批中华学子终于在10月19日抵达法国南部港口城市马赛，成为当地报纸的新闻：“100多名中国人，他们的年龄在15~25岁，身穿西式服装，头戴宽边帽，足蹬尖皮鞋，显得温文尔雅，静静地站在‘盎特莱蓬号’的甲板上。”

整整60年过去了，当年稚气未脱的学子饱经风浪考验，已成为驾驶中国巨轮的舵手，成为改革开放的总设计师。他又一次从故乡顺江东下，是为了探求修建三峡大坝的可能性。

新中国成立后，作为党和国家领导人的邓小平曾9次到四川视察，但都是过家门而不入。广安县委曾两次邀请他回老家看看，都被他婉拒了。当时的广安很穷，但身居高位的邓小平没有为家乡特批过一分钱，只是严肃地交代广安县委，一定要把粮食生产搞上去，让老百姓吃饱。

现在老百姓终于可以吃饱饭了，从两岸的风景就可以看到故乡的变化，土坯房子少了，山坡上有好多新瓦房。76 岁的老人十分高兴，摸出老花镜，捧起女儿带来的《唐宋词一百首》，翻阅有关长江三峡的篇章，偶尔吟咏几句。湖北省委第一书记陈丕显、四川省省长鲁大东、长江委副主任魏廷琤、葛洲坝工程局局长廉荣禄等陪同此行。面对谈笑风生的老人，他们既感到轻松，又有点紧张，不知老人何时书归正传。

中共十一届三中全会以后，一场大规模的经济建设热潮在全国蓬勃展开。兴建三峡工程又提上了日程，争论也开始一步步升温。这是思想解放、风清气正的年代，国内外许多有识之士对三峡工程问题畅所欲言，从不同的角度提出了赞成或反对的意见。

邓小平认为事关重大，做出决策要慎重，要对 11 亿中国人民负责，对子孙后代负责。他决定去看看三峡和葛洲坝，做一番调查研究。

老资格的"长江水官"林一山正在治疗眼疾，现在陪同领导视察的长江委代表是文质彬彬的魏廷琤，也戴着高度近视眼镜。

魏廷琤曾就读清华大学，参加学生运动，并加入中共地下党。1949 年参加解放军第四野战军南下工作团，随军南下到武汉后，就跟随林一山治理长江，先后担任秘书、汉江规划设计室主任、丹江口工程设计负责人、三峡工程设计领导小组组长、长江委施工设计处处长、副总工程师、长江委副主任。可以说，作为林一山的主要助手，他几乎参与了长江委所有重大工程。尤其是他曾随林一山陪同毛主席、周总理先后视察长江，亲眼看到毛泽东指着地图说："那为什么不在这个总口子上卡起来，毕其功于一役？就先修这个三峡水库怎么样？"

这一次，他有幸陪同另一位伟人视察长江，既倍感光荣，也想利用这次难得的机会为三峡工程进言。

船进三峡后，邓小平放下古人的诗词，开始谈当代的大事了。他让工作人员将魏廷琤叫到船头会议室，一边观看两岸风光，一边询问三峡大坝的设计情况，并特别问道：会不会出现黄河三门峡工程出现过的泥沙淤积问题？

邓小平视察三峡、丹江口等地

魏廷琤就泥沙问题做了详细汇报后，邓小平看到滩多流急，航速减缓，就询问通航问题，说当年出川去法国留学，船行到中途坏了，只好改变行程，走陆路出川，交通真是艰难啊！

邓小平在葛洲坝听有关三峡的情况汇报

魏廷琤还是有点拘谨，用数字来回答：“三峡大坝建成后，提高坝前水位130余米，回水到重庆以上的合江，过坝采用船闸过坝，设双线梯级船闸，单向年通过能力可达 5000 万吨。”

邓小平不由一笑，伸出食指说：“那么双向就是 1 亿吨。”

“是的，现在宜昌的年货运量只有 200 多万吨。”

“什么原因？”

“一方面是货源问题，现在下水是主要的运输流向，大宗货物为磷矿和木材，其他为石油及土特产，钢铁、百货等为数不多，属调剂物资；另一方面，现在航道条件不好，营运成本高，川江航道滩多流急，航道狭窄，运行周期长，成本高，荆江河段又是沙滩多，枯水期航行困难。看来，只有在建三峡大坝后，上游淹没了险滩，下游用水库调节枯水流量，长江的航运条件才能得到根本改善。”

见魏廷琤对答如流，条理清晰，邓小平微笑着又问：“反对建三峡大坝的人有一条很重要的理由，说是建了大坝以后水就变冷了，下游地区水稻和棉花都不长了，鱼也少了，有没有这回事？”

“不会有这样的影响。”魏廷琤习惯性地数着指头归纳，“第一，三峡水库按 200 米正常蓄水位，比原来河道水面只增加 1000 多平方千米，分布在全长 700 千米的川江两岸，和中游平均河宽大致相近，对气候影响不大，不会有明显改变。第二，水库水温呈垂直分布，长江流量大，可以调节。而且我们已考察过，国外有采用活动进口的水电站进口布置的，对下游农业生产不致产生不利影响。第三，最重要的论据是丹江口水库，这个大水库修起来以后，汉江中下游解除了水患，粮食、棉花连年丰收，汉江的鱼产量也并没有减少。如果说影响，就是水库蓄水之后，上游冲下来的饵料相对减少了一点。”

“噢，是这么回事啊！”邓小平点头，说长江中下游是鱼米之乡，物产丰富，一定要注意保护好环境。

船过夔门，邓小平望着气象森严的峡谷，问："在这里选过坝址没有？"

魏廷琤答："这里在三峡上口，水深流急，地质条件不好，而且整个三峡河段是水能比较集中的地方，应该充分利用。如果只在上口建坝，就会对四川造成更大的淹没损失。"

"你们不是有两个比较坝址吗？"

"是的，有太平溪和三斗坪两个坝址，各有优缺点，前者土石方开挖较多，混凝土较少，后者在施工导流方面简便一些。"

邓小平似乎随口而问，却显露出他对三峡工程的情况十分了解，但他不动声色也不表态，营造出一种轻松的氛围，静听陪同者议论三峡。

于是，在航行途中，魏廷琤大谈建坝的必要性，建议早建快建，不能再延误时机。鲁大东说任务太重，淹没区域太大，移民也是个大难题，还是等以后再建为妥。陈丕显则说防洪迫切，用电紧张，应尽快上马……

邓小平耐心地听着，风趣地说："四川'反对派'，湖北'坚决派'，你们说的意见我都听明白了。"

船到西陵峡三斗坪，开始减速，邓小平拿着望远镜，认真观察被人介绍过多次的神奇小岛——中堡岛。船舷旁，他一边听魏廷琤的介绍，一边问起三峡工程资金筹集等问题。魏廷琤说，大家议过，可用葛洲坝的发电收入作为三峡建设资金，如果每度电 0.1 元，葛洲坝年发电 160 亿度，可得 16 亿元。邓小平点头，显然很感兴趣。

12 日下午 3 时，轮船停靠葛洲坝。身穿短袖白衬衣的邓小平冒着高温酷暑视察工地，并高兴地与建设者合影。一路上，他看得很仔细，不断地询问工程质量，并谈及三峡今后的建设问题。

行至上游围堰防淤堤，邓小平问："葛洲坝施工场地这样宽敞，上游大坝坝址附近窄得多，能不能布置得开呢？"

魏廷琤答："两个坝址的下游都有河滩可以利用，并且可以利用葛洲坝作为后方基地。"

"两个坝址相距多远？"

"约 40 千米。"

察看船闸时，邓小平感叹："这船闸大啊！ 1920 年，我在法国时人家就修了船闸，那时巴黎地下铁路也修了。"

在二江电厂，邓小平问："发这么多电，要多少煤？"

魏廷琤说："折合 700 万吨标准煤。"

亲眼看到葛洲坝工程干得不错，效益很大，邓小平十分高兴，说："葛洲坝取得的经验，一定要很好地应用到三峡工程中来。"

考察完葛洲坝，江轮继续东下。经过荆州时，暮色苍茫，邓小平望着周总理曾踏勘过的大堤，久久沉思，然后详细询问防洪情况，说洪水淹到哪里，哪个地方就要倒霉，人民要遭殃，长江防洪问题要十分重视，一点儿也不能马虎。

江轮到达武汉后，邓小平不顾连日行程的疲劳，与中央主要负责人具体商谈了三峡工程建设问题。他从三峡工程的防洪、航运、发电三个方面谈了自己的一些思考，认为三峡工程对长江的航运影响并不大，对生态的影响也不大，但对防洪所起的作用却很大，发电效益很大。他最后说了一句："轻率否定搞三峡不好！"

7 月 22 日，邓小平赴十堰视察了二汽后，又前往均县视察丹江口水利枢纽工程。在大坝西头船闸旁，他仔细观看了一艘过江轮船的升降过程，然后用望远镜观看浩渺的水库，边看边听魏廷琤和有关负责人的汇报，询问南水北调、移民等有关问题，说一定要把移民安排好。

这次巡视，一路风尘仆仆，一路兴致勃勃，邓小平对国家谋划几十年却仍然悬在空中的三峡工程有了深入的了解，有了鲜明的印象，因此成为三峡工程的“促上派”之一，并且以他的威望直接影响了“三峡决策”。

1982 年 11 月 24 日，邓小平在听取国家计委关于修建三峡工程以缓解电力紧张局面的汇报时表示：“看准了就下决心搞，不要动摇！”

在邓小平的推动下，三峡工程的车轮加速运转起来了。

随着葛洲坝一期工程圆满成功，首次大江截流震惊世界，1981 年底，长江委编制上报了《三峡水利枢纽论证报告》。

1983 年 3 月，长江委又编制完成了《三峡水利枢纽可行性研究报告》。

同年 6 月，中共中央召开工作会议，专门讨论集中财力物力保证重点建设问题。邓小平在会上再次谈到了三峡工程。他说，不搞重点建设没有希望。能源、交通等重点项目，都是十年八年才见效的。比如三峡工程、长江上游的二滩工程，应该搞哪个，不要再犹豫了，犹豫一年就多耽误一年。

同年 12 月，他在听取有关方面负责人汇报经济情况时指出：三峡工程怎么样？能不能上？投资安排不可能那么准确，要安排得十分科学不可能，重要的是要争取时间，要把争取时间放在首位。这方面要勇敢点，太稳了不行。

三峡大论证

滚滚长江东逝水，浪花淘尽英雄。

面对浩荡的大江、险峻的三峡，你会深深地感受到大自然的伟力，感受到天地的造化、历史的深沉。

筑坝建电站已有100多年的历史，水电站为人类提供了清洁的能源，带来了巨大的经济效益，但也会影响生态环境，存在着许多弊端和难以预料的隐患。

“截断巫山云雨，高峡出平湖。”三峡大坝是几代人的梦想，是一个史无前例的巨大工程，关系到民生国运，牵一发而动全身。所以，新中国历任领导人都如履薄冰，举棋难定，先后亲自去三峡考察，并广泛听取各方意见：是否建坝？何时建坝？如果实施这个造梦工程，怎样才能科学而稳妥地将利益最大化、将弊端最小化？

肩负画梦重任的长江委，从20世纪50年代以来，就对三峡大坝设计方案反复论证，不断修改。建坝设计有低坝、中坝、高坝三种选择方案。

低坝坝高160米，正常蓄水位150米，淹没库区面积较小，移民量也较少，但防洪效益稍弱，且回水到不了重庆港，对通航改善不大。

高坝超过200米，蓄水位200米，防洪、发电、通航效益均最大，但坝上淹没面积和移民量、工程投资量也大大增加。

中坝高185米，蓄水位170米，可谓高低两坝的折中。

1983年，长江委在吸纳各方意见后，向国家上报正常蓄水位150

米的三峡大坝建设方案。国务院于 1984 年 4 月 5 日，原则批准了“150 米方案”。

这是根据当时的国力权衡利弊后作出的选择，可称“低调方案”。

但三峡工程如此重大，再低调也会引起轩然大波，涛声轰鸣。反对声浪陡然而起。先是重庆市提出，150 米方案对航运不利，万吨级船队难以直达重庆，建议将正常蓄水位提高到 180 米。

接着，一些知名人士在政协会议上建议推迟工程建设，重新组织论证。许多“反对派”认为，150 米方案都不应该搞。他们或单独发力，或联合出击，或诉诸媒体，或直呈中央。1985 年，李锐又将其个人反对文章编成《论三峡工程》一书，力主缓建大坝。他还曾半开玩笑地对魏廷琤说：“你们长江委的人和三峡工程恋爱了 20 多年，到现在也结不成婚。”

海外舆论也对三峡工程持有相当怀疑的态度。美国环境政策研究所布拉克韦尔特以“中国卷入大型水电和大坝的巨浪”为题，说中国将重复美国已经犯过的错误，建设大坝将严重影响生态环境，毁坏文物古迹，造成巨大债务。

如果说三峡论战在 20 世纪 50 年代还只是“小圈子”里的事，那么到了 80 年代，它已赫然成为街谈巷议的话题。报刊上充斥着关于三峡工程的议论：建还是不建？早建还是晚建？低坝还是高坝？无论内行还是外行，都争得不可开交。

一个本意为造福百姓的国家工程，缘何引致如此众多的负面评说？三峡水库在其宣称的防洪、发电、航运等诸多功用层面上，究竟能够起到怎样的重要作用？投入产出如何评价？其潜在隐患该如何看待、如何化解？

没有调查，就没有发言权。在三峡大论证中，又掀起了考察的热潮。

1985 年 5 月，全国政协常委、政协经济组组长孙越崎组织并带领全国政协考察团去考察长江三峡地区。老人与三峡工程的渊源甚深，20 世纪 40 年代，美国坝工泰斗萨凡奇来华考察三峡工程时，他即为国民政府资源委员会负责人、中美合作首席代表。这次又以 92 岁高龄出征，拳拳爱国之心，可敬可叹。

考察团沿途召开了 40 多个座谈会，历时 38 天。其间出了一件大事：三峡地区秭归县新滩镇发生巨型滑坡，一大半被泥石流吞噬了，只留下东面小半条街和少数房屋。土石落进长江，激起隆隆涌浪。

由于地形地质条件复杂，三峡地区自古以来就是滑坡、崩塌等地质灾害频发的地区，新滩便因多次岩崩而形成险滩。早在 1985 年 3 月 1 日，长江委三峡勘测大队就向湖北省人民政府报告："由于堆积体上部剧烈变形，正在发展，在暴雨、久雨或地震等不利因素作用下，发生局部较大滑坡的威胁正在增长。"提出在当年雨季来临前要全部完成险区群众撤离的建议。这个报告是勘测大队经过多年勘测分析后确定的，由于预报准确及时，险区内 1300 名群众被安全转移。但有人竟然借题发挥，说这是因为葛洲坝蓄水而引发的灾难。

这个突发事件使人震惊，也给"反对派"提供了依据。考察结束后，孙越崎等政协委员上书题为"三峡工程近期不能上"的报告，列举了工程的投资、防洪、泥沙淤积、航运、发电、移民、安全等七大问题。他们认为，从对生态环境和资源的影响来看，三峡工程不是早上或晚上的问题、坝高多少的问题，而是根本要不要上的问题。三峡工程的最大问题是对生态环境的破坏，是几百万移民的安置问题；其次才是工程的技术问题和经济问题，以及工程资金来源问题。

“反对派”还以国外所建大坝为证，力证弊端。

伊泰普大坝位于巴西与乌拉圭之间的巴拉那河上，是仅次于三峡大坝的世界第二大坝。该电站提供了巴拉圭 80% 的电力，使之成为世界上最大的电力出口国。尽管该电站为巴西及巴拉圭带来了巨大的经济效益，但它却完全淹没了世界上最大的瀑布群之一的塞特凯达斯瀑布。1986 年，来自世界各地的几十名生态学、环境学专家、教授，以及大批热爱大自然的人，包括巴西时任总统，汇集在大瀑布脚下，模仿当地印第安人为他们的酋长送葬时的仪式，一起哀悼将要消失的瀑布。该大坝建造时迁移了 4 万个家庭，并破坏了 700 平方千米的热带雨林。

还有将尼罗河拦腰截断的阿斯旺大坝，形成水域面积 5120 平方千米，灌溉数十万公顷的土地，改善航运，供应了埃及一半的电力需求，并阻止了每年尼罗河的泛滥。但该工程也造成了沿河流域可耕地的土壤肥力下降，埃及每年使用的 100 万吨化肥抵不上尼罗河原来带来的 4000 万吨淤泥。水质变化造成水生植物及藻类过量蔓延，堵塞河道灌渠。受水坝影响，尼罗河入海口产卵的沙丁鱼如今已经绝迹。

是的，筑坝建电站如同一把双刃剑，既给人类造福，也有许多隐患弊端。如何把握，令人难以抉择。

本来，国务院原则批准“150 米方案”，并打算在修改补充后提交全国人大审议通过，国务院还决定成立三峡工程筹备领导小组、筹组三峡工程开发公司、筹建“三峡特区（三峡省）”……反对声浪如此之高，便陷入了进退维谷的局面。

1986 年 3 月，邓小平接见美国《中报》董事长傅朝枢时表示：对兴建三峡工程这样关系千秋万代的大事，中国政府一定会周密考虑，有了一种好处最大、坏处最小的方案时，才会决定开工，是决不会草率从事的。

为慎重决策，同年 5 月，时任国务院领导率有关部门负责人赴三峡地区进行实地考察。考察兵分两路：一组包括王任重、杜润生、林乎加、杨汝岱、关广富等人，从北京经武汉到万县；二组包括李鹏、钱正英、李伯宁、黄友若和魏廷琤等人，经四川达县再坐火车到万县。5 月 29 日，两队人马在万县会合，一起从万县坐船到宜昌。中午登上中堡岛，察看坝址地形，听取了有关水电专家的汇报，下午又冒雨考察了葛洲坝水利枢纽，看望了水电职工。最后，考察组在宜昌开会，听取筹备组正副组长对成立三峡省的不同意见后，宣布不成立三峡省，并在返回北京的火车上，决定停止正在进行的三峡工程筹建工作，对三峡工程重新论证。

回到北京后，考察组即向邓小平做了汇报，说三峡工程在技术上还有些问题，但看来工程科技人员是能够解决的；在经济上投资是比较大的，但估计从经济上讲国力是可以承担的；问题出在政治上，党外许多人坚决反对，将来提到全国人大，即使能通过，如果有 1/3 的反对票，政治上就不好办。

邓小平听后直率表示：如果技术经济可行的话，修三峡有政治问题，不修三峡也有政治问题，不修的政治问题更大。

1986 年 6 月 2 日，中共中央、国务院下发 15 号文件，决定对三峡工程再度论证，并指出："要注意吸收有不同观点的专家参加，发扬技术民主，充分展开讨论。"

于是，水电部正式成立了由部长钱正英担任组长，共 13 人组成的三峡工程论证领导小组，从而拉开了历时 2 年零 8 个月的论证大幕，

神女峰

使三峡工程成为新中国成立以来最为透明的世纪工程。

钱正英，新中国水利部迄今唯一的女部长，一生都与水利事业命运与共，就连她的3个孩子的名字也和水有关。有人问她在半个多世纪的治水工作中，有没有遇到过什么挫折，她风趣地回答："我3个孩子的出生，恰恰就在我的三段挫折期。"

她的大女儿取名"汇"，意指3年治淮，出生时恰逢淮河内涝；儿子取名"洪"，出生时正值1954年淮河洪水泛滥；小女儿取名"清"，意指1960年三门峡水库蓄水，黄河水清。

论证领导小组从国家有关部委聘请了20位特邀顾问对论证工作过程进行指导和监督，从国务院所属17个部门和单位，中科院12个院所，28所高校和8个省、市专业部门中，总共聘请了412位专家，组成了包括地质地震、枢纽建筑物、水文、防洪、泥沙、航运、电力系统、机电设备、移民、生态与环境、综合规划与水位、施工、投资估算、综合经济在内的14个专题论证组。

论证中首要的问题还是三峡工程水位问题。许多专家和有关部门都认为，正常蓄水位低于150米的方案不能满足综合利用的要求，而高于180米的方案，其水库淹没和移民安置规模难以承受。于是决定对水位150米、160米、170米、180米方案再次进行深入比较。

经过一年多的水位论证，专家和有关部门终于达成了共识：正常蓄水位175米，校核洪水位180.4米，坝顶高程185米，初期蓄水位156米。至此，三峡工程的设计水位才算最终确定下来。

值得一提的是，坝顶高层一般设计为比校核水位高2米，而三峡坝顶却加了近5米，这是采纳了名曰"高坝中用"的建议。

在国内论证的同时，还开展了国际合作论证，主要由我国、加拿大和世界银行三方组成指导委员会，由世界银行提名著名专家组成国际专家组进行同步论证，并提出可行性报告，以利用国际力量提高论证的质量和水平。

长江委有多位专家参与国内 14 个论证组的工作，还派出杨国炜等 3 位专家赴加拿大，配合国际专家组的论证，其中一项重要内容就是对中方的泥沙研究成果进行详细复核。加拿大公司编制的可行性报告历时 2 年完成，共 11 卷，认为“三峡工程效益巨大，在技术、经济和财务方面都是可行的，应早日兴建”，为国内最终方案提供了佐证。

著名水利专家黄万里未能获邀参与论证，被许多“反对派”视为缺陷。黄万里以反对三门峡工程而闻名，对于三峡工程，他反对的主要理由也是泥沙淤积问题，认为“此坝蓄水后不出 10 年，卵石夹砂随水而下将堵塞重庆港；江津北碚随着惨遭洪灾……”

黄万里的预测，基于他青年时期对长江上游干支流的实地考察。他根据岷江都江堰鱼嘴实测的输移卵石，推算三峡段年平均入库卵石高达 1 亿吨。黄河的悬沙淤积在库中尚可设法冲走，但长江三峡以上的河床则有大量冲不走的砾卵石。

著名水利专家张光斗则是“主上派”的代表之一。他与三峡也颇有渊源，1943 年曾受国民政府委派到美国田纳西河流域管理局和垦务局学习考察大型水电站的工程技术，1945 年 4 月受命回国，三峡工程计划“流产”。

他在接受媒体采访时感慨地说：“在当时的条件下修建三峡工程，可能吗？国民党要打内战，哪有心思修三峡大坝呢？即使修，也是美国人给贷款，那是有代价的呀，懂了吗？为什么那个年代美国人主张建三峡大坝，愿意贷款，而现在却反对我们修三峡大坝，而且动员西方一些国家都不给中国贷款呢？是美国人蠢吗？”

1984 年，中国技术进出口总公司、水电部外事司分别与美国垦务局签署合约，具体规定了美国垦务局对三峡工程有关经济技术问题提供顾问性技术咨询服务，中方支付咨询服务费用，合同有效期 5 年。

张光斗说，从 1984 年到 1989 年，我们前后花了一两百万美元，请美国专家到中国来，一共有 64 人次。在技术咨询中，美国专家一致肯定三峡工程的优越条件，认为技术上是可行的，经济上是合理的。这些专家分别来自垦务局、陆军工程师团两个联邦政府机构以及一些著名的大公司，有搞水工、施工规划的，有搞设计的，有搞泥沙和航运的，也有搞生态环境的。给我留下印象最深的是泥沙方面的专家西蒙斯，他曾与著名科学家爱因斯坦一起工作过。他对模型试验方法做了改进，认为三峡泥沙问题并不构成威胁。

对黄万里所忧虑的问题，中国工程院院士、中国长江三峡工程开发总公司总经理陆佑楣后来也做了回答：“当初修建三门峡工程的时候，他的反对意见是对的。三门峡工程在决策过程中对泥沙问题没有重视，最终导致上马不久即陷窘境。对黄万里先生的学术造诣，我们非常敬佩，但对于三峡工程，因为上马前后，他的岁数大了，也没有去三峡做过详尽的实地调查，没有掌握客观数据……” 陆佑楣在长达 10 年的任期内，对三峡库区的情况十分了解，其经历显然具备一定的说服力。

而且，事实也证明，三峡库区泥沙淤积情况比预想的要好。三峡大坝从 2003 年蓄水以来，长江委水文局监测统计显示，寸滩断面卵石来量减少至年均 4 万多吨，并没有发生卵砾石的严重淤积。每年平均入库泥沙量较初步设计值减少约 60%。中国工程院院士、长江委总工程师郑守仁认为，现在看来，随着上游电站建成运行，三峡库区入库泥沙必将进一步减少，冲淤平衡将迟至100年之后。

说起三峡工程，就不能不提到一个关键人物——李鹏。作为中央领导集体中的重要成员，他参与了三峡工程的决策和组织工作，他所写的《众志绘宏图——李鹏三峡日记》，无疑是三峡工程的一份历史见证。

李鹏在该书中说，决定三峡工程命运是在1985年1月19日，“这是一个永远值得纪念的日子”。邓小平在参加建设广东大亚湾核电站有关合同签字仪式后，详细询问了三峡工程的情况。

李鹏当时担任国务院副总理、三峡工程筹备领导小组组长。小平同志听完他的汇报后指出：“三峡是特大的工程项目，要考虑长远利益，我们应该为子孙后代留下一些好的东西。”“低坝方案不好，中坝方案是好方案，从现在即可着手进行。”

当谈到三峡移民要实行开发性移民方针时，小平说，“现在的移民方针对头了。”针对李鹏自己提出的“正在考虑成立三峡行政区，用行政力量来支持三峡建设，做好移民工作”，小平讲：“可以考虑把四川分成两个省，一个以重庆为中心，一个以成都为中心。”

李鹏写道：“在决定是否兴建三峡工程的问题上，当初就有两派之争，各自从不同角度阐述不同的理由。其中有的着重从发电角度考虑，建议先支流后干流，但多年来长江洪水威胁着两岸人民的生命财产安全，特别是像武汉这样的大城市，面临的危险逐年增大，先支流后干流的办法不能从根本上解决武汉防洪的问题……所以，三峡工程的建设，不仅仅是为了发电，主要还是为了防洪。”

关于高坝的利弊得失，国际上一直有些不同的议论，比如生态环境、移民、文物等负面影响问题。而三峡大坝作为世界头号大坝，不能不慎之又慎、防患于未然。

大论证期间，1986 年 10 月，魏廷琤、潘家铮、史大桢（因谐音而被笑称“三铮”）等知名水利专家随同李鹏副总理出访埃及，考察世界著名七大水坝之一阿斯旺大坝，旨在为三峡工程做一个类比论证。

埃及气候炎热、干燥少雨，开罗以南的上埃及地区实际上是无雨区。阿斯旺大坝的建设自 1960 年开始，历时 10 年，耗资 9 亿美元，其体积相当于胡夫大金字塔的 17 倍，是世界七大大坝之一。站在大坝上远望，波涛翻滚的尼罗河被拦腰截断，形成长达 500 多千米的纳赛尔水库，从而实现河水调节，使洪水干旱都化险为夷。在几乎全非洲都在闹饥荒的时候，埃及的粮食基本自给自足。

水电部总工程师潘家铮曾坦言，他开始是反对上三峡工程的，作为一个具有丰富实践经验的工程师，他考虑的侧重点是水电站这一复杂系统内的可行性，是技术、国力、移民等问题，并不掺杂其他东西。但经过论证、考察、缜密思考，他后来思想转变，转而坚决支持三峡工程。

代表团考察后得出结论:“应该承认，阿斯旺高坝的效益是第一位的，副作用是第二位的，它根治了尼罗河的旱涝灾害，充分利用了水资源，保证和促进了埃及农业、工业的发展和人民生活水平的提高，使得耕地和雨量如此稀少而人口却猛增猛长的国家能够生存和稳定下来，这一点是不能否定的。它产生过一些副作用，但也不宜脱离实际地不顾常识地任意夸大，以讹传讹，将高坝说成是‘完全失败’的工程。埃及一些专家、教授和顾问们在建坝后 20 年的今天仍持不同意见，是由于他们过去的反对意见未被政府重视。”

阿斯旺大坝的经验教训，无疑对三峡大坝具有参考价值。

长江委专家方子云回忆：

国务院组织三峡工程论证工作，14个专题中有生态环境专家组，这个专家组由当时学部委员6人、院士11人及国内一流专家学者共55人组成。我参加了这个组的工作。

论证初期，许多人对三峡工程的生态环境问题提出种种质疑，如有的人引用国际上反对埃及阿斯旺大坝的意见，来反对兴建三峡工程。我认识到他们是不了解三峡水库的特殊情况，或者是没有认真分析三峡水库与阿斯旺水库的差异。

阿斯旺水库是一个“大肚子”的多年调节水库，而三峡水库是一个瘦长的河道型的年调节水库。阿斯旺水库由于蒸发损失大和灌溉用水量较建库前大大增加等，从而大大减少了中下游水量，入海水量也不多了。而三峡水库建库后每年下泄水量不变，只是根据需要把年内的分配大大改善，减少了洪水流量，提高了枯季流量。我用翔实的数据向专家们说明这个问题，专家组最终统一了认识。有一位专家此前曾在多处发表文章反对三峡，很快他也完全同意了我的意见，并说以后不再写那样的文章了，并且还主动向有关单位澄清。后来，那些学者成了我很好的朋友，直至今日仍相互邀请对方参加有关会议。最后这个组的论证报告，除了两个专家保留意见外，其他人一致同意了。

在历时两年多的“大论证”中，正反双方都纷纷引经据典，说古道今，展示了爱国之情、忧民之心、科学之道、民主之风。大家正是满怀高度的使命感、责任感，各抒己见，据理力争，才深化了对三峡工程的认识，使这个曾漂浮于水雾之中的百年梦想变得越来越清晰，越来越亲近。

所以，潘家铮后来担任三峡工程验收专家组组长时表示，工程不可能做到尽善尽美，如果都是同意赞美的声音，那是很不好的一件事，你就不知道还有什么方面没想到。三峡工程反对的声音这么多，这也是能胜利执行的一个重要因素。那些反对者对三峡工程的贡献很大。

“大论证”结束后，三峡工程论证领导小组于 1988 年 11 月召开了第 9 次扩大会议，审议并原则通过了在 14 个专家组重新论证的基础上重新编写的《三峡工程可行性研究报告》。其基本结论是：可行性报告“是建立在长时间、大量工作基础之上的，主要结论具有广泛的民主性和坚实的科学性，资料丰富、论证充分，已达到相当高的科学技术水平，研究深度意见满足可行性研究阶段要求，可以作为中央决策的依据”。并认为：“移民工作是可以做好的；对生态环境影响有利有弊，采取适当措施，弊可以减少到最低程度，结合港口改造，进行航道整治和疏浚等多种措施加以解决；人防问题在所有大型水库都存在，应该也可以采取必要的保护措施，减少战争带来的伤害。”总之，建设三峡工程是必要的，技术上是可行的，经济上是合理的，建比不建好，早建比晚建有利。兴建三峡工程不仅不会影响 2000 年工农业总产值翻两番的战略目标，而且还能促进国民经济的快速发展。

最终，412 位专家中有 403 位在论证报告上签了字，另外 9 名持不同意见者没有签字，但在论证报告上附上了他们未签字的理由。

该报告连同 14 个专题论证报告，和 9 位专家的不同意见一起上报中央。

1989 年 5 月，长江委在这些论证报告的基础上，由总工程师王家柱主笔，重新编制了《长江三峡水利枢纽可行性研究报告》，并于当年 7 月上报国务院审查。报告建议中央早做决策，推荐方案为：坝高 185 米，正常蓄水位 175 米，初期蓄水位 156 米。

令长江委人感到欣慰的是，不论国内还是国外论证三峡工程，都是在以长江委为主提供的三峡研究资料和设计成果的坚实基础上进行的。魏廷琤常告诫大家：要以百倍的细心、千倍的耐心配合论证工作。每次赴京开会，专家们都是带着文件资料负重而行，有一次甚至把绳子都提断了。在轰轰烈烈的大论证中，长江委人是辛勤而牢靠的幕后工作者，是谦逊的绿叶，用浓浓的绿荫映衬着前台耀眼的红花。

幕后有太多的故事，太多的艰辛，令人一唱三叹，感慨万千……

品读水文

天有云迹，水有波纹。中国古人把大自然的万千气象都当作诗文来品味和解读，“天文”指的是银河星月，而水文指的是水的变化、运动等各种现象，是研究自然界水的时空分布、变化规律的一门学科。

“鸿雁长飞光不度，鱼龙潜跃水成文。”据史料记载，距今 4000 多年前的大禹治水时，就懂得了治水必须先知水，有了初步的水文调查意识。

公元前 251 年，秦国李冰在四川岷江都江堰工程上设立“石人”观测水位；到隋朝，改用木桩、石碑或在岸边石崖刻画成“水则”观测江河水位；宋熙宁八年（公元 1075 年）重要的河流上已有记录每天水位的“水历”，宋朝“吴江水则碑”把水位与附近农田受淹情况相联系；明、清时期，水位观测已较普遍，并乘快马驰报水情。另外，江河沿岸还有许多重要的枯水石刻、石刻水则以及古水尺。例如，四川涪陵河道中的白鹤梁石鱼，记录了自公元 764 年以来 1200 年间川江 72 个枯水年的特枯水位；公元 1110 年，引泾丰利渠渠首渠壁的石刻水则，用来观测水位（水深），以便推算引水水量（流量）。公元 1837 年，在长江荆江河段郝穴设立古水尺，用以观测水位。

中国水文萌芽和发展较早，但后期受到封建制度制约，发展则不快；从鸦片战争到新中国成立以前这个时期的中国水文，开始进行水文观测、水情传递、水文资料整编和水文分析计算，但发展非常有限，并且极不稳定。

长江委成立后，自 1950 年起就布设大批水文站、雨量站、径流试验站、蒸发试验站，大力开展遍及干支流的水文普查工作，并对残缺不全的历史水文资料进行收集、整编，建立了丰富翔实的水文档案。

一座水利枢纽工程规划设计运行成败的关键，取决于设计洪水的确定。而设计洪水的准确度又在极大程度上依赖于这条河流水文资料的系列长短。长江水文资料中的水位实测资料系列起始于公元 1865 年汉口武汉关水尺标志，此后，沿江海关才陆续设立水尺，开始有了水位观测记录，虽不系统完整，但算是长江上最早的水文资料了。可是，要据此来开展长江流域规划并确定三峡巨型水利枢纽的规划设计，显然非常不足。为此，长江委在 20 世纪 50 年代初就考虑了扩展水文资料的多渠道收集途径，曾多次派人到故宫档案馆及流域内各地图书馆、档案馆查阅搜集了大量奏章典籍、文献资料和地方志，收获颇丰，掌握了包括照片、拓片等在内的数量巨大的第一手资料。其中仅宜昌以上地区，查阅抄录的地方志就有760多种，宫廷档案600多件。

同时，长江委还抽调大批技术人员，在广阔的地域内，跋山涉水，对历史洪枯水位开展实地调查研究，力图延长水文资料系列，以弥补实测资料的不足。从长江干流上游宜宾至下游大通之间，先后进行10次大规模的调查，共查得大水年份60多个，洪水点据2800余处。当三峡工程进入了实施阶段，在1994年5月至1995年10月，又对三峡库区的水文题刻进行了3次复查和测量，其科学依据的严谨、工作态度的认真、考察难度的巨大，实属罕见！

1870年的长江特大洪水，灾情十分严重，损失之巨、范围之广、祸患之惨烈，均为数百年所罕见。这场遥远的滔天洪祸，并非源于有关史籍的翔实记载，而是来自长江委水文局的梳理查勘，从而得知近代长江洪水最高值记录——

宜昌洪峰流量达105000立方米每秒，30天最大洪量1650亿立方米，是自公元1153年以来的最大洪水……

嘉陵江畔的合川县“大水入城深四丈余……水连八日，迟半月水始落，房屋倾大半，未倾者污滓充塞，腥腐逼人，历两月之久，稍可居人，满城精华一洗成空，十余年未复元气”。

长江干流上的丰都县“全城尽没，水高于城数丈，仓谷漂失，官、民宅半为波涛洗去”。

三峡入口处的奉节县“城垣、民舍淹没大半，仅存城北一隅，临江一带城墙冲塌崩陷，人畜死者甚众”。

洪水冲出三峡进入荆江，在松滋县冲决长江南岸大堤形成松滋口，直泻洞庭湖，“洪道所及，荡然无存”；北岸大堤在监利决口，加之汉江决口，荆北及江汉平原一片汪洋，“衙署、庙宇、居民、田禾淹没无算，为数百年未有之奇灾”。湖北全省30个州县及武昌等广大地区遭受严重洪水灾害。

与此同时，湖南省饱受长江溃口之害，安乡、华容水从堤头漫过，龙阳、湘阴围堤尽溃，无一存者，田禾淹没，庐舍漂流，灾情历年以此为最。洞庭湖区各州县皆大水为灾，全省20余个州县遭受严重洪灾。

江西省的萍乡、九江、南昌、鄱阳、德安、瑞昌遭遇大水；安徽省的桐城、宿松、建德、铜陵、寿州、和州、黄池、无为等地，“蛟水冲毁田庐，圩堤漂没一空”。直至长江下游的江苏、上海、浙江，洪水才势头减弱，灾情较轻……

于是，1870年洪水就此成为长江洪水无可争议的“第一名”。即使与1931年、1935年、1954年的长江洪水相比，它也稳居榜首。

水文预报对防洪、抗旱、水资源合理利用和国防事业都有重要意义。因此，1953年在长江舰上，毛泽东主席就专门向林一山了解长江水文的相关情况。

汇报场景

林一山说：“我们已经组织了一支力量，整编了长江历年的水文资料。这些资料数以万计、重以吨计，我们统统做了整理，但由于北洋军阀和国民党时期打了多年的内战，干支流、上下游各站的记录时有残缺，互有矛盾，因此，在整编过程中，我们不得不采取各种方法辨别，做些插补，有时必须用人工的方法去‘塑造’洪峰。”

“什么叫塑造洪峰？整理资料怎么还能插补和延伸？”毛主席打断林一山的话，十分好奇地问。

林一山解释说：“工程师在整理水文资料时，如果某一地、某一个时期缺乏实测的资料，而设计上或其他工作上又需要所缺的资料，便利用一条河流上下游河段的实测资料或其他时期长期实测的资料系列，通过计算分析进行合理的插补延伸。有些资料中有互为矛盾的现象，还可以通过合理性检查，对一些过大过小、互大互小、大小颠倒的数据舍弃不用。这样，如遇某一次洪峰我们没有测到，就可以利用上述办法获得的数据推求洪峰，这就是人造洪峰。如果上游洪峰流量大，下游流量反而小，就可能是支流分泄了，或某处发生过决口，而水文资料上没有这个记载，这就可以根据调查研究的资料和逻辑推理的办法将明显的遗漏补充进去，做一定的延伸，这类资料均属于延伸、插补的资料。我们在新中国成立后几年的洪水预报中，证明这种延伸、插补的方法是可行的。”

毛主席听到这里，颇感兴趣地说：“这个方法真有趣，很有科学道理！”

今天，长江委已建有十分壮观的“长江档案馆”，馆藏档案约140万卷（件），是目前全国最大的水利专业档案馆，最早的馆藏档案为清朝同治年间的水文资料。

这些珍贵的历史记录来之不易。新中国成立前夕，资源委员会准备把技术档案和资料图纸装箱转运台湾，水利专家张光斗在中共地下党的领导和协助下，只交了20大箱假资料，巧妙地为新中国保住了珍贵的水利档案。1962年6月26日晚，存放档案的旧楼地下室部分毁塌，毁掉了部分档案资料，事故惊动了中央，当时毛主席正在武汉视察，立即作出指示。时任湖北省委书记王任重立即电话传达了毛泽东的指示："今后水文资料要复制 4 份，存放各地保管，一防止毁坏，二作为备战措施。"

1982 年，编制《长江流域综合利用规划》时，就曾从重庆的山洞里调运 20 世纪 50 年代长江流域规划资料。

杜甫有诗："层阁凭雷殷，长空面水文。"水天相映，别有情趣。但对水利人来说，水文真是一本读不完、记不尽的天书，是水利建设的尖兵、防汛抗旱的耳目、水资源管理与保护的哨兵，是资源水利的基石。

设在安徽省池州市梅龙镇的大通水文站，于 1954 年 8 月 1 日实测了长江下游干流有史以来最大流量——92600 立方米每秒。这个数据至今没有被打破，已经成为长江干流防汛抗旱和水利工程建设以及水环境保护的重要参数。

这个数据来之不易，是在部分观测设备失效、测站被淹的情况下，水文站职工冒着生命危险得来的。

那时的水位观测设备非常简陋，就是沿着垂直于岸边的方向，从枯水期水位到可能出现的最大洪水位打上一排木桩，在木桩上刻画出水尺读数，水位观测员每小时观测一次。长江下游从入海口至大通水文站属感潮河段，当潮水至峰谷时，每 15 分钟加测一次，以便观测到峰谷值。

这是水位观测，流量观测就更加辛苦。在枯水期，水文职工划着小木船用铁砣拉着绳子量出河床深度，作图推算出每个水位时的过水面积，然后用旋桨式流速仪测出流速，可谓最原始的流量观测方法。

当时，在大通水文站，水情观测成果用两种方式报出去：一是手摇式电话，拼命地摇，与梅龙镇总机接通后，用代码形式向总机员报发水情，然后总机员向长江委水文局下游局及有关防汛抗旱部门报送，他们接到这些“密码”后再进行译释。二是电报，再快也得要一天时间才能到达收件方。

后来，有了水位自计台，但每天仍需人工换记录纸。流速测验有了测深仪和旋杯式流速仪，可每个程序都是人工作业，各司其职，互不连接。河道勘测人员几乎全年都奔波在长江上，测船临近南京江段也不泊岸，抛锚江中。测量人员按规定不能上岸，以免耽误第二天出工，于是他们有顺口溜自嘲：

长程河道测量忙，全年奔波长江上。

一年到头不见妻，见面好似初识郎。

长江委水文局多年来对三峡洪水、暴雨、泥沙、河道演变、水文气象、水文科学等进行了广泛深入的观测、研究，获得的三峡工程水文研究的主要成果和结论概要如下：

工欲善其事，必先利其器。

（1）三峡工程水文基础资料丰富、可靠，其每一个特征数字都几经多方论证，倾注了几代水文人的心血，凝聚了长江水文人的智慧，取得的大量可靠的成果有力地促进了水文新理论、新方法的推广应用，丰富了工程水文范畴，推动了我国水文科学的进展。

（2）三峡工程设计依据站——宜昌站和主要入库站——寸滩站，新中国成立前的流量资料由水位插补延长，提高了系列代表性，精度达到工程水文计算的要求。三峡工程的历史洪水调查资料与其他工程相比，其调查点据数量、洪痕可靠程度、文献资料考证深度和考证年限等都是较好的。工程设计洪水成果是由各种途径和计算方法得到的，其深度在国内外少见。

（3）为了分析三峡工程的防洪作用，从20世纪50年代开始，对长江流域暴雨产生的气象条件、暴雨时空分布、三峡以上及中下游洪水特性、洪水地区组成、洪水地区洪峰的遭遇规律进行了深入研究。这些研究成果表明：三峡以上洪水是长江中下游特别是荆江和城陵矶地区洪水的主要来源，兴建三峡工程能有效地控制长江中游的洪水，减免中下游洪水灾害。在三峡工程论证阶段，为了分析三峡以上干支流水库对长江中下游的防洪作用，研究了上游干支流水库的洪水特性及其与三峡洪水的关系。

（4）在三峡工程规划、设计、研究的全过程中，对泥沙进行了全面监测，并对观测技术进行了多方面的改进、创新，还对众所关注的几个重要问题进行了较深入的分析。观测、分析成果表明：长江上游重点产沙区集中，其原因由自然条件决定；20世纪80年代前半期出现了几个大沙年，也主要是自然因素即降雨造成的；人类活动存在增沙和减沙双重作用，加之长江上游泥沙输移比小，因而近几十年三峡进、出库站泥沙来量无明显变化；三峡入库河段属卵石河床，故寸滩站的沙砾石推移量很小——经多年实测，寸滩卵石年均推移量约为28.2万吨，沙砾推移量约为874万吨，但近年来受人工采砂影响，推移量已有所减少。类比观测表明，丹江口和葛洲坝水库库尾无累积性淤积和水位抬升现象。以上观测分析成果，为三峡工程泥沙问题的研究处理奠定了坚实可靠的基础。

（5）现有研究成果已满足三峡工程的设计和施工要求，但仍有不少结论尚待今后验证。

这些研究成果，是几代长江水文人心血的结晶。长江委水文局职工朱汉华有诗抒怀：

桃花汛泛风波始，黄梅雨笼月色寒。
水沙变幻勤看顾，测报繁芜费钻研。
雨落大地汇大河，气蒸沧海转苍山。
我辈岂是偷闲客，山河无处不牵连！

岗拖站是长江水文最上游的中央报汛站，张斌是该站唯一的职工，湖南卫视曾以此为素材，拍摄过专题片《一江一站一生情》。

这是一江一站一人一狗的水文站，也是一天几个点、一月三张图、一年几条线连起来的水文站。14 年的日日夜夜，张斌以站为家，夜夜独枕涛声而眠。在这高海拔地区，他最担心的是缆道打油，在呼啸的江流之上，只有他独自空中作业。

夜深人静时，他只有托涛声捎去对家人的思念。不能尽孝道，不能照顾家庭，女儿高考也不能陪在身边，这也许是他心中最大的愧疚。但他就是这样无怨无悔地坚守在孤站，忠实地履行着自己的责任和使命，做到了零错报、零迟报、零缺报。他说，水文工作是把简单的事重复做，把重复的事用心做。

从张斌身上，我们可以看到基层一线水文人的缩影。

有一位工程师被派到长江支流一个水文站工作，他的女儿从老家打电话问：那里的生活怎么样？他说，山清水秀，人很好，请放心。想念父亲的女儿还是放不下心，她抽空坐了一天多的火车，换乘汽车，到了水文站所在乡镇后，再搭上别人的摩托车颠簸在崎岖的山路上，终于来到江边上的水文站，见到了整个水文站只有自己的父亲正在报汛房里工作，女儿拥抱着父亲，心痛地啜泣起来。父亲笑着对女儿说：“别哭，甘于寂寞可能就是我们的生命选择吧。”

在长江委水文网，我读到了许多感人肺腑的“水文”。在此，不妨摘录几篇。

这是继承前辈事业的女职工李捷所写的散文，怀念她的外公：

外公自幼聪颖过人，特别喜欢读书，是十里八乡有名的“秀才”。20 世纪 50 年代初，勤奋好学的外公一举通过了考试，正式成为长江水利委员会的一名水文职工。上班之后，外公更加刻苦地学习，1955 年考上了华北水利学院水利工程系，成为一名光荣的大学生。外公立下一生的志向：把一生都献给祖国的水利事业，把自己所学到的知识全部用来建设新中国。

在汉江，在长江，外公的足迹遍布上游下游大大小小 50 多个水文站、水位站、径流站，参加过葛洲坝水电站、陆水水库、丹江口水库等大型水利工程建设，他精通水文测验、造船、河道地形、船舶维修等多项技能，担任过船厂厂长。外公的抽屉里，鲜红的奖状奖章密密麻麻，有四五十张（个），“优秀共产党员”“治江先进个人”“水文技术能手”“长征突击手”等，这些都是外公的军功章，是他作为新中国第一代水利人的丰功伟绩。

1995 年，我高考，面临填报志愿。爸爸帮我选择了武汉水利电力大学，至于什么专业，他有点犹豫。妈妈说，就填报治河专业吧，和你外公当同行，做一个水文人！妈妈这一句话决定了我一生的事业和方向。最终，我非常顺利地被武汉水利电力大学港口航道与治河工程专业录取。

今年是我大学毕业 20 年，也是我从事水文工作 20 年。这些年，我辗转丹江口、陕西白河、河南新野以及襄阳各地，做着我热爱的泥沙分析与水质分析工作，亲眼见证着汉江水文的巨大腾飞。水文站越建越漂亮，测验设施越来越先进科学，水文职工的待遇越来越好，水文家庭的幸福指数也逐节攀升。

2015年，我外婆去世，临终前给我妈和舅舅交代后事：她的骨灰火化后暂时寄存在殡仪馆，待外公百年之后，老两口的骨灰不要运回安徽老家落土，要撒在汉口水文站汉江与长江的交汇处，两个老人与长江、汉江打了一辈子交道，走之后也想永远与江水在一起，将来长江流经处后人皆可祭拜，“生为长江人，死作长江魂”……

让我们再读读一位“老水文人”的自白：

我，唐显忠，1956年参加工作，1998年退休，在基层水文站工作了42年，曾在汉江、清江、三峡等最艰苦的偏远测站工作，我悟出了水文工作的真谛。正像1964年长江委检查组到湖口水文站工作时，与我们同吃同住同劳动，总结出来“三从四得”的工作特点，即服从自然规律、服从任务书、服从各项技术规定和吃得、累得、饿得、干得。

水文工作的特点决定了水文人必须有吃苦耐劳的精神，特别是过去我们国家还不富裕，我们水文工作条件很差，看水位只能提着闹钟走很长的路到水尺边，涨水时一天八段甚至逐时观测就苦了，几天几夜熬得人头昏眼花。测流就更苦了，一次洪峰过后，人都会变得又瘦又黑。

汉江这么苦，到了枯季也不能休整，我又参加了三峡、清江的洪水调查，成天爬山攀岩，有的地方很危险，就在地上爬着走，稍不慎就会掉下悬崖丢了命。苦的是我们有时奔走了一天还找不到住处，找不到饭吃。因为那时（1960年）国家处于困难时期，许多饭店没饭卖，我们就常挨饿。有次没找到住处就在一个木工房里待了一夜，冷了就用刨皮堆在身上挡寒气。整个冬季就是这样在三峡、清江度过的。

后来，我来到湖口水文站工作，就又有一番苦味了。能吃苦是水文战士必备的品质，同时长期在激流浪尖中工作，还有很大的风险伴随着我们。1959年我在陶朱埠水文站，工作中木船突然在河中沉了，幸亏船上有木料救了我一命。就在这之前的一次测流中，水太急，一下把船打翻了，船上的几人随船落水，漂了很远才靠岸，家属都跑到堤上，望着湍急的江水哭着喊着，幸运的他们靠岸了，但在惊魂未定中忙着把翻了的船又翻了过来，弄干水后，又拉着纤一步一步地把船拉回了断面，还来不及安抚亲人就又准备出测了，一阵拼搏总算逢凶化吉。但有时就没有那么幸运了，1965年仙桃站的一次测流时，船翻在激流中，人都落水了，一位很优秀的划工黄海春同志牺牲了，当把船打捞起来后，黄海春同志还在舵舱里坚守着岗位。陆水站三位老同志在渠道中测流，船翻了，邵大广、马明望同志被水吞没了，连遗体都没能打捞起来。还有一些同志兢兢业业、默默苦干，倒在了工作岗位上。看到他们留下的孤儿寡母，我顿时感觉到了我们水文战士多么伟大啊！哪一份水文资料不是水文战士的汗水换来的？哪一条江河上（指长江流域）没有水文战士英勇献身的事迹？我们水文战士的初心就是献身水文事业，水文工作是平凡的，但也有不平凡的风险，同样需要铁骨铮铮。拼搏精神就是水文战士应具有的品质。

所以，当年轻人走进长江委，走向水文岗位，都会深受感染，思索人生的意义。一位名叫王琨的年轻人，如此诗意地描绘着水文人的梦想：

如果咿呀学语时长江的问题是一维的，指着地图、对着书本时长江的问题是二维的，带着好奇心走进长江流域时长江的问题是三维的，那么现在，长江的问题就是四维的。

如果过去的二十几年长江的问题是写意的，那么如今长江的问题开始写实了。

我试图从一块岩石上寻找几万年前一场洪水的痕迹，试图从庞杂枯燥的数据中推演水流的规律，试图从昨天江水的静谧中捕捉到明天一场大水来临前的蛛丝马迹。

是的，现在我是一名长江水文人，长江给我的问题，加上了一条时间轴。

不，不只如此，我还试图借助天上的甘霖、地上的溪流、江边的草木，来与长江进行一场深入的交谈。

埋在水文数据中，我试着去做一个长江的解读者。不，不只我，还有那群终日与江为伴，此时此刻却忘了回家的人。他们记录着每一个潮涨潮落，他们慢慢变成了长江的眼睛，长江的哨兵，长江的守卫者。

水文站大多依山傍水，远离城镇，基层职工们工作艰苦，收入不高，皮肤晒得黝黑，曾被人夸张地形容：“远看像要饭的，近看是弄水的。”2002 年，年轻干部岳中明就任长江委水文局局长，提出了统筹水文事业与水文经济协调发展的工作思路，带领职工积极拓展市场，加强高新技术的运用。长江水文从此旧貌换新颜，成为大江上下乃至全国响当当的“金字招牌”，连那些偏僻冷落的水文站也变成了扬眉吐气的“热门好岗”。这位勇于开拓的水文大将，也在治江事业中不断历练成长，先后担任长江委副主任、珠江委主任、黄委会主任，成为了另一条母亲河的掌门人。

长江水文从 1865 年在汉口建站到现在的长江沿线 8 个勘测局，在长江干流及重要支流设有 117 个水文站、199 个水位站和 302 个地表水水质监测断面、4822 个河道固定断面，都在时间的轮轴下记述了长江水文事业的壮美历程，同时也彰显了长江委人使命的重大与神圣。水文，水文，是把脉水的灵魂，是长江守护之神！

与石头对话

如果说水文人是与水交谈，那么，地质勘查便是与石头对话。

对于长江委地质队伍的组建与发展，林一山曾经说过这么一句话：长江委的地质队伍是由一个半地质人员起家的。

这个起家的地质人员，名叫陈德基。

陈德基 1953 年毕业于柳州高级工业学校水利科，被分配到长江水利委员会水文处（现改称为长江委水文局）工作。1955 年，地质部在南京开办水文地质培训班，因有“水文”二字，长江委领导便决定从水文处抽调人员参加培训，陈德基便被选中。其实，水文与水文地质是两个相距甚远的专业。不过，等到培训班开课后，他便决定“改行”了，因为当时长江委奇缺专业地质人员，且这个专业更适合他的思维特点及好动的个性……

多年来，陈德基几乎参加了所有长江委组织的地质勘查，为流域规划提供大范围的基础资料。无论是 20 世纪 50 年代首次编制长江流域规划，还是多处干流部分河段及主要支流的流域规划及修编，他都是跋山涉水的一线考察队员。

全国工程勘察大师陈德基（左四）

20 世纪 50—70 年代，以三峡坝址比选勘探为重点，长江委在三峡地区广泛开展了地质勘测工作，主要成果是为三峡工程选择出了举世公认的三斗坪好坝址——有人说，这是大自然对中国人的特别恩赐！

在三斗坪一地，他们就在 40 年的坝址勘查中进行了如下工作：

小口径钻探 13.6 万余米；竖井和大口径钻孔 16 个，进尺 600 余米；平硐 11 个，总计 2463 米；岩石抗压试验 600 余组；现场及室内抗剪变形试验 720 余件……

我国是个地震多发的国家。说起地震，人们往往谈虎色变。三峡工程作为新中国成立以来规模最大的水利工程，是否会诱发水库地震，一直是社会所关注的热点问题，甚至有一些耸人听闻的推断。而对地震和水库诱发地震问题的研究，也一直是长江委及国家有关部门的重点课题。

1977 年以来，陈德基担任三峡工程地质总负责人，全面主持和组织完成了各设计阶段的地质勘查与研究工作，并参与专家研究团队，针对三峡工程水库诱发地震问题做了专题研究。

修建水库是否会诱发地震？

首先得用数据说话：世界范围统计，13000余座30米以上水库中，仅有100余座水库有地震事例的报道，不足1%。高坝中的比率稍高，我国确认和疑似发生水库诱发地震的水库不足40座，仅占坝高在15米以上水库总数的1‰，因此总体上而言，发生水库诱发地震的水库所占的比例相对还是比较小的。

那么，鬼斧神工的三峡，是否容易闹地震？

早在1958年，长江委就在三峡地区设立了8个地震台。为一个孕育中的工程设立专用地震台网，且多次进行技术更新改造，并不间断地监测到现在，在全世界也是绝无仅有的。

世界上不是每个地方都会发生强震，强震发生在一些特定的地质构造单元上，是在地壳活动比较剧烈的一些地区，有些地区则不具备发生强震的地质背景。这是在评价一个地区地震危险性时必须首先把握的。

长江委及全国许多大专院校、地质地震科研单位等首先得出一个结论：三峡工程的区域地质环境比较稳定。因为三峡工程库坝区处于长江流域中部一个大地构造比较稳定的地质构造单元内，地质学上称之为扬子准地台，这就决定了整个三峡工程库坝区不会发生很强的地震，这是它的基础。

虽说三峡大坝的坝基是花岗岩，有较高的硬度，但是由于几亿年的地质运动过程，花岗岩体有许多方向不定、纵横交错、长短不一、性质不同的裂缝，必须全面探查和解决隐患。

三峡工程水库会诱发地震吗？

水库诱发地震不是靠水的质量压出来的，100米深的水相当于20

多米的岩石的质量。三峡水库 100 多米的水头不会把地下 5000~6000 米深的岩层压出地震来，主要是水进入地壳以后，造成浅表部岩土体或断裂带的调整性变形引发的地震，不是地壳深部断裂活动造成的，因而震级不会很大，持续时间也有限。

三峡工程水库诱发地震问题的专题研究包括：三峡区域地质条件、地质构造背景，主要断裂的规模、性质及活动性，区域水文地质条件及岩溶发育状况，历史地震活动特点，测震资料及地震活动本体情况分析……

围绕一些重点问题，研究团队采取了许多技术手段加以研究，如大比例尺小面积的航空地球物理勘探、深部地壳结构的人工地震测深、断层活动性的定点位移监测、专用工程地震台网的多次更新改造等。总之，长江委及各省地震、地质部门等不同单位，共同或分别进行研究，得出的结论是一致的：三峡地区有可能诱发水库地震，但是震级不会超过 5.5 级，发震地段集中在一定范围之内或特定的地段上。

而在历史上，三峡地区最大地震震级为 6 级多一点，三峡工程则是按照 7 级地震标准设计、8 级地震标准设防的，因此可以说，即使发生较大地震，也不会影响到大坝的安全和三峡水利枢纽的正常运行。

可以说，我国有关三峡工程地质问题、地震问题、水库诱发地震问题的研究，目前在世界范围比较而言，居于领先地位。

陈德基参加了 1986—1989 年的三峡工程论证。在 14 个专家组中，他是两个组的成员及“长江委联络员”。在此期间，他和国内 22 位地质和地震领域权威专家一道，针对区域稳定、库岸稳定、水库诱发地震等 3 个专题进行专题论证，最后形成地质地震专题论证报告。

论证报告认为：三峡水库主要由基岩库岸岸坡构成，稳定性好和较好的库段占库岸总长的93%，稳定性差的库段仅占库岸总长的1.6%。结论是：库岸绝大部分是稳定的，可能发生库岸失稳的只是一些局部地段，不影响三峡工程建设。从现在的实际情况来看，这个结论基本上是正确的。

这个结论看似简单，却是长江委以及其他相关科研单位历时近40年的深入研究才取得的。其研究范围之大、方法之全、深度之深、持续时间之长，在世界工程建设史上都是绝无仅有的。

陈德基先后担任长江委勘测总队总工程师、长江委综合勘测局局长、长江勘测技术研究所所长，1990年被授予“全国工程勘察大师”称号。值得一提的是，2014年，他曾接受记者采访，解答关于三峡工程引起地震的疑惑：

三峡工程在前期勘察研究和多次论证过程中都预测三峡水岸蓄水后会诱发水库地震，对可能诱发地震的类型、地段和最大震级也都做了分析预判。水库蓄水后发生地震的情况和蓄水前的预测预判基本一致——

三峡水库地震主要发生在庙河到奉节这一库段，这个库段的地质及环境特点是：石灰岩大量分布，可能引起岩溶型水库地震；很多矿（主要是煤矿）也都集中在这一库段内，矿震也容易发生。

这个库段里有几条比较大的断层，预计可能会诱发较强的构造型地震，主要是沿仙女山—九畹溪断层展布区和高桥断层带。但从断层的规模、活动性、所处的大地构造环境、历史地震及仪器记录地震的情况综合分析判断，即使发生构造型地震，其最大震级不会超过5.5级。

三峡工程修了以后，有人质疑汶川地震、鲁甸地震等是否是由于三峡工程引起的。这是缺乏科学的分析和认真的研究，汶川地震发生在龙门山断裂带上，近期在四川、云南发生几次地震，这些地区在历史上就是强震多发地区，都属于天然构造地震，与三峡水库毫无关联。

让我们再认识一位有突出成绩的地质专家。

薛果夫 1965 年毕业于长江工程大学，是长江委自己的大学培养的地质专家。他从三峡勘测大队起步，成长为三峡勘测研究院的总工程师。

在解决三峡工程左厂坝 1~5 号机组坝基的抗滑稳定问题上，薛果夫提出了“特殊勘察”的思路和方法，采用加大勘探密度和取芯新工艺，并改进了“井下彩电”，查明了坝基抗滑结构面的位置、规模、产状与力学性质，为坝基抗滑稳定计算提供了确定性滑移模式。这类问题的解决被潘家铮院士认为是工程地质勘查的一项重大突破，建议将此模式作为全国各科研设计单位进行三峡左岸坝段稳定分析、设计与科研的基本依据和大坝基础加固的依据。

三峡永久船闸高边坡的稳定问题是国家“七五”攻关中的一个重要项目。薛果夫主持这项科研，他和同事们经过反复研究之后得出明确结论：“船闸具有形成高陡边坡的基本地质条件，边坡岩体稳定性好。局部不稳定块体规模与数量有限，建议采用地表与地下结合的地下水防排措施，并以多层排水廊道为基础。”

这项科研成果荣获 1996 年长江委科技进步一等奖，它为船闸明挖方案的决策提供了地质依据，并为设计部门所采用。

在三峡地质研究中，薛果夫还提出了建立不稳定块体地质动态预报方法、程序等一套完整体系，边施工边进行动态处理。在三峡大坝边坡开挖加固的5年中，发出预报数百次，预报块体1054处，未发生漏报事故，确保了船闸施工与长期运行的安全。

最让薛果夫感到欣慰的是，由于施工地质预报分析及时准确，后来的整个施工过程没有发生大的事故，而此前国内外都有因预报不准确造成各种重大伤亡事故的先例。也正因如此，薛果夫承认，他为此承受过很大的心理压力。

他说，只有保证地质预报的超前，有足够的时间来处理，才能防患于未然。

在三峡工程“大坝和厂房”“永久船闸”“垂直升船机”和“二期上游围堰”等单项工程技术设计阶段勘测工作中，薛果夫负责组织补充勘探和图件审查核定与报告编写，为三峡主体工程提供了翔实可靠的地质资料，仅组织完成上述4个报告的送审稿就有文字约70万字、附图1520张。

专家们在评审中认为：“长江委利用各种勘探手段做了大量勘探及试验工作，查明了建筑物的工程地质条件及主要工程地质问题，并提出了切实可行的处理意见，完全满足了技术设计阶段的要求。”

当三峡工程顺利建成之后，薛果夫获得了“三峡工程优秀建设者”“全国五一劳动奖章”等多项荣誉，但他平静地说：“我们的工作不像数学家陈景润那样是独自完成的，需要合作和集体智慧。大家都知道石头是冷酷的，在与石头的对话中，我们意识到必须面对事实，得说真话，不允许有一丝一毫的浮躁。”

同事们还记得薛果夫常讲的另外一句“真话”：人类对大自然的认识是永无止境的，如果能够不兴建大坝就解决中国的能源和水患问题，我也赞成不必修大坝。

从 1950 年开始，长江委的地质勘测队伍日益壮大，如今已拥有工程测量、航空摄影、大地测量、制图、工程监测、工程地质、水文地质、环境地质、地震地质、工程物探、勘探、岩土工程设计与施工等多个专业，先后培养出陈德基、崔政权、徐瑞春等勘察大师，职工 2000 多人，专业技术人员近千人……无论以什么标准评价，都是一支全国一流的勘测科技队伍。

70 年来，几代长江委地质人踏遍了长江流域的山山水水、干流支流，奔波在江河两岸的高山峡谷石林岩壑之中，不停地与大地对话，与深幽的峡谷和冰冷的石头对话，揭示深埋地下的秘密，为一座座水坝寻找稳妥可靠的地质基础。如石灰岩地区一直被视为“筑坝禁区”，他们却找到了喀斯特分布的规律：溶洞、暗河是可以查清的，石灰岩层常常夹有页岩层，这是天然的防水层。因为破解了这个世界难题，长江委在石灰岩地区修了许多高坝水库，却无一漏水，而三峡大坝无疑是群山中隆起的高峰。

神秘的试验

幕后有太多的故事，有的还需要保密。

就拿三峡大坝的安全问题来说，长江委就做过多种试验。

香港《东方日报》曾耸人听闻地写道：敌人只要来一两个飞弹，就会把三峡水库摧毁，使长江中下游省市尽数淹没。其实，针对这种担忧，早在 1959 年周恩来总理就指定当时的副总参谋长、国防科委主任张爱萍负责三峡工程的防空研究试验工作。张爱萍从军事工程学院、军委工程兵、海军等单位借调了60余名科技人员，在工程兵科学试验场做了一个较大的水库大坝模型，进行水中爆炸、空中爆炸等各种试验。

进入20世纪60年代后，林一山提出要重新研究石牌坝址。主要理由是它处于三峡最下一段峡谷灯影峡的下段，其上游是一个大弯道，下游是数千米的高山深谷，隐蔽和防护条件较好。1961年6月开始进行地质勘探，打一个1000多米长的平硐，进行水工、施工方案研究。因上、下游航道、施工等都比较困难，至1963年7月决定放弃。

否定了石牌后，又重新提出“美案Ⅲ”（太平溪）坝址。因为太平溪处于由窄河谷向宽河谷过渡地带，坝线比三斗坪短，既可以满足明渠导流要求，又可以布置部分地下厂房，从防护观点看，似较有利。后来与三斗坪相比，觉得还是三斗坪更佳。专家们认为应研究积极防护，消极挨打不是应对策略。

当中国人拥有了原子弹后，1964年，由工程兵组织，长江委、水科院等单位一起合作，又在新疆进行了20余次核爆效应试验，并在丹江口进行了野外化爆补充试验。核试爆炸之后，身着防护服的“751”试验小组人员很快赶赴三峡大坝模型场，拍摄珍贵的科研资料，取得宝贵的试验数据。

1993年，即第一颗原子弹爆炸后29年，原总参工程兵部参谋李祖佑说：“那次去的人可多了，不仅有军队的，长江委的崔吉礼、余济贤，还有水科院的一些技术人员也去了，坐的是闷罐子车，沿途都是大戈壁。后来，把我们拉到了一个只有几户人家的小村落，名字很动听，叫大河沿，其实没有一滴水，还是大戈壁。然后，换汽车又走了一天，才到马兰。一到试验场，试验人员就根据设计要求赶着做大坝模型。当时，气温是零下一二十摄氏度,寒风呼啸,吹得沙石满天飞,耳朵里、鼻子里、衣服里、被窝里都是沙子，真是无孔不入。想想那个条件，真是苦。不过为了三峡大坝，也值！”

长江委工程师陈际唐也撰文回忆：

参加核效应试验人员很多，有军事部门的，也有民用部门的，大家都睡在帐篷里，由于保密的需要，我们所从事的试验任务和出差地点都是向家人保密的，中间也不能与家人和亲友通信。

现场试验的准备工作包括：模型修建，测量仪器仪表的调试、率定、安装和测量成果的收集等。对试验准备工作的要求非常严格，核效应试验被称为“一锤子买卖”，核爆炸就这一下子，必须要把试验数据测量到，不像一般试验可以多次重复进行。此外，进行核爆炸测量数据回收时回收人员必须穿戴防护服，把人都包裹起来，戴上面罩，手上还戴着厚厚的手套，行动非常不便，给回收测量记录带来困难。在准备阶段，对各种操作过程都要制定详细的操作步骤和程序，反复练习，做到万无一失，保证试验取得优良成果。

核爆炸那天，现场所有人员都撤离到几十千米以外的黄平沟。各单位人员分别组成方队坐在指定的地点。那里也是一片戈壁滩。每人领取一副高深度墨镜。这种墨镜要比普通太阳镜的颜色深得多，戴着不能看清周围的东西。核爆炸前，大家都知道具体的核爆炸时间，戴好墨镜，屏住呼吸，注视着核爆炸方向。核弹爆炸后，可以看到轮番滚动着的火球逐渐变大、逐渐升高，火球底下渐渐形成一个柱状云体，好像托着火球上升，渐渐形成蘑菇状的云体，这就是核爆炸“蘑菇云”。经历了很长一段时间，蘑菇云才慢慢散去。大家欢呼雀跃，欢庆核爆炸试验成功。

核爆炸成功后，还不能马上进模型试验场回收试验成果，要等到现场核放射性剂量降低到允许值后才能进场。这时都要穿好防护服，按事先反复演练的操作程序回收试验记录。

我们在现场先进行了初读，这些记录都十分珍贵。

在原子弹爆炸之后，林一山、魏廷琤和著名岩石力学专家陈宗基乘小飞机飞到试验现场取得第一手资料。回到北京后，周恩来总理又亲自听取了林一山的汇报。这些试验，对三峡大坝设计和防护研究起到了重要作用。

1966 年初，长江委大院出现了一个神秘的部门——三峡工程化爆防护试验小组，代号“252”。他们选择在离丹江口工程工地 8000 米之外的一个荒山沟里进行试验，用近两年的时间建成了两个试验场地及各种大小不同的试验模型，还在一个大型冲沟中建造了一个小型蓄水库，以满足试验的大量用水和生活用水。历时 3 年，先后完成了针对三峡的混凝土重力坝、丹江口厂房、土坝、闸门、拱坝等多项模型的空爆试验和水下抗爆试验。

试验小组成员李平撰文回忆：

我们这个组的人员大多是学水利、数学、物理和无线电的，没有接触过爆炸物品，对抗爆试验知之甚少。大家都知道进行抗爆试验和接触爆炸物的危险性。为了三峡工程，为了人民的利益，大家是“明知山有虎，偏向虎山行”，无所畏惧地去工作。书本上警告：TNT 炸药如受到冲击、摩擦就有可能引起爆炸。而我们的试验又必须将块状炸药用锯割、刀削称量，制成各种模型炸弹。虽然危险，大家仍然胆大心细地进行加工制作。接触这种炸药，不仅危险而且有毒。在每次加工后，我们总感到恶心、口苦、不想吃饭，但没有一个人因此退缩。

“抗爆试验，安全第一”，是整个防护试验过程中的指导思想。尽管如此，事故还是发生了。在一次混凝土重力坝水下试验中，由于自动起爆装置失灵，一线安装试验炸弹的人员刚撤离岸边，尚未到达安全距离区，炸弹突然提前爆炸了，在二线的人不禁“哎呀”一声，全吓呆了。幸亏是水下试验，经过十分钟水雾散去后，发现只浇湿了他们的衣服，未造成伤亡，人们才清醒过来。事后，没有一人被吓倒，没有一人打退堂鼓，而是积极查找事故原因，研究安全措施。将起爆电源改为在安全距离区内断开，待一线安装人员安装完毕撤离到安全区内后再接电源，通知二线仪器测量人员进行试验。这样即使仪器再出问题，最多损失一次试验，不会影响人身安全。大家都认可这项安全措施后，立即恢复试验，就像什么都没有发生过。这种无畏精神，令我至今难以忘怀。

1978 年，长江委又进行了陆水大型溃坝模型试验，1983 年再次在三斗坪进行大型溃坝试验。大量试验证明：当三峡水库的蓄水量达到最高蓄水位 175 米时，如大坝瞬息全溃，洪水下泄，通过荆江区分洪沙市的最高洪水位是 45.75 米，低于堤顶 1.25 米，不会漫堤。如果把库水位提前减到 145 米试验，沙市的洪水位将低于堤顶 3.08 米，则更安全。

在三峡大坝建设中，长江委主任魏廷琤和三峡办主任蒲海清在接受媒体采访时，也披露了这方面的一些内幕。

魏廷琤：我们要控制这个地区的制空权，要有反导的能力，这都是由军方做充分考虑的。1959 年中央对三峡的建设方针是“积极准备，充分可靠”，以后又加了四个字，叫“有利无弊”，我们是从这个角度出发来考虑的。

主持人：已经不是“有利有弊”，而是“有利无弊”。

魏廷琤：对，做了很多试验，包括在化学爆破的实验场做化爆的相应实验，选择各种坝型，哪一种坝最抗炸。所以我们采用了实体重力坝，这个坝体很大，坝有多高底下就多宽，是一个三角形的断面，所以这种坝型在常规武器破坏的时候，最大口径的炸弹炸到这个坝上，也只能把我们坝的辅助设施炸掉。原子弹爆炸的方式有三种：第一种是在空中爆炸，第二种是在水中爆炸，第三种是直接命中。对大坝危害最大的是直接命中，我们考虑了大坝原子弹投掷的精度，正好打到我们大坝本身，把我们大坝炸垮了，水泄下来，到了沙市，这个时候洪水流量增大还是很厉害的，但也就相当于一次特大洪水，所以既不会把荆江大堤冲垮，也不会把武汉市冲垮，更不会把上海市冲垮。

主持人：我们透过背后的图也请蒲主任给我们介绍一下，在最坏即溃坝的情况下这个水流的状况。

蒲海清：我们在防不胜防的情况下，万一核炸弹直接命中大坝过后决堤，按照300万吨当量的炸弹炸下来后，可以把大坝炸到100米那么宽一个缺口，这个缺口的水在半个小时就可以到宜昌，2个小时就可以到枝城，4个小时就可以到沙市，到了沙市后，后面就有分洪的地方，大概2天之内水就降下来了，不会淹很久。到了沙市，到了洞庭湖蓄水，到了荆江过去有泄洪坝，到了这儿就相当于我们遇到一次比1954年略微小一点的洪水，还达不到1954年洪水的影响。

当主持人问到三峡大坝对毁坏性的地质灾害或者地震的应对能力

时，魏廷琤这样回答：

> 我们这个坝址是选择在一个非常好的花岗岩基础上的，这个地方是属于最古老的地质年代——黄陵背斜，地质构造是大背斜，西翼在重庆，东翼在湖北，核心部分是一块完整的花岗岩，最靠近它的断层，这是花岗岩之外，在九畹溪里面。进到断层，这个地方长期观测的结果，最大的震级没有超过Ⅳ级的。

应该说大坝本身的安全是非常可靠的，如果想通过常规武器一下使大坝溃决，洪水滔天而下，淹没下游，这种可能性是不存在的。那么，有人又会问，能抵挡原子弹吗？

爆发核战争通常都应该有预兆，不可能突然爆发，所以即使爆发核战争，也有事前的防范措施。大坝设有足够多的泄洪深孔，只要四五天时间就可以将库水位降低到安全水位。

为确保三峡大坝安全，必须设计和布置当代水利工程规模最大的安全监测系统，却无先例可循，有很多技术问题需要研究攻关。20 世纪 80 年代之前，中国各大水工设计院没有人专门从事建筑物监测仪器布置设计，只是将其列入坝工设计范围，在土建图纸上增添若干仪器布置，被戏称为“锦上添花”，而且监测仪器品种少，质量不理想，监测手段也不多。

但在西方发达国家，保障安全是大坝工程师优先考虑的事项，并提升到道德准则的高度。早在建葛洲坝时，中国设计大师曹乐安就提出和主持“大坝观测系统”的设计研究，他直到 1991 年去世前还牵挂着研究的进展。

三峡工程建设推动了众多科研项目的攻关，长江科学院与河海大学等单位克服重重困难，合作完成了三峡工程安全监测决策支持系统总体设计，设立了门类齐全、数量庞大的安全监测设施。监测项目分为常规、专项、地质环境三大类，还有各种巡视检查项目，形成了一套覆盖所有建筑物和所在区域的完整监测系统。其中变形监测设施就包括正垂线、倒垂线、引张线、伸缩仪、精密量距、静力水准仪、精密水准点、双金属标、测温钢管标、多点位移计、基岩变形计、钻孔测斜仪等。可谓时时监测，确保大坝固若金汤。

并非纸上谈兵

早在 20 世纪 50 年代，长江委研究三峡工程时就提出三峡工程将会对生态环境产生不利影响，比如水库对库岸稳定、滑坡等地质灾害的影响，还有航运受阻、泥沙淤积、移民安置、地质风险、文物保护以及重庆港命运等问题，从而探讨研究各种防范和治理措施，并不断试验，力求拿出科学合理的应对方案。

1958 年，三峡下游日调节正态模型在汉口西北角的九万方诞生。随后，荆江、清江、丹江口、葛洲坝的水工模型和河工模型接连问世，一幢幢模型大厅拔地而起。模型是根据天然河道地形按比例缩小制作的，真实复制了原型的山山水水、激流险滩，连河底稍微大一点的坑洼、石梁、石堆也没遗漏。当试验开始，只见江水奔腾，栩栩如生。许多国外水利专家参观时，都看得津津有味，深有感触地说："我们那儿还没有这么大的模型，这些试验在世界上也是少见的。"

1973 年，葛洲坝的建设影响长江通航的问题使周恩来总理十分焦虑，有人甚至提出，如果不能保证长江通航，那就把大坝炸掉算了。为了解决葛洲坝工程的通航问题，长江委、交通部等部门在鄱阳湖联合举行了历时19天的实船试验。

这次试验的一个结论是，为了保证葛洲坝工程通航，必须整治南津关，也就是改善它的流态、减弱泡漩回流，只有这样才能保证船舶安全进出口门。但是究竟怎么实施南津关整治呢？流态改善到什么程度，流速、泡漩减弱到什么程度才能安全通航呢？

于是，承担工程设计任务的长江委决定试制船模，也就是把“船队”搬到实验室，结合水工模型进行通航试验研究。

别看一个小小船模，可不是随随便便能生产的，国内外都没有先例。你必须根据一定的几何、运动、动力相似准则来制作，里里外外都要做得和实船相似，也就是“麻雀虽小，五脏俱全”。经过长江委技术人员反反复复的研究试制，命名为“长科一号”的自航船模终于成功“下水”。

当然，它是在1∶100的葛洲坝整体河工模型里“下水”。从西陵峡的米罗子到葛洲坝，长江的形态都浓缩呈现，包括南津关河段的回流、泡漩、剪刀水等，更包括未来的葛洲坝枢纽模型——大江电站、二江电站、二江泄水闸、三江船闸和大江船闸等。就连“模型沙”也是经过多种材料试验，必须与河道中的“自然沙”在水动力学性能上有相似性，最后选定粉煤灰。

当船模在“船长”的“驾驶”下航行时，激流险滩、河势水情都一一再现，在一旁参观试航的川江老船长也不禁赞叹不已。

后来，又在南津关进行实船试验，两位参试人员不幸牺牲。正是经过这些艰辛试验，长江科学院的水力学专家们才能一一解决诸如南津关整治方案、上下游口门流速与泥沙淤积的关系、口门去斜流效应等难题，并以“动水冲沙，静水通航”的科学方法，创造性地解决了困扰大坝建设的泥沙淤积问题……

1981 年 6 月 15 日，葛洲坝船闸和引航道正式试航。这是长江航运史上第一次有船队通过人工航道和船闸，专家们也登上了跟他们的船模近似的 170 米长的船队，比驾驶实船的老船长还要紧张。船队沿着他们在实验室划定的“航迹”驶向南津关，直到老船长高声赞叹时，他们才如释重负，眼睛都湿润了……

1982 年，长江科学院研制的无线电自航船模以及结合水力学的试验方法被广泛地推广利用，一些研究航道的单位也开始发展船模试验技术。船模通航水力学试验也为三峡通航科研奠定了基础，因为三峡通航水流问题与葛洲坝相似。

1984 年，国务院原则批准了长江委提交的《三峡水利枢纽可行性研究报告》，并且同意先进行一部分施工前的准备工作。

长江委审时度势，决定自筹资金数百万到宜昌兴建一个三峡试验基地。具体说来，就是要在三峡附近一片 200 多亩的荒山上，以最快的速度建起一个三峡工程水工大模型。

工程师饶冠生肩负重任，立即带人奔赴宜昌前坪。这是一位从海外归来的华侨，童年时期饱尝国弱民贫、漂泊异乡的辛酸滋味。他立志报效祖国，带领员工日夜奋战。一年之后建起来的三峡试验大厅有几个足球场那么大，按 1 ∶ 150 的比例“建设”的长江三峡段竟有 1 千米长。

宜昌基地建成后，领导人纷纷前去参观。李鹏第一次去时，基地还在施工，连坐下来的位置都没有，第二次去才有了一个会议室。

就在这弥漫着三峡气息的试验基地上，水利专家们进行着关于三峡工程多个项目的水工、河工试验，日以继夜、孜孜不倦，攻克了一个个世界级的水利工程技术难题……

大江截流模型试验，实际上就是一个缩小了规模的实战预演——龙口一步步缩小，各阶段的水流落差、流速、明渠分流量、抛投强度等反复试验过千百次。后来，试验模型与大江“同步截流”，以及时解决现场出现的问题——大江截流时，一排排载重汽车向大江中抛石块，场面颇为壮观。把石块抛到什么地方？怎么抛？什么时候抛？握有试验的结晶，建设者胸有成竹。

三峡的通航水力学问题更丰富也更复杂：连续五级船闸设中间渠道，升船机和连续船闸共下游引航道，永久通航建筑物布置在左岸，右岸布置施工导流兼通航明渠……为了解决这些问题，专家们进行了大量试验。

比如导流明渠通航试验，一种方案出来，就可以先用船模航行一下，问题在哪里就清楚了，一周内就可以进行数种方案的肯定或否定，从而避免了每种方案都要进行流场全面测试。

每个试验都需要大量科研人员参加。在为三峡可行性论证报告进行试验的紧张日子里，天寒地冻，大家几乎天天加班到深夜，春节也不放假，有两个姑娘把婚期推迟了，还把未婚夫叫来陪班。有个负责驾驶船模的女“船长”，怀着四五个月的身孕，也二话不说赶往宜昌前坪的实验室，熟练地驾驶着船模……

在武汉九万方试验场，也建有三峡坝区模型。盛夏时节，酷热难忍，蚊子特别多，日夜倒班的试验人员不得不穿上工作服，用几台大功率的电风扇对着吹。他们先后进行了枢纽运用前期 20 年坝区地形的塑造，枢纽运用前期第21—30年的系列试验、枢纽运用中期第31—50年的系列试验、枢纽运用后期第51—90年的系列试验……220个日日夜夜，为设计部门早日完成三峡枢纽工程初步设计提供了可靠的技术支撑。

这些事实充分说明，精心画梦的长江委人并非是纸上谈兵，除众多科学试验外，陆水试验坝、丹江口大坝、葛洲坝，都是为三峡大坝进行的实战演练，是恢宏的三峡交响曲引人入胜的前奏。

仅在“七五”期间（1986—1990），围绕三峡工程的国家重点科研项目——“长江三峡工程重大科学技术研究”，就有9个课题（泥沙与航运、地质与地震、水工建筑、施工技术、电力系统规划、长江水文与水情、长江防洪系统、三峡地区规划、综合利用效益）、45个专题、365个子题。参加单位达386个、3000多人，长江委科研人员负责汇总研究。

与喧哗的工地相比，设计室似乎是整洁而安静的，但只有日日夜夜扑在图纸上的人才深切知道，这里绝不亚于战场，每一笔都是绞尽脑汁、费尽心血；每一画都是连山牵水，举重若轻。

1979年初，长江委一勘队测量工程师于鄂生正在设计丹江口“大坝变形观测”中的“自动夹线器”，丹江口医院的医生已诊断他患有直肠癌，催他尽快到武汉去治疗。可直到4月底，25张设计图纸全部绘制并审检合格后他才去武汉医院接受直肠癌切除手术，肛门被移位于腹部。手术后没几天，他就强撑病体给做试验的伙伴们写信，叮嘱有关事项……

在中国水利界，原长江委总工程师、全国工程设计大师洪庆余是一个响亮的名字。如果说林一山被誉为“长江王”，他则可称为“长江通”。

全国工程设计大师洪庆余（右一）

在1986—1989年三峡论证过程中，洪庆余是长江委配合各专家组论证工作的主要技术负责人之一，全面组织协调重大技术问题的研究和决策，多次参加向中央汇报有关三峡工程的重要会议。

这位著名设计大师先后参与主持了汉江流域、长江流域、太湖流域等大江大河的综合利用规划，是1989年完成的《三峡水利枢纽可行性研究报告》的主要编写者和审稿者。历经几十年来反反复复的论证，他和同事们已能从容面对潮起潮落——

长江流域是一个复杂的系统，在此系统的干流上建设任何大工程，都会引起社会经济和生态环境等一系列新问题，而这种矛盾在当时社会上具有普遍性，必须冷静地对待。这次大论证结束并不意味着三峡工程之争曲终人散，大幕落下，还会余音袅袅，甚至可能会有新的曲目上演。

但是，没有关系，我们先把自己的事情做好。我们可以无愧地说：三峡，长江委人时刻准备着！

掌声响起来

1989年7月21日，中共中央总书记江泽民风尘仆仆赶到三峡。这是他26天前担任总书记之后的第一次出京考察。

正是夏天，长江洪水高涨之时，中国领导人只要上任，都会高度关注防洪抗灾，关注长江的波翻浪涌，何况热得发烫的三峡大论证方兴未艾。

江泽民先是参观了葛洲坝工程，接着又考察了三峡大坝坝址，察看了荆江大堤。在宜昌至武汉的船上，他听取了关于三峡工程以及荆江大堤的汇报，了解长江防洪问题。

到了武汉，江泽民驱车前往长江委，参观水文预报室、九万方模型场，观看三峡水库泥沙模型试验。

试验大厅里，“大坝”耸立，“江水”奔流。早在1958年，江泽民就代表一机部出任三峡科研委员会机电组组长，又曾在武汉当过科研所所长，对三峡科学试验倍感亲切。他边看边问，频频点头，听取了长江委主任魏廷琤的汇报后，又询问了许多三峡工程有争议的问题，然后即兴讲话，向辛勤的科技工作者表示感谢，致以敬意。他说，知识分子也是工人阶级的组成部分，小平同志对三峡工程所作结论是有科学根据的，希望长江委鼓足信心，再接再厉。

4天实地考察，使江泽民对三峡工程有了更加深入的了解，从而做出了“三峡工程要争取早日上马，把几代人的伟大梦想在我们这代人手中变为现实”的重要决定。后来，在《众志绘宏图——李鹏三峡日记》

前言中写道：1989 年以来，所有关于三峡工程的重大决策，都是由江泽民同志主持制定的，他对三峡工程的建设发挥了重要的领导作用。

1990 年 3 月，在全国政协七届三次会议召开之际，魏廷琤和一些政协委员联合提案，建议将长江三峡工程列入“八五”计划，及早开工兴建。这个提案经王任重转给江泽民。江泽民对这一提案极为重视，4 月 5 日批转给国务院总理李鹏。几天之后，李鹏即在此件上作了批示。

同年 7 月，国务院在首都宾馆召开三峡工程论证汇报会，听取三峡工程论证情况的汇报。会上，国务院决定成立以邹家华为主任的国务院三峡工程审查委员会，对重新编制的可行性报告进行审查，再报请国务院正式审批。

1991 年 2 月 17 日，大年初三，应王震、王任重两位政协副主席之邀，张光斗、严恺、张瑞瑾、魏廷琤、杨贤溢、殷之书、刘兆伦等十几位专家从全国各地赶赴广州，参加一个讨论三峡工程的特殊座谈会。

说特殊，是因为这个会议是一部名叫《三峡在呼唤》的电视专题片引起的。

专题片由李伯宁创意、策划并亲自主持制作，长江委老作家成绶台撰写解说词。李伯宁曾任水利电力部副部长、三峡省筹备组负责人，筹备组撤销后任国务院三峡地区经济开发办公室主任。他在三峡地区工作多年，跋山涉水，耳闻目睹，迫切期望三峡工程早日上马。看到重新论证工作结束后还有不少争论，他就决定实地拍摄一部专题片，供中央领导参考。

该专题片反映了三峡地区人民生活的贫困和希望，其中有荆江分洪区过年的场景——男女老少扯花布，买新衣，那是难得的喜庆。可是，就在这群欢乐的老百姓头上，却顶着一盆长江大水。画外音感叹：“这里是一片繁荣的景象！一片恐惧的心理！一片根治的呼声！”没想到，这场景竟然使全国政协副主席王震老泪横流。

在广州开了两天座谈会后，王震给党中央写了一封信：“我看了《三峡在呼唤》录像片后，心情很不平静，找任重同志商量后，邀请了几位著名水利专家教授在广州进行座谈讨论，主要是听一听关于加快三峡工程建设的意见。听了专家教授的发言，我深感有必要大声疾呼促进工程上马，即使三峡工程近期上马，也为时很晚了，不能再作推迟。”

在信中，王震还对三峡的宣传工作提出建议与意见，认为应该让专家们发表正面文章，向社会各界人士宣传，统一认识，以利建设。还说三峡工程论证过程中一直不让正面宣传，淡化宣传，有意回避，好像输了理，使反面意见不断扩散，左右舆论，起了很不好的作用，现在应予以纠正……素有“常胜将军”美誉的王震还主动请战：“从战争到平乱，再到农垦，我这一生很少打败仗，如果建三峡，我愿再次为人民出征。”

1991 年两会期间，全国政协委员李伯宁又提出建议：我们对三峡工程的真实情况和重要意义缺少正面宣传，因而在社会上产生很大误解，这个重大失误，应该总结教训，加以改正。

不断听到老同志的呼声，江泽民十分重视，于 3 月 30 日批示：“看来对三峡可以下毛毛雨，进行点正面宣传了，也应该开始做点准备，请李鹏、家华同志酌。”

邹家华副总理作为国务院三峡工程审查委员会主任，5 月 8 日在水利部报送的《关于三峡工程宣传的意见》上批示：“对三峡工程的必要性和重要性宣传中，要讲清防洪的作用和保护千百万人民的生命财产的重大意义。"

于是，中共中央宣传部常务副部长徐惟诚在首都新闻单位三峡宣传工作通气会上对"毛毛雨"做出如下阐述：

"三峡工程的提出和论证时间已经很长了，有关专家和有关部门进行了大量的工作，现在国家还没有做最后决策。过去新闻界有个习惯，工程没有决策的，不进行宣传。另外，对工程也有一些不赞成的意见，内部进行了讨论；也有的不讲纪律，出书、发表文章。前几年就是这样，给人的印象是：搞三峡是错误的，不科学的。现在我们说三峡工程要宣传，首先要使大家了解。"

徐惟诚强调："宣传不能下大雨，在决策之前，宣传不能是公告式、文件式的，也不能没有根据。毛毛雨就是要慢慢渗透，一点一滴。像杜甫讲过的那样，'润物细无声'。"

这个"通气会"，透的风仍是谨慎而温和的。

有风就有雨。中共中央宣传部委托水利部组织了阵容庞大的首都新闻界三峡考察团，分两批开赴长江三峡及中游防洪重点地区：第一批是各新闻单位的负责人，第二批是文字和摄影记者。

为了配合这次考察，长江委派出了由文伏波、洛叙六、赵时华、成绶台等专家组成的工作组，全程陪同，随时解答记者提出的任何问题。

长江委宣传部还特地赶印了两本小册子：一是黄色封面的《长江流域综合利用规划简要报告（1990年修订）》，简称"黄皮书"；二是绿色封面的《长江三峡水利枢纽论证情况》，简称"绿皮书"。这两个小册子深受新闻界同仁的欢迎。

1991年11月，陈慕华副委员长率领全国人大常委会考察团考察三峡工程，在库区沿途各县的考察中，考察成员们听到最多的意见是三峡工程上或不上要赶快决策，不能再久拖不决，否则将严重影响地区经济的发展。各地流行一句口头禅：“不三不四，不上不下。”（三指三峡，四指四川）

考察团看到了荆江分洪区几十万人提心吊胆的生活状态，处处都有躲水楼、安全台（用土堆筑的高台），学校从小学就教育学生如何避险自救。由于洪水威胁，不敢发展工业，更谈不上引进外资，“年年月月修堤，披星戴月种田”，地区经济落后，人民生活贫困。考察团从而深受震撼，对兴建三峡工程的伟大意义有了较深刻的理解，发出了一篇篇翔实的报道。

自1991年下半年开始，张光斗、严恺、马宾、沈鸿、陶述曾、潘家铮、林秉南、洪庆余等著名专家学者纷纷在报刊、电台、电视台撰文亮相，接受采访。他们从三峡工程的防洪、发电、航运等综合效益，分析兴建三峡工程的必要性、重要性、紧迫性，明确回答了多年来人们所关心的一些问题。他们共同的看法是：兴建三峡工程是合理的，应尽早做出决案，早上早受益。

一项工程，居然在几十年间吸引了这么多风云人物的目光，掀起了这么多惊心动魄的争论，发生了这么多跌宕起伏的故事，古今中外，除了三峡，还曾有过第二例吗？

一阵阵“毛毛雨”润在三峡，也润在人们的心田。尽管没谁号召，没人组织，但为了三峡工程早日上马，全国各地都有人自发捐款，其中便有一个特殊的人物。

1958年农历正月十二，周恩来总理一行视察三峡大坝坝址中堡岛，路过居民望作秀家时，听见了婴儿哭声。一打听，这家3天前添了个小宝宝，周恩来便留下了一份“喜钱”道贺，还叮嘱望作秀好好把孩子哺养大，好好读书，将来为三峡工程服务，为国家建设出力。这个幸运儿就是宜昌印铁制罐厂的胡炎芬。在听到三峡工程的消息后，这位普通女工显得十分激动。她说："自我懂事起就盼大坝，盼了好久好久。我捐 50 元钱，表示我微不足道的心愿。"

与此同时，各地群众自发捐款，可见兴建三峡工程是人心所向！

1991 年夏季，长江中下游发生特大洪涝灾害的紧迫现实，使得赞成派得到了最大的支持，希望三峡工程早日上马的呼声越来越高。

同年 8 月，国务院三峡工程审查委员会审议并通过了《长江三峡水利枢纽可行性研究报告》，认为"三峡工程技术上是可行的，经济上是合理的，国力是可以承担的"。但李锐没有放弃，于 1992 年 1 月上书中央政治局常委，重申投资太大、移民太多、泥沙淤积、上游洪灾等问题，建议"还是到 21 世纪各方面条件成熟时再决定为好"。

1992 年 2 月，江泽民主持召开中央政治局常委会，讨论三峡工程问题，长江委主任魏廷琤列席了这次会议。

会议开了一天，上午汇报，下午讨论，最后由江泽民讲话。

江泽民说，毛主席、周总理当年提出来要建三峡，后来小平同志极力主张建，看来还是有根据的，经过论证，应该提交全国人大。

江泽民讲得很风趣，还引证了一段歌德的长诗，大意是修建这个工程以后，造福一方群众，使他们安居乐业。这样就确定了由国务院提出意见，报七届全国人大五次会议。

1992 年 4 月初，七届全国人大五次会议在北京召开，这次会议因有三峡议案而格外引人关注。

从 2 月初，以长江委总工程师王家柱为首的"长江委八人写作班子"就奔赴北京，为全国人大和全国政协会议起草三峡工程有关文件的文稿，他们字字推敲，几乎都能倒背如流了，这些文件能被通过吗？

可仍有一些反对建大坝的声音，台湾代表黄顺新便向中外新闻界散发动议材料："由于涉及领域宽广，未知因素太多，疑问不少，审议讨论时间太短，反面资料与意见的发表不充分，对工程建设的利弊尚难有深入、正确、统一的认识。因此，我们认为表决这样一个重大议案，应特别慎重，应将本案作重大议案处理，应有 2/3 以上代表赞成才可通过。"

议案能否通过？酝酿了七十春秋的三峡之梦能否破茧而出？此时仍是悬念。

4 月 3 日下午，正式表决《关于兴建长江三峡工程的决议》，会议由执行主席、主席团常务主席万里主持。他走向会议主持台，庄严地宣布：出席下午会议的代表共 2633 人，现在可以开始投票。

会场很快静下来，代表们开始投票了。

此时，驻守北京的成绥台正守着直通汉口长江委宣传中心的微波电话旁。他从 1950 年 17 岁时就在长江委工作，深知此时此刻那些为长江奋斗几十年的同事们在渴望什么。

连日来，近 3 万名长江委人密切注视着两会的讨论情况，关注着他们的梦想是否成真。40 年来，他们在长江，在三峡，在钻船、模型场、试验室、设计楼，在一个个沸腾的工地上，为了这个伟大的梦想而奋斗着，现在，这一梦想即将成真……

在新中国的历史上，这是全国人民代表大会第一次就一项工程进行投票表决。

表决结果：赞成 1767 票，反对 177 票，弃权 664 票，未投票 25 票——通过！

投票表决现场

下午3时许，当万里委员长宣布三峡工程议案被通过时，会场上响起了暴风骤雨般的掌声。

3时49分，电话铃响了，成绥台拿起话筒，因激动连话筒都在发抖——是水利部严克强副部长从会场打来的电话，只说了一句：三峡议案通过了……

成绥台立刻用颤抖的手拨通了直通汉口的电话，静候在电话机旁的长江委宣传中心主任朱汝兰一听到“通过了”，就放下电话，奔出门外大声欢呼。刹那间，大楼上飘下一条长长的标语——

三峡工程功在当代，荫及子孙，造福人类！

鞭炮爆响，欢呼声四处回荡，有人蹦跳，有人大笑，有人擦着满脸的喜泪……

此时，在北京新壁街的林一山老主任家，四合院里静悄悄的，没有节日的喜庆，双目失明的林一山默默地等待着表决结果，就像一块被浪花咬得千疮百孔的礁石，仍在痴情地迎接涛声的轰鸣。当老伴欣喜地告诉他“通过了！”时，他平静地点点头，似乎早就预料到好梦会圆。他只是遗憾再也看不见那欢跳的浪花了，只能默默地、久久地品味着狂欢之潮……

此时，距孙中山在《建国方略》中最早提出修建三峡工程，时光流逝了73年。

“比需要的过半数还多451票。”在《众志绘宏图——李鹏三峡日记》中写道。

4月4日，表决通过后的第二天，长江委主任魏廷琤的评论出现在《人民日报》上：“美国的胡佛大坝开始争论也很激烈，最后由罗斯福总统拍板，而三峡工程反复论证，现在又提交全国人大审议，这正是社会主义民主决策的充分体现。”

长江委原总工程师洪庆余对着蜂拥采访的镜头、摄像机、话筒，平静地说：“这项表决结果是我意料之中的事情，因为这是全国各族人民共同的工程。在改革开放的今天，我们中国人终于可以由自己来干这件事情了。要是孙中山先生、毛主席、周总理能活到今天，看到今天，那该有多好啊！”他还特别叮嘱有关新闻媒体，在宣传报道中一定不要对在三峡工程勘察、设计和论证中持反对意见的人说三道四。他说：“这些老先生、这些同志的反对意见有助于国家决策民主化、科学化，也提醒我们在设计建造中一定要慎之又慎。中国共产党人、中国政府决定在长江上建造世界上最大的水利枢纽，我们这些科技工作者在设计建造中只能成功不能失败。如果失败了，我们无法向党和人民交代。”

海内外媒体纷纷评论：

——三峡工程基于可行性论证，由最高权力机关表决，被视为民主决策、科学决策的一大注脚。但是在具体环节上，也是争论不断。就程序而言，不管插曲几许，它在一定程度上，还是让人看到了“德先生”和“赛先生”的投影。

——作为工程规模世界最大，防洪、发电等综合效益国内最高的水利水电工程，三峡工程的争论时间最久，争论级别也很高。这不奇怪。英法海底隧道早在拿破仑时代就提出来了，直到现在建设之中也不断有反对的声音。不过，当它运行一定的时间后，大家认识更准确了，争议就会逐步减少。相信三峡工程也是这样。

三峡工程正式开工之前，1993 年 3 月应美国工程界之邀，潘家铮等 3 人赴美考察，并在旧金山演讲。潘家铮推心置腹地说：

潘家铮：

看到有人在文章中说，建三峡工程不是人民的意志，是少数领导好大喜功、为自己树碑立传。这是不确切的。

中国过去最有权威的人无疑是毛泽东主席，但正是毛泽东，从 20 世纪 50 年代到他去世，一直不批准搞三峡工程，他要求的是搞清问题、积极准备，到条件成熟时再建。毛泽东以后，最有权威的是邓小平。1984 年中国政府已基本上决定要建三峡工程了，但当时有很多人对工程提出各种建议和意见后，正是邓小平建议暂停施工，组织重新论证。这样才有 412 位全国一流专家来重新全面研究，这些专家包括搞泥沙的、搞通航的、搞环保的、搞移民的和搞财经的，各个领域的都有。经过3年多的反复深入研究，403位专家得出一致意见：三峡应上，而且应早上。只有9位专家有不同意见。这样，中国政府才把它提到人大，并以压倒多数表决通过。请问，这难道是少数领导的好大喜功吗？

女士们、先生们，我是个工程师，不是政治家、演说家。我无意把自己的见解强加给任何人，而只想把自己亲历的事实真相说一说。希望大家理解，中国和美国情况有很大不同，中国现在有百万人民生活在洪水威胁下，随时有倾家荡产和送命的危险。中国的电力非常不足，人均用电量只有美国的1/20。中国人民要不要活下去，要不要活得比现在好一点？如果要，那我相信各位对修建三峡工程的必要性会有个比较客观的了解。

同时，我也问各位一个简单的问题：各位作为献身事业的土木工程师，有几位在一生中能遇到像建坝三峡这样的跨世纪工程？为什么不来取得这个机会呢？你们不可能在美国密西西比河上建这样一个坝，即使你们能找到这样一个工程，也有钱、有技术能建它，我仍怀疑你们能否在生态环境和不同社会组织所提出的无数问题前获得通过。所以，我呼吁美国和其他国家的土木工程师来与我们合作，表示出你们的兴趣，并助我们一臂之力。

有人鼓掌，接着掌声越来越响。

谁会想到，赞同和理解三峡工程的掌声，在大洋彼岸也会响起来呢？中国，走向复兴的中国，终于在江潮般澎湃的掌声中，高高地托起了“三峡之梦”！

满江红·三峡画梦

第五章

20世纪90年代，三峡这部“硕大无朋的典籍”翻开了新的篇章。

1993 年 1 月，国务院三峡工程建设委员会成立，主任由时任国务院总理李鹏担任。

1994 年 12 月 14 日，李鹏在宜昌三斗坪举行的三峡工程开工典礼上庄严宣布：三峡工程正式开工！

梦想 70 余载、调查 50 多年、论证 40 个春秋、争论 30 个冬夏的三峡工程，终于奏响了恢宏的序曲。

寒冬时节，人们因拥抱着火热的梦想而感到浑身温暖。三峡之梦，不再飘浮于云雾之中，而是变得如此真实，如此亲近，可以亲手抚摸着它的厚重、它的雄奇，当然，还有它的艰难。

沉寂千秋的西陵峡开始沸腾，敞开胸怀拥抱着新修的公路，密集的工房，呼啸而来的重型机械，浩浩荡荡的建设大军。20 世纪 90 年代的中国，大军云集的工地上，不再是肩挑人扛的“人海”之战，不再是夯声动地、硪歌冲天，“游击队”已历练成兵强马壮的正规军，“基建狂魔”开始起步，从三峡迈出了震惊世界的步伐。

史无前例的三峡宏图徐徐展开，布满了线条、图案和数据，每一笔都浸润着长江委人的心血和梦想。

幕后编剧

与气象森严的峡谷相比，图纸是那么轻，那么薄，却又是如此神奇，如此凝重，每个纵队都要按照它指定的路线进军，工地上的所有声浪，所有风景，都将严格按照它的规划而律动。它将点石成金，化水为宝，让大坝扎根生长，结满累累硕果。

是的，设计是工程的灵魂，长江委是三峡工程设计总成单位。作为“全球一号工程”的“灵魂工作者”，长江委人无比自豪，更深感任重道远。

搞了一辈子设计的袁达夫在回忆文章中写道：

我是一个很幸运的人。在读初中时，就知道长江上有一个风景如画的三峡风景区，并要在三峡的出口建造一座大水电站，可给大半个中国提供电力。同学们在言谈中，都希望能够成为这个电站的设计总工程师。少年时梦话中的希望也有实现的时候，我没有想到后来会成为长江设计院主持工作的常务副院长，负责三峡工程设计工作；每当我站在大坝上，看到“高峡出平湖”，一台又一台巨型水轮发电机组投产发电，通过伸向远方的500千伏输电线路，将强大清洁的电力输向华东、华中、广东等经济发达地区，就心潮澎湃。为实现此愿望，长江委几代人付出了智慧和辛劳的日日夜夜的历程，一幕幕在我的脑海中闪过。

我有幸亲身经历了长江三峡工程从1986年开始的重新可行性论证、初步设计、单项工程技术设计、招标设计和招标文件的编制、施工图设计、机电设备安装调试及左岸工程验收等全过程，这使我从事水电建设40多年没有虚度光阴……

画梦，画梦，不再是画在图纸上，而是画在峡谷峻岭中，画在波涛曾经覆盖的神秘而坚实的河床上。

1993年7月31日，国务院批准了《长江三峡水利枢纽初步设计报告（枢纽工程）》。批文中指出，要求长江委在下阶段设计中尽可能地便利施工，降低施工难度和风险度，降低工程造价，缩短工期；抓紧编制重要工程的单项技术设计和其他工程的招标设计；保证图纸的按期供应。审查意见中明确指出，要求长江委进行大坝、水电站等8个单项工程技术设计。

单项工程技术设计需攻克众多技术难题，涉及水流条件、具体细部结构、应力参数、各种机电设备的形式和参数选择及集成监控等，一旦完成后即转入招标设计和招标文件编制，出施工图立即付于工程施工，其设计难度和工作量超过基础性设计。

国务院研究决定，三峡工程建设采用业主责任制、投标招标制、工程监理制、合同管理制。长江委的单项工程技术设计由三峡总公司负责设计审查。三峡总公司对单项技术审查实行了项目负责人和专家负责制，邀请专家160余人，组成8个专家组，加上临时邀请的专家近240人，几乎包含了我国各大水电设计院各专业的主要技术骨干，从事水电建设的院士、大师等。三峡总公司要求长江委按“开门设计、专家组跟踪审查”的原则进行工作。这种少有的被称为“开膛破肚”

的审查方式，一方面表明三峡总公司对单项工程技术设计成果质量十分重视，另一方面也是对长江委设计水平和成果质量最严格、最全面的检验和考核。

此时，长江勘测规划设计研究院（简称长江设计院）重新组建，面临着人员新老交替的局面，办公条件十分简陋，又经常停电，每个处室只有几台台式计算机，设计人员面前摆的是绘画板，用铅笔一笔一笔画成图纸，再描图蓝晒；报告写好后，需打字印刷。有记者来参观访问后提出疑问：你们这样的设计手段，能将举世瞩目的三峡工程设计好吗？

“家有老，是个宝”，长江设计院充分发挥老专家的作用，陈靖甫等18位已年逾六旬的老专家被任命为设计总工程师（简称“设总”）。

1995年2月，《湖北日报》记者到长江设计院采访，拍了一组照片，刊登在3月1日的专刊版面上，标题是“设计三峡工程的老总们”，配文写道：

沸腾的三峡工地，宏伟的施工场面，激动过多少中外游人的心！可是，亲爱的读者，你可曾知道，三峡工程的蓝图在哪里绘就，汗牛充栋的图纸如何诞生？近日，记者来到三峡工程设计的总成单位——长江水利委员会设计院。比起前方，这里是另一番景象，老总们正在默默伏案，紧张工作，智慧、心血顺着他们的笔尖、白发无声流淌，这批年逾六旬的教授级工程师，曾主持或参与过葛洲坝、隔河岩等大型水利工程设计。自承担三峡工程设总之日起，面对任务重、难度大、时间紧迫的困难，他们发扬了吃大苦、耐大劳的精神，牺牲了许多节假日，度过了无数不眠之夜，如期完成了报告图纸，为工程建设赢得了时间。三峡工程正式开工以来，他们以更加高昂的斗志，为建成跨世纪的宏伟工程，继续努力奋斗。

关于这篇报道，袁达夫后来也激动地写道：

这是真实的写照。我清楚地记得，有的老同志血压比较高，但对单项工程的技术报告逐字逐句进行审查修改，累了、血压升高了就在办公桌上伏案休息一下，然后抬起头继续看，直到一丝不苟地将报告修改完。他们为完成单项工程技术设计做出了卓越的贡献。举世瞩目的三峡工程要在我们这一代人的手中建成，隐藏在广大工程技术人员心中的潜能像火山一样喷发出来，设计人员以能参加三峡工程的设计为荣，“长江委搞了多年的三峡工程终于在我们这一代人中开始兴建了”，成了工程设计人员见面说得最多的一句话。

我回忆起在单项技术设计、招标设计和招标文件编制、施工图设计齐头并进的日日夜夜。当时武汉市电力紧缺，白天黑夜办公室经常停电，且停电时间是无法预知的，怎么办？为了按时完成设计成果，不少设计人员二话不说，睡在办公桌上，等电一来就起来工作；有的同志感冒、发烧，到医院打吊针，等针头一拔，回来不声不响地又坐在绘图板前开始设计工作。

1993年初，当三峡工程进入第一期工程施工时，遇到了一大难题：在右岸深厚粉细砂地基上修建一期土石围堰，河床条件无法实施水下开挖。长江设计院从解决防冲入手，提出了利用宽抛石戗堤并与围堰错开布置的土石围堰方案。有位专家出于对此方案的疑虑，毫不客气地对袁达夫说：“你们这样修筑围堰，当抽水之时，就是围堰倒塌之日。院长，你就准备去坐牢吧！”如此严厉之言，使袁达夫不免恼火，三峡工程中有很多技术问题都是首次遇到，谁敢拍着胸脯说万无一失？但是，国家事大，个人事小，岂能害怕担责任就畏缩不前？这不是长江委人的风格！没有金刚钻，不揽瓷器活，他有充分的自信，长江设计院提出的方案，是有实践经验支撑和科学依据的。后来，围堰修成抽水后，没有倒塌，基本不漏水。袁达夫如释重负，但此事仍被他作为范例，提醒大家重视技术攻关和提高设计成果质量。

2003年，三峡左岸电站首批机组调试期间，袁达夫立下军令状："三峡机组不发电，我决不回家！"他参与"三峡右岸电站巨型水轮发电机组参数及水轮机水力设计优化研究"，成功地降低了水轮机压力脉动幅值，消除了高水头部分负荷特殊压力脉动峰值带，提高了三峡右岸电站机组运行的稳定性。2006年这一技术成果被科技部门鉴定为达到国际先进水平，其中在解决水头变幅大的巨型机组水力稳定性问题上达到国际领先水平。

这样的故事实在太多，袁达夫并非是特例。在长江委，你随便问一位老专家，都有累累战功。

工程设计决定着工程的全局，为提出最优设计方案，诸葛亮会一开就到深夜，专家们绞尽脑汁，反复论证，有时还争论得面红耳赤。然后，跟踪工程，优化设计，直到通过严格检验。

长江设计院就是这样倾情三峡，科学求实，充分运用最新的科研成果，进行了300多项技术攻关和设计专题研究，填补了多项国内空白，创造了一个又一个奇迹。如果把在世界第三大河流长江上修建世界上最大水电工程比做一台大戏，长江委的设计师们作为编剧，编写出了气壮山河、精彩纷呈的"三峡剧本"！

前方总指挥

三峡工程的勘测、科研、设计、水文测量及预报，分别由长江委的综合勘测局、长江科学院、长江设计院、水文局等部门承担。长江委驻三峡工地的代表局由多类专业人才构成，代表长江委负责现场管理、对外协调。

这是巨大而纷繁的工程，设代局的任务首先是保证三峡工程的技术供应。每个局部，每个枝节，都要给施工单位、监理、业主三方提供设计图纸，并进行讲解，介绍工程的要点、难点、技术规范、设计要求等，称为“技术交底”。

其次是现场技术服务。随时根据施工单位遇到的难题、疑点进行分析解答，参加建设管理协调，当好“参谋长”。

最后是优化设计。“纸上谈兵”与实际施工必然有所差异，那么就必须根据现场施工实际情况优化设计，以方便施工，尽可能节约工程量，节省投资，为设计的成果质量“站好最后一班岗”。

这样的重任，自然要挑选一位身经百战、能文能武的“帅才”。于是，53 岁的郑守仁便迎来了他一生最大的挑战，也是最大的荣耀——担任长江委总工程师和长江委三峡工程设计代表局局长，成为长江委在三峡工地的“前方总指挥”。

我们所热爱的事业，往往都有自己童年的烙印。

与众多水利名家一样，郑守仁童年的经历决定了其职业的选择。他的家乡位于淮河边的安徽省颍上县润河集镇，这里饱受水患之苦。

中国工程院院士郑守仁在施工现场

1948年冬，润河集解放，当地政府修建了淮河上第一座水利枢纽工程——润河集工程。然而，1954年大洪水，润河集闸泄洪时被冲毁，大片村庄和农田被淹没。洪水退后，这座水闸被迫拆除。此事使年仅14岁的郑守仁刻骨铭心，立志水利报国。

23岁那年，郑守仁从河海大学毕业后，被分配到了长江委，后来成为陆水试验坝工地的一员干将。他探讨家乡水闸被冲毁的原因，主要是设计洪水标准偏低、闸基地质勘探尚未查清、基础处理结构措施不当。从此，“跟水打交道，容不得任何差池”，便成了他的口头禅。

当他从陆水转战乌江，工地上一位负责人不讲科学地蛮干，以至于出了大事故。那一幕又使他终生难忘：“1971年4月乌江发大水，预报当天水位要超过导流洞顶，本来应该撤退，但为了抢工期，工地负责人就让用木板挡水，结果水涨上来把导流洞淹了，造成施工人员伤亡事故。”幸运的是，他被叫到洞进口上面开会，逃过了一劫。“所以你不按照科学办事，就会造成人命。对不对？ 这都是血的教训。”

大漠孤烟直，长河落日圆。郑守仁就是这样在工地一线摸爬滚打，甚至出生入死，积累了丰富的实践经验。他习惯了工地的广播经常呼唤他的名字，呼唤他到现场去解难排困；习惯了在各个工地来回奔波，每天要跑 20~40 千米。

他不断地建功立业，先后主持了乌江渡、葛洲坝工程导截流设计，创造了多个全国第一。首次大江截流一举成功，郑守仁也一鸣惊人。

在葛洲坝崭露头角后，郑守仁便被委以重任，于 1987 年任长江委副总工程师兼隔河岩工程设计代表处处长。他驻守工地解决各个环节的重大技术问题，在确保质量和安全的前提下，大胆创新优化设计，节省投资 1300 万元，使隔河岩工程一次蓄水成功，提前一年发电。

饱经历练的郑守仁走向三峡，走向新的挑战。

三峡工程被称为“科技博物馆”、世界级“难题题库”，有 20 多项经济技术指标名列“世界之最”。要描绘这一宏大工程的设计蓝图，往往要挑战技术极限。

郑守仁是幸运的，背后有张光斗、潘家铮等著名学者、专家所组成的“智囊团”，有退居二线老专家组成的长江委技术委员会这个“聚宝盆”，有各类人才所组成的技术团队，使他可以虚心请教，博采众长，反复探讨，让三峡工程的设计更加周密细致。

在三峡工程论证过程中，国内有些专家曾对“船闸高边坡变形及安全运行”“三期碾压混凝土围堰施工”等难题的解决提出质疑。在建设过程中，郑守仁带领团队研究、攻克了这一系列重大技术难题，使一个个问号变成了惊叹号。尤其是他作为施工导流、截流专家，在关系工程成败的两次大型截流设计中发挥出显著的技术主导作用。

1997 年，历经 5 年的基础开挖，三峡工地已经粗具规模，将进行大江截流。此次截流是指以江中的中堡岛为核心，在岛的上游和下游做围堰，当上下游围堰合龙以后就表示截流成功，然后再抽干围堰中

三峡工程大江截流

的江水，露出的花岗岩河床便是三峡大坝的基石所在。可这次大江截流是在葛洲坝工程形成的水库中实施的，水深达 60 多米，江底还有 20 多米的松软淤沙，地质条件极为复杂。要在这样的水域进行截流，将长江拦腰斩断，无疑是一个巨大的挑战。

一个多月里，郑守仁终日苦思，辗转难眠。他与同事们反复探讨后，提出“人造江底，深水变浅”预平抛垫底方案，即用 70 多万立方米石渣料把江底淤沙压住，在正式截流前将江底抬高到安全高程。创造性的预平抛垫底方案一经实施，大江截流才有惊无险！

1997 年，三峡工程大江截流设计获“国家优秀设计金奖”，其成果获“国家科技进步奖一等奖”，并跻身于年度世界十大科技成就之列。

2002 年，建设者又迎来了一个大挑战——导流明渠截流。

明渠截流的规模虽不及大江截流，但流量大，落差高，重要力学指标均高于长江葛洲坝截流和三峡工程大江截流，而且是在人造河床上截流，施工时不断航，可谓世界上综合难度最大的截流工程。出人意料的是，截流前夜，郑守仁却显得格外轻松。他的自信源于科学周密的设计方案——双戗双向立堵截流。结果，导流明渠截流十分顺利，设计方案也再次填补国内空白。在全国院士大会上导流明渠截流被评为“2002 年十大科技新闻之一”。

郑守仁曾深有感触地说：“建水利工程不是解数学题，不是靠个人的力量，靠的是一个群体。集中工程师的智慧来解决工程中的问题，这就是总工程师的作用。要靠各个专业的工程师对本专业提出来的一些意见和建议，你怎么样能给它进行汇总采纳，这是非常重要的。”

投入在三峡工程中的各类专家，仅工程建设方面就涉及 160 多个专业，郑守仁能够把这么多专家能手团结起来，拧成一股绳，靠的是人格魅力、奉献精神。

“设计一条线，工人一身汗，国家花钱千百万。”这是郑守仁挂在嘴边的话。他带领设计人员攻克一道道技术难关，创下十几项优化设计成果，推广应用一系列新技术、新工艺和新材料，创造了显著的社会效益和经济效益。一期混凝土纵向围堰节省混凝土 24 万多立方米，二期工程左导流墙节省混凝土 16 万多立方米，三期上游土石围堰节省土石方 10 万多立方米。据不完全统计，经优化设计，仅主体工程就节省混凝土 100 多万立方米，节约投资 3 亿元。

郑守仁待人和善，总是一脸微笑。但为了工程质量，不少人都品味过他的“倔劲”。有位老同事感叹：“除了在办公室，他最常去的就是工地，即使是除夕夜也雷打不动。他喜欢和一线工人交朋友，和他们打成一片。但涉及施工质量问题，却容不得半点儿马虎。如果有工人偷工减料违背设计，哪怕是一条铁丝缠得不符合要求，他都会严厉地指出来。”

1996 年春节，左岸非溢流坝 8 号坝段进行基础验收。经过几个来回，大年三十仍未达标。初一清早，郑守仁直奔现场，指出缺陷后对施工人员说：“基础不牢，地动山摇。三峡主体大坝基础万万不能马虎。”直到施工单位将缺陷处理妥当，他才同意验收。

凭借在坝工领域的杰出成就，郑守仁先后荣获了“国家科技进步奖”“全国五一劳动奖章”“湖北省科学技术突出贡献奖”“何梁何利奖”“国际大坝委员会终身成就奖”“新中国最美奋斗者”等国内外奖项数十个。

林一山曾如此评价麾下这员大将：“这就说明‘白领’也必须坚持到山沟里干实事，才有建树。”

全球一号水电工程

长江委人才辈出，一代代治水人前赴后继，钮新强可称为其中优秀代表。

出生于20世纪60年代的钮新强，从小就梦想成为一名工程师。中学课本上关于新安江水电站的描述，让他第一次领略到水力发电的伟力。高考那年，他如愿进入了华东水利学院，毕业后主动请缨分配到了长江委。

正赶上“科学的春天”，赶上三峡工程设计论证，钮新强一心扑在工作上，如饥似渴地向前辈学习、向实践学习。工作3年后，他又回学校深造，去河海大学攻读研究生。

中国工程院院士钮新强（右一）

三峡工程兴建周期长，历史的接力棒交到钮新强这代人手上时，进入工程建设的关键时期。钮新强担任长江委前方枢纽设计代表处处长，负责三峡二期、三期工程技施设计，后来被提拔为长江设计院院长，充分显示出其专业实力和管理才能。

长江设计院承担着需要近百个专业协作完成的系统设计重任，仅二期工程期间，就完成了 2000 多份技术报告和 20000 余张设计图纸。

千头万绪，钮新强紧紧抓住三个关键环节：成果质量、生产进度和现场服务。

世纪工程，质量是重中之重。钮新强强调的是“不留隐患”，认为这既是工程质量的最低标准，又是最高原则。他组织制定了“三峡工程设计成果质量奖惩管理规定”等一整套质量保证体系，确保每张图纸都经得起严格的检验。

图纸发下去后，就像乐谱发给了乐队，但作曲者不能闭目静听，还得从幕后走向前台，随时帮助乐手们调整旋律和音符，这就是“现场服务”。三峡工程施工场面浩大，工序复杂，为防止“卡壳”影响建设进度，长江委驻现场设计人员达 400 多人，确保施工进行曲流畅奔放。同时，“现场实践对工程师综合技术能力的提高至关重要”。

高高的塔吊下，隆隆的机声中，指点着蓝图的设计监理人员是工地上常见的风景。三峡工程，开中国水利工程监理之先河，被誉为“总监”的杨浦生就先后编写了 10 个专业项目共 35 万字的工程监理实施细则及管理工作规程，从而荣获“全国五一劳动奖章”。

工地人才云集，年富力强的钮新强总有使不完的劲，而三峡工程的技术创新更是他津津乐道的话题。

一是敞开大门，始终坚持了开放式设计原则。几十年工程论证，国内外合作研究，多领域联手攻关，在世界水利工程史上是罕见的。这是保证技术领先、技术结论可靠及设计技术目标得以实现的关键。

二是高屋建瓴，树立了综合治理的设计目标，定位于以防洪、发电、航运为主的综合效益最大化。

三是“六六大顺”，可把三峡工程的设计技术创新归纳为6个方面——

第一，坝工技术。三峡工程坝工技术的难点主要体现在两个方面：一是泄洪设计，三峡工程不仅泄洪量大，而且建设时间长，三期导流，要在多期施工中保证泄洪安全。首先，它要承担11万立方米每秒的洪水泄量，要在有限的河床里根据枢纽的总体布置条件，满足工程完工后泄洪及河势的技术要求，同时又要满足施工期的泄洪安全。因此，三峡泄洪建筑物就有很多创新。二是三峡地区地质的深层抗滑处理。虽然三峡工程整个坝址基础都是在花岗岩上，总体说来是稳定的，但在2300米河段，局部地质状况也碰到我们以前坝工设计中没有遇到过的问题，如左、右岸岸坡厂房坝段的深层抗滑稳定的研究，这里既涉及勘探技术创新，又有在坝工深层抗滑稳定有关理论及分析技术方面的创新，在此基础上发展了大坝稳定设计及基岩加固技术。以上两个方面使三峡工程的坝工技术设计水平前进了一大步。

第二，机电设计。三峡电站总装机容量达2240万千瓦，是目前世界上最大的水电站，单机额定容量为70万千瓦，也是世界领先的，同时由于三峡机组面临水头变幅大、系统要求的调峰任务重、负荷变化大、性能参数高等特点，三峡机组的设计面对许多挑战。例如，机组的稳定性、电站厂房的抗震、发电机冷却方式、自动化控制系统以及装机进度都面临难度较大的技术问题，经过多年来与制造商、科研机构联合攻关。实际效果证明，三峡电站的机电设计是先进的、稳定的、可靠的。

第三，通航建筑物设计。三峡工程航运效益能否发挥，取决于通航建筑物设计的成败。三峡工程建成后，可以在枯水期调节下游特别是荆江河段流量，加大航运的水深，万吨级船队可以直达重庆，长江航运效益将得到大大提高。三峡通航建筑物包括双线连续五级梯级船闸和升船机，其规模和难度均超出了当前世界水平。有人评价，这两大通航建筑物是空前绝后的。

第四，导截流技术。三峡工程二、三期截流技术为工程界瞩目。其中，二期截流技术难度主要体现在大流量、深水围堰的截流施工技术，三期截流技术难度体现在大流量、高水头条件下土石围堰以及碾压混凝土围堰施工及结构技术等，设计研究创造了诸如龙口平抛垫底、双戗进占、防渗新技术、优化RCC围堰结构以及施工工艺等，确保了截流成功，有效地保障了三峡工程建设的顺利推进。

第五，围绕泥沙问题的研究。这是一个伴随着三峡工程论证之初到建设至今一直倍受世人关注的问题。几十年来，国内多家科研机构、著名专家一直不断地研究论证，从水库泥沙淤积、水库调度影响，清水下泄对下游河势的影响，乃至江湖关系的变化等。例如，大家关注的三峡水库清水下泄对下游河势影响等问题，这是个很复杂的问题，这个问题涉及枢纽的设计方案，尤其是调度方案的确定。在国务院组成的三峡泥沙专家组的指导下，长江设计院与全国多所院校经过多年的共同研究，认为根据目前的观测情况，三峡水沙规律与长江设计院设计论证的认识是基本一致的。从近年围堰发电期的水库泥沙情况来看，比当初的认识应该说是更趋于良好。在设计中，根据对三峡水沙规律的认识，在枢纽总布置、通航建筑物设计、电站厂房设计，以及有关水力学、排沙减淤、清淤技术等方面有许多创新。库尾洄水变动区的泥沙淤积对重庆港的影响及整治措施研究也取得了大量的成果。

第六，混凝土施工技术。一个是高强度的浇筑。三峡工程混凝土整个浇筑量近2900万立方米，高峰期年强度达到500多万立方米，月强度曾达到 50多万立方米，这是远远超世界规模的。这里最关键的是如何在完成这个混凝土的浇筑强度的条件下，确保混凝土的浇筑质量，如防止架空、振捣不密实、浇筑后出现裂缝以及其他表面缺陷等。三峡工程从二期到三期，是一个混凝土施工技术进步的过程，尤其是三峡工程三期大坝混凝土浇筑是400多万立方米，没有出现一条裂缝，被专家称为“奇迹”，这体现了我国施工企业和三峡总公司作为业主在项目管理上的高水平。设计方从研究混凝土的配合比到研究混凝土施工技术要求，从研究骨料二次风冷技术到研究混凝土温控标准等，这一系列技术措施为三峡工程混凝土浇筑质量满足要求提供了较好的技术保障。

这些令人瞩目的设计技术创新，为“全球一号水电工程”添光加彩，充分展示出长江设计院雄厚的实力。1993—2004年，钮新强经手的施工图纸足够堆满一间办公室，而他最为人称赞的，是研究提出了创新型大型“全衬砌船闸”结构方案，在三峡五级船闸设计中成功应用，使我国在高水头大型船闸技术方面位于世界先进水平。该项目及其相关技术获得“全国优秀工程设计金奖”“国家科技进步奖二等奖”和“詹天佑土木工程大奖”。

长江后浪接前浪，画梦自有后来人。

钮新强带领团队屡挥妙笔，后来在南水北调中线工程研究设计中，他又提出了“双层衬砌预应力混凝土结构”方案，解决了穿越黄河复杂地质条件下的大型输水隧洞结构关键技术问题，于2013年当选为中国工程院院士。这是继文伏波、郑守仁之后，长江委诞生的第三个院士。

2019年11月，青海省委副书记、省长刘宁在接受人民日报采访时说："青海要承担'源头责任'，拿出'干流担当'。"刘宁也是一位令长江委人自豪的"后起之秀"，他是从技术员、高级工程师、设计专业组组长、设计室主任一步一步成长起来的，成为"前方总指挥"郑守仁最得力的助手，任三峡工程设计副总工程师。

刘宁与同事们一起携手并肩完成了许多具有国际、国内领先水平的课题研究、专题设计，主编了 200 多万字的标书文件，获得 2 项国家优秀设计金奖。三峡工程有许多世界性的难题，许多知名专家都留下了足迹，没有足迹也有声音。面对施工中出现的问题，决策者必须做出快速反应，刘宁便以博采众长、果断决策而著称。他不仅常年奔波在施工现场，还承担着其他重要工作，既是"南水北调穿黄"设计论证的技术总负责人，也是长江重要堤防隐蔽工程建设招投标公司的总经理，还主持了《长江河道采砂应急规划》的编制。因此，他有 3 个办公室——2 个在汉口，1 个在三峡工地，常常深夜都在长途旅行的颠簸之中。

刘宁的突出业绩得到了上上下下的广泛认可，先后被授予"长江委十佳青年""全国水利系统科技英才""湖北省有突出贡献的中青年专家"等称号。在完成三峡二期工程之后，他调至水利部，先后担任南水北调工程规划设计总工程师，水利部副总工程师、总工程师，水利部副部长，青海省委副书记，2018 年 9 月任青海省省长。当回首成长历程时，他说最激动的是离开三峡工地时获得"三峡工程优秀建设者"的荣誉，"我是学水工专业的，毕业后就想干三峡，如今可说是圆了这个梦。"

铸造黄金水道之门

长江，是中国内河运输的大动脉，也是联络东、中、西部的经济纽带，素有“黄金水道”之称。然而，历史上，从重庆到宜昌间河道狭窄，礁石林立，水流汹涌，巨大的航运潜力得不到发挥，“黄金水道”在长江上游名不副实。

说起川江航运的艰难，人们都会想起三峡纤夫苍凉的号子，想起抗日战争时宜昌大撤退的壮烈场景。那时，入川少有公路，更无铁路，长江便成了抗日战争时期的运输线、中华民族的生命线。

1938 年，地处三峡门户的湖北宜昌，民生公司总经理卢作孚指挥船队，冒着日军的炮火和飞机轰炸，抢运战时物资和人员到四川，从而保存了中国民族工业的命脉。在抢运物资和人员的战斗中，共有 16 艘船被炸沉炸毁，69 艘船被炸伤，117 名员工壮烈牺牲，此次行动被称为“东方敦刻尔克大撤退”。正是这些撤退运输到大后方的工矿企业成为抗战的坚强后盾，生产了大批枪炮，为前线的将士们提供了源源不断的杀敌武器，为战争的最后胜利提供了有力的保证。

新中国成立后，长江委人开始描绘“三峡梦”，其中一大难题便是在长江上修建大坝后如何保证黄金水道的畅通、提升长江水运的优势。

当时的长江委，懂得通航建筑物的专业人才几乎为零。为此，林一山做出了一个有远见的决定，将通航建筑物专业从坝工专业中分立出来，成立了至今仍在全国独树一帜的通航建筑物设计科研机构——

航建科。

航建科刚成立的时候，航建专业只有 3 个科班出身的大学毕业生，1958 年才增加到 10 人，宋维邦就是 10 个人之一。

1958 年，宋维邦从华东水利学院“水道及海港”专业毕业。原本想学了海港技术回上海工作，可老师认为他去长江委能更好地发挥才干。那一年正值“大跃进”时期，三峡工程被讨论得如火如荼，宋维邦进入长江委之后就扑到了三峡工程上，一干就是一辈子。

长江委的通航建筑物设计，起步是结合一些实际工程，边学边干，从设计一个小型的华阳船闸开始，逐步承担长江流域规划中有关通航建筑物方面的设计工作。随着三峡工程设计的需要，又成立了三峡船闸组、三峡升船机组、万安船闸组和陆水升船机组等项目小组，后在工作重点上将万安船闸和陆水升船机定为未来三峡工程的两种通航建筑物型式的试验闸和试验机。

从 20 世纪 60 年代起，长江委就希望通过解决三峡技术问题、提出合理方案，为国家同意工程开工做准备。从那时起，宋维邦每年都要去一次三峡。当时条件艰苦，从武汉到三斗坪，要坐两三天的船，住的是附近的原木旅舍，点的是煤油灯。

终于盼来了 20 世纪 70 年代的葛洲坝建设，宋维邦在设计葛洲坝 1 号、2 号船闸的重任中大显身手。葛洲坝高水头大型船闸设计与建设的成功，为三峡船闸做好了“实战准备”。因此，当三峡工程开工，宋维邦自然成为设计通航建筑物最合适的人选。虽然岁月的风霜已染白了他的鬓发，但他深感幸运，因为有许多前辈没有活着亲眼看到三峡之梦成真。

三峡工程的设计队伍有 3000 多人，仅船闸设计部分就有数百人，涉及水力学、地质学、材料学、结构力学、化学等几十个门类。令宋维邦深感自豪的是，他画出了三峡船闸的第一张设计图纸。从1993年起，他就入住工地，一边设计，一边帮助施工。工作起来，没有白天、黑夜、休息日的概念，只知道一张张图纸变成钢筋混凝土。

这是世界上规模最大、水头最高、技术最复杂的大型船闸，是在三峡大坝上开设两扇可让巨轮通行的大门，没有先例可以借鉴。为攻克这一世界性技术难题，国家组织了国内10多家科研院所开展联合攻关，钮新强也带队专程赴美国陆军工程师兵团等机构和工程进行考察学习。

“你们有能力自主设计这么大难度的船闸？”美国人摇头质疑。

钮新强、宋维邦与技术团队不服输，基于三峡船闸地质条件，创造性提出了“全衬砌船闸”结构方案，建立了一整套设计理论、计算方法和技术体系。与传统重力式船闸相比，该方案节省岩石开挖量840万立方米，相当于三峡大坝坝基开挖量的1.3倍。因为这项设计，三峡工程工期缩短了9个月。

船闸开挖后如何确保两边岩石高边坡的稳定，是一道世界级难题。山体被开挖后，两边岩体产生的应力会向中间释放，就像从满满当当的书架上抽出几本书，两边的书会向中间倾倒，势必影响航运。按照设计要求，直立墙的总体偏差要控制在20厘米以内。

经过反复试验，三峡工程采取了以锚索、锚杆、坡护进行加固处理的措施。其中锚索由多股钢绞线构成，通过钻孔穿透变形或滑动的岩体，将一端的内锚头锚固在稳定的岩层中，然后再锚固另一端的外锚头，使钢索产生强大的拉力，拽住不稳定的岩体。拉住一块变形的岩体，要打进去很多根锚索，就像纳鞋底一样，密密麻麻，紧紧锚固住船闸两侧山体。

果然，被锚索和锚杆拉紧的岩体保持了稳定，170 米高边坡的变形仅仅 6 厘米。

设计怎样的船闸，也一度争论不休。有人提出建连在一起的四级或五级船闸；有人建议造 3 个船闸，中间用航道连接；甚至还有人提议，让船舶从隧道中通过。宋维邦认为，从水力学技术和闸门技术上看，五级船闸的设计最可靠。经过专家们的反复论证，五级船闸的方案最终确定了下来。

五级船闸每级闸室长 280 米、宽 34 米，槛上最小水深 5 米，尺寸和葛洲坝的 1 号、2 号船闸尺寸相同。多亏葛洲坝的“实战准备”，专家们对葛洲坝的设计进行复核，发现那个尺寸足够满足三峡工程的要求，于是就“复制”了过来。

两处船闸相继建在宜昌境内的长江干流之上，相距约 40 千米，建造时间相隔 22 年。在同一条河道上如此相近的位置，连续建设规模如此巨大的船闸工程，在全世界也是十分罕见的。而且，两处船闸的功能和规划要求都一样——承担大型客货船的通航，船闸通过的最大船队是 1.2 万吨，船闸每年单向通过能力是 5000 万吨。不同的就是，三峡船闸可称为当今“世界之最”，葛洲坝船闸则是当时的“中国之最”。

实船调试的时候，宋维邦亲自上船体验过闸。

这道“长江第四峡”，比大自然的鬼斧神工有着更加激荡人心的魅力。从重庆顺水而下的“仙娜”轮，长 129.15 米，宽 16 米，是长江上载客量最大的“大块头”。如果它能够安然通过船闸，别的船自然不在话下。进入闸室的一刻，船上的气氛沸腾了。两扇巨大的闸门从身边缓缓而过，顶层甲板上红旗摇动，全部由普通服务员组成的女子

三峡工程双线五级船闸

管乐队开始齐奏《爱我中华》，岸上的人们兴奋地向船上挥手、大喊。

闸室关紧门后，水位徐徐上升。得益于设计科学、施工精良的输水系统，坐在船上如同爬楼梯，只有看闸室上的水位线刻度，才会发现水位的变化，变化得迅速而轻松。欢呼声中，宋维邦的眼睛湿润了——自己的一辈子呀，都是为了这个三峡！

2003 年 6 月 16 日上午 9 时 20 分，随着三峡工程双线五级船闸试通航的成功，这个世界上规模最大、水头最高、双线梯级数最多的内河梯级船闸，从此成为长江黄金水道的重要一环。

2015 年，美国陆军工程师兵团到长江设计院回访，陆军工程师兵团司令托马斯·博斯蒂克中将实地参观后，对三峡船闸给予高度评价："当初你们是来向我们学习的，但是 20 多年后你们的技术已经超越了我们。"

1998，荆江定洪波

就在三峡工程紧锣密鼓施工之时，长江大洪水又一次呼啸而来。

长江流域的洪水主要由暴雨形成。一般来讲，流域各支流的洪峰是互相错开的，而且中下游干流可顺序承泄中下游支流和上游干支流的洪水，不致造成大的洪灾。但如果气象异常，上游洪水提前或中下游洪水延后，长江上游洪水与中下游洪水遭遇，就会形成流域大洪水或特大洪水，如 1931 年、1954 年长江流域洪水就属于这种情况。

1998 年 2 月，长江委预报，长江今年可能发生流域性大洪水。果然，进入 6 月，雷鸣电闪，暴雨接连不断，江水猛涨，出现 8 次洪峰，荆州至螺山、武穴至九江共计 359 千米的河段水位超过了历史最高水位。波浸浪咬，一个个民垸接连破堤，浑黄的江面显得更加宽阔，一望无际。

这次的洪魔肆虐和 1997 年爆发的百年来最强的厄尔尼诺现象有密切的关联。厄尔尼诺的强大暖湿空气带来了强降水，造成长江流域洪峰不断。紧随着厄尔尼诺而来的拉尼娜现象又使应当按期北移的副热带高压突然杀了个"回马枪"，以至于长江全线告急。

汛情牵动中南海，江泽民、李鹏、朱镕基、温家宝等党和国家领导人纷纷赶赴抗洪前线。一列列火车、一架架飞机、一队队汽车，满载着物资，紧急开往洪水茫茫的灾区。解放军和武警部队共投入兵力36万多人，还有800多万干部群众，全力参加抗洪抢险。

汉口黄浦路，长江委大楼的灯火彻夜不熄，如同守候者一双双布满红丝的眼睛。这里不是战场，却比战场还要紧张，长江流域的江河汛情24小时不间断地传到大楼中的长江防总，每个决策都是千钧一发，人命关天！

楼上楼下，几乎每间办公室都有一张简易床。这里聚集着一批举足轻重的防汛抗洪专家，有中国一流的截流专家、防渗专家、水文专家、勘测大师、土木大师……专家们24小时守候在办公室，在水雨情预报、蓄泄洪调度和抢险现场指挥等方面发挥着不可取代的作用，为抗洪抢险提供强劲的智力支持。

当'98长江特大洪水来临时，三峡工程二期围堰正在紧张地施工。9月15日中午，长江科学院院长、土力学专家包承纲接到紧急电话：深水围堰在大洪峰突袭下产生了很大的变形，水电部副部长陈赓仪指令他立即从武汉赶赴工地。包承纲带上搞计算的刘松涛高级工程师和博士研究生张少平，吉普车一路飞奔，下午4时多到达工地，看到情况相当严重：上游围堰墙体顶部的最大位移达56.7厘米，超过计算值35%左右。洪水还在上涨，基坑内有大批机器和施工人员，一旦发生不测，后果不堪设想。因此，工地上下都十分紧张，考虑是否停止施工，以防事态进一步发展。

陈赓仪部长对包承纲说："你们要对紧急情况进行分析，回答这几个问题：第一，为什么变形这样大？这样的变形到底危不危险？第二，最大变形会到什么程度？那时危不危险？明天晚上7点，我听你汇报！"

27个小时后就要交上答卷，可谓一场真刀真枪的考试，而且是关系到工程大局的考试，包承纲深感责任重大，任务艰难。他后来回忆：

“当晚，我们干了一通宵，按新的情况进行计算分析，至第二天下午得出新的成果，并组织好汇报内容，以备晚上7点向陈部长汇报。

“当我们走进三峡总公司一间大会议室时，室内已坐满了与会者。除陈部长、三峡总公司的多位领导和长江委的郑总外，还有有关方面的人员100多位，他们正严肃地等候我们就上述两个问题进行‘答辩’。”

包承纲汇报了近两个小时，并回答了各种提问，说：“根据我们的分析计算，防渗墙是安全的，基坑内可继续抽水，工程不必停工，相反，应当加快施工。”

这当然是权威的判断，大家都松了一口气。最后陈部长说：“听了你的发言就比较放心了。明天在更大范围内向有关技术人员做下报告，让大家也有所了解。”

事实证明，长江委专家的判断是正确的：三峡工程二期围堰这座水上长城固若金汤，经受住了当年几次洪峰的考验，工作情况一直良好。在以后4年的运行期，也表现正常。二期围堰的建设经验和研究成果不仅具有实用价值，也为同类工程和防渗墙型土坝的设计施工提供了有价值的参考资料。

长江干线堤防线长达3600千米，分蓄洪区40多个，大中型水库1000多座，这些大大小小的工程何时运用，怎样运用，长江委在年初就做了防洪调度预案，现在又为掌握分洪“核按钮”的国家防总充当调度参谋。

令人欣慰的是，与过去抗大灾不同，现在已有大量先进的科技手段应用于抗洪抢险中。全球卫星定位系统、海事卫星遥测系统、水文自动测报系统、水位自计存储远传系统与各水文站、水位站、雨量站、气象站联成测报网络，激光测距、水下彩色摄影……一大批尖端技术设备密切注视着长江流域的风云变幻，水涨水落。观测发报密度从四段制、八段制发展到逐时制，直至每半小时就要报一次，测洪水流量、降雨量、天气云雨、上游来势、下游走势、泥沙含量等，各种水情资料汇总、分析后，源源不断地送到决策者手中。

长江委还利用“亚洲 2 号”卫星开通了武汉至北京的防汛卫星通道，采用光纤、数字微波和数字程控交换机等先进通信技术手段，构成了以三峡水文局为中心的区域网，将雨水情况及时送至长江防总和国家防总……

正是科学而精确的预报、预测、分析和调度，在几次关键时刻化险为夷，转危为安。

万里长江，险在荆江。

8 月上旬，长江水位继续上涨，防汛形势日趋严峻。洪湖、监利长江堤防靠 1~2 米高的子堤挡水，一个波浪打来，水就漫过堤顶。大堤到处管涌、坍陷，随时都有决口的危险。

荆江分洪区是否启动？长江委分管防汛工作的是副主任傅秀堂，他记录了那些惊心动魄的日日夜夜——

8 月 1 日晚，湖北嘉鱼县簰洲湾堤防溃决，19 名解放军官兵英勇牺牲，几万人受灾。当晚，我在长江防总值班，从图上看到该河段水位骤然下降，“坏了，又是那里出事了！”簰洲湾属洲滩民垸，不是长江干堤，但1954年长江大水时并未溃决，这次溃决一时成为世界关注的焦点。

8月2日，国家防总发出《关于及时转移危险地带人员、加强大堤防守的紧急通知》。

8月7日，长江第四次洪峰来了，关系到江汉平原和武汉市千百万人安全的荆江大堤告急，时任国务院副总理温家宝第四次来到湖北、江西指挥抢险。根据我委水文局水情预报，沙市水位将超过1954年的水位44.67米，达到45.2~45.6米。根据调度规程，荆江蓄洪区将实施分洪。荆江蓄洪区于1952年建成，1954年分洪3次，当时蓄洪区内人口17万。已有44年不分洪了，人口已增至54万，耕地54万亩。泄洪闸前早已筑起一道江堤，堤闸之间是一片耕地，分洪须先炸开江堤。湖北省委书记、省长召开紧急会议，部署分洪方案，我和设计大师洪庆余参加，洪大师介绍了1954年武汉防汛情况和武汉市江堤加高的过程。经多方磋商，由湖北省防汛抗旱指挥部下达命令，立即在闸前江堤预埋炸药，做好爆破准备。同时，着手转移蓄洪区居民，只等国家防总一声令下，即开闸分洪。

8月8日，朱镕基总理来到分洪闸防洪前线，电视屏幕上出现了朱总理的画面，只见总理手持话筒，面对群众，动情地说："你们不撤走，不敢开闸呀！"另一个画面是，农民排着队赶着耕牛，拉着板车，车上装着家具和肥猪，扶老携幼，在大雨中踩着水离开家园。我在值班室，看到此景感动得难以自禁。

根据中央文件，当沙市水位达到44.67米，争取45米，视上游来水情况对荆江蓄洪区实施分洪。当时洪水来量61500立方米每秒，不到10年一遇。分不分洪，关键看水位，只要水位在45米以下不分洪是合法的，超过45米，哪怕是1厘米，不分洪就不合法了。所以大家都在琢磨如何降低沙市水位。

洪水来的时候，舍镇保县城、舍县城保大武汉已成惯例，处于分洪区的公安县就不幸成为荆江棋盘上的一颗弃子。一位公安人如此辛酸地写道：

江汉平原上的人很早就接受了这个事实——为抗洪大局而牺牲，常被疏散到大堤上，猪牛羊没地方圈养，往往极低价处理，一头龙猪娃卖4块钱。

有老人说，新中国成立前，防洪都是老百姓的事，当兵的拿着枪逼老百姓上堤抗洪，老百姓心里只有恐惧。决口一开，恐惧往往使人丧失理性，就算当兵的开枪，也是没命地跑。但是两条腿是跑不过洪水的，最后的结局，往往是监工的兵、做工的老百姓一起被洪水卷走。可以说，抗洪对战士的考验并不亚于一场战争。

小时候，有个同学介绍自己的家庭。他说，他的奶奶本来有兄弟姐妹5人，20世纪30年代的洪水一来，奶奶的父母和3个兄弟姐妹都被洪水冲走了。奶奶被好心人收去做了童养媳。直到十几年后才找到失散的妹妹。后来，1954年的洪水，母亲的哥哥又被冲走了。这不是什么故事，这是江汉平原俯拾皆是的悲惨事实。我们的长辈中，有的就是坐在小木盆里被人捡到的，父母早已不知被冲到哪里去了。簰洲湾的小江珊，在失去5位亲人后，在一棵树上困了9个小时，才被解放军成功救起。

8月6日，第四次洪峰过境，沙市水位很快突破44.68米，达到了分洪预案规定的泄洪标准下限。一场44年不曾发生过的大撤离，就在广播中各村书记嘶哑的嗓音里开始了。从 8 月 6 日 16 时至 8 月 7 日中午 12 时，20 个小时内，33 万群众（不包括扩建区、备蓄区的荆江分洪区内人口）拖家带口，带着少数财产，离开了温馨的家园、灌浆的稻田，还有正在绽放的棉花地，进入事先规划好的安全岛集中安顿下来。

为确保荆江大堤的安全，长江委专家组建议立即启用清江隔河岩水利枢纽拦洪蓄水功能，错开两江洪峰，避免高位遭遇。然而，由于当时长江洪水四峰相连，水位居高不下，错峰条件十分恶劣，5000 立方米每秒的来水量使隔河岩水库爆满，水位超过警戒水位 11.8 米，达到 203 米。为确保万无一失，专家组立即赶往清江，在对隔河岩大坝、闸门、副坝等要害部位承受能力及降雨情况精确计算的基础上，提出允许隔河岩水库短时超蓄的建议。

北闸——荆江分洪工程进洪闸

这个建议是要担负巨大风险的，万一隔河岩大坝因超蓄崩溃，后果不堪设想！

8 月 7—8 日，长江第四次洪峰来临，在隔河岩水库控制下泄流量 1000~2500 立方米每秒时，库水位最高达 203.96 米，超负荷运行长达 10 小时，拴住了清江流域的猛兽，避免它与长江洪峰合流，为将沙市水位控制在 44.95 米起到关键性作用。

专家们吐出一口长气，击掌相庆。事实证明，严谨的论证，为科学决策提供了坚实的基础。

然而仅仅一周之后，第六次洪峰又咆哮而来。这一次，专家们选定湖北省最大的水库——漳河水库承担拦洪错峰的重任。

8 月 15 日，漳河流域大面积强降雨，当日 17 时库水位超过 122 米的汛限水位。“漳河打喷嚏，沙市患感冒”，漳河水库泄洪量直接影响沙市水位，而此时预报沙市水位上涨迅猛，8 月 17 日 5 时将达到 45.20 米，石首、监利、洪湖堤防将面临空前的考验！

专家们的建议也再一次受到考验。湖北省防汛抗旱指挥部一声令下，漳河工程管理局全面进入紧急状态，测雨雷达、卫星云图、水雨情遥测系统和微波通信系统全部满负荷运行。经过紧急调度，水库全部关闸拦蓄。超负荷运行 96 小时，共拦蓄洪水 1.02 亿立方米，错峰时间长达 79 小时。

8 月 15 日晚上，几十万人守在大堤上，以防不测。时任长江委副主任傅秀堂记录道：

在几次洪峰的冲击下，洪湖大堤告急，监利大堤告急，武昌江堤也告急，急、急、急，心急如焚呀！就在此时，江泽民总书记于 8 月 13—14 日来到了荆江大堤、洪湖大堤、武汉龙王庙、月亮湾等险段指挥抢险，慰问军民，发出决战决胜的总动员令。长江委在人力、物资、财力、车辆等方面做好抢险的一切准备。我安排办公室主任李常发通知各二级单位，一把手和技术骨干连同车辆，一切服从防汛，枕戈待旦，随时准备奔赴前线，届时不准讲困难，招之即来，来之则能战。有一天上午10时30分，湖北省通知我委派10名专家赴荆江蓄洪区抢险，下午13时出发。这天是星期六，10名专家准时在长江委大门口集合，有位年轻的妻子抱着未满周岁的孩子含泪送别。谁都知道，荆州是血吸虫病流行区，抢险风险又大。我与专家们一一握手，为长江委科技人员一不怕死、二不怕苦的精神而骄傲。

8月16日，温家宝副总理来到湖北荆州坐镇指挥，要求我委负责同志立即前往，但黎安田主任奉国务院之命，正在安乡协调湖南和湖北的安造、黄金大垸复堤事宜，公路淹了，无法赶到。我值班，也去不了，便派了陈雪英副总工程师去荆州。

8月16日上午10时许至17日凌晨1时许，是被水利专家们称为“难忘的、惊心动魄的15小时”——

10时30分，长江委水文局副局长王俊紧急报告：沙市水位要突破45米了！

45米，是荆江分洪的争取水位，所有的领导、专家都知道这意味着什么。国家防总的目光盯住了沙市，中央领导的目光盯住了沙市！

45分钟后，国家防总来电，要求长江委水文局预报处立即核实清江隔河岩水库的入库洪峰。因为隔河岩的水量直接影响到沙市水位。而此刻，清江大雨滂沱，隔河岩水库的“大肚子”憋不住了！

长江委水文局接令立即部署荆江行洪水文测验工作，各路测量技术人员紧急出动，分赴各个处于风口浪头的测量点，下午5时30分，长江委水文局预报处根据变化了的隔河岩泄水量资料，预报8月17日8时沙市将出现洪峰，最高水位达45.30米左右！

此时，长江对面防淤堤内的炸药已经设置到位，分洪区内万籁俱寂，921.45平方千米的土地已反复确定没人；沿着分洪区外的围堤，每5千米站着一位荷枪实弹的士兵，携带50发子弹，在漆黑的雨夜里，他们时刻准备着向天空射出悲鸣的子弹。所有人员已经撤离到炸点2千米以外，军人、民兵、群众、记者、干部所有人都在等待，等着那个“核按钮”被最终按下。

16日21时，总指挥温家宝紧锁眉头，正等待着长江委的专家给出数据，做最后的决断。此时，摆在他面前的是一个重大而艰难的抉择——

分洪，工兵早已在南岸待命，炸药早已布设完毕，只要一声号令，挡在分洪区与长江之间的那道土堤就会应声倒下，闸门随后开启，淹没分洪区群众的家园与田地，江水将快速下降近1米，下游局势也将得到缓解……

不分洪，长江水位将在23时突破45米大关，淹没堤面，全靠沙袋垒起的子堤御洪，浸泡了几个月的沙市大堤还能坚持多久？下游的洪湖、监利等高危区又能坚持多久？纵然沿堤所有部队已尽数上堤，但是谁能担保长江大堤不会溃决？一旦长江干堤出现大范围溃堤，江汉平原将尽成泽国。如果在沙市到郝穴段溃口，距武汉只有180千米，洪水不到15个小时就到武汉。

分与不分，一字千钧！温家宝指令长江委尽快拿出意见。

远在湖南抗洪前线的长江委主任黎安田紧握话筒，与武汉的专家们紧急会商，分析汛情，他嘶哑着嗓门说：准确，一定要准确！

这是可载于历史的一刻，惊涛骇浪，泰山压顶，如同一个重磅

’98 抗洪

炸弹即将引爆，正在读秒之中，使久经考验的专家们也不能不高度紧张，手心里捏着一把汗。他们从来没像此时这样深切地感受到形势的严峻、使命的重大。吐出一个“分”字，是如此容易，不会冒任何风险，但他们仍希望“不分”，不动用荆江分洪区，不让那片“鱼米之乡”变成一片汪洋，重演1954年的悲剧。长江委已尽职尽责，用尽了防洪调度的手段，此时此刻，只能坚信科学，冷静地分析，用数据说话……

22时左右，长江委副总工程师陈雪英快步走进总指挥的房间。总指挥眼睛一亮，急切地问道：“你给我讲真话，到底分不分？我负责，不要你负责。”陈雪英答：“不分。”他转达了专家组紧急磋商后的意见，有6个不分洪的理由——

1. 第六次洪峰虽然很高，但缺乏流量支撑，超蓄的洪水量不大，44.67米以上超蓄6亿立方米，45米以上才超蓄2.1亿立方米。

2. 水位超过45米的时间不会长，仅持续20个小时左右，洪峰将在17日8时左右出现，水位45.20米左右。超过45米以上水位将持续到18日2—8时，10时将退到45米以下。

3. 第六次洪峰属于“尖瘦型洪水”，分洪对下游效果不明显，按5000立方米每秒持续，沙市最高水位下降0.2~0.23米，洪湖、石首等地最多下降0.1~0.2米。

4. 荆江分洪区可接纳54亿立方米的水，但本次洪峰形态特殊，45米以上仅仅超蓄2.1亿立方米，分洪得不偿失。

5. 今后几日无大到暴雨，17日8时以后，三峡地区和清江流域的降水将歇，宜昌流量减小，洪水只有峰没有量，后继无力，不能持久。

6. 长江大堤刚刚完成修整，应该能在短时间承受45.2米的极限压力。

因此，长江委的最终建议是“一碗水不用去拎大脚盆”，不分洪，扛过去！

如此翔实的数据，如此清晰的预测，使总指挥心里有了底。

23时，总指挥指示部队迅速部署，严防死守。

17日零时，长江委主任黎安田正式书面意见传真件送达后，总指挥用国家防办一位同志的手机和江泽民总书记、朱镕基总理通电话。

17日1时30分，总指挥召见湖北省领导，正式传达不炸堤、不开闸、不分洪的决策，要求军民齐上阵，严防死守两昼夜。

那一夜，尽管尖利的警报声响彻分洪区的夜空，但没有一颗子弹射出枪膛。

17日10时，一夜未眠的温家宝副总理又来到沙市观音矶。

惊涛拍岸，浊浪翻滚，长江的水位达到 45.22 米，已经超过 45 米高的大堤，全靠军民堆垒的沙袋强行防御。有人形容，大堤就像是一个设计速度为 150 千米每小时的轿车，却超负荷跑出 200 千米每小时的致命速度。

45.22 米，仅仅比长江委的预测高了 2 厘米，观音矶上只是塌了几块砖。温家宝纵目远望，仍紧紧地握着拳头。

上午 11 时多，沙市水位开始逐渐回落，长江第六次洪峰顺利通过，为尖瘦型洪峰；晚上 20 时回落到 45.10 米。

18 日，沙市水位降至 45 米以下，没有流量支撑的洪峰无力持久……

长江委专家的判断一一应验。

荆江没有像 1954 年那样开闸分洪，保住了分洪区内的人民财产。但是，人们未必知道，为了给领导决策提供参考数据，长江流域有 1493 个水文报汛站在紧张工作——它们分布在各大小干支流上，形成监视雨情水情的庞大网络。1998 年入汛以来，长江委水文局共收转水情电报 90 万份，对外发布水文预报 3600 站次，向国家防总呈交水雨情分析报告 68 期，发布水情公报 61 期。

望着浩荡东去的大江，沙市水文站的职工们终于露出了笑容。他们的老测船动力不足，是不能在接近 4 米每秒的流速中逆流前行的，但他们毅然选择冒险而行。当洪水退去，抗洪抢险部队路过水文站时，就有军车特地停下，官兵们向他们庄严敬礼。

傅秀堂记录道：

9 月 28 日，抗洪抢险总结表彰大会在京隆重举行，江泽民总书记发表重要讲话，宣布抗洪抢险斗争已经取得全面胜利。长江委多名同志被人事部、水利部授予“抗洪先进工作者”称号，享受省部级劳模待遇，晋升一级工资。我望着清瘦的陈雪英副总工程师，开玩笑说：“你我工资加了 80，血压加了 120。”

1999 年春节，湖北省副省长王生铁率水利厅领导来长江委祝贺新年，还送来了大彩电，4 个秘书才抬得动。这是省委、省政府对长江委抗击’98 大洪水做出贡献的肯定和认同。不幸的是，享受省部级劳模待遇的陈雪英副总工程师积劳成疾，于 2004 年 8 月辞世。陈总血压高，每年带病防汛，他去世前 3 个月，温家宝总理见到蔡其华主任，还问起陈总，大家怕总理难过，只说血压有点高，其实当时陈总已病入膏肓。陈总清华大学的同学、长江设计院副总工程师陈鉴同志患有严重高血压，1998 年在岳阳防汛，某日清晨突然晕倒，经多方抢救，幸免于难。享受劳模待遇的长江防办主任王生福也染病在身。每想起这些昔日抗洪的战友，我内心就升起崇高的敬意。

一次次科学调度，一回回力挽狂澜，长江委人就是这样不辱使命，为大江安澜做出了卓越的贡献！

值得庆幸的是，因这些年长江流域修建了许多水利工程，干流主要控制站均按照 1954 年洪水位设防，1998 年大洪水期间水库和水电站拦蓄洪水、削减洪峰作用明显。由于丹江口水库的削峰错峰作用，汉口水文站最高洪峰水位低于 1954 年最高洪水位。

1998 年大洪水，也使人们更加深刻地认识到三峡工程的巨大作用。

从地理位置看，三峡工程位于长江上游与中下游交界处，紧邻长江防洪形势最严峻的荆江河段，因此，三峡对长江上游洪水的控制作用是上游干支流水库不能替代的。

从调控能力看，三峡工程可以控制荆江河段 95% 的洪水来量，其控制和调节作用直接有效，就像是控制进入荆江洪水大小的总开关，是减轻中下游洪水威胁、防止长江特大洪水造成毁灭性灾害最有效的措施；而且可以保护富饶的江汉平原，使长江下游 1500 万人口和 150 万公顷耕地免遭洪水威胁。因此，三峡工程无愧为造福工程，是人类历史上一次利用自然的非凡壮举。有了三峡大坝，我们就有了百姓安危的晴雨表、防洪减灾的总开关、民生幸福指数的度量衡。湖北“洪水中的小女孩”不再梦中惊醒，重庆船员的妻子不再“提着心过日子”，荆江分洪区虽然保留，以防御历史特大洪水，但运用的概率大为减小了……还有什么比这个梦想更加美丽、更加迷人呢？

特殊重任，百万移民

天作棋盘星作子，谁人敢下？

地为琵琶路为弦，哪个能弹？

如果将三峡地区比作巨型棋盘，三峡水库淹没区涉及的 13 座城市、277 个乡镇、1680 个村、6301 个组，就如同星罗棋布的棋子。要移动这些棋子，重新布局，真是一个天大的难题！

1932 年，在翁文灏和另一位爱国科学家孙越崎先生的奔走下，国民政府正式成立了一支长江上游水力发电勘测队，并于次年 10 月完成了一份《扬子江上游水力发电勘测报告》，据测算，工程费用合计为 1.65 亿元。

“20 万移民怎么办？这笔钱没有算进去呀！”当助手们将报告递到翁文灏手中时，他想到了一个谁都没有考虑过的大事。

是啊，移民问题怎么办？蒋介石也皱起了眉头，指令“暂不宜实施”。于是，这份报告便“哐当”一声锁进了铁皮柜。

移民，是困扰全世界水利工程的共同难题，国外不乏因移民使工程进度受到影响甚至下马的先例。三峡浩大的移民工程，世界水利史上亘古未有。根据规划，三峡蓄水至 175 米水位时，最终移民将达 120 万人。这相当于一个欧洲中等国家的人口，是此前世界最大的水利工程伊泰普电站移民的 28 倍！而且，三峡大移民，绝不是百万人口的简单重组，它紧密联系着广大老百姓的切身利益，所引发的巨大社会变迁绝不亚于三峡自然景观的沧海桑田变化。因此，国内外有些杞人忧天之士甚至断言，三峡移民将以民怨沸腾、政府下台的大失败收场……

可以说，最初困扰三峡工程上马的最大的难题并非仅仅在技术上，移民也是关键。它使新中国历任领导人都殚精竭虑，使三峡大论证波翻浪涌，也使长江委反复修改规划，并主动请战，承担特殊重任，接过破解这道世界级难题的一把“金钥匙”。

水库移民曾是作为“重大问题”列入水利工程规划的。早在 1956 年，长江委就组建了中国第一个“水库淹没问题专题组（即水库移民专业组）”，主要解决征地拆迁后补偿性移民安置及社会稳定等一系列问题。起初想法只是简单搬迁，敲锣打鼓放鞭炮，把移民搬走了事。

唐登清是 1954 年从武汉水利电力学院毕业的，学的是土木工程专业，可分配到长江委后就改了行，从水库移民专业组组建之日起，直到 1996 年退休，后来又被返聘至 1998 年才离开工作岗位。他一生都在从事水库移民规划设计工作，共计 42 年，见证和亲历了长江委水库移民专业兴衰沉浮的全过程——从无到有，从小到大，高峰时专业技术人员达100余人，而低潮时只留下他一个人，还要承担其他任务……

随着时代的发展，人们越来越认识到水库移民工作的重要性。葛洲坝工程竣工验收时，就因为没纳入移民项目而引起争议。

这里不能不说另一个人，黄友若，和林一山一样，长江委第二任主任黄友若也是军人出身，身经百战，能文能武。他早年当过日语翻译，曾受地下党指派给郭沫若送信，参加过百团大战、淮海战役和挺进大西南等战役。1983年，他组建了全国水利系统第一个专业移民设计机构——长江委库区规划设计处。不叫移民处，单从名称而言就含有改革色彩。

黄友若认为移民工作事关重大，不是简单的查户口、拆房子、发现金、搞补偿，而是一项系统工程，是一项具有社会科学和自然科学双重属性的边缘学科。他在国内率先提出“开发性移民”的理念，即水库移民要做好库区规划设计，以移民补偿和库区开发为基础，实现库区经济社会的可持续发展。要“搬得出，稳得住，能致富”，关键是“能致富”，使移民能发展经济，提高生活水平。

说到三峡移民，长江委原副主任傅秀堂的故事必须要说一说。傅秀堂于20世纪60年代自武汉水利电力学院毕业分配到长江委后，一直从事枢纽设计工作。自1982年10月陪同黄友若主任赴四川、湖北考察水利工作开始，傅秀堂与移民工作结下了不解之缘。那次考察中，他在与长阳县同志座谈时首次接触到水库移民，并留下了深刻的记忆。他对这段经历记录如下：

我们一路查勘清江的高坝洲、隔河岩、水布垭3个梯级开发坝址，分乘几辆吉普车沿着清江上溯而行。第一天夜宿长阳县委招待所。在查勘了隔河岩坝址后，与长阳县同志座谈。丁副县长说，水库移民有些问题，移民不搞好，县长在大年三十都过不好年。移民找县长时，县长问：钱不是都发下去了吗，为什么还找县里？移民们回答：钱是发下来了，但我们已经吃完了，没有地种，怎么办？丁副县长接着说：移民安置一定要和地区经济开发结合起来，地区富了移民才能稳得住。我那时从事的是钢筋混凝土结构设计，但这一句话深嵌在我心里，让我牢记一生，且受益无穷。

后来，长江委党组准备调他到库区规划设计处当处长，作为一个一辈子画钢筋图的工程师，一开始他并不理解，几次表示“我不去，干不了”。也许正是由于与移民工作割舍不断的缘分，最终他还是去库区处走马上任。从此，傅秀堂就不厌其烦地与移民打交道，费尽心机地做规划，把“冷门”变成了学问颇深的热门。过去，大学生去库区处搞移民设计，是会哭鼻子的，可如今的库区处已不乏博士、硕士。

这的确是一门深奥广博的综合学科，需要不断地研究探讨，如移民外迁，就是保护三峡库区生态环境的一项重要措施。朱镕基总理就曾在有关会议上指出：移民问题始终是关系三峡工程建设成败的一个关键问题。在三峡工程建设初期，实行移民就地后靠安置是必要的，也是正确的。但由于三峡库区山高坡陡，环境容量有限，如果继续就近后靠安置移民，势必开垦陡坡，毁坏植被，造成新的水土流失，破坏生态环境。三峡库区的森林覆盖率只有 30%，基本无成熟森林，水土流失面积已占 62%，平均每年进入长江的泥沙约为 4000 万吨。这不仅直接影响到三峡工程的使用寿命，而且事关长江流域的可持续发展。

1992 年，七届全国人大五次会议审议批准兴建长江三峡工程，初设阶段的移民规划自此全面展开，三峡移民领导小组在京西宾馆召开移民工作会议。

代表长江委出席会议的是分管移民工作的副主任傅秀堂，因为小组讨论时有人反映三峡移民没有规划，地方做规划又没有钱，主持会议的国务委员陈俊生便问傅秀堂："为什么没有移民规划？"

傅秀堂回答："不是没有规划。规划是分阶段的，论证阶段的规划已经由钱正英副主席主持的移民专家组审查通过了，可行性研究阶段的规划经以邹家华副总理为主任委员的审查委员会通过了，现在是在做初步设计阶段的规划。第一步是核实实物指标，大家春节都未休息，已完成湖北 4 县的调查，四川 16 县正在调查中。"

陈俊生又问："地方做了城市规划为什么不给钱？"

傅秀堂答："因三峡工程未立项，不知该水利部给还是三峡办给。长江委已列了移民勘测设计费，落实了就马上下拨。"

问答之中，陈俊生发现移民规划存在许多问题：如果没有牵头单位，规划就没有统一的标准、统一的概算，就会造成八仙过海，各显神通的局面，概算无法控制。

第二天，陈俊生在大会上宣布："三峡移民规划由长江委牵头负责，长江委搞得了的长江委搞，搞不了委托出去，但不要等搞不了的时候再委托出去。"

傅秀堂很激动，站起来朗声请战："勘测也由我们搞！"

陈俊生说："好！"

自此，中央明确宣布三峡工程百万移民的勘测规划工作由长江委负责，并写进了 1993 年颁布的《长江三峡工程建设移民条例》。国家规定，移民工程和枢纽工程是水利水电工程的重要组成部分，移民规划不落实，工程项目不得报批，更不得实施。

欢送移民

移民搬迁

移民搬迁车队

兴山县城全貌

175 米水位线上的移民新村

三峡工程是改革开放的试验场，移民工作也由此走向科学化、规范化、法制化的康庄大道。

对于三峡工程，谁都知道移民工作的极端重要性，可三峡工程建设期长达17年，移民总人口达到120万，不但移民人数是世界第一，其复杂困难程度也是世界第一，因此，不到万不得已，没有人愿意揽上这个相当棘手的“苦差事”。然而，长江委却主动请战，没别的原因，这是义不容辞的光荣使命——“三峡梦”也包含着移民之梦。

1993年8月17日，江泽民总书记主持召开中央财经领导小组第七次会议，重点研究了三峡库区移民和资金筹措工作，决定“中央统一领导，分省负责，县为基础”的方针。

此后，深入开展对口支援三峡工程库区移民工作，将三峡工程库区各市县列为长江三峡经济开发区，实行沿海经济开放区的优惠政策等有力措施接连出台。2002年，李鹏在日记中如此总结——

百万移民是三峡工程成败的关键。随着三峡工程的顺利进行，三峡淹没区的开发性移民工作也有了新的进展。由于实行对口支援，各省市纷纷把先进技术、名牌产品引入库区，使三峡搬迁企业进行结构调整和技术改造，技术水平得到提高，竞争能力得到增强。三峡移民资金得到了充分保证。在三峡工程的总投资中，移民资金约占45%。移民方式，除了以就地移民为主外，还采取了部分外迁移民的方式，扩大了安置门路。随着三峡工程的建设和开发性移民方针的贯彻落实，库区经济将得到稳步发展，人民生活水平将得到逐步提高。1997年八届全国人大五次会议通过决议，批准重庆市为直辖市。5年来的实践证明，移民占整个库区移民85%的重庆市改设为直辖市后，经济得到长足的发展，基础设施建设得到加强，城市面貌为之一新，有力地推动了三峡库区移民工作的顺利进行。

1993—2009 年，三峡库区累计搬迁安置移民 129.64 万人，相当于一个欧洲中等国家的人口。三峡工程静态投资为 1352.66 亿元（1993 年 5 月末价格水平），其中移民资金 529.02 亿元，占比为 39%。

三峡工程实行开发性移民，确立了“搬得出，稳得住，逐步能致富”的移民安置目标，是我国水库移民工作理念的一次大突破、大调整。百万库区移民在生产居住条件、基础设施、家庭收入等方面实现了跨越式发展，库区面貌发生翻天覆地的变化，步入发展最快的历史时期，体现了社会主义集中力量办大事的优越性。

国务院三峡工程建设委员会原副主任甘宇平曾说：“从某种程度上说，我国政府对百万移民安置工作的重视超过了工程本身，因为人民是最重要的。”

世界银行专家、美国华盛顿大学怯尼亚教授感叹道：“中国的水库移民政策和实践是全世界最好的。”

这项浩大的民生工程，饱含着长江委人辛勤的奉献。

从 1983 年就到库区处工作的齐美苗，被誉为“移民专家”，深切品味到这项工作的酸甜苦辣。他说：“我从事移民专业有 30 多年了，虽辛苦但感觉光荣和幸运。三峡工程有 100 多万移民，南水北调工程一期 38 万移民，南水北调二期 35 万移民，加上早些年的葛洲坝、水布垭、隔河岩等，近些年的亭子口、乌东德和小南海等水利工程，长江委规划的水库移民加起来有 300 多万，全国同期也就 2000 多万，我们占了超过 10%。在国外，根本不可能有上百万移民，这是想都不敢想的事。”

长江委不仅做移民规划，还对口帮扶移民村。

范家坪村位于三峡库区、长江边上，作为国家级贫困县湖北秭归典型的贫困村，全村 1/3 的农户是建档立卡的贫困户。这里耕地少，交通闭塞，山洪威胁常在。山洪引发泥石流冲毁房屋和农田，“水田里的秧子全被泥沙覆盖，有的房子被夷为平地”。

多年来，村民们一直期盼着能够“收服”这条害河，每年春节都有村民在大乐沟岸边烧香祭祀，祈求新一年风调雨顺。

没盼来龙王，但盼来了专门治水的长江委。2017 年，对口帮扶范家坪村的长江委将大乐沟整治纳入国家中小河流整治项目，协调争取到 1900 万元项目资金，决心将大乐沟规划建设成一条“安澜致富的故乡河”。

“范家坪村五年发展规划”，可谓长江委最小的规划，但长江委规划计划局相当重视，局长马水山郑重解释：“在河流治理项目中，融入水利、生态和产业项目，既解决山洪隐患，又实现乡村生态环境整治，同时规划亲水休闲旅游产业。山地经济分层次推进，根据海拔、土质类型的不同，规划了柑橘产业带、中草药产业带、生态养殖带、光伏发电产业区……”

作为传统支柱产业，柑橘的品质十分重要，而范家坪村 160 多公顷柑橘都存在品种老化的问题。为此，长江委驻村工作队特组织华中农业大学、长江科学院的专家组“现场办公”，根据土壤理化指标，确定了范家坪村柑橘品种改良方案。

另外，范家坪村的光伏发电项目也顺利并网发电。

种种有力措施，使农民经济收入显著增长。从浙江打工归来的村民范勇说：“前些年感觉一年比一年衰败，这几年精准扶贫让老家一年比一年热闹，每年回家过年都有新变化、新气象。”

2019年春节前，范家坪村分别通过了宜昌市和湖北省两级脱贫验收考核。能亲手打造出一个“扶贫样板”，长江委人深感欣慰，但马建华主任表示，脱贫摘帽并不意味着帮扶工作画上句号，还要研究制定防止返贫的长效工作机制，尤其是从产业发展、生态环境、文化建设等多方面创新帮扶工作。振兴乡村，任重道远。

此心安处是吾乡

故土难离，始终是千百年来积淀在中国百姓心中的情结。然而，为了国家大计，为了民族大业，百万库区儿女挥别家园，为三峡工程让路。三峡库区移民涉及面之广，动迁规模之大，创举之多，中外水库建设史上前所未有。

在三峡库区移民规划中，新的城镇布置于何处，选择是否妥当，可谓千年大计，关系到该城镇的地质基础、居民安居乐业和发展前景。

三峡地区堪称地质博物馆，地质构造十分复杂，除了火山、冰川和破坏性地震外，几乎囊括了所有地质问题。移民数量又举世罕见，在国内外均无成熟经验可资借鉴。

1991年9月，崔政权奉命担任三峡库区迁建选址和地质论证的总负责人。

这是一位成绩卓著、富有传奇色彩的地质学家，于1935年出生于吉林省和龙县一个朝鲜族农民家庭，毕业于东北地质学院水文地质专业，通过自学掌握了日、英、法、俄四国语言。1956年以来，他从事长江干支流丹江口、宝珠寺、江口、彭水等10多个大中型水利水电工程的地质勘查工作，写出了几十万字的笔记。20世纪70年代初，他的论文《岩溶作用动态平衡理论》在美国华盛顿召开的第28届国际地质大会上，成为“国际水文地质学新进展”专辑的特约论文。

20世纪80年代初，崔政权成为中国首次派往日本神户大学的进修生，因为科研成果突出，神户大学要破格给这位进修生颁发博士学位证书，这在神户大学还从无先例。回国后，他又提出了“系统工程地质”理论与方法论，在国内外地质界产生了强烈的反响。

踏遍青山人未老，崔政权又挑起了为移民找到安稳家园的重任，这关系到库区100多万移民的福祉和三峡工程的顺利进行。在城镇选址上既要考虑到经济发展、交通便利、群众生活方便，更要考虑到地质条件能确保移民群众的生命财产安全，使国家的投资能够发挥最大效益。

可当他带着人兴致勃勃地冒着大雪到他要勘察的第一个点时，没想到吃了闭门羹。虽然有关单位早已通知了县移民局，但崔政权下船后，却只见码头上随风飘落的大雪，不见县移民局的人。随行的人立即给县移民局打了一个电话：“崔总来了，天下着雪，你们是不是派个车来接一下？”

“没有车，要来，你们自己搭公共汽车来。”对方回答说。

崔政权顶风冒雪乘公共汽车找到县委招待所。住下来好久，县移民局才派来一个年轻人，此人一来就问崔政权是否有省里的介绍信。

“我从来不带省里的介绍信。”崔政权回答道。

“我们局长说了，没有省里的介绍信，一概不接待。”尽管这位年轻人介绍自己是长江水校（长江委自己办的学校）的毕业生，对长江委还是有感情的，却并没有给一点面子。

这样的闭门羹，崔政权吃了不止一次。

第二年 8 月的一天，崔政权一行来到秭归县。自从接手任务后，他已是第三次到这里了，可始终没能跟移民局局长见上面。直到吃晚饭时，这位局长终于露面了，两手抱臂胸前，开口就说："我们先不谈工作，谈经费。"

崔政权放下筷子回答道："我知道有关部门欠你们许多债，可我的兜里也没有钱。我们不能光谈钱，应以大局为重。比如我吧，如果不来，我是大学兼职教授，一堂课下来就是好几十元钱。可我现在出来，一天只有 5 元钱的补助费，为了工作我还是要来……"

谈不拢。那位局长一点也不理解崔政权为什么这样说，因为他不知道这位貌不出众的长者在中国地质界的影响。

崔政权并不介意，冒着风雨去踏勘，天天都是一身泥水一身汗。局长终被感动，放开嗓门说："崔老总，各类干部、专家我见得多了，还从来没有见过像您这样大年纪还这么干的，我服了！"一个月后，局长从皮包里拿出一个红纸包，恭恭敬敬地递给崔政权。崔政权打开一看，原来是秭归县人民政府的聘书——正式聘请崔政权为该县移民工程顾问。他心头一热，明白库区人终于开始接受他了。

年近花甲的崔政权攀高坡，下沟谷，足迹踏遍了三峡库区的每个角落。1992 年，他通过考察，结合在巴东、奉节等巴东组地层岸坡的变形、失稳情况，提出了"坠溃"的概念，将其明确定义为"坠覆体"，并以此指导了巫山新县城的选址工作。

1992—1998 年，特别是 1998 年长江 8 次洪峰期间，巫山县长达 7 千米的新城，边坡高达 30~50 米，一坡到顶，没有一处"滑坡"，实践充分证明了“坠覆体”理论的成立。

1992 年，崔政权 60 余万字的专著《系统工程地质导论》荣获水利部优秀专著奖。专家们认为，“它标志着我国水利水电工程地质和岩土工程跻身世界行列……反映出作者站到了当代工程地质学发展的前沿……书中的某些领域达到了国际先进水平，填补了国内空白”。当时国内工程地质学有两大学派，即成因学派和结构学派，专家们认为崔政权创立了第三大学派，即系统学派。国际工程地质学则有四大学派，即苏联的地质工程学、奥地利的地质技术或岩土工程学、美国的环境途径工程地质学、中国的环境地质学，专家们认为崔政权的系统工程地质学创立了国际工程地质学的第五大学派，可载入中外地质学史册。

1994 年 10 月，崔政权带领长江委地质人员用 40 多天的时间对三峡库区 20 个县（市）150 余处可供建城（镇）部位进行了全面考察，跑遍了 5600 千米库区淹没线附近的山山水水，进行了大量细致的地质调查和勘测工作，摸清了移民城镇选址的地质情况。考察结束后，崔政权立即向国务院三峡工程建设委员会和国家移民局提交了《关于三峡工程库区涉及移民工程的地质、岩土工程问题的报告》，亲自拟定了《三峡工程库区城镇建设中岩土工程实施要点》，为城镇迁建选址提供了地质依据。

有这样一位地质大师担纲，引导移民新家园选址，他说的话自然是权威之言、科学之论。可出于种种原因，有些地方负责人不听真言，吃尽了苦头。

奉节迁城选址最初选在宝塔坪，这里是崔政权一直反对的选址，他指出：在这样的部位迁建县城，没有哪一位地学、岩土工程专家敢签字。

地方政府则以这是全县人民的意愿，并得到上级部门的同意，坚持宝塔坪工地建设，先后投入了6000万元进行“三通一平”，建起一座大桥和不少房屋。奉节地方的选择是基于这样一种认识：一要新城选址不离开长江；二要靠近老城、白帝城一带；三要有利于地方发展，便于航运、码头建设，这使得专家认定最合适的地址朱衣—万胜地带告吹。

在这样的前提下，地质因素自然被忽略不计。早在1984年，奉节就曾搞过一个民意测评大会，县直属镇各单位负责人426人与会，以370人压倒多数通过，这份资料现存奉节某部门，以向后人表明决策的民主与慎重。需要指出的是，参与表决的大多数人对地质构造、土建方面几近一无所知。

1995年9月21日，崔政权向奉节县县长指出：继续这样干下去就要犯重大的历史性错误！崔政权发火了，他个人承受着极大压力，以一个专家的良知孤独地坚持着，宝塔坪工地建设被暂时中止。

在这之前，选址错误就已暴露得很充分了，回填地基挡土墙垮掉，人工边坡沉降，滑坡也多次发生。截至1997年5月，宝塔坪住宅小区一块地突然下陷，直径达20多米。在事实与科学面前，奉节地方终于同意迁城至口前—三马山一带。

巴东迁城也是一波三折。

巴东地处被地质界所称的“巴东断裂”的断裂带上，山体破碎，滑坡山体很多，老县城向山势稍为平缓的西面走，滑坡体一个挨着一个。老县城是三峡一带自古不设城防的唯一县治，原因是山势奇陡，全城仅一条街沿江排开，被称为扁担街。

新城迁建自 1992 年开始，依据 1979 年湖北省某院地质勘查报告，巴东地方上决定将新城迁建到离老城最近的黄土坡，很快投入 1.8 亿元，巴东县政府等一大批机关均迁建于此。

1992 年 5 月，崔政权来此考察，发现巴东宾馆工地存在地质问题，确定巴东新城建设在一个大滑坡山体上。崔政权忠告当地政府不能在此大兴土木，巴东人抵触情绪很大："1.8 亿元投入、专业部门及国家部门认可，怎么凭你姓崔的一个人说不行就不行了？"

可事实表明，真理有时候就掌握在少数人手中。1993—1995 年，崔政权又多次来到这个让他寝食难安的地方，可巴东县仅仅采纳他搞好排水设施的建议，这使他痛感一介书生的软弱无力。他做了一个噩梦，梦见整个巴东新城滑入江底……醒来后，他冷汗直流，马上赶写《长江三峡工程库区迁建城镇新地地质条件论证情况通报》，递呈上级。邹家华副总理于 1995 年 5 月主持三峡移民会议时发了此通报，巴东决定停止黄土坡的一切建设，但木已成舟，为时已晚。

1995 年 6 月 10 日晨，黄土坡三道沟滑坡 46000 立方米，活埋 11 人，死 5 人，直接损失超千万元。同年 10 月 29 日，此地又发生 16 万立方米土石下滑，4 万 ~5 万立方米入江土石形成 1200 平方米小岛，将长江缩窄到仅 200 米，损失在 2000 万元以上。由于预报准确，无人伤亡，下边油库也在崔政权的建议下早早搬走了。巴东人震惊了，地方官员开始认识到地质科学对于安居大业的重要。第二次城址选在西瀼坡，开挖后发现也属滑坡体，城址三移，终移至崔政权选定的云沱一带。

相形之下，秭归选址就幸运多了。城址选在离三峡大坝只有几千米的剪刀鱼，最初在山地间脱离实际搞了 50 公顷的大挖大填，最大填筑厚度竟达 40 米，而这里土质全属松散、黏合性差的砂土，各方对此议论纷纷，专家组和各级部门多次考察，仍规划为繁华区。崔政权几乎是恳求停止建房，重新组织勘察。之后，1995 年 7 月提交的勘察结果表明，此地不宜再搞土建，回填土质量很不均匀，在这样的地基上建设新城必将导致不可挽回的损失。粗粗一算，秭归采纳专家意见后挽回投资损失 5700 万元。新县城调整方案后顺利建成，成为库区最漂亮的新县城之一。

这就难怪今天这些地方声称要给崔政权树碑了。如果不是长江委的崔大师认死理，顶住压力据理力争，损失可能高达 20 亿元。辛辛苦苦描绘蓝图，建设新的家园，恍然回头，发觉这一切如建空中楼阁，一场地质灾变就可能毁灭一切，那将何等可怕！

通过多年实践，崔政权形成并建立了自成体系的岸坡变形、失稳预测理论与方法论，他拟定的“长江三峡工程岸坡变形、失稳监测预报系统”，开创了库区地质灾害防治的先河，引起国内外地质学界的关注，并与欧共体签订了合作协议。

全国工程勘察设计大师崔政权

显然，崔政权的神奇不仅来自深厚的学养，更来自实地的查勘。1991—1996 年，他白天奔波在各个工地拍摄大量的照片，夜晚则对照片逐张编写说明，撰写巡查报告，经常工作到深夜。在查勘地形时，他总是带着方便面、矿泉水，有时向老乡买几个红薯充饥。就是这样历尽艰辛，鞠躬尽瘁，他完成了三峡库区迁建新址选择和地质论证初勘、详勘报告 1000 余万字，图纸 10000 余张，在选址上为三峡库区新城建设避免了 20 余亿元损失。

崔政权还首次提出在库区设立地质工作站，为库区的地质安全站岗放哨。1998 年 7—9 月，三峡库区共发生崩滑事件 126 起，总体积达到 2 亿多立方米，因及时预报，均未发生人员伤亡事件。当地政府和老百姓说，有了地质工作站，我们住得放心、睡得安心、工作时不担心。在奉节只要一提起崔大师，老百姓没有不知道的。他们说："崔大师给库区百姓谋福，我们因他而有幸。""山矮人高，心清水浊"，这是库区人民送给崔大师的一副对联，也是对他崇高的评价。

1994 年，崔政权被授予"全国工程勘察设计大师"称号。后来，他尽管身患肺癌，仍顽强地用英文写出了几十万字的专著《立足地表变形信息的滑坡预报系统》，成为国家科技部和欧盟七国合作的"中欧科技合作第五框架项目"重要内容。

崔政权的另一重大贡献，是查清了三峡库区（重庆市范围内）可能发生的地质灾情点分布情况，因而他退休后，重庆市一直聘请他为顾问。

2005 年 12 月 4 日，崔政权逝世。消息传开，人们泪水涟涟、哀思如潮。秭归要给崔大师树碑，巴东要为崔大师立传，奉节要为崔大师铸一尊铜像……三峡人民永远不会忘记，这位替三峡库区人找家的地质大师，工作在长江委，名字叫崔政权。

梦想，高高升起

三峡工程是我国水利水电事业的“集大成者”，也是长江设计院的“扛鼎之作”。经过60多年的积累，长江设计院已成为全球规模最大、实力最强的水利水电勘察设计研究机构之一，拥有中国工程院院士3人，累计入选全国工程勘察设计大师11人，2013年以来连续5年夺得国际工程咨询界“诺贝尔奖”——菲迪克大奖。

2016年9月18日，世界上规模最大、技术难度最高的三峡升船机迎来试通航。2019年12月27日，三峡水利枢纽升船机工程顺利通过竣工验收。这是三峡工程的“收官之作”，也是长江委人的又一圆梦之作。

升船机，顾名思义是让船舶顺利通过集中落差航道的通航建筑物。它的功能和船闸一样，但在实现原理上却又存在着很大区别，船闸是通过控制闸内水位升降来实现船舶上下，而升船机是用承船厢载着船舶垂直运动。通俗地说，人要上楼，可以选择爬楼梯或坐电梯，那么船舶要翻过大坝，也可选择爬楼梯或者坐电梯，这里的“楼梯”指的是船闸，“电梯”自然就是升船机。

升船机的历史，可以追溯至2600多年前。早在公元前600年，古希腊科林斯城邦的国王为了让自家海军少绕点路，曾在连接伯罗奔尼撒半岛与希腊大陆的科林斯地峡间建造过一条6千米长的航行滑道，这可以看作升船机的最初形态。

在工业革命时期，升船机作为一种通航设施及建造技术的典型代表，得到了长足发展。1788年，英国开特里建造了世界上第一座机械化升船机，此后，升船机便在欧洲各国“遍地开花”。

进入20世纪后，升船机发展进入快车道，世界各国都新建或者改建了多座大中型升船机，其中标志性工程便是1934年德国建造的尼德芬诺垂直升船机，该升船机无论在规模上还是技术上都达到当时的世界最高水平。此后，升船机发展进入全新阶段，规模越建越大，提升高度越来越高，种类越来越丰富。

通常来说，船闸适用于低水头通航，升船机适用于高水头通航。水头是一种长度单位，即任意两个断面之间的垂直高度差距，世界各地一般都是根据建设位置的水头大小来进行船闸和升船机的建设方案比选，不过对于长江这样的“黄金水道”来说，最大限度保障通航能力、提高运输效率才是最为重要的。船闸的过坝能力大，但用时较长，升船机则可让客轮快速过坝，因此必须同时设置船闸和升船机。

在三峡升船机建设以前，国内外从未有过如此巨大的升船机建设先例，因此，对于中国的装备制造和工程建设来说，三峡升船机的设计研究既是一个巨大挑战，也是一次绝佳机会。

早在1958年6月全国第一次三峡科研会议在武汉召开时，国家就决定利用升船机作为三峡枢纽工程的永久通航设施，由长江委牵头对升船机型式开展研究。自此，三峡升船机研究大幕正式开启。

长江委抽调枢纽设计处、水力机械设计处的相关人员组成了三峡升船机研究团队，王暨民任金结组组长，主持升船机研究。

王暨民，1949年毕业于河南大学，是著名水利工程金属结构领域专家，他带领团队与北京起重机械研究所、天津大学等国内多个科研院所紧密合作，不断攻关。针对三峡升船机升降高度大、上下游水位变幅大等特点，比较研究了均衡重式、浮筒式、水压式、液压式与半水力式等 5 种垂直升船机及纵向斜面升船机型式。通过反复比较，认为均衡重式垂直升船机具有施工制造难度小、运营成本低的特点，于 1960 年 6 月提出了《长江三峡水利枢纽均衡式垂直升船机研究性初步设计》，从设计、制造、安装等方面对其可行性进行了论证。

1962 年前后，田泳源、杨逢尧、董博文等一批刚毕业的大学生也加入了升船机研究团队。1968 年，研究团队开始进行三峡升船机试验机——丹江口升船机的实战演练。根据丹江口工程坝址实际情况，采用了上游移动垂直式 + 下游斜面式的 150 吨级升船机，这是当时国内最大的干湿两用升船机，开启了我国升船机电气传动研究的先河，从而荣获 1978 年全国科技大会奖。

但是，丹江口升船机调试时，船厢提升了 1 米之后就开始下滑，这幕情景让攻关者们刻骨铭心，促使他们更加关注升船机的安全性能。

1979 年，三峡工程建设被提上了议事日程。三峡升船机也随之进入实质性研究的黄金时代。长江委成立三峡升船机项目组，田泳源和杨逢尧担纲，承担了三峡升船机前期设计研究工作，研究方向、重点等更具有针对性。田泳源还赴德国、比利时和法国实地考察，随后提出了升船机承船厢整体动态模型、数学模型试验研究等极具前瞻性的科研课题。

1985 年对于三峡升船机具有划时代的意义。这一年，三峡工程全平衡钢丝绳卷扬式一级垂直升船机方案被纳入《长江三峡水利枢纽初步设计（150 米方案）》报告。三峡工程重新论证期间，作为升船机及金属结构组论证组的成员，王暨民详细介绍了三峡升船机研究始末，使专家们打消了对升船机这一新生事物建设的疑虑，从而使全平衡钢丝绳卷扬式一级垂直升船机作为推荐方案纳入了三峡工程可研报告中，并得到国家批准。此后，三峡升船机的初步设计研究全速加快，长江科学院配合开展了大量科学试验，建造了升船机模型。长江委所提出的三峡升船机关键设备、塔柱结构等重大科研课题均取得丰富的成果，为之后全平衡齿轮齿条爬升式三峡升船机的中德联合设计、安全性复核审查，以及消化、吸收、落地奠定了基础。

这批 20 世纪 50 年代毕业的大学生，就是这样跨越了半个世纪，谱写出三峡升船机从无到有的艰辛历程。

2003 年 6 月 18 日 15 时 20 分，在三峡大坝上游海拔 150.5 米的“高峡平湖”上，“长江三峡 9 号”游轮沿着引航道缓缓驶入三峡升船机承船厢，开启了三峡升船机首次试通航之旅。

15 时 50 分许，承船厢载着水和游轮开始垂直下行，大约 8 分钟后就与下游海拔 65.2 米的江面齐平。

三峡升船机

近距离观看升船机，能感受到它的雄伟——两道笔直的坝体如千钧之臂直插江面，高度接近 40 层楼房，坝体两边有数十条厚重的缆绳垂直入水，气势磅礴。游船等待上升时水面极为平稳，游客几乎感受不到江水的波动，仿佛被“禁锢”在巨大的箱体之中。即便仰起头，在两边坝体的遮挡下也只能看到一小块天空。“升空”时船体与江面分离，如同人乘坐电梯一般，船体也被“电梯”托着下降。

不一会儿，游轮缓缓驶出承船厢，到达下游江面。

与此同时，在位于升船机以北不足 1 千米处的三峡双线五级船闸，一艘艘载着货物的巨轮如同往常一样有序列队进出上行和下行的各个闸室。

至此，三峡工程建设者憧憬多年的“大船爬楼梯、小船坐电梯”壮观景象，已经成为现实。

让我们来看看三峡升船机好在哪里，妙在何处。

这是目前世界上规模最大、技术难度最高的垂直升船机，最大提升高度为 113 米，承船厢可载 3000 吨级船舶。

这是名不虚传的“船舶电梯”。在运行精度方面，可以保证承船厢 4 个驱动系统同步误差小于 2 毫米。有人曾在高铁车厢里做过立硬币的实验，这个实验在三峡升船机上也成功完成，充分说明了升船机运行的平稳和顺畅。

作为三峡工程“收官之作”，三峡升船机的建成，刷新了此前由比利时斯特勒比升船机保持的世界纪录，后者的最大提升总质量仅为 8800 吨，最大提升高度 73 米。

由于船闸一般需要向闸室灌水（泄水），特别是三峡这种五级船闸，逐级升降耗时较长，全部通过需要 3 个半小时左右，下行船舶最长待闸时间曾达到 34 小时。而通过三峡升船机，只需要 40 分钟左右，时间成本大幅降低，经济效益显著提升。它和五级船闸一起形成了三峡工程的“双通道”。

巍巍三峡大坝旁，矗立起新的地标。一艘艘船舶经过这座巨型“空中电梯”的托举，迅速“翻越”三峡大坝。它升起的不仅是船舶，也是沉甸甸的梦想——中国人终于成功建成了伟大复兴道路上一座醒目的里程碑，其耗时之长、规模之大，在世界水利工程建筑史上绝无仅有！

三峡工程建成后，航道尺度明显增大，航道半径和水深增大、水位抬高，重庆至湖北宜昌河段的川江主要险滩被淹没，消除了139处滩险、41处单行控制河段和25处重载货轮需牵引段，水流条件明显改善。“川江不夜航”成为历史，年平均货运量为蓄水前最大年货运量的5倍，船舶运输成本降低约1/3，千里峡江变为“水上高速公路”。

“微红的晨光一丝丝地穿透薄雾，俏皮地撒在宁静安详的江面上。清凉的江风扑面而来，在江面上吹起了阵阵涟漪，长江仿佛刚刚睡醒，正伸着懒腰，迎接她生命中值得纪念的一天。”当三峡船闸试通航时，水利部网站以“历史存档”为题，录下了多位长江委人的心声。

马能武：也许我们已经习惯于野外的艰苦勘测，习惯于电脑前的精心设计，习惯于工地现场的严格监理。可当天刚蒙蒙亮，我们站在高高的坛子岭上，细细打量身边的双线五级船闸，却感到格外新奇，这就是我们日夜为之奋斗的工程啊，已静静镶嵌在山谷之中，那么安静，又那么雄伟，这是多么令人自豪的事啊！

刘宁：“纵将万管玲珑笔，难写瞿塘两岸山”，这是古人对三峡壮丽山川的淋漓尽致的描述。三峡工程开始蓄水、试通航以后，我相信，“神女应无恙”“高峡出平湖”的景象将使得三峡的水色风光更为秀美！

崔政权：孪生水龙蟠三峡，万吨豪轮游绝巘。

今天，已有无数妙笔描绘高峡平湖，且看散文家王彬笔下的三峡秋景：

灰色的云朵迤逦浮动，细雨沾颊，大坝宛如一座巍峨的山峦横亘在大江之上，把长江截为两节，水面的高处与水面的低处，二者相差近百米，船只穿行要通过特殊的闸门，客船走一道，货船另走一道。江流平缓，近处的山峦是浅灰色的，远山则深灰婉约，与灰白的流云交集，在灰白之间，矗立着不少传输电力的铁塔。突然想到关于大坝的种种流言与传说，想到古人与今人，想到曾经的三峡与现实的三峡。往者已矣，而雨雾开始浓郁，大坝变得朦胧起来，

三峡秋景

甚至看不清泄水的孔道，只感觉像是一条一条粗糙的乌黑的皱褶。那一晚住在三峡大坝工程酒店，无意间透过窗户看到大江的晚景，山峦黛色横卧，云缕宛若乳白的帛带，把山峦装点得有些斑驳，有些迷离。对岸的人家灯火玲珑，可以看到一处类似舞台的灯箱上面赫然写着“三斗坪”。三十年以前我曾经路过此处，那时大雾弥天，我们乘坐的船触到了礁石不能动弹，第二天才搭其他船离开。没有想到今天竟然住这里，却再也听不到浩荡的江声了。夜色微明，不时传来江轮低鸣，江水苍灰，纤细的驳船慢慢地把江面划开，在船尾处制造出凝重的涡流。一座跨江大桥灯光如练，把大江的夜色勾画出几分妖娆……

“神女应无恙，当惊世界殊。”

三峡工程不仅是人类认识长江、开发长江的伟大壮举，也是中华民族走向现代化进程的标志性工程。长江委人前仆后继，终于浓墨重彩地画出了“三峡梦”，画出了世界最大最美的水利枢纽——2020年1月10日，长江委设计完成的三峡水利枢纽工程荣获国家科技进步奖特等奖。

221.5亿立方米的防洪库容有效调节长江上游洪水，保护长江中下游1500万人和150万公顷耕地；电站年发电900亿千瓦时，电网源源不断输出的电力覆盖20%的国土面积，惠及6.7亿人；“黄金水道”实至名归，长江成为世界上货运量最大的通航河流。

清江引·南水北调

第六章

地球，蔚蓝色的星球，71%的表面积被水覆盖。

水是生命之源、文明之源。从某种意义上说，人类的文明史就是一部认识水、治理水、利用水的历史。

但地球上97.5%的水是咸水，只有2.5%是淡水。将近70%的淡水冻结在南极和格陵兰岛的冰盖中，其余的大部分是土壤中的水分或是深层地下水，难以开采供人类使用。江河、湖泊、水库及浅层地下水等来源的水较易于开采供人类直接使用，但其数量不足世界淡水的1%。

更令人感叹的是，地大物博的中国，尽管江河奔腾，湖泊如珠，却是全球人均水资源贫乏的国家。全国658个城市有400个城市缺水，其中110个城市严重缺水。干旱的北方，耕地面积占全国60%以上，人口占45%以上，但人均、亩均水资源量仅为全国平均值的16%和14%。首都北京，人均水资源只有100立方米左右，还不到中东地区缺水国家以色列的1/3。

中国水资源南多北少，地区分布差异很大。黄河流域的年径流量只占全国年径流总量的约2%，为长江水量的6%左右。华北地区人口占全国的1/3，而水资源只占全国的6%。西南地区人口占全国的1/5，但是水资源占有量却为46%。所以，水资源差距最大的年份，西藏与天津人均水资源占有量的差距是一万倍。

南涝北旱，南方在抗洪，北方却嘶哑着嗓门呼唤着雨水。由于长期干旱缺水，北方地区不得不过度开发利用地表水、大量超采地下水、使用未经处理的污水。

能否把丰沛的南方水调往干渴的北方？

能否让长江与黄河握手相会？

这是现代中国人又一个神奇之梦，也是长江之梦。

北方的呼唤

打井取水，是北京的老传统。

老北京过去有胡同上千条，多数胡同都有水井，不少胡同索性以水井命名，如苦水井、甜水井、大井、小井，等等。据光绪十一年（1885年）《京师坊巷志稿》记载，当时北京内外城共有1258眼井，绝大多数是苦水井，做饭不香，洗衣服不干净，洗头发黏手，甜水井是稀缺资源。王府井因是甜水井，故名声特别响亮。

但因过度取水，北京地下水位从新中国成立初期的距地面5米变成现在的距地面50米。过去，京郊农民打一眼井，5~10米就见水了，如今，打100米、200米深都未必看得到水。另外，北京市大量超采地下水，致使北京平原地区已经出现巨大的漏斗区。有不少专家指出，很多地下水历经千百万年形成，其补给是一个非常缓慢的过程，一般作为战备水源，不到万不得已不能动用。北京超采地下水，是在用水极度紧张的情况下没有办法的办法，用一个成语来形容，就叫“饮鸩止渴”。我们不仅吃光了利息，还在吃老本。

老北京的母亲河永定河，原叫无定河，是形容它难以驯服，经常泛滥成灾。康熙皇帝派大臣于成龙治水，遂赐名永定河。可是因为到处缺水，它的上游修建了267座水库，把一条完整的、流动的、有生命的河流拦截得七零八落，流淌不息的永定河真的永定了——它已经断流30余年了，其上游就是作家丁玲写《太阳照在桑干河上》的桑干河，如今变成“太阳照在桑干河床上”了。

北京的井，就像一个个干渴的大口，呼唤着清水的滋润。

在农业社会，水源的消失对一个地区的打击无疑是致命的，古人往往会通过迁徙来寻找更适合生存的土地，或是想方设法调水。

我国古代曾经有过多次让河水改道的伟大工程实践。上古传说中的鲧，治水采用堵截法，堵截法其实是通过增高河床以逼迫河流改道。战国末期的秦国工程师李冰奉命修筑都江堰工程，他在岷江东岸打通了玉垒山，凿成了“宝瓶口”，以节制江水，使岷江向东南供水时能够对水量进行控制。清代名臣林则徐任江苏按察使时，因苏南洪水泛滥，他便利用太湖附近众多的小型湖汊，把太湖的一些支流蜿蜒改道注入那些湖汊，以减轻太湖泛滥的程度。

春秋末期的吴国君王夫差可谓调水大师，当他北上中原跟齐国和晋国争霸，怎样把水军及其给养运往北方是个大问题，因为无论是长江、淮河还是黄河都是东西流向。夫差决定开挖南北方向的运河，以连接东西流向的河流。公元前486年，旨在连接长江和淮河的邗沟首先开工了，这是京杭大运河最早的开凿记录。

吴国的战船和给养运输船都是大型船只，靠纤夫拉着北上速度太慢，效率太低，会贻误战机；让大船挂上大帆，借助南风北上，才是正道。可是，长江流域的地势低于淮河流域，淮河流域又低于泗水流域以及黄河流域，怎样才能让长江里的水进入运河之后能够自南向北流呢？

夫差非常聪明，他认为，淮河流域固然整体上的地势高于长江流域，但是那里总会有一些零星的洼地是低于长江北岸的运河口的。通过这些湖泊不仅可以减小运河的比降，而且可以补充水源，通过实地考察，夫差发现射阳湖很深，于是他下令，开挖的运河不直接向西北指向晋国、齐国方向，而是先向东北方向挖，把长江水引入低洼的射阳湖，然后再向西挖，寻找下一个洼地。于是，运河就这样以曲折的轨迹一路向晋国、齐国方向挖去，连接长江和淮河的邗沟、连接淮河和泗水的菏水相继开成。第二年，夫差亲率吴国水军，自长江入邗沟，然后自淮水入菏水，大军进入泗水，上了岸就进入了鲁国，势如破竹，一举降伏鲁齐联军。

随着社会和科技的进步，现代人已能够通过水利工程的调丰补歉来对付水源的短缺，但随着辽河、黑河、塔里木河、永定河甚至黄河的断流，中国的北方已无法承载超过历史上任何时期的人口规模和用水需求。

新中国成立以来，“藏水北调”“南水北调”“引江济淮”“引汉济渭”，一个个极其宏伟的梦想在酝酿中。但大规模调水历来毁誉参半，是福音还是灾难，人们在华夏大地上小心翼翼地求证着。

梦酿长江

1952 年 10 月 30 日，在黄委会主任王化云的陪同下，毛泽东主席登上河南郑州黄河边的邙山，俯瞰黄河。王化云向毛主席汇报了他治黄的规划和设想，说准备从通天河引长江水入黄河，以补济西北、华北水源不足。

“好！这个主意好！”毛主席风趣地说，“你们的雄心不小啊！通天河那个地方猪八戒去过，他掉进去了。”

在场的人都笑了起来。

笑声中，毛主席若有所思，沉吟道：“南方水多，北方水少，如有可能，借点水来也是可以的。”

转眼就是初春。

1953年2月19—22日，毛泽东主席乘“长江”舰视察长江，特地叫上长江委主任林一山随行，并与林一山畅谈长江治理问题。一次谈话中，毛主席忽然问道：“南方水多，北方水少，能不能借点给北方？这个问题你研究过没有？”

林一山没有丝毫准备，只能坦陈：“没有。”

在本书中，笔者已引用过林一山的回忆片段，这里，不妨再描绘一番当时的场景。

汇报场景

毛主席翻看着林一山带来的军用地图，用铅笔指点长江流域，寻找可借水的位置。首先点中的是位于西北高原的白龙江，因红军长征时曾经过此地，毛主席对其水量印象深刻。但林一山回答：白龙江发源于秦岭，向东南流向四川盆地，越向下游地势越低，离北方也越远，很难穿过秦岭把水引向北方，因此引水的价值不大。

铅笔又点向嘉陵江、西汉水，林一山仍说不可行，直到铅笔指向了汉江，林一山才点头，说汉江有可能。汉江上游和渭河、黄河平行向东流，中间只有秦岭、伏牛山之隔，它自西而东，越到下游水量越大，而引水工程量反而越小。这就有可能找到一个合适的地点来兴建引水工程，让汉江水通过黄河引向华北。

毛主席顿时舒展笑容，用铅笔沿着汉江的曲线画了许多杠杠。当他的铅笔指向丹江汇入汉江的丹江口时，突然画了一个圆圈，问："这地方行不行？"

林一山脱口而出："这里可能性最大，也可能是最好的引水线路。因为汉江再往下，流向转向南北，河谷变宽，没有高山，缺少兴建高坝的条件，向北方引水也就无从谈起。"

毛主席的笔端停留在丹江口，可以说正中林一山下怀。此前，长江委从汉江防洪和水资源综合利用的目的出发，已对汉江做了大量前期勘测工作，并基本确认兴建丹江口水利枢纽是开发汉江的最佳工程方案，只是由于规划尚未完成，还没有向中央汇报。如果确定在丹江口建坝，那就太好了，不但可以防洪发电，还可以成为南水北调的水源地。

毛主席高兴地说："你回去以后立即派人勘察，一有资料就即刻给我写信。"

"长江"舰顺流而下，不知不觉间就要到南京了。林一山告别时，毛主席又一次叮嘱："三峡问题暂时不考虑开工，我只是先摸个底。但南水北调工作要抓紧。"

"南水北调"之梦，就这样酝酿于大江之上。

回到武汉后，林一山立即调兵遣将，开展"引汉济黄"线路的查勘。

此前，长江委已确定在丹江口一带建水库解汉江防洪之虞，但从没研究过丹江口是否可以作为南水北调的引水水源地。

地质工程师王明庶刚刚带队完成了丹江口水库坝址及库区的首次查勘，正忙着整理查勘报告，接到这意义非凡的新任务，非常激动——这可是一项史无前例的大工程，是让长江与黄河握手啊！他立即找来了汉江河道地形图和有关水文资料，还找来了北魏郦道元的《水经注》等古籍。林一山也将自己珍藏多年的一本彩色地图慷慨地借给他，并叮嘱暂时保密。

不久，风尘仆仆的查勘队便凯旋了，上交了初步查勘报告，远山野水，历历在目，基本验证了从汉江调水的可行性。林一山特地在长江委小食堂宴请全体查勘队员，向大家敬酒，笑吟吟地说："现在可以向毛主席汇报了。"

于是，长江委大院顿时传开了一个振奋人心的消息："林主任在'长江'舰上见到了毛主席，主席让他开展南水北调的前期查勘工作……"

规划处主任工程师王咸成听到消息后，十分激动，马上开始研究"南水北调"。

王咸成在荆江分洪工程建设中立下了汗马功劳，是闻名遐迩的"特等劳动模范"，也是个爱读书善思考的人。通过查阅史料，研究地图，他发现河南方城县东北部江淮分水岭间有一处自然形成的隘口——方城垭口。这是一段沉陷的山地，形成了东北窄、西南宽的喇叭状地沟，其中有一段俗称"始皇沟"——传说为秦始皇修筑的运河遗迹。

实际上，这里是北宋初年开挖的著名水利工程"襄汉槽渠"的一段。建都开封（当时称东京汴梁）的北宋政权统治者从漕运补给军队吃粮的角度考虑，希望能在这里筑坝置堰，调引白河水北上达于京师。宋太宗赵光义分别于公元978年和公元988年，两次降旨动用大量人力物力开沟通渠，试图修建"荆襄运河"引白河水北上，可惜由于沿途"地势悬绝，非人力所能达”而终告失败。

由此可知，宋代人就已发现了“方城地堑”有利于沟通南北的特殊地理条件，因为苦于陆路运输的艰辛，意欲开辟一条从南到北直达京城开封的水道。只是囿于当时的科技水平、认知自然的能力，虽有数万人参与运河开挖，但仍未能挡住洪水的袭击，只留下50千米长的“襄汉漕渠”，蹉跎千年。

那么，能否在丹江口河段筑坝引水，利用这天造地设的方城垭口穿越群山？如此引汉济黄，岂不是一条捷径！

王咸成的“天才发现”令林一山激动不已，他再次派王明庶带队到现场查勘求证。很快，好消息传来了：如果以丹江口水库为龙头，根本不用开凿钻山隧洞，修一条明渠穿过方城垭口，就可以沿黄淮平原西侧自流到华北。

大胆设想，小心求证。面对科学，林一山其实是个相当谨慎的人。情况查清了，他心中大喜，立即伏案疾书，给毛泽东写信汇报。

这的确是一项重大发现，后来的南水北调中线工程方案，正是以丹江口水库为水源，引水过方城垭口，翻越连接伏牛山脉和桐柏山脉的山口，向北流至黄淮平原，再穿越黄河流向华北京津冀的。中国丰厚的文化积淀，也给现代水利工程提供了启示，甚至奠定了根基。

在丹江口筑坝修库，既可满足汉江防洪的需要，又可以作为南水北调的水源地，可谓一举两得。但新的问题又来了，就是汉江水量有限，难以满足北方大规模用水的需要。

好在长江委大院藏龙卧虎、人才济济。正当林一山苦思对策时，有人星夜叩门，亮计献策：嘉陵江上游的西汉水，在距今并不遥远的地质年代曾是汉江的河源，后因嘉陵江上游巴山南侧河源水流的不断侵蚀和切割，袭夺了汉江上游，变成了嘉陵江的河源。能否做些工程，把嘉陵江上游的水再引回到汉江来，以增加汉江的水量？

林一山眼睛一亮，急召王明庶耳提面命。很快，王明庶又出发了，这一次的目的地是嘉陵江上游。

几个月后，“引嘉济汉”（利用西高东低的自然条件，将嘉陵江及其支流白龙江的水引出，沿秦岭以南的等高线，绕道进入汉江）的规划方案摆在了林一山的办公桌上。

林一山认为方案可行，又写信给毛泽东主席，简明介绍了“引嘉济汉”，并解释了以往认为白龙江不能向华北引水的原因：当时不知道嘉陵江上游河段曾经是汉江的河源，只想到直接穿越秦岭向华北送水难度极大。

为了找到更多的引水线路供中央决策参考，林一山又组织开展了自三峡向丹江口引水、从长江下游沿大运河调水及向巢湖引水的方案研究。尤其令人感叹的是，为了寻找一条合理的西部南水北调线路，在他进入耄耋之年时，还曾多次深入青藏高原巴颜喀拉山地区考察。他拄着拐杖，在海拔四五千米的高原上四处奔波，有一次突然发病，是被人扶回武汉的。

经过反复考察，他独创性地提出一个“大西线调水”方案：不是向黄河中下游供水，而是向大西北供水。也就是利用西南地区西高东低的地形，从怒江上游海拔3940米处开始筑坝截流，穿澜沧江、金沙江、雅砻江、大渡河等水系，沿巴颜喀拉山南侧由西向东引水，最后进入黄河上游大柳树湾水库，然后分三路供水给西北各地区。坝高200~300米，引水穿过27千米巴颜喀拉山隧洞。这个理想的地点，他选在巴颜喀拉山脉东端与邛崃山的鹧鸪岭接合部位。

按照林一山的规划方案，西线的引水量大约可达 1000 亿立方米，获得渠道落差约 2000 米，发电约 4000 亿千瓦时，发电后的尾水可进入黄河的大柳树水利枢纽，用以改造广大的沙漠地区：其东可以灌溉毛乌素沙漠，其北可以灌溉腾格里沙漠、乌兰布和沙漠、巴丹吉林沙漠；如在大柳树 1400 米高程处引水，引水渠道可沿祁连山脚向西一直延伸到塔克拉玛干沙漠地区。改造沙漠意义重大，不仅可以再造一个近似华北大平原大小的稳产高产农林地区，还能有效地改善生态环境，可谓一举多得。

“清镜催双鬓，沧波寄一身。”林一山的专著《中国西部南水北调工程》，在他去世后于 2001 年 5 月出版。他的研究成果，为仍在持续的南水北调构想提供了可贵的借鉴。

1959 年 4 月 2 日，中共八届七中全会在上海召开。毛泽东做了关于工作方法问题的重要讲话，诗情洋溢地说：“如果有可能，我就游黄河、长江，从黄河口沿河而上，搞一班人，地质学家、生物学家、文学家，只准骑马，一天步行走 30 里，骑马走 30 里，骑骑走走，一直往昆仑山去，然后到猪八戒去过的那个通天河，翻过长江上游，然后沿江而下，从金沙江到上海崇明岛……这样搞它四五年，就可以完成任务。”

讲话中，毛泽东还向与会者推荐了《徐霞客游记》，说他很想学徐霞客，徐霞客是明末崇祯时江苏江阴人，他就是走路，一辈子差不多把中国走遍了。

毛泽东“想学徐霞客”，显示出其浓厚的“江海情结”，南水北调就是这难解的情结中一根绵绵的情丝。作为领袖，他难以恣意行走，踏遍大好河山。但他所欣赏的“长江王”林一山做到了，即使白发苍苍，拄着拐杖，独眼残臂，仍登上了青藏高原，真可称为“当代徐霞客”。

上下求索路漫漫

林一山曾将建丹江口大坝称为登梯，即登三峡大坝之梯、南水北调之梯。有此天梯，汉水就可深情北流。

汉水穿越秦巴山，一路逶迤，在鄂西北的崇山峻岭中九曲回肠，经郧县向东流到丹江口，水势稍微平缓。到了槐树关，转向南流淌，这一段叫“沧浪水”，水中有一小洲叫“沧浪洲”。传说孔子由河南入楚曾到过这里聆听《孺子歌》，后人在山崖上刻下“孺子歌处”四个大字。又在古城东门外三里的江畔峭壁建有“沧浪亭”，为历代文人墨客赏景赋诗的地方。

沧浪之水清兮，可以濯我缨。
沧浪之水浊兮，可以濯我足。

20 世纪 50 年代的中国，高瞻远瞩，开始进行把沧浪之水调往北方的宏伟布局。1956 年 11 月，长江委编制《汉江流域规划要点报告》，充分论证了汉江流域开发治理的任务是“防洪、发电、灌溉、航运，远景结合引江济黄济淮”，“丹江口水利枢纽为第一期工程，承担梯级全部防洪任务”。风起云涌的 1958 年，可以称之为“南水北调元年”。

有了林一山源源不断的查勘报告，毛泽东对南水北调的信心更足了。这年 3 月，在成都召开的中共中央政治局扩大会议上，他挥舞着手臂指点江山：“打开通天河、白龙江，借长江水济黄，从丹江口引汉济黄，引黄济卫，同北京连起来。”

就是这次会议，正式决定兴建丹江口水利枢纽工程。其后又在北戴河会议上通过了《中共中央关于水利工作的指示》，明确指出，全国范围的较长远的水利规划，首先是以南水（主要指长江水系）北调为主要目的，即将江、淮、河、汉、海各流域联系为统一的水利系统规划。这是“南水北调”一词第一次见于中央正式文件。

1958 年 9 月 1 日，丹江口水利枢纽工程作为新中国成立以来最大的水利工程正式开工。

1959 年，在《长江流域利用规划要点报告》中，长江委提出南水北调总的布局是从长江上、中、下游分别调水。中线工程近期从汉江丹江口水库引水，远景从长江干流调水……

1958—1960 年，中央先后召开了 4 次全国性的南水北调会议，确定南水北调指导方针是：“蓄调兼施，综合利用，统筹兼顾，南北两利，以有济无，以多补少，使水尽其用，地尽其利。”

1973 年底，丹江口水利枢纽工程全面竣工，同时，湖北清泉沟、河南陶岔两个引水闸竣工，陶岔作为南水北调中线的渠首，可以直接为调水服务。

然而，梦想很丰满，现实却很骨感。南水北调与三峡工程一样，涉及太多太多的问题，仅提出的调水线路就有 50 多条，引起了社会广泛的争论。

反对者主要认为：南水北调工程耗资巨大，涉及大量的移民问题；调水量太少，发挥不了经济效益；调水量过多，枯水期可能会使长江的水量不足，影响长江河道的航运，长江口的咸潮加深，更有可能引发长江流域自然环境生态危机。

赞成者主要认为：必须尽快建设。这一方面是因为水情，如果以长江干流为界线，划分为南方和北方，南方国土面积占全国的 36%，水资源量比重却达到81%，与之相比，北方国土面积比重为64%，水资源量仅占19%。作为中国北方最大的经济带，黄淮海流域已成为水资源承载能力与经济社会发展矛盾最为突出的地区，人均水资源量462立方米，仅为全国平均水平的21%，其中京津两市所在的海河流域人均水资源量仅为292立方米，不足全国平均水平的1/7。

另一方面是由于区域现实，黄淮海流域总人口4.4亿，约占全国人口的35%，国内生产总值约占全国的35%，人口密度、城市布局均处于全国前列。华北平原还是中国三大粮食主产区之一；同时，中国工业布局历来南轻北重，偏重的工业结构进一步造成了北方地区水资源紧张的局面。有个故事令人感慨：南水北调考察队在沧州一餐馆吃饺子，店家舍不得多给一丁点儿饺子汤，因为水对他来说实在是太珍贵。

所以，从更长远的视野分析，南水北调不能仅仅定义为解决北方水资源短缺的基础性工程，更是中国水资源优化配置的骨干性工程。它将丰水的长江流域与缺水的黄淮海流域实现联通互补，组成一个大水网，将全国1/3的水资源纳入了联合配置范畴，可协调东、中、西部经济社会发展对水资源需求关系，达到我国水资源“南北调配、东西互济”的优化配置目标，是利国利民的大事。

然而因为时事艰难，加上国内外种种因素，南水北调便在争论中渐渐沉寂。直到1979年，南水北调才随改革开放的春潮，重新升起破浪远航的风帆：五届全国人大一次会议通过的《政府工作报告》正式提出：“兴建把长江水引到黄河以北的南水北调工程。”长江委大院顿时涛鸣浪响，立即解开尘封的档案，铺展规划的蓝图。

1980年，水利部组织有关部门和专家对中线工程水源区的线路进行了全面查勘。查勘前后，长江委提出《南水北调中线引汉工程规划要点报告》和补充报告，制订了中线工程规划科研计划，由水利部在1981年正式下达。接着，长江委和地矿部分别开展了黄河南、北的工程地质勘查工作，中科院地理所进行了江、淮、黄、海丰枯遭遇分析。

1987年，长江委与各省市协作，完成了《南水北调中线规划报告》，重点研究了丹江口水库初期规模引水方案。兼顾通航和送水，是此报告的显著特点。后来，考虑到送水水道可能受到航运产生的机油、煤等污染，取消了航运的用途。

1992年，经反复修改论证，长江委提出了《南水北调中线工程可行性研究报告》。考虑到水源地和受水地的实际状况，将原本140亿立方米的一期供水目标改为95亿立方米。

1995—1998年，水利部和国家计委分别组织专家对南水北调工程进行了论证和审查，同时对中线工程丹江口大坝加高和不加高的多个方案进行了补充研究。主要结论为：南水北调东、中、西三条线都是必要的，以中、东、西为实施顺序是妥当的，中线工程以加高丹江口水库大坝、总干渠设计引水流量630立方米每秒、加大流量800立方米每秒、调水145亿立方米为最佳比选方案。

2000年9月27日，时任国务院总理朱镕基在中南海主持召开南水北调工程规划座谈会。就是在这次会议上，朱镕基总理提出南水北调工程建设的“三先三后”的总体指导原则，即“先节水后调水、先治污后通水、先环保后用水”，这成为南水北调工程规划、建设以及运行调度一以贯之的重要原则。

按照这个原则，根据中国经济、社会、生态环境以及水资源的变化，长江委再一次对中线工程规划进行了修订。

让我们看看“规划”简介：

中线工程分二期实施，第一期工程建设主要目标：丹江口大坝加高后，从丹江口水库自流引水，通过硬化明渠输水到河南、河北、北京、天津4个省（直辖市），水源基本可以自流到广大的北方地区。

中线一期主体工程由水源区工程、输水工程和汉江中下游治理工程三大部分组成。

水源区工程为丹江口水利枢纽后期续建加高，输水工程即引汉总干渠和天津干渠。中线一期工程平均每年可调水95亿立方米，远期将达到年均130亿立方米。为减少中线工程从丹江口水库调水后汉江中下游水量大幅减少对湖北中部地区的不利影响，修建湖北省引江济汉等四项生态建设工程。

再让我们看看反复论证后的结论：

一是适时供水调度安全可靠。丹江口水库具有巨大的调节能力，主汛期除保证防洪外，调节库容98亿立方米，汛后190亿立方米。总干渠两侧已建成大量的水库，可以承担充蓄调节和补偿调节的任务，另有瀑河水库作为在线调节水库。通过总干渠并采用已有成熟经验的现代化控制技术和先进的调度管理手段，可确保供水调度安全可靠。

二是具有得天独厚的地理条件。总干渠位于平原的西部，居高临下，控制范围广，与受水区已建成的水利工程连接简单，供水调度灵活机动。

三是具有丰富的水源后备。中线工程从丹江口水库引水，视远景需要可以从长江三峡引水。

四是在给渠道沿线城市供给水源的同时，可以通过穿黄工程南岸分水闸在黄河中游给黄河中、下游流域补水。结合黄河调水调沙等工程联合运作，在黄河中游以补充长江清水的方式稀释泥沙、冲刷河床、补给水源，解决黄河中、下游缺水及水沙关系不协调的问题。

一年一年又一年，历经半个多世纪的勘测设计之后，以丹江口引汉调水线路为雏形的中线终于从50多条调水线路中优选出来。《南水北调中线一期工程可行性研究报告》总字数超过2000万，比30本《新华字典》的字数还要多。

是啊，长江设计院的勘测设计之路，就像中线线路一样漫长！就像几乎同时提出的三峡论证一样漫长！

南水北调中线工程跨越7个省（直辖市）和长江、黄河、淮河、海河四大流域，行程1300多千米。为取得大量的第一手资料，老一辈水利工作者翻山越岭，风里来雨里去，野外查勘每天步行几十千米是家常便饭；为选择一条更合适的线路，一代又一代长江委人踏遍了沿线的山山水水，不知翻烂了多少幅地形图……

因调水将改变流域间水资源的自然地理分布，工程将对水源区、受水区的生态环境产生影响。2003年，一项旨在监测南水北调中线工程环境效应的国家高科技研究课题在长江设计院正式启动。作为中线工程规划工作的主持人之一，时任长江委副主任王忠法在接受采访时表示，这是我国首次将遥感动态监测技术用于国家级大型调水工程的生态环境监测，该项目的实施，将对水源区丹江口水库、汉江中下游地区、受水区3个区域的地表水水质、水库岸坡稳定性、水土流失、水面、盐渍化和植被等6个环境因子进行动态监测，从而及时掌握南水北调中线工程的环境效应和变化趋势，并公开发布有关信息。后来，他调任湖北省水利厅厅长，又为从根本上解决鄂北地区干旱缺水而出谋划策，2015年10月从丹江口水库清泉沟取水，开工建设鄂北地区水资源配置工程。

工地上，步履匆匆询问不止；办公室里，通宵达旦审改方案。这就是长江设计院副总工程师、中线一期工程总设计师吴德绪的工作写照。他总是强调："算准每一个数，画好每一张图，抓紧每分每秒！"

长江设计院副总工程师蔡耀军，是中线工程勘测技术负责人。为了保证报告质量，170多万字的报告，数千张图纸，他从头到尾、一字不漏地审查一次，在校核后又检查一次。有人笑称，蔡总所阅文字量，相当于中国四大名著的总和。

丁素平，长江岩土总公司一名普通技术人员，在堆满资料的办公室里待了整整5个月。数千张格式不一的图件，经她精心修改、校核、整理和汇总后，最终变成厚厚的16本图册，成为中线工程可行性研究报告不可分割的一部分。

从2004年底到2005年初，在短短3个多月的时间里，长江设计院群策群力，封闭式工作，最终赶在春节前完成了《南水北调中线一期工程可行性研究报告》。该报告总字数超过2000万，图纸近万张，涉及全线5个省（直辖市）6家设计院的协调配合。这巨著般的报告快速送往北京时还是温热的，散发着油墨香，水利部负责人连声感叹：神速！奇迹！

更为复杂的总体方案比选中，涉及多个专业的内外业工作，需要设计人员绞尽脑汁研究各方面的意见和建议。缜密的计算、大量的比较和筛选，产生了从水源、调水规模、线路、输水方式、结构型式等19个全面综合的比选方案，穿黄工程的布置方案也达到40余个。

在充分发挥团队技术优势的同时，长江设计院与国内外多个科研单位开展了技术交流与合作研究，先后组团出访美国、加拿大、德国、意大利、法国、日本等地，同时有数十人次的国外专家来长江设计院做讲座、交流合作；与黄委会、武汉大学、中国科学院地质所、中国地震局地球物理研究所等单位的合作研究，不但提高了成果水平，还把一些前沿技术及时应用到中线工程中。

长江委人就是这样历尽艰辛，上下求索，不倦地描绘着南水北调之梦，画出了一条连接长江与黄河的壮丽诗行。

经过 50 多年的论证，几代人的努力，在 100 多种方案的基础上，2002 年 12 月国务院批准了《南水北调工程总体规划》，一幅南水北调的宏伟蓝图终于绘成。在长江的下游、中游、上游规划三个调水区，形成南水北调东线、中线、西线三条调水线路。

规划的东线、中线和西线到 2050 年调水总规模为 448 亿立方米，其中东线 148 亿立方米，中线 130 亿立方米，西线 170 亿立方米。整个工程将根据实际情况分期实施。

三条调水线路，将长江与淮河、黄河、海河相互连接，构成了我国中西部地区水资源“四横三纵”、南北调配、东西互济的总体格局。

地质劲旅七勘队

无论风云如何变幻，林一山自始至终都牢记一个目标：为南水北调做准备。他不但多次派遣各路勘测测量人员反复考察、研究，还让一支专业勘测队从 20 世纪 50 年代起就“定居”南阳，随时就近承担有关勘测任务。

这就是长江委第七勘测队。他们从 50 年代初就骑着马儿，赶着牛车，唱着《勘探队员之歌》，踏遍了华北大地的山山水水。

那时，挎包里装的是地图、地质锤、罗盘，牛车上载的是拆散的钻机设备、炊事工具及简易行李，还会带上二胡、竹笛。

牛车吱呀吱呀地出发了，走向云雾缭绕的山区、丘陵起伏的岗地、风雨交加的平原。每到一个新的工作区，他们都要踏勘一两年，但在区域内，流动性极大，两三天就会搬一次家。在偏僻的村寨里如果找不到住房，就在牛棚羊栏里扎营，早晨带上干粮、水壶，干到摸黑才归。

三年困难时期，吃不饱饭，煤油也很紧张，难以点灯看书。大伙就坐在月光下，一边拍打着蚊子，一边拉琴唱歌，用歌声洗去一天的劳累。因为长期流动，居无定所，小伙子们找对象都很困难。说起来很好听，是大名鼎鼎的长江委勘测队，捧的是铁饭碗，但在人们眼中，却像流浪汉，像四处漂泊的吉卜赛人。

好不容易结婚成家，也是难得团聚。当随队家属不断增加，养家糊口又成问题。为了渡过难关，七勘队在南阳市郊开垦两个农场，将安置在附近生产队的家属集中起来，并抽调部分职工进行垦荒，共开垦岗坡地、沙滩地百十亩，并亲自动手搭建起简易平房。这后方基地虽然简陋，但大家总算有了自己的“快乐大本营”。农场种植小麦、红薯、南瓜、玉米，还养了猪、羊，可以给职工在国家粮食定量以外进行补贴；逢年过节，杀猪宰羊，那真是苦中有乐，喜气洋洋。

尽管南水北调遥遥无期，但七勘队一直坚守着、期待着、奋斗着，并记录着跋涉的足迹。

“1964 年初夏，南阳地区旱发大水。在一个夜晚，两农场均被洪水淹没，农作物淹死，住房倒塌，家属无家可归……”

——这是“七勘队简史”中的记录。那天晚上，50 多名家属顶着滂沱大雨被困在高地整整一夜，听到四周洪水的呼啸声、房屋的倒塌声，她们的心里在流血，脸上是抹不断的泪水、雨水。

“到了 1965 年，又在现人民路队部办公楼（当时是杂草丛生的荒郊野外）南边盖起了 300 平方米的简易平房，作器材仓库及队部办公用，并在其西边盖起了 200 平方米的简易家属宿舍。农场撤销后，随队家属迁回队部，汉口家属也响应国家备战备荒号召迁入南阳队部，住房更加拥挤不堪……他们干脆自己设计，自己动手，雇用少数建筑技工，逐步盖成三层办公楼及职工宿舍。”

当林一山读着队史中的这段记载，眼里噙满了泪水，他深沉地说：“这是一支钢铁之队！”

1990 年 11 月初，黄河岸边的牛口峪—孤柏嘴迎来了第一批“穿黄人”，他们就是长江设计院岩土总公司南阳分公司的前身——第七工程勘测处的 100 多名勘察人员。

八九千米宽的黄河滩上，一阵阵狂风呼啸而来，黄沙漫天飞舞，让人睁不开眼睛。人在沙地里行走，一走一滑特别费劲。黄河这一河段的水位深的有三四米，浅的只有几十厘米。同时，黄河摆流大，无稳定主流向，还要受到上游水电站因发电、防汛需要而不定时向下游泄水的影响，河水涨落没有时间规律，给水上钻探增加了更多的困难。

1994 年 3 月下旬的一天，钻探队在进行水上钻孔抛锚定位时，适逢上游水库泄水，水流湍急。钻探队只有一艘快艇，无法推动沉重的钻探平台，把几个冲锋舟绑在平台上还是推不动。副主任范子福顾不得多想，跳入齐胸深的水中，所有在场职工也跟着跳入水里。大家顾不得早春的河水依然冰冷刺骨，喊着响亮的口号，人拉肩扛，钻探平台终于缓缓驶向预定位置……

生产技术负责人岳雪波不分昼夜地奔波在工地上，结果累倒了，住进了医院。可他去了几天就回来了，说没关系，吃点药就行了。实际上他的心脏病很严重，但为了不耽误勘测，便编出了这样一个“心照不宣”的谎言。

七勘队也是勘察和研究中线工程膨胀土的先锋，为破解这一世界难题做出了显著的贡献。“七勘队简史”，虽然只是简洁而朴实的记录，却成了长江委厚重史册中的一页，可歌可泣，可敬可叹。如今查阅长江委对南水北调中线勘察设计的工作量，有这样几个数据：50 年来，南水北调中线工程全线累计钻探进尺达 30 万米，相当于上海到南京的实际距离；仅在穿黄勘测过程中，地质测绘总面积达到 300 多平方千米，等于在黄河岸边“量出”了一个滇池。

把问号拉直

作为世界最大调水工程，南水北调工程中遇到的许多难题都是世界级的。

中线一期工程，从丹江口到北京总干渠全长 1277 千米。其中，渠道工程 902 千米，铁路交叉工程 51 座，倒虹吸工程 102 座，渡槽工程 27 座，公路交叉建筑物 1237 座。这些仅是干线涉及的工程。

调水流入北京的路线，起于北拒马河，经房山区，穿永定河，过丰台，沿西四环路北上，至颐和园团城湖，全长也有 80 千米之多。除末端有一段约 800 米的明渠，沿线都要深埋地下，采用全封闭双线管涵输水，让丹江口的水在人们脚下奔流。

如此浩大而艰难的工程，让长江设计院面临着严峻的考验和巨大的挑战。

第一大难题：如何安全稳妥地加高丹江口大坝，尽量减少不利影响，让丹江口水库水位升高，清水自流北去？

丹江口水库，是中线工程的水源地。初期工程建的丹江口大坝长约 2.5 千米，坝顶高程 162 米，最大坝高 97 米。如果按一般民用住宅楼 3 米的层高来算的话，大坝相当于 30 多层楼那么高。可以想象在当时缺少大型工程器械的情况下，湖北、河南人民为此付出了多大的努力。

若继续加高大坝，会带来一些不利影响，主要表现在库区范围扩大、水库蓄水淹没的土地和耕地增多、移民安置量增大，库区和库尾泥沙淤积加重、大坝建设的技术难度和垮坝风险增大。混凝土大坝加高，由于新老混凝土弹性模量的差异，在内外部温差的作用下，对新老混凝土结合面和坝体应力产生不利影响，可能影响大坝的安全。

第二大难题：如何实现地下隧洞穿越黄河，天堑南北从此不阻隔？

南水北调中线工程，必经黄河。长江水是由南向北引，黄河是由西向东流，这是什么概念？两条河流都是地球上独一无二的非凡河流，黄河的河患从有华夏文明开始就存在了，更何况又多了一条引江总干渠，如此一来，是架桥而去还是穿河而过，成了中线工程争议最大的一个话题。经反复论证，决定从地下穿越黄河！

第三大难题：如何攻克膨胀土这一“工程界的癌症”，让 250 千米膨胀土渠坡安全护水北上？

土是建筑工程学上的基础物质材料，任何工程都不可能离开对土的使用，但是在水利工程当中，中线起始段的土却性情大变，因为一旦遇水再晒干之后，土就会变得干裂，无法承受任何力量冲击，这就会导致建筑物大面积崩塌，学术上称之为膨胀土。当然这对于20世纪的科技而言，并不算太难，很快就有人发现了当土和其他物质（比如水泥）搅拌在一起之后，就有了硬度。但问题的关键在于，那是对普通的建筑物而言，在水利工程上，材质完全是另外一回事。水无形的力量，以及无孔不入的特征，让这个难题无限放大，更何况整个南水北调中线工程1/4以上的路段都是膨胀土，每个地方的膨胀土都有不同的特点，这样，治水首先得治土。

是的，只有真正接触到南水北调工程细节，并亲自带领团队实地考察过的人，才会感叹，这是从未有人做过的事情，几乎是不可能完成的任务！

问号，一个个巨大的问号。

为回答这些世界难题，自1952年开始，长江委几代技术人员不断地进行勘探、测量、规划和设计。今天，长江设计院院长钮新强又带领攻关团队，奔走在黄河岸、隧道里、沟渠中，竭力把一个个问号拉直。

2005年，丹江口水库大坝主体加高工程开工。

这是在原有基础上“戴帽穿衣”，只是要穿得合身，戴得牢靠。多亏当初的规划设计有远见，在一期工程规划设计时就为二期建设留下空间。考虑到大坝这彪形大汉还会长高——初期工程地质勘查深度和评价及混凝土坝和厂房的基础处理，都是按后期规模进行的，水库周边地区几十年来的建设都考虑到水库续建加高的要求，如襄渝铁路、二汽基地等重大基础设施均建在丹江口水库最终蓄水位170米的淹没线以上，淹没的主要是库周的农村与农业用地，可喜地减少了建设成本。因此，其投资之省、效率之高，都令人感叹不已，总投资100多亿元，其中大坝工程本身投资只需24亿多元。

所以，规划者与建设者都是有幸站在前辈的肩膀上添砖加瓦，将原来 162 米高的大坝又加高了 14.6 米，坝高达到 176.6 米，如果从海平面算起这个高度有将近 60 层楼高。

不再是大军会战、肩挑背扛，每道工序、每次浇筑，都是机器轰鸣，精益求精。在老坝上“戴帽”并非易事，倘若新老混凝土因温度变化产生不均匀的热胀冷缩，将会使坝体间产生裂缝，后果便不堪设想。因此，除了严格控制混凝土的浇筑温度外，还切割出一道道键槽，植入一根根钢筋，以加强新老混凝土的咬合和锚固。

历经八年奋战，2013 年 8 月 29 日，加高工程顺利通过蓄水验收，一库清波，倒映着天光云影。

蓄水完成后的丹江口水库水域总面积达到 1022 平方千米。多年来的运行监测表明，加高后的丹江口大坝安全可靠，效益显著，通过优化调度，可使汉江中下游的防洪能力由 20 年一遇提高到 100 年一遇，满足向北方调水 95 亿立方米的要求。

更加令人欣喜的是，库区周边市县大力实施生态工程，“管住斧头不乱伐，守住山头不乱挖，护好源头不污染”，努力把青山翠岭变成涵养净水的绿色宝库。水库水质主要指标长期稳定在国家地表水环境标准Ⅱ类及以上，洁净清甜的沧浪之水徐徐流向华北平原。

这是一条漫长的造福路，南水北调中线工程始于丹江口水库，之后的旅途中变换着各种形态——渠道、隧洞、渡槽、管道，走过耕地铁路，跨过山丘河床，为保持水的纯净，与沿线沟渠河道交叉均采取立交方式通过。不需要泵站逐级提升，丹江水便可凭借自然落差自流到北京。

“南水北调看中线，中线工程看穿黄”，“穿黄”就是“穿越黄河”。如期通水以后，丹江和汉江的水从陶岔渠首闸奔涌而出，一路北上，

加高后的丹江口大坝

到达郑州西北 30 千米的李村时，便与黄河相遇了。长江与黄河这两条伟大的江河在这里将怎样握手？这是一个令世人好奇的课题。

长江委专家设计了一个优雅的十字立交——汉江水从黄河底部穿越，江水不犯河水。穿黄隧洞共两条，每条隧洞总长 4250 米，其中过黄河段 3450 米，邙山隧洞段长 800 米，这两条隧洞在黄河底部最大埋深 35 米，最小埋深 23 米，单洞直径 7 米。这项工程是南水北调中线最具技术难度的“咽喉工程”，也是国内最大的穿越大江大河的工程。

要在黄河河床下二三十米的地方挖掘出两条这么长、这么粗的隧洞，谈何容易！谁都知道黄河喜怒无常，万一凿洞时发生渗水、坍塌，后果不堪设想。人们心里都在打鼓：“穿黄”这个大问号能拉直吗？

穿越黄河

志存高远，是长江委工程师们的鲜明特色。说来也巧，穿黄工程总工程师就名叫符志远。

2002年，符志远受命担任南水北调中线“穿黄工程”技术负责人，从此就心系黄河，日夜钻研如何攻克这个世界级难题。

如何让来自丹江口的“汉江水”穿越黄河？早在20世纪50年代，长江委就开始研究攻关。黄河水文地质情况十分复杂，为确保穿黄工程万无一失，长江设计院综合研究比较了渡槽方案和隧洞方案，倾向于隧洞方案。为慎重起见，水利部要求黄委设计院另行研究渡槽方案，因此形成了黄委设计院设计渡槽穿黄、长江设计院设计隧洞穿黄的两种平行设计方案。经过反复论证，综合研究比选，专家们最终选择了长江委的隧洞穿黄方案。因为与渡槽穿黄相比，隧洞可以避免外界温度、气候等气象条件的干扰，更关键的是对黄河的河势影响更小。

在哪里穿过黄河？

由于受南水北调中线总干渠线路布置等因素的制约，总干渠只能在郑州以西自邙山头至汜水河一带二三十千米的范围内穿过黄河。而此段黄河河段冲淤变化迅速，河道不稳定，主流摆动幅度大，是典型的游荡型河道。因此，研究解决穿黄工程与黄河的相互影响，并据此确定穿黄工程线路，是穿黄工程的重大技术问题。

多年来，遵循工程与河两利，既少影响黄河河势，又使工程安全可靠、技术先进、经济合理的原则，针对穿黄工程与河势、防洪问题，

穿越黄河

长江委做了大量的勘测、设计和科研工作，最后穿黄线路比选集中到孤柏嘴矶头附近约 2.6 千米的河段范围内进行，其上线为李村线，下线为孤柏嘴线。南岸起点为河南省荥阳县王村乡王村化肥厂南，北岸终点为黄河以北温县南张羌乡马庄东，总长 19.3 千米。

长江委最后确定的穿黄工程总的工程结构是：南岸明渠、南岸退水建筑物、进口建筑物、穿黄隧洞、出口建筑物、北岸明渠、北岸新蟒河渠道倒虹吸、老蟒河河道倒虹吸、北岸防护堤、南北岸跨渠建筑物和南岸孤柏嘴控导工程等。

当然，最被世人关注的是，穿黄隧洞怎么挖？

如果说加高丹江口大坝是“上天”，那么挖掘穿黄隧洞就是“入地”。穿黄隧洞是过水隧洞，比交通隧洞的工程难度更大。根据穿黄工程的地质、水文条件，设计人员比较了埋管法、沉管法、顶管法、盾构法等施工方法，最终确定采用盾构法。

采用盾构技术在软基条件下修建输水隧洞在国际上没有先例。穿黄隧洞从水下穿越黄河，却位于粉质土壤及砂层内，除承受较高的内水压力外，还要承受外部土水压力，因此隧洞施工只能采用盾构法。盾构法施工，就是在地表以下采用专用的盾构机械暗挖隧道的一种施工方法。为解决穿黄工程中的盾构法的关键技术问题，长江设计院先后派人赴日本、德国、英国、法国、埃及等国家考察，到上海隧道公司实习。

在 20 世纪 90 年代初，盾构机还是个稀奇机械，远远不像现在这样普及，使建地铁变得越来越快捷。考察者在国外看到盾构机工作的场景，都感到惊奇。原来，它前面有一个刀盘，刀盘上有许多刀片，刀盘旋转起来就像剃须刀刮胡子一样把泥沙切削下。盾构机机头后面是数十米长的后续台车，每往前走一个外衬砌管片的距离，推进油缸就把“腿”缩回去，施工人员便着手外层衬砌管片的安装、注浆，然后推进油缸再顶住刚衬砌好的管片，盾构机继续向前切削。

盾构机分为土压平衡盾构和泥水式盾构，专家经过对穿黄隧洞施工条件的分析，又结合国内外大量工程实践情况进行综合比较，推荐采用泥水式盾构机。

好在我国有经济实力了，便花1亿多元从德国买来了一台盾构机，重1600吨，长100多米，高9米，看上去像一列小火车。只是穿黄隧洞为输水洞，除考虑外部黄河水和土层的压力之外，还必须考虑洞内水流的压力，因此隧洞实行的是双层衬砌结构，即在用盾构机进行外层衬砌之后，还需进行内层衬砌。

经过长江科学院仿真验证，这种复合结构是一次重大的结构创新。

接着是对膨胀土的攻关。

南水北调中线工程总干渠（含天津分干渠）全长1432千米，穿越膨胀土渠段竟累计长达387千米，约占总渠长的27%。这种特殊的土层涉及渠段长度大、处理技术难度高、制约因素多，成为工程建设的关键技术问题之一。

经过数十年的勘察和研究，长江委技术人员已经了解中线工程膨胀土的分布特征与基本性质：湿润时塑性很强，干燥时裂隙发育，裂面光滑，边坡极易塌滑。现在，长江委又联合河海大学，开展了世界最大的膨胀土渠道工程原型试验研究。

为了使试验取得预期效果，选择具有代表性的膨胀土地段尤为重要。通过大量的勘察、分析、论证工作，长江设计院提出将中线干渠河南省南阳市境内的一段作为试验地段。

膨胀土分“强、中、弱”三类，中膨胀土胀缩性较强，是渠道工程的重点防治对象。2 千米试验段分填方试验区、弱膨胀土试验区、中膨胀土试验区 3 个试验大区，并按不同的试验目的分为多个小区。例如，中膨胀土的 7 个试验区分别进行非膨胀土、水泥改性、土工袋、土工格栅、砂石垫层加土工膜、膨胀土的裸坡试验等。

试验初期正逢严冬，地段空旷，北风一吹，即使不见雪飘，也是寒冷透骨。监测专业人员安装测斜管时，管材与手套都冻在了一起。施工专业人员为了获得碾压试验数据，在现场一蹲就是一天，人就像冻成了冰棒。地质人员为了及时完成开挖面地质编录，啃的是冷馒头，喝的是凉开水。

一个数据，一份艰辛。数据是试验的生命，没取得准确可靠的数据，试验就失去了意义。在边施工边试验的特殊环境下，试验是难以重复的，如碾压试验，碾压第二层土时，第一层土的试验就不能再做了。为了保证获取数据的准确性，现场设计研究人员丝毫不敢马虎，白天干得精疲力竭，晚上还要挑灯夜战整理数据。为了工作及时、方便，试验人员就租住在附近的农民家里，农村水电供应没保障，有时一连几天都没有水，尽管一身泥土一身汗，也只能几个人共洗一盆水……

在此就不赘述研究人员付出了怎样的努力，单是水泥和土的比例，就让他们耗费了整整五年的时间。经过成百上千次的反复浇筑试验，没日没夜地施工，终于攻克了膨胀土这个世界性的难题，完成了技术上的突破，而这只是中线工程数百个难题之一。

2007 年 7 月 8 日，穿黄工程隧洞盾构机开始掘进。

在黄河下方作业，有两大难题。一是土质情况复杂，一旦失手，河水沉降，势必是毁灭性的灾难；二是打洞时，洞内压力极大，盾构机刀具磨损严重，必须及时更换。但外国刀具供应商开出了天价，面对紧张的工期与巨额报价，建设者选择的方案就是毅然带压作业，每隔半小时轮流更换刀具。这既是对技术的考验，也是对人意志的挑战。就这样，穿黄工程最后的部分，是建设者舍生忘死一点一点地凿出来的。

2009 年 12 月 22 日，完成了长 3450 米的过河段掘进，安全到达南岸竖井。经过短暂的检修，向 800 米的邙山隧洞发起最后冲刺……

历时 4 年零 7 个月，经过 4250 米的掘进，2010 年 6 月 22 日 10 时 09 分，“穿越号”盾构机钻出邙山隧洞出口，标志着黄河第一隧洞成功穿越，南水北调中线穿黄工程上游线隧洞胜利贯通！

这是一次伟大的穿越，创造了中国水利史上多项新纪录：第一次采用大直径隧洞穿越黄河；第一次采用泥水平衡加压盾构进行施工；国内水利工程最深的盾构始发；第一次采用隧洞双层衬砌的结构型式；国内最深的竖井地连墙深度和厚度……

当你乘直梯下到 50.5 米深的圆筒形竖井，一抬头就是隧洞的洞口。和走在地铁里的感觉一样，只是这个隧洞更开阔，更幽深，而且当你想到头顶二三十米处就是黄河，就是奔腾的波涛，一种敬畏感便油然而生。

哦，长江与黄河终于相会，只是隔着岩层，用隆隆涛声问候交谈。设计建设者该听得懂这两条巨龙深沉的对话——

黄河：你千里迢迢而来，辛苦啦！

长江：不用客气，都是自家人，有啥事，只管说！

情系父老乡亲

南水北调与青藏铁路、西气东输、西电东送并称为我国 21 世纪初“四大工程”，其工程之浩大，可与三峡工程做个简单的对比：三峡工程总投资 1500 亿元，南水北调的东、中线一期工程总投资 2546 亿元；三峡工程在 18 年内完成移民安置 139 万人，南水北调中线一期工程要移民超 40 万人，其中要在 2 年内基本完成 32 万人的搬迁安置任务。

长江委又一次担负起移民规划的“特殊重任”。

移民工作被称为世界难题，难在它移的不是一个个数字，而是一个个活生生的人。在今天这样一个以人为本的时代，单纯靠行政命令或者群众的思想觉悟来做移民工作，已经行不通了。那么靠什么？除了靠公平、透明的移民政策，靠实惠、合理的移民补偿资金之外，还要靠移民干部做大量苦口婆心、细致入微的疏导工作。很多事情，说在嘴上容易，一旦进入现实的操作层面，往往困难丛生。因为，“家”不是一个物质的概念，它不只是一幢房子，甚至不只是父母；它更是一种精神的皈依，一种灵魂的寄托。为什么中国的春运规模这么大？因为人们要回家过年。家是根，是永远走不出的牵挂。中国人安土重迁，“宁要故乡一撮土，不要外地万两金”“金窝银窝不如自己的狗窝”，不像吉卜赛人，走到哪儿，哪儿就是家；不像美国这样的移民国家，从来没有籍贯之说。

但为了国家利益，为了南水北调，为了一泓清水送京津冀，水源地的 30 多万百姓抛家舍业，搬迁异乡，他们的物质生活可能比以前好很多，可是他们失去了精神的故乡，割断了绵延数千年并早已渗入骨髓的亲情、文化和风俗习惯的脐带，这种痛苦有谁能够理解？

南水北调中线工程移民涉及湖北省和河南省的 5 个县（市、区）。根据长江设计院库区处的调查，中线一期工程移民超过 40 万人，其中 30 多万人为丹江口水库移民。

丹江口移民包含三大部分：第一部分是丹江口水库大坝加高工程坝区移民，第二部分是水库的移民，第三部分是总干渠移民。库区移民的搬迁安置成为南水北调中线工程的难点和关键。

因为，丹江口移民是“第二次移民”。

早在 1958 年，由于丹江口水利枢纽工程建设，仅丹江口一市，就淹没损失耕地达 23 万亩，库区先后 5 批动迁移民 16 万人，其中 71875 人外迁，88573 人市内安置。淹没后的库区移民人均耕地由 1.12 亩下降到 0.32 亩，人均口粮由 216 千克下降到 111 千克，人均分配由 80 元下降到 35 元。

另外，由于南水北调中线工程经历了多年论证，而丹江口水库大坝加高问题久议不决，库区群众长期处于等待状态。1990 年，丹江口库区 170 米水位线下已停止户口迁入，停止新建、扩建、改建永久性建设项目，库区经济发展相对滞后，库区人均纯收入只有 1200 元，人均纯收入 625 元以下的群众还有 1 万多人。

蔡湾村是南水北调中线工程第一个移民村，村子离丹江口水库不足 500 米，预计有 800 多人要移民，占全村人口的 48%。“1958 年修丹江口水库时，我们就从库区搬到这儿。眼下大坝加高，这里又是施工区，我们要第二次搬迁。”蔡湾村主任谢厚德摇头感叹。

移民们都盼望借南水北调的机遇，早安定、早发展、早脱贫、早致富。所以，移民规划不仅需要详细的数据——淹没多少人口、多少房子、多少地，更需要赤诚的情怀——父老乡亲能否搬得出、安置好。

移民安置

为回答好这些问题，1990年，长江设计院库区处开始进行丹江口水库淹没实物指标调查及移民安置规划。按照移民线172米、土地征用线170米的标准，丹江口市将淹没105平方千米，涉及14个乡镇、134个村及6万多人，淹没农业生态用地41.63平方千米……

调查内容十分细致，如房屋分结构登记，是土木结构、砖混结构还是框架结构，都要一一记下；土地也是分类调查，是水田、果园还是旱地，都要写得清清楚楚，甚至连房前屋后的零星果树也要一棵棵登记在册，最后还要拍实物照片。

补偿也不是简单地按人头计算，而是与移民的资产相关联，争取移民后尽可能恢复移民原有生产力，尽量做到让条件好的移民不吃亏，为条件差的移民换个好环境。在安置点的选择上，至少要与当地经济条件相匹配，并有一定发展余地……

2003年初春，"非典"肆虐前期，长江设计院800多名调查人员顶风冒雪深入到广袤的库区，白天进行外业调查，晚上回到驻地还要整理资料、处理数据。在当地政府和有关部门支持下，他们终于在 4 月 28 日基本完成淹没实物指标调查外业工作，提交了《丹江口水利枢纽大坝加高工程初步设计阶段水库淹没实物指标调查报告》，并于当年 7 月通过了水规总院组织的专家审查，为国家决策交上了一份满意的答卷。

库区淹没的村组大多处在山间沟汊之中，许多调查人员都住在阴冷潮湿的船上，男职工打通铺睡下层舱，女职工睡上层舱，船上潮气大，早上起来，被子、鞋子都湿了，大伙都戏称自己当了一次“渔民”。

由于水土不服及工作艰辛，许多调查人员都得了皮肤病。有人打青霉素过敏，差点连命都没保住；有人带来一大箱中草药，边熬药边工作……

1990—2006 年，因为南水北调中线工程迟迟未动，长江委的移民调查就持续了 16 年，并再次进行复核。

2006 年 6 月初，丹江口库区移民安置规划初步设计野外调查复核工作在数千平方千米的丹江口库区全面展开。这项任务十分繁重复杂，包括线上淹地不淹房人口与房屋及附属设施抽样调查，库周基础设施恢复、安置区移民点新址复核调查，等等。

6 月的汉江流域，高温持续不断，丹江口库区犹如一个大蒸笼。调查人员每天都要在酷热中翻山越岭，有时走十多里山路，长途跋涉几个小时，只是为了测量一两所房屋，或者只是为了获得一张照片。

移民工作最重要的是求实负责，对数据调查求实，是对国家、移民负责。调查人员们深深认识到，自己的一个小疏忽小过错，对一户移民可能就是一个大损失。工作中必须换位思考，为移民着想，把移民的利益当自己的利益。郧县、丹江口市移民局负责人都感慨地评价：

“长江委的技术人员吃苦耐劳、踏实敬业，也谦逊朴实、随和大度，没有专家的架子，在库区的政府和老百姓中都有很好的口碑。对于他们的优异表现，我们有四个‘千’四个‘万’送给他们——走千山万水，访千家万户，受千辛万苦，留千言万语。”

2008年11月25日，丹江口库区移民试点工作动员大会在武汉召开，标志着南水北调中线水源地丹江口库区移民试点工作全面启动。

此时，国务院已对南水北调征地移民确定了工作方针：坚持开发性移民，使移民安置与资源利用、经济建设结合起来。同时，也提高了南水北调征地移民的补偿标准，补偿金额由原来的当地前3年农业平均产值的5~6倍，提高到16倍。

据此，主持南水北调中线工程移民规划的长江设计院再次调整制定了更加科学合理的移民安置规划。

一是对安置地进行了详尽的基础设施规划，首先是建村盖房、通水、通电、通路、通电视，让移民的居住条件有极大的改善。

二是打消移民的顾虑，实行集中安置。以前移民工作中采取将移民分散到各个村子的办法，使移民有陌生感，认为自己是外来人，易受当地人欺负。这次尽量采取整村搬迁。虽然迁移到了其他地方，但这些移民仍生活在原来的群体之中，使他们有了安全感、亲近感。

三是生活、生产并重，实行有土安置。确保每个移民拥有最基本的土地：湖北省因为有很多农场，所以多一些，人均1.2亩；河南略少，人均1.05亩。

长江委就是这样坚持以人为本，结合丹江口库区实际，不断创新移民安置科学规划思路，率先提出了建房困难补助、生产安置增补费等新概念、新方法，为维护库区和安置区社会稳定，促进移民工作顺利进行，奠定了坚实的基础。

让我们看看号称“鄂西北第一村”的孙家湾村搬迁的情景。

2010 年 10 月 26 日，孙家湾村 402 户 1606 名移民登车启程，迁往武汉市东西湖区 5 个安置点。凌晨 2 时 30 分，参与搬迁的移民工作人员集合，挨家挨户组织移民登车搬家了，他们要护送移民抵达安置地。

早上 6 时，移民车队从武当山驶上汉十高速，在服务区进一步集合、整队后，一路浩浩荡荡，于 12 时顺利抵达安置地武汉市东西湖区。看到一幢幢宽敞漂亮的新房子，还有前来迎接的武汉市、东西湖区和长江设计院有关领导，移民们感慨万千，这片陌生的田野将会成为新的故乡。

此心安处是吾乡。丹江口移民纷纷入住新家，为南水北调做出了巨大的牺牲和奉献。当丹江清水流到北京团城湖，在一家家的水龙头欢畅流出时，请记住，每一杯水，都是无数移民和规划建设者酿就的清甜。

一江清水送北京

2014 年 12 月 12 日，南水北调中线一期工程全线建成通水。当月 27 日，来自丹江口水库的清澈江水一路向北奔涌，进入北京城的千家万户。

华北地区期盼了半个多世纪的南水如约而至。正式通水之前，有一个小插曲：平顶山市遭遇几十年一遇的大旱，经中央批准，临时调南水北调中线工程的水救急，开闸的一刻，很多人都哭了，还有人边哭边跟着水头往前跑，你送一程我送一里……

如今平顶山和 24 座大中小城市的主力用水皆来自南水北调中线工程，天津 14 个区居民全部喝上南水，雄安新区得到南水北调助力，河北 400 万人告别了高氟水、苦咸水。而作为南水北调中线工程的终点——北京，打开水龙头，74% 的水皆来自南水北调中线工程，还有北京的潮白河、西郊的三山五园、市区的什刹海以及密云水库，无一例外，全部依靠南水北调的惠泽。

据不完全统计，南水北调中线一期工程 2014 年通水之后，直接和间接受益人群已经达到了 1 亿！南水北调成为我国文明史上又一伟大的作品。

千里调水来之不易，是无数智慧与汗水的结晶。长江委描绘蓝图，总揽技术，1000 多家参建单位扎根在近 3000 千米的工地现场，攻克一个个世界级难关。有关部门和沿线省市干部群众全力保障工程推进，40 余万征迁群众舍家为国，为调水梦的实现做出了卓越贡献。

从 1952 年毛泽东主席提出南水北调伟大设想，到 2014 年正式通水，中间 60 多年的跨度也说明了这个项目的难度。南水北调东线、中线建成通水并稳定运行，从此我国真正具备了大规模优化配置水资源的能力。

纵观世界乃至人类文明史，都没有人敢于去做这样长跨度的调水项目，只有中国做到了，一个凝聚力强大、有着无私奉献精神以及数千年历史底蕴的民族做到了。这充分体现了中国智慧，彰显了大国实力，证明了中国制度、中国道路的巨大优势。

改造自然，为民造福，任何重大水利工程都有利有弊。作为中国历史上规模最为庞大的水利工程，南水北调与三峡工程一样，从规划到建设，围绕着这一国家工程的讨论、争议从来没有停止过。伴随着南水北调中线工程的正式通水，这一历时 60 多年的水利工程再次受到广泛热议。

其中，有赞誉者，亦不乏质疑者。比如，造价高昂、调水成本过高、污染隐忧、受水区不愿用水等，不一而足。在接受《瞭望》新闻周刊记者采访时，北京师范大学水科学研究院院长许新宜表示，当下的很多观点仅仅是战术层面的争论，理性地看待和评价南水北调工程，需要从战略层次重新认识这一国家工程的深远意义。南水北调工程向北方调水建立在保障汉江中下游用水基础之上，同时亦有缓解受水区生态危机之功能，更长远的意义在于构建“四横三纵”的全国水网格局。

许新宜参与了南水北调工程规划设计、研究论证等一系列工作，在他看来，“南水北调工程不是为了调水而调水，它要解决的是受水地区供水保证率的问题，简而言之，当北方地区发生严重干旱时，国家有能力有手段缓解这种危机。”所以，从某种程度上而言，南水北调工程是国家置办的水资源“家底”，旨在为缺水严重的北方地区提供坚实的供水安全保障，可以说是“生命水”，解除其经济社会发展的后顾之忧，推动这一地区可持续发展，不能只算经济账。

南水北调的另一重大使命就是恢复受水区生态。“华北地区长期干旱，对生态的亏空过多，已经到了有河皆干、有水皆污的状态，生态非常脆弱。”中线通水后，可以通过水资源置换，将现在超采地下水、挤占农业和生态用水为主的城市生活和工业用水逐渐归还农业和生态，减少地下水超采，逐渐偿还历史生态欠账。

2019 年 12 月 12 日，从 1432 千米源头的陶岔渠首传来消息，南水北调中线工程迎来通水 5 周年，输水超 260 亿立方米。这 260 亿立方

丹江口水库

米水调出了沉甸甸的幸福感，沿线河南、河北、北京、天津 4 个省（直辖市）近 6000 万人喝上了甘甜的南水，500 多万人告别了高氟水、苦咸水，河湖环境得到改善，地下水位明显回升。

问渠那得清如许？为有源头活水来。

长江委原副主任季昌化曾写诗抒怀：

丹江库水清又清，
不远千里送津京。
千家万户饮甘泉，
莫忘工程多艰辛。

今天，长江委人再接再厉，正在大力推进引江济淮、引汉济渭和滇中调水工程建设，为完善南水北调供水体系而辛勤地工作着、奋斗着。如在建设中就针对结冰期、冰封期、化冰期三个阶段的输水做了详细论证和充分预案；如加强对水源地的水质监测，在水源地及其重要支流建立了 3 个重要断面、15 个省界断面水质和 16 条入库河流的常规检查机制。

南水北调，清水长流。

如梦令·守护大江

第七章

5000年前，文明曙光照临滔滔黄河、浩浩长江，孕育出中华民族第一个伟大的英雄——大禹，传说他就是因成功治水而成为夏朝的开创者。从此，古中国步入了豪杰辈出、巨人崛起的“英雄时代”。

作为中国第一大河，长江不仅是中华文明的摇篮之一，也是中国经济社会可持续发展的重要命脉。长江流域面积不到全国的1/5，却养育了全国1/3的人口，生产了全国1/3的粮食，创造了全国40%的GDP，展示着拥有最广阔的腹地和发展空间的长江经济带，也是世界上可开发规模最大、影响最广的内河经济带。

因此，每当长江委人铺展蓝图，一笔笔地描绘着大坝、水库、江堤、长渠时，就觉得自己是在描绘金色的稻浪、雪白的棉海、火红的铁流、银色的钢涛，是在描绘安宁、爱恋、幸福、发展……

这是多么美丽、多么富饶的母亲河，她用清甜的乳汁哺育着无数饱含梦想的种子，在大江南北生根发芽、开花结果；哺育着强健而聪慧的中华民族，生生不息，奋斗不息。所以，我们落在蓝图上的每一笔，都凝聚着对母亲的爱，都是在描绘母亲的梦，都萦系着那首荡气回肠的《长江之歌》——

“我们赞美长江，你是无穷的源泉；我们依恋长江，你有母亲的情怀……”

是的，屡建奇功的长江委人，不仅是万里长江的建设者、治理者，更是母亲河的保护者。巍然耸立的三峡大坝，是长江委雄伟的里程碑。当大坝蓄水至175米高程，以防洪为中心的“治江三阶段”任务基本付诸实施后，长江委便铺开了以“维护健康长江、促进人水和谐”为主题的崭新画图。围绕“安澜、绿色、和谐、美丽”四个长江建设总目标，抓保护促发展、补短板强监管，奏响了一曲曲守护大江的时代浩歌。

忠诚卫士

自然灾害防不胜防，人类为此绞尽脑汁，对应机构总离不开“防卫”二字，有一种军事化的色彩。因此，长期以来，武汉人路过长江委大院时，看到门前“长江防汛抗旱总指挥部”的牌子，总有一种戒备森严的感觉，既生敬重，也觉安稳，江城有这“龙王庙”坐镇，还怕洪水吗？

因长江防总设立在“龙腰”，就由湖北省省长担任总指挥，长江委主任担任常务副总指挥，四川、云南、重庆、湖北、湖南、江西、安徽、江苏、上海、陕西、贵州的副省长（副市长）担任副总指挥，在长江委设立办公室。这里平时似乎风平浪静，一到汛期就高速运转，根据水利部安排，上接国家防总指令，下发流域各地通知。若有警报险情，领导们紧急会商，专家们24小时待命，充分显示出这块招牌沉甸甸的分量。

所以，每次洪水旱灾，每次突发事故，都是对长江委能力、素质与作为的考验。长江委特设防御局，专门负责防治水旱等自然灾害。在人们的印象中，长江委人似乎大都是文弱书生，可只要走进大院就会发现，许多人都是风尘仆仆，晒得黑黑的，就像久经考验的老兵。他们不仅是出谋划策的智者，还是抢险救灾的勇士，哪里有灾害、有危难，哪里就有他们奋战的身影、攻关的足迹。

2008年5月12日，四川省汶川县发生8.0级强烈地震。几个小时后，长江委的专家们就紧急出发了。截至 5 月 24 日，长江委共派出 6 个工作组和 3 个专业组、10 余名权威专家、一支应急抢险队，总计 200 余人。救生衣、小型发电机、照明灯等救灾物资，挖掘机、推土机等重型抢险设备，也分“海、陆、空”三路，以最快速度调往灾区。

抗震救灾，长江委人最重要的任务是水库险情排查和破解堰塞湖。

汶川大地震造成大量山体崩塌，巨石、泥土冲向河道，形成巨大的堰塞湖。随着水位不断上涨，一旦溃坝，就是灭顶之灾，后果不堪设想。所谓抢险队，就是要抢时间、抢进度、抢生机！

唐家山堰塞湖是汶川大地震形成的 34 座堰塞湖中最危险的一座，储水量超过 2.2 亿立方米，6 月 10 日 1 时 30 分达到最高水位 743.1 米，最大库容 3.2 亿立方米，极可能崩塌引发下游洪灾。人们不会忘记当时从电视中看到的险景：废墟历历，余震不断，紧急抢险的大军头顶着一湖随时可能呼啸而泻的狂浪。

唐家山堰塞湖

长江委人从电视画面中看到熟悉的身影，看到同事们坚毅的眼神、消瘦的面容。许多奔赴一线的抢险者都记录了那些难忘的日日夜夜。

徐麟祥

（全国工程设计大师）

2008年5月13日晚上7点，在德阳，我们冒雨查看了沉抗水库。这座建成于1999年的大型水库在地震后出现了多处裂缝，有的裂缝可以伸进一只手。当地政府担心这样的裂缝会给下游人民带来危害，我们当即建议他们先降低水库水位，让大坝保持稳定，然后抓紧时间对震损情况进行全面摸查，弄清情况，再采取措施。回到绵阳市区，我们却找不到住的地方了，因为所有的酒店宾馆已经暂停接待。最后我们找到了长虹集团的长虹大酒店，接待的人说，你们要不怕震，就在一楼大厅打地铺睡吧。除了我们之外，还有别的客人也在大厅打地铺睡觉。那时外面的雨还没有停，我吃了降压药和一粒安眠药就睡了。睡到半夜，我听到他们说地震了，接着就有人往外跑。我坐起来，看了看，好像还好嘛。我们专家组几个成员相互看看，就又睡下了。我们做水利工程的，还有点地震方面的常识，一般一个大的地震后，余震不会超过最初级别，再加上宾馆是框架结构，不必有太多的担心。

第二天，我们又看了两座水库，都是小（1）型的。我对我们国家的病险库有个这样的认识：凡是20世纪50年代、70年代建的水库都容易出险，那个时期知识分子是“臭老九”，许多水利工程在建时不尊重科学，不尊重技术人员，有的水库连图纸都没有。从我几天来所到的水库来看，一般来讲，小型水库的管理都很差，有的水库管理员平时连人都找不到。中型水库相对来讲，管理要好一些。16日，我们到了成都，紫坪铺开发有限责任公司请我去看一下大坝受损的情况。到现场看到的情况感觉还好，在听到开发公司做出的一系列有关降低水库水位的应急措施后，我觉得他们的那一套方案是可以的，加强观测和防渗的处理措施也是基本可行的。我认为，在这一系列措施下，局部受损的紫坪铺水库不会影响都江堰以及成都的安全。

长江委主任蔡其华15日晚赶到绵阳跟我们会合后，一直很关心我。本来我还想去看几座水库的，他们不让我去，担心山路难走，怕我吃不消。我仔细想想，也就没坚持去了。我是来参加救灾的，我不想因为自己出点小问题给大家添麻烦，那是会影响这里的工作的。

这次灾害也让我思考了几个问题。一个是我们国家有许多病险库，在病险库的治理中，我们是不是有必要对每一座病险库都拿出很多钱去整治，有些水库很多年都没有用了，有的都淤死了，能不能做报废处理，把它拆掉，否则容易造成一些后患。另一个就是我们水利工程设计方案、设计规范是否都应从这次地震灾害中总结一下经验教训，以便将来修改我们的设计规范。

5月18日，在水利部部长陈雷主持的会商会上，我提到的一个问题，就是当前一些农民觉得水还是很宝贵的，想存点水留着明年春灌用。我觉得部长听进去了，他在后来总结讲话时说，现在降低水位是为了保生命安全，如果明年因为水库没有蓄到水而影响春灌的话，国家会考虑补偿的。我听了这个话觉得心里踏实了……

杨启贵

（全国工程勘察设计大师）

14日晚，我们得知，距离北川县城上游3千米的峡谷中发现了一处巨大的堰塞湖，对北川、绵阳构成了重大威胁。地震后，通往唐家山的陆路、水路完全阻断，从北川沿河上行，两岸边坡陡峻，滑坡滚石不断。为迅速查明险情，5月16日，国家防办李坤刚副主任和我率领突击队徒步向唐家山进发，在解放军战士和攀岩志愿者的协助下，经过6个多小时的跋山涉水，艰难行进到了唐家山下游的苦竹坝电站下游，虽近在咫尺，却无功而返。雨还在不停地下，水位还在继续猛涨，险情还在不断加剧。唐家山，十万火急。

5月21日，抓住连续雨雾天气之后难得的机会，我们在蔡其华主任、刘宁总工程师的率领下，乘直升机强行飞抵唐家山。然而，飞机根本无法在现场降落，在悬降的情况下，我们从两米多高的机门迎着狂风跳下，登上了唐家山坝顶。通过这次查勘，我们了解了地形地貌、地质条件、水位等基本情况，建立了临时观测系统，对整个唐家山堰塞湖的情况有了一个基本了解：唐家山堰塞湖坝体体积约2037万立方米，坝高百米以上，总库容3亿多立方米，当时蓄水量已近1亿立方米，相当于一座大（2）型水库。但堰塞体具有一定的稳定性，而暂时的低水位也给我们留下了宝贵的时间，提供了工程除险的可能性。这一基本判断为制定唐家山堰塞湖除险方案奠定了基石。但若不实施工程除险措施，一旦水位蹿至坝顶出现漫坝溃决，下游北川、绵阳将变成泽国，130 万人民群众的生命岌岌可危。

我被上级指定为排险方案编制负责人，具体协调长江委、成勘院有关专家共同制定排险方案，为领导提供决策依据。唐家山堰塞湖险情严重，处理难度大。缺乏基本地质资料，无法对堰塞体稳定性做出十分准确的判断，我们只能立足自身，迅速汇集了参加过 2000 年西藏易贡堰塞湖处置的长江委一批专家，组成了精干的前方专家组，开始了紧张的方案设计。长江委主任蔡其华和长江设计院原总工程师、全国工程勘察设计大师徐麟祥亲自坐镇，现场指导；长江委水文局、长江设计院组织技术人员夜以继日，计算唐家山堰塞体发生不同溃决高度的洪水演进，并适时向前方发送计算分析成果；在武汉后方，长江委领导马建华、魏山忠、钮新强，中国工程院院士文伏波、郑守仁，全国工程勘察设计大师陈德基等数十名专家紧急会商，对方案的可行性、安全性、全面性进行论证研究，为我们提供强有力的技术支持。

前方专家彻夜未眠，后方人员通宵达旦，23 日晚，终于完成了唐家山堰塞湖应急处置方案：在堰塞坝上方，采用机械开挖出一条泄流渠，控制湖水由泄流渠下泄，并利用水流的挟带能力，逐步冲刷、扩大渠道断面，降低坝前水位，减小水头和蓄水量，把危险降到最低。

连续几天持续降雨，坝前水位以每天 2 米左右的速度快速上涨，距离坝顶最低处的高差只有 29 米，蓄水量已超过 1 亿立方米。而且，就在 25 日下午，发生了青川 6.4 级余震，地质专家分析认为，这次强烈余震有可能会对唐家山堰塞湖坝体产生影响。北川、绵阳百余万群众的生命安全受到日益严重的威胁！形势异常严峻！

实施方案，谈何容易。受地震影响，通往唐家山的水陆交通完全中断，空中是唯一的运输通道。受降雨和高山峡谷恶劣气象条件的限制，直到5月25日上午，一台设备也没能运上去，除险方案没有条件付诸实施。对此，我们万分焦急。

绝不允许被动溃坝。根据指挥部的要求，我们紧急修改除险方案：由以大型机械设备开挖泄流渠为主，变为以人工爆破为主；人力和设备开进由以空运为主，变为以徒步为主。

25日晚，指挥部果断命令1000多名解放军和武警战士背负10吨炸药，连夜徒步挺进唐家山，实施人工爆破方案。为指导现场爆破作业，我的同事陈敦科随队上山。他曾经负责过三峡围堰工程爆破施工，是著名的土工、爆破专家，也是这次爆破方案的制定者。事后，他告诉我，这是他有史以来走过的最难走的路。天气十分炎热，山上植被茂密，荆棘遍布，根本无路可走。地上全是腐殖土和腐烂的树叶，每挪一步都很艰难。山脊上到处都是裂缝，宽的近2米，窄的也有几十厘米，稍不留神，就会摔伤。滑坡的坡面上，坡度很陡，碎石松软，山上滚石不断，而脚下就是几十米深的堰塞湖。

老天给我们开了一个残酷的玩笑。26日早晨，当部队官兵还在途中艰难跋涉时，北川的天空就露出了放晴的迹象。我们当即建议，暂缓爆破，立即运送设备并实施开挖方案。随着米–26的轰鸣，一台台机械设备被运送到唐家山坝顶，应急疏通工程按计划全面展开。为靠前指导，我和水利部刘宁总工程师，还有工程技术人员、测量人员乘直升机又一次登上了唐家山坝顶，开始了我们七天六夜的坝顶生活。

坝顶高低不平，一顶帐篷睡8~12个人。土工布就铺在碎石上，一床被子垫一半盖一半，石头硌得人背疼，我们戏称为“按摩床”；蚊子特别多，也特别大，实在受不了就用被子蒙住头，直到浑身冒汗，我们戏称为“桑拿浴”；堰塞湖水不能使用，坝顶用水困难，不能洗脸刷牙，更不用说洗澡了，我被大家戏称为“丐帮帮主”；太阳炙烤，辐射强烈，不到两天人人脸上脱皮，人被晒得黝黑黝黑的，蔡其华主任见到我，形容我是“非洲难民”。

坝顶生活艰苦，只有干粮和矿泉水。武警部队有时也送我们单兵自热食品。指挥部空运盒饭来的时候，就是我们聚餐过大年的时候。余震特别多，滚石不断，还有施工设备的轰鸣，那是我们的“催眠曲”。坝顶空间有限，直升机来来往往，每天要起降很多架次，因为有俄罗斯的米-26，我们干脆叫它“唐家山国际机场”。每次起降，直升机螺旋桨都会带起巨大的旋风，一来一去都是狂风大作，飞沙走石，十分危险。

在坝顶，我们主要指导部队施工，随时召开协调会，针对现场开挖情况，调整、修改、完善施工方案。6月1日，经过武警水电部队的连续拼搏，一条长475米、开口宽50余米、深13米的泄流渠提前完成施工！

6月7日7时08分，泄流渠开始过流。淤积在唐家山怀中，淤积在灾区人民乃至全国人民心中20余天的悬湖之水，在智慧与拼搏铸就的通道中，在全世界的注目下，终于驯服地向下游流去。到6月8日16时，泄流渠流量达20余立方米每秒，溯源冲刷效果开始显现，稳步向除险方案设计的目标发展。胜利在望，天佑中华！我一颗悬着的心终于放松了下来。那一天是端午节，领导来慰问我们，我一口气吃了5个粽子，心情好了，胃口也就好了。

随着下泄流量不断增大，溯源冲刷态势越来越好。6月10日6时至11时30分，下泄流量从337立方米每秒急剧加大至6500立方米每秒，泄洪口门宽度拓展至100多米。20时，坝前水位回落至720米这个比较安全的水位以下。6月11日晨，泄流渠宽度已达140余米，渠底最低高程降至约710米，并且已经形成了相对稳定的新的河槽，可保证两百年一遇洪水顺利下泄，唐家山堰塞湖险情已排除，剩余堰塞体整体稳定，不会发生瞬时溃决……唐家山堰塞湖应急排险工程取得了重大胜利。这个过程和结果，印证了我们的判断，验证了我们的方案。

11日傍晚，看到疏散转移的24万群众陆续返回家园，看到灾区生产生活从紧急避险恢复到重建家园，我们兑现了"不让一名群众伤亡"的承诺，创造了世界上处理大型堰塞湖的奇迹！决战唐家山，我们水利人终于不负重托，不辱使命！

破解唐家山堰塞湖只是惊心动魄的一幕，还有许多电视中看不到的抢险场景——

长江委200多位专家日夜兼程进入灾区后，马不停蹄地查勘了四川、重庆、湖北、云南等地数百处受损的水利工程，并现场指导地方抢险救灾。

移动监测车对成都、都江堰、彭州、绵竹、什邡、崇州等地的饮用水水源地、主要河流、地下水等开展水质监测，确保了灾区供水安全。

10个堰塞湖现场勘测小组赴绵阳、德阳、广元等地实施应急监测。

成功预报了甘肃文县关家沟泥石流，挽救了700多人的生命；成功爆破疏通了四川竹包沟溢流堰，解除2处堰塞湖险情；成功解除四川建兴水库、庙儿嘴管涌险情……

在文家坝堰塞湖应急除险施工中，长江委抢险队共完成土石方开挖转运 9.8 万立方米，投入施工机械设备 10 余台套，有力地保证了施工任务的顺利完成。7 月 5 日，石坎河发生洪水，上游马鞍石堰塞坝溢流，文家坝瞬间最大流量达到 2300 立方米每秒，经导流明渠得以安全下泄，文家坝堰塞湖险情完全解除。

成功！成功！为了履行神圣的使命，长江委人就是这样挺立于惊涛骇浪之中，驰援于山崩地裂之际，而且，抗震救灾的科技水平也不断提升。

2014 年 8 月 3 日，云南省鲁甸县境内发生 6.5 级地震，水利工程严重震损，堰塞湖险情持续加剧，余震的危机还未消除，次生灾害的阴霾已盘旋在灾区的上空。

强烈的地震造成牛栏江流域红石岩处山体垮塌，泥石流瞬间袭来。巨大的石块沿着陡峭的山坡倾泻而下，使堵塞的河道形成一个高约 116 米、底宽约 300 米的堰塞湖，下游地区 2000 多户群众危在旦夕。

灾情就是命令。长江委刘雅鸣主任立即做出部署，启动防汛应急Ⅲ级响应，派遣水利专家星夜兼程驰援灾区。

水文局召集宜宾分局、攀枝花分局及上游局机关三路人马，携带冲锋舟、电波流速仪和 GPS 等应急监测设备火速赶往昭通震中。

长江设计院派遣 3 名高级工程师了解救灾进展，通宵奋战研究对策方案，8 月 5 日凌晨 5 时，《牛栏江堰塞体溃决影响计算分析报告》紧急出炉。

长江科学院利用自主开发的堤坝溃决模型，从航拍影像图自动快速提取计算断面开展模拟和论证，为制定堰塞湖除险方案及下游群众疏散方案提供技术支撑。

网信中心派出卫星通信小组连夜奔赴地震灾区，第一时间搭建起通信网络，于 8 月 6 日成功将清晰的灾区语音视频信号传递到指挥部，为科学救援搭建起一条传递决策信息的高速通道。

战斗在一线的专家们头顶飞石、脚踏泥泞，与灾区人民并肩作战；后方的智囊团鏖战通宵、运筹帷幄，密切与一线联系，及时对险情做出科学处置。

南方雨雪冰冻，玉树特大地震、舟曲特大山洪泥石流……一次次紧急出发，一次次成功应对，长江委集精锐之师，扬专业之长，不负众望，不辱使命，交出一份份排除万难、科学救灾的优秀答卷。而最振奋人心的，是处置金沙江白格堰塞湖，引流万年一遇的洪水。

“金沙江水又断了！”2018 年 11 月 3 日 18 时许，长江委防办主任陈敏的电话响起，电话那头，四川省甘孜藏族自治州水务局局长尹天飞报告，半个小时前，金沙江白格原山体滑坡点再次发生滑坡，巨量土石方再次堵江，形成堰塞湖。

危情又现！消息迅速由长江委上报至水利部。在武汉长江委会商室，由马建华主任主持的专题会紧急召开，这是一个月内第四次启动堰塞湖处置应对机制。

23 天前，西藏自治区昌都市江达县与四川省甘孜藏族自治州白玉县交界处，山体滑坡造成金沙江断流并形成堰塞湖；17 天前，西藏自治区林芝市米林县，山体滑坡造成雅鲁藏布江断流并形成堰塞湖；5 天前，雅鲁藏布江原山体滑坡点再次滑坡堵江。当时经过实地踏勘研判，前三次堰塞湖危机均通过自然泄流得以解除险情。这第四次危机，老天还会眷顾吗？

经过初步分析，答案渐趋明朗：一个好消息，一个坏消息。

好消息是此次堰塞湖处置“耳聪目明”，不必因常规水文监测手段尚未覆盖险发区域而着急上火——上次处置过程中设立的堰塞湖入库和坝前水位站已迅速恢复，坝下叶巴滩至石鼓一线的长江委所属水文站已进入应急临战状态，迅速建立起来的水文应急测报机制将继续派上大用场，为决策提供最关键的研判依据。

坏消息是按照当地干部的话说“这次垮得更凶”。凶到什么程度？随后监测分析数据给出了定量结果：堰塞体高 96 米，较上次高出 30 多米，水头较之前几乎翻倍，而坝高每增高 1 米，向下冲击的能量将大幅度增加，意味着自然泄流的时间会极大拖后。如果要等待自然泄流，预计要到 11 月 15 日左右，但是 12 天的时间，堰塞湖蓄水量将达 7.7 亿立方米，是第一次堰塞湖蓄水量的 2 倍多，也大大超出 10 年前著名的唐家山堰塞湖蓄水量，无异于一颗高悬的“炸弹”。

上游湖水不断壅高，下游则直接威胁藏川滇的一串沿江城镇及金沙江中下游梯级水库安全。这样的能量如果不加束缚等待自然泄流，其溃坝流量将超万年一遇，摧毁几十层高的建筑物，就如同撕裂一张薄纸，由此带来的人员伤亡、财产损失和环境破坏更是不可估量……

人工干预已势在必行。险情惊动了中南海，李克强总理等国务院领导做出重要批示，水利部紧急调兵遣将，长江委不仅派出副主任胡甲均和王俊、杨启贵、黄奇、石裕等专家参加由副部长叶建春领队的工作组，从武汉赶赴 3000 多千米外的堰塞湖现场指导应急处置，后方也是日夜鏖战，根据前方情况持续滚动会商，进行洪水风险动态分析演算。

无论是在有记录的资料中还是在长江委老一辈专家们的记忆中，大规模堰塞湖发生在长江干流上都是极为罕见的。金沙江像人被卡住脖子一样奄奄一息，完全没有了平时汹涌澎湃的气势。可这平静之中隐藏着巨大的危险，上游水体能量正急速积聚，随时都可能山崩海泻！

8 日夜，专家组在踏勘堰塞湖现场后，乘坐冲锋艇返回江达。冲锋艇在漆黑一片、凛冽刺骨的江风中航行两个多小时，江水溅进艇中即刻就成冰碴，专家们下船时生生冻得感觉不到腿的存在。之后几天大家又数度登上险情四伏的堰塞体，头顶滑坡体雷达警报数度拉响，暂避后继续如常工作。

帐篷里、监测点位上，近百名长江水文人和川藏水文队伍一道，披荆斩棘第一时间突进现场，外套橙色救生衣的蓝色水文制服分外显眼。

武汉，长江委大院灯火不熄，百余名技术人员的眼中都布满血丝。前方实时数据一拨拨更新，后方做出的分析结果和决策建议也一次次实时更新。

运用什么方式实施人工干预？必须在 2 天内做出决定。人工干预处置堰塞湖说难也不难，长江委的技术实力和应对经验在国内居于前列，在国际上也声名斐然，有一套经过无数硬仗考验和印证、日臻成熟的打法。可选择的招数，无非开槽、爆破、水冲三种，但最终选用哪一种，往往与堰塞体所处的环境条件密切相关。现场位于海拔近 3000 米的地区，要想进去须翻越崇山峻岭，从离得最近的村算起，也要翻过三道山梁，穿过层层叠叠的原始森林步行 5 小时才能到达。这还不算最难的，更要命的是 20 多天内连续两次大规模滑坡的山体极不稳定，即便是再权威的专家，恐怕也难以断定附近的山头会不会再垮。使用什么手段，才能动静又小又有效呢？

11 月 4 日深夜，经过时任长江委总工程师金兴平与 40 余名专家持续 7 个多小时的激烈讨论、反复磨合，一份凝聚智慧的方案终于出炉。

方案十分明确：建议采取“开挖引流槽”的方式人工干预处置堰塞湖，并配合采取两条非工程措施：一是堰塞湖上下游淹没区人员迅速转移避险，二是提前调度水库，腾出库容接纳溃坝洪水。

6 日，方案得到水利部和前方指挥部批准。

也许有人会说：无非就是“挖条槽”嘛！殊不知平地上挖条槽也许容易，但要在堰塞体上开挖，却面临诸多难题：渠线如何选择，挖多少，挖的效果怎样，都是难以决定的事，必须进行科学的研究、设计和施工。

找一个利于开挖的薄弱面，并充分利用水流自身的力量冲刷实现减小下游，至关重要。开渠时，让渠线避开右岸滑坡体，在左岸附近开挖，充分利用左岸自然硬边界控制洪水有约束地下泄，达到既不突溃又能尽快下泄湖水的目标，减少突溃风险，实现“保左刷右、溯源冲刷”。

11 月 10 日上午，在累计开挖约 2.4 万立方米土石后，2955 米高程引流槽基本贯通。此时水面距离引流槽还有几米的距离。等待还是继续挖？再次研判后，为尽可能加快过流进程，指挥部决定再往下挖 3 米，继续挖掘到 2952 米。

12 日 10 时 50 分，水面达到引流槽进口高程后开始全程过流。

12 日 18 时，引流槽实测流量 2.5 立方米每秒。

不少人开始疑惑：怎么过流了还下泄如此缓慢，而且上游水位还在上涨？在现场的长江设计院副院长、全国工程勘察设计大师杨启贵形象地解释：之所以叫引流槽，先要“引”，就像用剪刀在布片上剪开一个小口，然后不用费太大劲，就能将布整个撕开。所以，过流后水位还要经历一个上涨过程是必然的，也是必需的，一来因为一开始上游来水量还大于过流量，二来最终冲开就是要靠积累一定的水头，才能利用水流能量持续冲刷过流断面，将堰塞体“撕”开“铲”深，加大过流能力。

12日那一晚，现场所有人都没有睡。“仿佛等待婴儿出生一般，期待、焦虑、紧张都有。”

13日一早，过水断面实测流量有明显加大迹象，堰塞湖水位达2956.40米高程后转降，过流量则按预期中的开始陡然攀升。至18时，堰塞体溃决，泄流流量达到3.1万立方米每秒的峰值后陡落；14日8时堰塞湖水位基本复原。

在焦急的等待中，引流槽终于达到预计效果，泄流成功!

从现场到武汉，再到北京，看到无人机俯拍的实时画面，所有前后方的参与者都松了一口气。

堰塞体成功泄流，只是这场战役至为关键的初胜。能否将泄出的万年一遇的洪水平稳送出去，才是衡量决战是否全胜的终极标准。

长江委先后经过16次滚动会商，连发4道调度令，按照“安全第一”的原则，调度金沙江中游梯级水库累计腾出13亿立方米库容，分析苏洼龙水电站上游围堰的堰前最高水位及可能存在的风险，协调电站业主提前实施主动破堰迎洪。

堰塞体溃决后，继续密切监视溃坝洪水演进，动态优化调整调度方案，再发2道调度令，全力保障安全。与此同时，向藏川滇发出紧急通知，对监测预警、人员安全、工程安全、调度指令落实、信息报送等提出明确要求。

水文沿线监测的数据显示：经河道槽蓄坦化作用后，白格溃坝洪水洪峰次第衰减，至叶巴滩和奔子栏超万年一遇，至塔城衰减为千年一遇，行进到石鼓时已成“强弩之末”，最后平稳进入梨园水库有序泄放，金沙江中游各梯级水库平安度险。

从白格堰塞体奔泻而下的湖水，先细流再激剧最终归于平静，顺利东流。据统计，无一人因之伤亡。

11 月 17 日，来自长江委的信息：根据相关水文监测数据分析，白格堰塞湖溃坝洪水安全通过梨园水库，堰塞湖洪水影响基本结束。这意味着曾经警灯高悬的白格堰塞湖危机应急处置告捷，创造了人工干预处置大型堰塞湖的又一成功范例。

在这场与时间和洪水赛跑的较量中，长江委人用实际行动交出了优异的答卷，最大限度地减少了灾害损失。刚过 60 岁即将离任的长江委水文局局长王俊主动请缨赶赴前线，堰塞湖告捷的时刻，他终因体力不支晕倒了，醒来后苍白的脸上却浮现出欣慰的笑容。

这就是坚强忠诚的长江卫士，迎难而上，冒险而行，毕生护卫着亲爱的母亲河！

青青长堤三万里

青青长堤，是长江流域最古老、最基本的防洪设施。杨柳依依，芳草连天，唐代诗人韦庄曾吟叹：“江雨霏霏江草齐，六朝如梦鸟空啼。无情最是台城柳，依旧烟笼十里堤。”

经考古工作者考证，武汉市黄陂境内的盘龙城建于 3500 年前的商代，该城城址一面临盘龙湖，一面临河，当时的城堤具有防水防敌的双重作用。“堤防之设，始自楚相孙叔敖”，表明长江流域春秋时期就筑堤防洪。史载西汉末年，钱塘开始修建海塘抵御海潮侵袭。唐宋以后，全国经济中心南移，围地垦殖进程加速，圩堤、江堤、海塘有较快发展。荆江大堤至宋朝基本形成雏形，明代连成一线，有“始于晋，拓于宋，成于明”之说。其他长江干堤经历宋、元、明、清、民国初年等年代逐步形成。

古代地方官的一大重任，就是修堤防洪，名曰“岁修”，以至有的城墙也是挡洪堤。洞庭湖区和鄱阳湖区明清期间大量筑堤围垸，海塘经元、明、清历代修筑扩展，基本形成了工程体系。

有人认为堤防不就是一道挡水墙吗？殊不知，这道墙自古就在砌筑，浸透了世代长江人的心血，积淀下深厚的文化底蕴；这道墙比长城还要长，长城的功用早已丧失，而堤防所坚守的信念从来都不曾淡化。

一道道江堤，往往掩映在城市的边角，平时并不惹人注目，可汛期一到，就会俨然成为城市的主角。在武汉，人们用堤来命名街道，都府堤、月湖堤、腰路堤、长堤街等，著名的张公堤就是这个城市最后也是最大的一道堤防工程，因晚清湖广总督张之洞主持兴建而得名。正是它的建成，助武汉获得了20世纪初大武汉的名号和“东方芝加哥”的美称。当因水而兴造就城市发展的一个高峰时，其因水而患的惨剧自然就更是触目惊心。1931年大洪水，汉口未被淹没的高地仅剩0.5平方千米。因水兴也因水患的武汉，每年汛期，就是城市一年一度的季候症，人们已习惯奔赴江堤，长辈们修堤，孩子长大了也修堤，打响又一场保卫战。

长堤就这样穿越历史，延伸而来。如果考古，我们就可以从古堤的土层中看到千秋万代的脉络，有多少水的悲欢、水的故事埋藏在千里长堤之中。水高一尺，堤高一丈，不断加固加高的堤防，消融着大江的狂野，坚守着最后的防线，这是水与陆、生与死的攻防。有了堤防，就有了家园厚土，护着堤防，就像护着累世的家财。

但由于种种原因，长江流域水利基础设施非常薄弱，堤防“低矮破烂、险象环生、三年两溃”，洪水肆虐，百废待兴。直到新中国成立后，堤防建设才飞速发展。

20 世纪 50 年代初，长江委修堤复圩，堤顶高程是根据 1949 年洪水溃口后的实际水位确定的，大约可防 10 年一遇洪水。80 年代修订长江防洪规划，加高堤身，使荆江河段、城陵矶河段、武汉河段河道安全泄洪量分别达到 6 万、7 万、8 万立方米每秒。

尽管堤防不断加高加固，有些老堤仍难抵挡特大洪水的冲击。

1998 年 8 月 7 日下午 1 时 10 分，洪水肆虐，疯狂撞击长江干堤，江西九江城防大堤 4—5 号闸口的堤脚突发大管涌，随之塌陷溃决。瞬间，大堤被撕开 5 米多宽的决口。

40 米、60 米……随着决口不断扩大，狂泻的洪水向九江城扑去，如不及时堵住，全城 42 万群众将陷入灭顶之灾，京九大动脉也会被拦腰切断。

危急关头，抗洪抢险部队不惜一切代价抢堵决口，借助月光和探照灯光，同时从江堤和煤船两侧不停地抛投砂石和粮包，可湍急的洪流转眼间将沙袋、粮包冲得无影无踪。

作为国家防总江西安徽段专家组组长，年已花甲的杨光煦临危受命，赶赴溃口现场指导抢险。

“距现场约 500 米时，高达近 4 米落差、汹涌而入的洪水，不到 5 分钟由脚背淹及齐腰深”，杨光煦回忆，当时他只得被迫爬上临近溃口的一座厂房二楼，随后乘冲锋舟赶至溃口处。

当时，现场沉下一条长 75 米、载重 1500 余吨的大铁驳船封在溃口迎水侧，但肆虐的洪水仍然从沉船的底部及上下游两侧经溃口冲入堤内。千钧一发之际，杨光煦提出的在铁驳船前方继续沉船 7 艘的建议，帮助顺利堵住了过大的过流缺口。8 月 9 日下午，时任国务院总理朱镕基亲临九江溃口现场，紧紧握住杨光煦的手说，专家技术人员在这次堵口抢险中发挥了高超的技术，立了功！

险情仍在继续，在当晚紧急召开的堵口方案讨论会上，杨光煦提出封堵溃口方案：首先，以建筑脚手架钢管按 5 根一组扎成钢管排架，贴着沉船迎水侧插入河底，形成钢管拦石栅，再沿钢管栅外侧人工平抛块石，形成高出水面的截流戗堤，即第一道防线，利用其隔绝长江洪水的直接淘刷，进一步减少溃口处流量、降低流速；然后，运用钢管构架填石料或拦石栅块石封堵溃口，形成第二道防线；最后，在一、二道防线间水下抛土闭气。

“方案获得一致通过。”险情重大，紧急万分，现场抢险负责人当即宣布，按杨光煦提出的技术方案办！

但面对超历史最高洪水位，溃口过流量超 400 立方米每秒的严峻形势，同时陆路交通中断，无法使用施工机械设备，全靠人力施工，堵口难度超出想象。现场抢险负责人先后 2 次询问杨光煦：“堵口能不能成功？”杨光煦斩钉截铁地回答：“根据我在乌江渡采用钢栅抛石改流的经验，能成功。只要能满足钢管和块石这两个条件，方案绝对可靠。”

果然，杨光煦提出的方案奏效，振奋人心。8 月 12 日，堵口成功；8 月 15 日，闭气成功；8 月 20 日，经过 13 个昼夜的顽强奋战，溃口封堵抢险工作全面完成。

在堵口抢险前线，人们都知道长江委派来了一个了不起的“杨专家”，就像神机妙算的诸葛亮。这个头发花白的老头满身煤灰，戴着“技术指导”红袖章，总是出现在最危险的地方，为了便于观察险情，不戴草帽，脸晒得黑黑的，只有眼镜框印是白的。

抢险结束后，杨光煦收到两面锦旗。一面是江西省所赠，上书“抢险当高参，堵口献良策”，另一面是九江市所赠，上书“艺高称泰斗，鼎力伏洪魔”。

长堤上的故事实在太多，当我们为抢险大军用血肉之躯堵口、防洪专家以锦囊妙计排难而激昂点赞时，怎能不痛定思痛，深切期盼江堤更牢固、更可靠?

令人欣慰的是，1998 年长江大洪水暴露出的防洪问题，极大地促进了长江干堤大规模达标建设，隐蔽工程便是一大亮点。

长江堤防总长度约 3.4 万千米。按地域分布，大致可以分为 3 个部

加固整治一新的赣抚大堤

分：长江上游堤防，主要分布在四川盆地河流的中下游，长约3100千米；长江中下游堤防，是长江堤防工程的主体部分，包括长江干堤、主要支流堤防，以及洞庭湖区、鄱阳湖区等堤防，现有堤防总长约3万千米，其中长江干流堤防约3900千米；长江海塘，分布在长江河口与沿海地带，全长900余千米。

1999年8月25日，国务院第46次总理办公会议做出重大决定：加大力度整治长江，国家在原有投资的基础上，用3~5年时间，每年增拨100亿元用于长江堤防的建设。同时，为了根除以往那种“年年投资、年年修堤、年年抗洪、年年紧张”的弊端，会议还决定“长江重要堤防隐蔽工程”交由长江委负责组织实施，并承担相应的责任。这种管理机制上的重大转变，不仅是对长江委的高度信任，也结束了过去那种由中央拨款、全部交地方施工的历史。

这是投入巨资建设的国家重点工程，分布在湖北、河南、安徽、江西4个省2000多千米的险工、险段上，以堤基堤身防渗、重要河段崩岸治理、重要堤防穿堤建筑物加固为重点，因这些设施大多隐蔽在水面或地面之下，故称之为隐蔽工程。

由于施工战线漫长、分散，共有来自9个行业和部门的98家具有一、二级资质的施工单位承担施工任务。整个工程要求在4年内完成，而每个年度的有效施工期（枯水期）仅有2~5个月。因此，时间紧，任务重，管理难度大；边施工、边运行、边整改，是隐蔽工程的重要特点。

不能辜负全国人民的重托和希望，要把隐蔽工程真正建设成放心堤、安全堤、幸福堤！长江委全面推行质量终身责任制，建立了“项目法人负责、施工单位保证、监理单位控制、政府质量监督部门监督”的质量管理体系，同时还接受工程所在地政府、新闻媒体和沿江两岸人民的监督，使工程建设质量始终处于受控状态。

环境监理在国际大型工程建设中是一种惯例，但在国内却是一种全新理念。长江委邀请了具有甲级资质、全国一流的监理单位，进行24小时“旁站式”监理。也就是说，施工人员在哪里，监理人员就跟到哪里，“盯得比婆婆还紧”。专家已经不能再靠图纸了，必须到现场测量、论证，必须取得第一手的鲜活资料。“监工”们权力很大，对水、声、气、土、鼠、虫、毒等所有涉及环境的问题均有监理权力，有的还对工程款项有签字权和否决权，若发现没达到环保要求，就严令施工方返工。对有血吸虫的施工地段，必须先洒药治理。若看到江中有江豚出没，“监工”还要求施工方在抛石固基时尽量避让。

抛石护堤似乎简单，可工程组对石料的质量就有诸多要求：风化石不收，易水解石不收，脏石头不收（预防从已抛堤段偷石头）。另外，对不符合标准的块石实施惩罚性扣方，对小石头超过20%的船只予以拒收。

长江堤防的大规模整治和加固，使人们不再“谈洪色变”，极大减轻了防汛压力和消耗。1998年大抗洪，仅九江溃口抢险，就消耗碎石和块石7.84万立方米、钢材80吨、编织袋177.6万条，沉船10艘，投入抢险官兵2.4万人。所以，隐蔽工程建设从开始就提出一大目标：工程完工后，已建设堤段长江水位达到设计洪水位，可不再动用千军万马上堤抗洪防汛。

长江中下游干流两岸及湖区是我国血吸虫病的主要疫区，受威胁的人口达1亿以上。血吸虫病的蔓延与洪水淹没面积的大小密切相关，隐蔽工程也是“健康工程”“生态工程”。

中央领导高度关注长江重要堤防隐蔽工程建设，当长江委主任黎安田专题汇报工程建设情况时，朱镕基总理指示：长江委没有自己的

汉口江滩

直属施工队伍，秉公依法公开、透明招标，能做到这样是难能可贵的。

历时4个春秋，隐蔽工程于2005年12月通过了水利部主持的竣工验收：已建工程总体质量良好，合格率达100%，优良率50%以上。

随着长江堤防的加固，堤坝建设融入了更多新理念，使用了更多新技术、新材料，除了防洪、发电、通航、养殖等功能外，还营造出艺术之美，武汉沿江而建的江滩公园便是江堤书写的新诗篇。

三峡大坝建成后，沿江地区展现着放心建设、稳定发展的美丽图画，武汉江滩不再年年淹水了，却开发无序，令人痛惜。长江委又把画笔对准了这片空白，多次发出呼吁，得到了市政府的重视和委托，由长江设计院主持“汉口江滩综合治理”规划。于是，就有了“还水于民、提升城市品位”的神来之笔，江滩公园如诗如画，显示着大武汉的滨江特色，形成了休闲、娱乐、护卫堤防的绿色长廊。

如今，武汉两江四岸都建有江滩公园，成为武汉人引以为豪的休闲胜地，却很少有人知道——是长江委在幕后运筹帷幄。时任长江委主任魏山忠曾亲自推动青山江滩建设，创新提出缓坝堤防理念，有效兼顾了堤防的防洪和生态功能。青山江滩改造工程还充分融入海绵城市建设思路，设置植被缓冲带、生态草沟等设施，构建“城市、江滩、堤防三位一体”的景观，最大限度地还原了长江的原生态美景。

三峡工程的全面建成，使长江中下游的防洪能力实现了历史性的跨越。但 3.4 万千米江堤依然是护卫长江的水滨长城，是长江图画上的一笔笔生命之绿、青春之绿。正是有了这碧绿的底色，我们的家园才如此安宁多彩。

调波遣浪驾巨龙

经过半个多世纪的持续建设，长江流域初步建成了以堤防为基础、以三峡为骨干、干支流水库和河道整治等工程措施相配合的综合防洪减灾体系。这是划时代的巨变，也是长江委的最大功勋。

从堤防挡水，到利用上下游水库调整流量，削峰错峰，标志着防汛抗洪的手段和功能越来越丰富。

水库可谓最有效、最经济、最灵活的防洪武器。长江流域现约有 5.12 万座水库，580 多亿立方米防洪库容。还布设了 46 处蓄滞洪区，有效蓄洪总量规模达到了 560 亿立方米。长江委充分发挥水库群“联”与“合”的优势，逐步实现了综合效益最大化，在防洪、供水、生态、发电、航运、应急等多方面开花结果。

包括三峡工程在内的 40 座控制性水库，成了控制川江洪水进入长江中下游的咽喉，极其有效地减少了荆江、洞庭湖的洪水威胁，降低了荆江河段发生毁灭性洪灾的可能性。2016 年大洪水，联合调度水库群共拦蓄洪水 227 亿立方米，降低了城陵矶附近地区洪峰水位约 1 米，避免了 3 万多公顷耕地被淹、38 万多人转移。

纳入联合调度的水工程，现已扩展至 100 座。调波遣浪，也显著改善了长江航运条件，2018 年三峡船闸过闸货运量创历史纪录，达 1.4 亿吨。

在长江水文预报中心，巨幅视频占了整整一面墙，实时显示着水文观测站、水质监测站、三峡等重要大坝出库流量等情况。一条巨龙闪闪腾跃，图标线条如同飞溅的礼花。

这里的每个办公桌前，都有 4 个视频，波动着水纹，跳跃着数字，令人目不暇接。慧眼明眸的邹冰玉已在这里工作了 25 年，做出了无数准确的预报。笔者采访她时，大厅内格外安静，她也显得云淡风轻，只是边谈边扫一眼屏幕，似乎那些紧张的战役，都在一瞥之中。

邹冰玉：记得 1998 年大洪水时，两个多月 8 次洪峰，一波接一波，汛情多处告急，与洪水赛跑的预报工作十分紧张繁重。几位老预报专家和我负责长江中下游的预报，长江中下游防洪主要靠堤防防守，在临界条件下，几厘米的水位变化可能就会得出分洪和不分洪两个截然不同的结果，对预报精度的要求非常高。我们每次发出预报犹如高考交卷般谨慎，每一个数字都代表着一份责任。每一份预报发出前我们总想多分析一下、再多分析一下，总是希望预报能准确些更准确些。同时，还要准备应对各方对预报准确度可能性的询问。不敢休息，紧盯不断变化的水雨情，分析、预测。当时的我怀孕挺着大肚子，开始也和大家一样，基本都以办公室为家，累了倦了靠在桌子边眯上几分钟再接着干，实在熬不住就打个地铺将就一下。处里安排大家轮流休息也是回家匆匆洗个澡换个衣服就返回。就这样，完成了一份份沉甸甸的预报，战胜了一个又一个洪峰。

还有应急预报服务。邹冰玉最难忘的，是2018年“11·3”白格堰塞湖险情应急处置：

堰塞湖水情非常态，相关资料匮乏，更无历史参照，对我们的预报是个巨大挑战。我们预报小组克服困难，加班加点，创建模型，拟定参数，滚动加密分析，预测堰塞湖水情。

紧张的态势，在11月13号堰塞体溃口时达到巅峰。最具有代表性的是巴塘站的预报，每个预报员根据自己建立的模型给出预报结果，会商综合，程局长签发的预报发出去以后，根本没办法睡觉，大家都盯着水位一点点往上蹿，最快的时候是10分钟3.5米，半个小时8米多，后来分析是超万年一遇的洪水。快2点的时候，洪峰水位最终定格在2494.91米，比我们的预报值仅仅高0.01米，堰塞湖微信群出现密集轰炸式的大拇指点赞。那一刻，大家眼睛湿润，相互击掌致意，一直悬着的心终于可以放下了。

邹冰玉是幸运的，当1994年她走进长江委大院时，信息时代的大门正徐徐开启，她这个水文专业预报员也成了“业余”的预报系统开发者。两年攻关，第一代长江洪水预报系统——“长江专家交互式预报系统”诞生。那时真忙，没有周末节假日，连谈恋爱都没有时间。男朋友常常等她下班，不知她什么时候能揉着眼睛从大楼里走出来。

几年后，小姑娘当了母亲，也成为研发团队的技术负责人，开发出国内首创的通用型水文预报平台，被推广到长江三峡、金沙江梯级、广西西江等20多处应用。随着流域内控制性水库群的建成，预报与调度更加紧密，他们又倾力打造出“长江防洪预报调度系统”，实现了预报调度一体化，其出色的性能与可视化效果深受好评。如今，这个系统已走出长江流域，在广东中小河流预报预警中应用，也在老挝、巴基斯坦的

长江流域防汛水情会商系统

水利工程建设中应用，服务“一带一路”建设，可谓花开长江，香清益远。

从20世纪90年代起，预报中心就承担水电工程建设施工预报服务。邹冰玉也抛家别子，奔赴三峡、溪洛渡等施工现场，每年都要驻守工地3个月以上，持续7年，孩子也度过了缺乏母亲照护的小学阶段。她翻山越岭，几乎跑遍了预报中心服务的各个电站，从安装服务系统、搭建预报工具，到电站截流提供龙门预报服务，无不倾注心血。每次施工截流，都是一场紧张的大战，预报难度远高于常规洪水预报，需要随时提供预报数据，往往通宵达旦地工作，眼中布满了血丝。

当年长发飘飘的女大学生，已成长为短发干练的预报中心副主任，邹冰玉对我再三强调，大家都是这样干过来的，有静室风云，也有工地日月，她只是众多水情工作者中平凡的一员，预报工作是团体作战，预报成果是集体智慧。正是不断攻关，不断进步，才将江河无常化为可测可知。

是的，长江委人的故事，风雨为铭，江河做证。

三万里长堤，五万座水库，坐镇武汉长江委大楼，我们就可以纵览大江，遍数明珠，呼风唤雨，调波遣浪。这是何等快事，何等自豪！

长江委大院里没有“龙王”，只有众多像邹冰玉一样平凡而又神奇的调波遣浪人。

施“长治”，铸“久安”

长江水清，黄河水浑，这是中国两条大河的一大差异。

其实，在远古时代，黄河水也是十分清亮的。那时黄河流域气候温和，森林茂密，土地肥沃，因野象众多，河南省被简称“豫”。但秦朝以后，黄土高原气候转寒，暴雨集中，加上黄土本身结构松散，很容易受侵蚀而崩塌，助长了水土流失，使大量泥沙进入黄河。另外，人口迅速增长，无限制地开垦放牧，使森林毁灭，草原破坏，黄土高原失去天然的保护层，从而成为我国水土流失最严重的地区。唐代诗人刘禹锡就痛心长叹：“九曲黄河万里沙，浪淘风簸自天涯。”

黄河，是中国人民科学认识和治理大江大河的重要见证。由于长江流域的植被破坏严重，造成大量水土流失，使长江含沙量增加，泥沙沉积，河床抬升，若不及时治理，将会变成中国的第二条黄河。

古人早就认识到水土保持的重要性，如春秋时代《吕刑》一书，就有“禹平水土，主名山川；稷降播种，农殖嘉谷”的说法。这里说的禹平水土，就蕴含着保持水土的含意。在各个历史时期，水土保持工作大多采取山林封禁、植树造林、梯田建设、保土耕作等措施。

早在20世纪50年代，长江委编制《长江流域综合利用规划要点报告》，就明确了搞好中下游防汛、搞好上游水土保持的指导思想。中上游地区的水土流失和中下游地区的洪涝灾害一直是长江的两大心腹之患，而水土流失又是造成洪涝灾害的重要原因之一。无论流失面积还是土壤侵蚀总量，长江都高居我国各大流域的榜首，其治理情况如何，对全国各大流域无疑具有非常典型的示范意义。

1989年，国务院批准将长江上游列为全国水土保持重点防治区，在水土流失严重的金沙江下游及毕节地区、嘉陵江中下游、陇南陕南地区和三峡库区等四片首批实施长江上游水土保持重点防治工程，简称“长治”工程，从此翻开了长江流域水土流失治理史的新篇章。

“长治”，既指长江之治，也喻长期之治。

不“长治”，难“久安”，长江委早就认识到这一重大工程的艰难度与长期性，为探索流域不同类型区的治理模式，指导和推动水土流失治理，曾先后在15个省（自治区、直辖市）开展了43条小流域试点，并于1988年8月组建水土保持局。

长江委根据试点经验，确定了“长治”工程的鲜明特色是“以小流域为单元”治理，即首治“毛细血管”，从一条河最上游源头的小支流，一条一条地治理，对山、水、林、田、路统一规划，既防治水土流失，又促进生产发展，力求保障达标清水流入下一级河流。

长江上游是我国水土流失重灾区，水土流失往往又和贫困落后交织在一起，形成了越穷越垦、越垦越穷的恶性循环。暴雨之中，整座山往下垮塌，滚滚泥石流呼啸而泻，掩埋良田村庄，冲入城镇街巷……这种惊心动魄的惨景已屡见不鲜。甘肃省属长江水系的武都县就遭受过如此浩劫：1984 年 8 月的一场特大暴雨，大规模爆发的泥石流导致武都城内大面积进水，房屋倒塌 13000 多间，11200 多人无家可归。县城四周交通完全中断，救灾物资只能靠飞机空投。为了缓解威胁，武都在泥石流直逼县城的那条沟壑里筑起了 10 道拦沙坝。

1988 年 3 月，长江委成立了金沙江水土保持考察队，孙军胜作为随队记者全程跟踪报道。30 年后，她还清晰地记得那次“超负荷”的考察是何等艰苦：为选出首批治理试验点，在不到两个月的时间内跑了 25 个县，每天带着干粮至少行车 100 多千米，山路又弯又陡又险，多次险遭乱石滚击。

多少年来，山区老百姓一直盼望改变穷山恶水，终于盼来了“长治”的东风。这是一项巨大的系统工程，长江委人肩负重任，走遍千山万水，踏勘、调查、科普、规划……让长江的一根根毛细血管渐渐从苍白变得红润，从干瘪变得饱满。

历时二十春秋，“长治”工程喜见成效——

共实施七期重点治理工程，涉及 5000 余条小流域，覆盖了长江上中游的 10 个省（直辖市）214 个县（市、区），累计投入资金 152 亿元，发动群众投劳 21 亿个工作日，完成水土流失治理面积 9.6 万平方千米。其中，改造坡耕地修建水平梯田 7080 平方千米，营造水土保持林 2.4 万平方千米，种植经济果木林 1.1 万平方千米，种草 3300 平方千米，实施保土耕作 1.7 万平方千米，实施封禁治理 3.4 万平方千米。

我们美丽的母亲河，终于实现了水土流失面积由增到减的历史性转变。遥感监测显示，长江流域水土流失面积由 20 世纪 80 年代中期的 62 万平方千米减少到 53 万平方千米，减少了 15%，三峡库区、嘉陵江流域、南水北调水源区丹江口库区、金沙江下游地区和洞庭湖、鄱阳湖水系生态环境均发生了显著变化。

21 世纪第一年的仲夏，《科技报》记者溯长江而上，在重庆、贵州、云南、四川、陕西、甘肃的水土流失治理区寻访一遍后，受到了很多鼓舞，看到了很多希望，贫瘠的土地正生长着富裕——

车在三峡库区腹心的重庆市开县连续行驶了 3 个多小时，举目见到的皆是坡耕地，是滑坡，是泥石流毁损道路留下的疮痍。但当车一驶进关口坪小流域时，不由得你不眼前一亮：平整的梯田，配套的沟渠，茁壮的庄稼，硕果累累的经果林，风景如画，地肥水美，简直跟桃花源似的。为什么要搞“长治”，只要看看关口坪经重点治理后的效果，一切都不言而喻。

顶着炎炎烈日，记者艰难地登上四川省凉山州宁南县大同乡的山峦。大家累得直喘气，还不敢张大嘴，因为脚踩在干燥的黄土上溅起的一溜黄尘像串烟似的紧紧笼罩在裤腿上，还使空气中弥漫着呛鼻的黄土气息。须知这还是在降雨颇丰的 8 月。终于领教了这“黄土高坡”的炎热和干旱，也终于理解了如果没有在这山上人工修建起的一个个微水塘池和一条又一条引水渠，配套成“长藤结瓜”模式，保证有充足的水源可供灌溉，当地群众不要说脱贫致富，连填饱肚子都成问题。

贵州省毕节市何官屯，是被四周的高山拥抱着的一块平坝，一条小河从平坝间缓缓地流过，牧歌村笛，堪称丰饶静谧。可一下暴雨，洪水裹挟着山上的泥沙向小河奔涌而来，河水立刻暴怒地漫过河堤，扑向平坝。这平坝上的田畴可是何官屯人的命根啊！但良田上的收获常常因一场暴雨就万亩皆空。经过连续 3 年的治理后，老

坡改梯工程

百姓对记者说："1982 年一场 83 毫米的降雨，造成 300 多万元的直接经济损失；1997 年下了一场降雨量达 113 毫米的暴雨，土不下山，水不乱流，如今咱这平坝里安全得很！"

"长治"工程累计完成坡改梯 7080 平方千米，修建乡、村及田间生产道路 1.2 万千米，建蓄水池 41 万口、沉沙凼 540 万个、排灌沟渠 11.5 万千米，整修塘堰 3.1 万座。过去跑水、跑肥、跑土的"三跑田"变成了旱涝保收、高产稳产的当家田，改变了山区薄弱的农业生产基础条件……

数字是枯燥的，变化却是鲜活的。四川省会理县鹿厂镇铜矿村荒坡遍布，曾发生过人与狼争水吃的现象，村民大都住的是土坯房和茅草屋，人均纯收入只有 50 元。经过对山、水、田、林、路的综合治理，这个徘徊在温饱线上的小山村成了省内闻名的新农村建设示范村，山清水秀，新楼耸立，石榴、烤烟、粮食三业并举，人均纯收入达到 1.3 万元。

兔儿溪小流域涉及四川屏山县锦屏镇集翠村、锦屏村，是典型的贫困村。2005 年通过实施"长治"工程，两村村民发展茶叶及茵红李、梨 4.5 平方千米，2017 年实现年人均纯收入 2.5 万元，成为屏山县最富裕的村，而且围绕茶海、花海生态旅游资源，发展为国家 3A 级景区，仅 2018 年上半年就接待游客 6.2 万人，实现旅游收入 5100 万元。

所以，老百姓称赞"长治工程"造福民众，是"德政工程""致富工程""民心工程"。而先后考察过这两个村庄的长江委人，更是抚今追昔，感慨万千。

随着时代发展，水土保持的内涵也日益丰富，科技水平不断提升。从 1980 年起，长江委就在江西省兴国县塘背小流域开展首批水土流失综合治理试点研究，探索成功的“南方花岗岩剧烈侵蚀区小流域综合治理研究成果”获国家科技进步奖三等奖，并在水土流失类型区得到推广应用。经过30多年连续治理，截至2013年，兴国县水土流失面积由1899.07平方千米下降到587平方千米，植被覆盖率由28.8%提高到82%，“江南沙漠”已变成茵茵绿洲。2018年塘背水土保持科技示范园被评为国家级园区，兴国县也掀起了修复山水生态的新高潮。

1990年，长江委组建设立长江上游滑坡、泥石流预警系统。

这是面向广大山区农村部署的“千里眼”“顺风耳”，56个监测预警点，18个群测群防重点县，300多名专业监测预警人员，监控面积达11.34万平方千米。系统组建以来，成功预报处理了滑坡泥石流灾害264起，撤离和转移群众3.8万人。特别是在“5·12”汶川大地震中，成功预报了甘肃文县关家沟泥石流灾害，挽救了200多人的生命。

2003年，长江委长江流域水土保持监测中心站正式挂牌，目前已建立15个省级监测总站和72个地（市）级监测分站，近200个监测点，初步形成了覆盖全流域范围的水土保持监测网络。开展全流域土壤侵蚀遥感调查，在三峡库区、南水北调中线工程水源区、嘉陵江流域、金沙江下游、洞庭湖水系、鄱阳湖水系、怒江流域、“5·12”汶川大地震后灾区等重点支流和区域实施水土流失动态监测，建立了翔实的数据库。

还有对流域大型生产建设项目水土保持监督检查，建立水土保持生态补偿机制，征收水土保持规费……护江有责，事无巨细。

2007年，长江委发布第一份《长江流域水土保持公报》，引起社会各界的高度关注，被誉为“绿色公报”。

继“长治”工程之后，国家又实施了“丹江口库区及上游水土保持重点防治工程”，简称“丹治”工程。

丹江口库区及上游是南水北调中线工程水源地——丹江口水库的水源区，山高坡陡，地表岩层疏松，加上陡坡大量开垦，导致该区域水土流失加剧、水源涵养能力减弱，水源区的水土流失又直接制约着当地农业生产和农村经济的发展。

2006 年，《丹江口库区及上游水污染防治和水土保持规划》得到国务院批复。次年，“丹治”工程在陕西安康正式启动实施，剑指陕西、河南、湖北 3 个省 25 个县（市、区）690 条小流域，规划治理水土流失面积 143 万公顷。

有了“长治”经验，“丹治”迅速推进，展示着小流域生态新格局：“秃山变绿、河滩成形，山顶松柏翠、山腰花果香、山脚高产田。”尤其值得高兴的是，2002 年年底，长江委水土保持局制定了《南水北调中线工程水源区水土流失预防保护工程实施计划》，使水源区的水土保持工作走在了调水工程的前头……

多年来，长江委辛勤耕耘，克难奋进，不但确保一江清水到北京，而且时时刻刻监测着、护卫着滚滚北去的丹江水。据测算，“丹治”工程一期工程建成后，项目区水土流失强度均降低 1~2 个等级，林草覆盖率提高 20% 以上，年均减少土壤侵蚀量 0.2 亿 ~ 0.3 亿吨，生态环境初步实现良性循环。

长江流域水土保持，经历了以蓄水保土为主的小流域综合治理、治理和开发相结合的生态经济小流域治理、人与自然和谐共生的生态清洁小流域建设等重要阶段。截至目前，国家水土保持重点工程完成水土流失治理面积 17 万平方千米，完成中央投资 231 亿元。其中，农业综合开发水土保持项目、坡耕地治理试点工程、沙漠化治理项目、革命老区水土保持工程稳步推进，丹江口水库及上游水土保持重点工程、云贵鄂渝世行贷款水土保持项目通过评估验收。

无数艰辛奉献，使长江流域总体实现了水土流失面积由增到减的历史性转变。

根据2018年长江水土流失动态监测成果，与20世纪80年代中期全国第一次水土流失遥感调查成果相比，全流域水土流失面积由62.2万平方千米减少到34.67万平方千米，减幅达44%。

水土流失治理速度显著加快，投资倍增，国家水土保持重点工程覆盖18个省（自治区、直辖市）400余县（市、区），对22.35万个生产建设项目开展水土保持监督检查，水土流失动态监测实现流域全覆盖。

“我看青山多妩媚，料青山见我应如是。”长江流域每年的新造林面积都在300万公顷以上，流域森林面积已达5495.11万公顷，有效地增加了森林植被，改善了生态环境，使大江南北有了更多鸟语花香的美景。

江湖风云当有识

上善若水。水是生存之本、文明之源、生态之基。追求人水和谐，是治水安澜的更高境界。

从逐水而居，在水一方，到修堤建坝，防洪抗旱，人类经历了利用河流、听命于河流、抗御河流和改造河流的各个历史阶段。随着科学技术的迅速发展和生产力的不断提高，人类支配河流的能力远远超过历史水平，但也带来对河流健康的伤害，并伤及人类本身。这使现

烟波浩渺洞庭湖

代人深刻地认识到，人类与河流的关系是既要改造利用，又要主动适应和保护，人类应由河流的征服者转变为保护者。

保护长江，“江湖关系”是一个重大的课题。

“遥望洞庭山水翠，白银盘里一青螺”，“江湖关系”是荆江与洞庭湖关系的简称。烟波浩渺的洞庭湖是我国第二大淡水湖，但宋代以后，荆江河床不断被泥沙淤积，洪水位持续抬升，使魏晋时原“湖高江低、湖水入江”的江湖关系逐渐演变为“江高湖低、江水入湖”的格局，洞庭湖水侵日益严重。随着荆江堤防的不断修筑和穴口的时决时塞，江患加剧，荆江溃堤、湖区溃垸频繁，使湘鄂两省常为处理洪水而产生矛盾。

但在今天，江湖关系有了更广泛、更深刻的内涵，长江委总工程师仲志余如此解释：

洞庭湖、鄱阳湖，是我国最大的两个通江淡水湖泊，通常并称为“两湖”。如同长江的“双肾”，两湖是长江水系及自然生态系统的重要组成部分，是调蓄洪水、涵养水资源的重要场所，是国际重要湿地和珍稀候鸟的栖息地，是长江经济带国家重大战略以及长江中游城市群、洞庭湖生态经济区、鄱阳湖生态经济区等区域发展战略的支撑。两湖与长江连为一体，相互作用、相互影响，构成了世界上最为著名也最为复杂的“江湖关系”。习近平总书记一直心系两湖，多次就两湖问题作重要指示。2018 年 4 月，在深入推动长江经济带发展座谈会上，总书记指出，流域生态功能退化依然严重，长江“双肾”洞庭湖、鄱阳湖频频干旱见底，抓湿地等重大生态修复工程要从生态系统的整体性特别是从江湖关系的角度出发，从源头上查找原因。正确认识江湖关系变化并科学调控，实现江湖两利，是维护长江健康、保护湖泊生态的关键。

长期以来，受自然地理条件、人类活动和气候变化等因素影响，江湖关系持续演变。特别是长江上游干支流控制性水库群相继建成，在发挥防洪、发电、航运等巨大综合效益的同时，长江干流水沙出现新的变化，江湖关系发生新的演化，对长江中游地区水安全造成长期影响。目前，两湖调蓄洪水能力减小，低枯水位出现时间提前，枯水历时加长。两湖季节性缺水严重，湖区低枯水位加剧生产生活引提水困难，受影响耕地 2927 平方千米，人口 431 万；枯水情势恶化，水环境水资源承载能力下降，水生生境萎缩、水质恶化、水资源短缺等问题突出。洞庭湖、鄱阳湖是长江水系及自然生态系统的重要组成部分，如同长江的“双肾”与长江连为一体，相互作用和影响，涉及防洪、生态和水资源。因此，保护长江，就必须科学分析研究调整江湖关系，正确认识、有效发挥水利工程的作用。

显然，改造大自然的水利工程，或多或少地会对自然生态产生影响。

那么，就要研究如何兴利除弊，尽量降低不利的影响。

三峡水库运用后，江湖关系发生了一些新的变化。引起新的变化的主要原因：一是水库调蓄改变了径流过程；二是三峡出库沙量减少、颗粒级配变细，减缓了洞庭湖的泥沙淤积，有助于维持对长江中游防洪至关重要的洞庭湖防洪库容。同时，中下游河道冲刷可以降低洪水水位，这是三峡水库的又一防洪效益，也是长江委原规划设计中没有论及的效益。但湖泊现状却令人忧虑。这些播洒在平原绿毯上的明珠正渐渐减少，光芒也越来越暗淡。

长江中下游平原及其三角洲地区是我国湖泊分布密度最大的地区，长期以来，随着泥沙的逐年淤积、人口增长和消灭血吸虫病害等要求，河道、湖泊、洲滩被不断围垦开发。据不完全统计，仅长江中下游湘、鄂、赣、皖、苏 5 个省，因围垦而消亡的湖泊面积就多达 12000 平方千米，其结果是导致湖泊对江河的调蓄作用日益减少，湖泊生态系统及资源组成遭到不同程度的影响和破坏。

本来，洞庭湖、鄱阳湖等众多湖泊都是通江的，湖泊饵料丰富。“四大家鱼”等鱼类在长江涨水期产卵后，鱼苗顺水漂到湖泊孵化成长，半年后都能长到 1 斤多重，大的能超过 3 斤。现在通江湖泊普遍修建水闸，阻隔了长江与湖泊的交流，影响了幼鱼的孵化和成长，这是长江鱼类资源减少较快的重要原因之一。如武汉东湖过去有很多野鸭、水鸟来过冬，现在日渐稀少，原因就是没有鱼虾、苦草等食物了。

另外，由于气候变化、三峡 9—10 月蓄水、河床冲刷等原因，长江水位下降、湖泊枯水期提前，一些湖泊就筹划建闸拦水。鄱阳湖早就出现了“汛期一大片、枯水一条线”的局面，江豚最大的一个群体是在鄱阳湖，如果冬天水位过低，江豚就很难生存。

鄱阳湖候鸟

2007年江苏太湖暴发的蓝藻水华事件，造成无锡全城自来水污染，超市、商店里的桶装水被抢购一空。武汉东湖的状态也是湖泊生态恶化的一个缩影。20世纪60年代初，东湖有29科53属83种水生植物，到了90年代初期减少到52种，2013年全湖水生植物仅有14种。东湖鱼类由20世纪60年代的79种下降到不到20种。

因为生态系统遭到破坏，生物多样性下降，水体自净功能也随之丧失，底泥中有很多有机污染物，过去曾是6个自来水厂的水源地的东湖，现在甚至都不能游泳。想要通过生态修复让东湖恢复曾经的生机，尤为重要的就是恢复江湖联系，恢复水位季节性波动。冬天把湖水排到长江，把水位降下来，让湖底更好地接受阳光照射，通过紫外线照射降解湖底有机污染物，让水生植物恢复。第二年湖底植物重新萌发成长，才能更多地吸收氮、磷等元素，从而缓解水质富营养化。

多年来，长江委一直在探讨研究这世界上最复杂的“江湖关系”，力求实现江湖两利、人水和谐。

1998年长江大洪水过后，党中央、国务院做出了对长江中下游进行平垸行洪、退田还湖、移民建镇的决策。长江委配合湖南、湖北、江西、安徽 4 个省，开始对长江干堤之间严重阻碍行洪的洲滩民垸、洞庭湖及鄱阳湖区部分防洪标准低的民垸进行平垸行洪、退田还湖。考虑到沿江及湖区人多地少和长江洪水的特点，对影响行洪的洲滩民垸采取既退人又退耕的“双退”方式，彻底平毁垸堤，对其他的民垸采取退人不退耕的“单退”方式，即平时处于空垸待蓄状态，一般洪水年份仍可进行农业生产，遇较大洪水年份，则滞蓄洪水。

对长江中下游 1400 余处圩垸实施平垸行洪、退田还湖，恢复水面面积 2900 平方千米，实现了千百年来从围湖造田到退田还湖的历史性转变。在武汉，为了改善东湖水质，还实施了全面退渔、截污清淤、水系连通、生态修复、监控监管……一系列组合拳，使中国最大的城中湖重返青春，成为武汉靓丽的生态绿心。

显然，“江湖关系”需要不断地探索研究，让江湖连通，活水奔流，泄洪济枯，江湖两利。

鄱阳湖地势比长江干流高，一般情况下鄱阳湖水体向长江流动，多年平均入江总径流量为 1436 亿立方米，占长江水量的 15.5%。其中多年平均入江泥沙及营养物质达到 976 万吨以上。遇长江较大洪水过程，江水及泥沙会出现倒灌，多年平均倒灌 13 天。虽然水流主要是单方向的，但生物流和信息流是双向的，江豚、“四大家鱼”（青鱼、草鱼、鲢鱼、鳙鱼）等水生生物根据水流流速、水温、水面宽度、深度和食物链需要会双向游动，这种流动维持了水生生物基因的传递，保护了长江水系生物多样性。

与长江急流水域不同，通江湖泊保持了缓流或者静止水体的环境，一些重要鱼类（如“四大家鱼”）需要在急流的长江中产卵，要到静水湖泊中育肥和成长，江湖连通为许多洄游或半洄游鱼类提供“三场一道”（索饵场、繁殖场、育肥场和洄游通道），这种静与动的水环境，构成了长江中下游特有的极为丰富的湿地环境和生物系统。

“兰溪三日桃花雨，半夜鲤鱼来上滩。”鄱阳湖和洞庭湖都是吞吐型湖泊湿地，都具有“洪水一片、枯水一线”的特点，枯季大片滩地及浅水区是国际重要的越冬候鸟栖息地，是全球生态系统重要的环节之一。维持水系的连通就是维护湿地“血液”的动脉畅通，使湖泊水位随长江水位而变动，使湿地水面呈现出周期性变化，变化的水面、水位、流量、流速和水温是湿地需要的水文要素，也是水生生态系统赖以生存的环境。另一方面，江湖连通加快换水周期，改善了水质，防止了湖泊富营养化和沼泽化，保持了湖泊的活力，延长了湖泊的寿命。

长江委除了给鱼类模拟自然涨水过程的生态调度试验外，还会根据上中下游水量情况启动补水调度。每当长江流量最小的 1 月、2 月，鄱阳湖可以以 400~500 立方米每秒的流量补充长江的水量，对长江下游及河口维持基流、防止咸水入侵也起到重要作用；而当秋天枯水期时，通过三峡水库优化调度给湖泊送去江水。2019 年 9 月，就有 3100 万立方米长江水倒灌日渐干枯的中国最大淡水湖鄱阳湖，较历史同期大幅提前进入枯水期的鄱阳湖获长江补水，水位回升，同时迎来首批越冬候鸟。

2018 年 11 月 19 日“江湖保护与水安全保障国际科技合作基地”在武汉揭牌，旨在研究解决河流湖泊综合治理和生态环境保护面临的一系列问题，促进河湖水安全保障领域的国际交流与合作，为全球水治理贡献中国智慧。

作为全国政协委员，仲志余还书写了提案，建议对江湖关系变化开展全面监测和系统研究，推进江湖关系优化调整重大工程实施，全面保护和修复两湖水生态环境。

“天下英雄出我辈，一入江湖岁月催。”70年来，长江委人守护的不仅是一条大江，还有众多干支流和星罗棋布的湖泊。守护的含义也是如此丰富，如此纷繁，大至堤坝，小至鱼鸟，江湖风云，尽在其中。

鱼之乐，人知也

长江是我国淡水鱼最重要的产区，鱼产量约占全国淡水鱼产量的56%。作为我国天然鱼类种质资源宝库，长江的鱼类种数居各大河之首，有370种，占我国淡水鱼类的1/3。长江上游有鱼类230多种，其中仅栖息于长江上游、在世界其他地区从未发现的鱼类就有近100种。

明代名臣张居正曾吟咏长江秋景：“枫林霜叶净江烟，锦石游鱼清可怜。”然而，随着20世纪70年代葛洲坝、90年代三峡工程的相继兴建，以及长江水环境污染、过度捕捞、围湖造田、采砂作业、疏浚航道等人类活动，中华鲟已在上游绝迹，白鲟2003年之后已无捕获记录，达氏鲟和胭脂鱼的种群极小，岩原鲤、长薄鳅等10多种鱼类已列入易危品种，鲜美的长江河蟹也只能依赖人工繁殖……

长江鱼的现状，使笔者不禁想起战国时两位智者游于濠梁之上的对话。庄子曰：“鲦鱼出游从容，是鱼之乐也。”惠子曰：“子非鱼，安知鱼之乐？”庄子曰：“子非吾，安知吾不知鱼之乐？”两人谈笑一番后，庄子说，我是在濠河上知道鱼的快乐的。

今天，我们在长江上，可知道鱼的快乐和悲伤？那么，就讲几个长江鱼的故事。

先说中华鲟。

中华鲟是一种大型河海洄游鱼类，在我国沿海大陆架生长，在长江中繁殖。自葛洲坝建坝以来，中华鲟被迫在葛洲坝下形成仅 5 千米左右的产卵场，每年 10—12 月，中华鲟在适宜水温（17~20℃）会发生自然繁殖。

但由于葛洲坝及其他大型水利工程的修建、过度捕捞、水体污染、航运发展等诸多因素，进入长江繁殖的中华鲟亲鱼数量日趋减少，繁殖规模逐年减小，繁殖时间逐渐推迟。2013—2015 年连续 3 年，科研人员未能在宜昌葛洲坝下产卵场监测到中华鲟发生自然繁殖行为，但 2014 年中华鲟在长江中发生了自然繁殖，繁殖的时间和地点却不得而知。

2016 年 11 月，科研人员在葛洲坝对食卵鱼解剖后发现，3 尾瓦氏黄颡鱼和铜鱼共吞食 343 颗中华鲟受精卵，2 尾铜鱼和大鳍鳠共吞食 59 颗中华鲟受精卵。这是自 2013 年以来，首次在葛洲坝产卵场监测到中华鲟的自然繁殖！

从事这项监测研究的，是水利部中国科学院水工程生态研究所等三家单位，其中，中科院水生态所根据长江委的授权，主要承担流域（区域）水生态保护规划和水工程建设生态学影响的实验研究，在大型水利水电工程的生态调

中华鲟

度、过鱼设施等水生态保护相关领域取得了不少成果，如农业部命名的水产新品种黄颡鱼“全雄 1 号”，现在又首次获得人工培育的中华鲟“子二代”。中华鲟是水工程生态研究所多年来监测保护、追踪研究的对象之一，它是世界现存鱼类中最原始的种类之一，堪称“鱼类活化石”——1.4 亿年来，它以其超强的适应能力，见证了恐龙的繁盛和灭亡，亲历了长江的形成和变迁。它是研究鱼类演化的重要参照物，在研究生物进化、地质、地貌、海侵、海退等地球变迁等方面均具有重要的科学价值和难以估量的生态、社会、经济价值。

古时候，《尔雅》里称它为鳇鱼。1963 年，我国著名鱼类学家、中科院水生所伍献文教授给它命名为“中华鲟”。

这种以“中华”命名的鱼，出生在长江中上游，生活在黄海、东海。它是一种大型溯河洄游性鱼类，为我国所特有，在全球 20 余种鲟科鱼类中分布纬度最低、体型最大、生长最快，寿命一般是七八十岁，长寿的也能活到 100 来岁。

中华鲟原始产卵场在四川宜宾，那是它的老家，小鱼苗将从那里游 3000 千米入海；成熟后，它能凭借其神奇的辨识能力，在苍茫的大海上准确找到故乡的长江口，夏秋时节结伴逆流而上，丝毫不差地回到自己的出生地结婚产子！

同样令人称奇的是，从进入长江口开始，到离开长江进入大海前这一年中，它竟然粒食不进，还能远征 3000 千米，表现出惊人的耐饥、耐劳的奇特品格。若用人的感情去理解这种行为，就是爱家爱乡、眷恋故土。所以，伍献文给它起名“中华鲟”。

然而，十分不幸的是，1981 年葛洲坝工程大江截流，从此阻断了中华鲟上溯到四川境内繁衍后代的路，让它们只能在葛洲坝下游寻找生路。

“我亦浮沉同湛辈，登盘愧食武昌鱼。”毛泽东显然是读过清代名臣张之洞这句诗的，早在建葛洲坝之前，他就多次指示，建坝首先要考虑“三救”，即救鱼、救船、救水。“救鱼”自然是葛洲坝工程的重要环节。

工程兴建之前，关于洄游性长江上游产卵繁殖的水生野生动物如中华鲟、白鲟、长江鲟等如何保护的问题，有关方面争论不定，提出了修建鱼道、安装升船机、建造集运鱼船等很多方案。

不过，伍献文、曹文宣等著名鱼类专家却认为，修建鱼道并不是长江流域鱼类保护的有效手段，因为长江上游的特有鱼类多数适应于激流环境，大坝修建形成水库的静水环境它们是不适应的，特别是进行梯级开发时，激流环境丧失殆尽，对这些鱼类的保护问题不是修建鱼道就能够解决的。

同时，修建过鱼设施也不能解决大坝上下鱼类基因交流的问题，因为它只能供鱼上溯，不能诱鱼下行；同时许多产漂流性卵的鱼类，鱼卵和初孵仔鱼在漂流过程中发育，通常要漂流 400~500 千米才能主动游泳，这些鱼在水库中是不能进行繁殖的，不能繁殖就达不到“交流”的目的；而对于一些适应于激流环境并且大多为摄食底栖生物的特有鱼类，因适宜的生境已完全消失而在水库中绝迹，它们是无法通过水库上下“交流”的。

广泛听取中央领导和各界专家的意见之后，在林一山的主持下，1976 年 12 月，长江委在《关于葛洲坝水利枢纽救鱼问题的几点意见》中，首次提出人工繁殖放流对于保护长江珍稀鱼类的可行性。三年后，长江委又在汉口召开长江葛洲坝工程救鱼问题讨论会，大多数专家认为，兴建鲟鱼人工繁殖场才是保护中华鲟等资源的根本方法。

1981 年 1 月 5 日，长江委向当时的国家农委和葛洲坝工程技术委员会呈交《关于成立葛洲坝水利枢纽管理局水产处的请示报告》。当年 2 月，国家农委主持召开了第一次讨论会，并组织有关水产研究单位分别赴美国和苏联考察，了解到当今世界保护和发展鲟鱼的主要措施是通过人工繁殖。

1982 年 2 月 18 日，在葛洲坝救鱼问题第二次讨论会上，参会人员意见趋向一致：采用人工繁殖、网捕亲鱼过坝和沿江禁捕等综合措施救护中华鲟。

事情就这么定下来了。一个月后，水利部正式下文成立三三〇水产处，1985 年更名为中华鲟人工繁殖研究所，1993 年又更名为中华鲟研究所。

1985 年，中华鲟研究所使用自行研制的人工合成激素——促黄体释放激素类似物（LRH-A），替代雄鱼脑垂体催产成功，结束了中华鲟爸爸拿命换儿女的悲壮历史。

在葛洲坝下形成了自然产卵场，说明中华鲟逐渐适应了葛洲坝工程截流带来的环境变化。中华鲟的“户口”，也由四川宜宾迁到了湖北宜昌。

然而，中华鲟能逐渐适应葛洲坝工程，并不表示它可以接受所有人类活动的影响。20 世纪 80 年代初，科研人员可以观测到中华鲟精子活力很强、上下翻滚；这些年来，中华鲟精子在精液中只能做直线运动。因为长江水质被污染，会影响中华鲟繁殖；船只增多、捕捞活动频繁，也会挤压中华鲟的活动空间。

1988 年，日益稀少的中华鲟被列为国家一级保护动物，严禁捕捞；

1996 年被世界自然保护联盟（IUCN）列入濒危动物红皮书。

由于体型大、生活史复杂、对环境要求高，在高强度的人类活动影响下，世界上多数鲟鱼都处于濒危或极度濒危状态。比如四川人常说的“千斤腊子万斤象”，前者为中华鲟，野生个体最重可达 600 公斤，后者即指白鲟，比中华鲟更大，但早在 2003 年就失去了自然繁殖的迹象。不过，鲟鱼保护也有成功的例子，比如美洲的湖鲟通过多年的努力，已经被 IUCN 评为无危物种。

2009 年，水生态所与中华鲟研究所合作开展的中华鲟全人工繁殖研究取得成功，但尚未完全掌握淡水养殖条件下实现中华鲟性腺发育成熟的环境参数条件，其内在的生理、遗传机理也知之甚少。

2015 年，为了完善中华鲟全人工繁殖技术，开拓中华鲟保护与利用途径，水生态所联合中国水产科学研究院长江水产研究所、中国水产科学研究院渔业工程机械研究所、华中农业大学和宜昌三江渔业有限公司等单位，将在今后 5 年内，针对养殖条件下实现中华鲟性腺发育成熟与繁殖等关键生物学问题开展合作攻关，重点研究水温过程诱导亲鱼启动性腺发育的生理机制、生殖物质积累和转化的营养生理需求、集约养殖条件下病害防控的免疫学机理，为中华鲟的物种保护与开发利用提供科学依据与技术支撑。

中国现已建立了 3 个中华鲟自然保护区，即湖北省宜昌中华鲟自然保护区（国家级，2004 年），江苏省东台市中华鲟自然保护区（省级，2000 年），上海市长江口中华鲟自然保护区（市级，2002 年）。

再讲白鳍豚的悲怆。

作为武汉人，笔者对“江猪”的记忆是十分深刻的。记得小时候在长江边玩水，常看到硕大的江猪在波涛中出没，或蛙泳似的一闪一闪地亮出头来，或追随渡轮碾开的浪花，从容地捕食着惊慌逃窜的鱼儿。若发现这些江中的霸主，连游泳的人也会躲得远一点。好多年后，我才知道江猪的学名叫长江江豚，与白鳍豚一样，都是长江特有物种。北宋孔武仲作有《江豚诗》：“黑者江豚，白者白鬐。状异名殊，同宅大水。渊有群鱼，掠以肥己。”

在人们的印象中，水中之豚是一种特别聪明的精灵，比如海豚就会巧妙分工，合作捕鱼，一部分组成包围圈，另一部分则在鱼群里往返穿梭取食，食饱后再交换位置。江豚也许就是海豚的变种，在长江里大约生活了 2500 万年，是中新世及上新世延存至今的古老孑遗物种。白鳍豚因数量稀少而显得更为珍贵，它们仅存于我国长江之中，是世界上现有的 5 种淡水豚（拉河豚、亚河豚、恒河豚、印河豚、白鳍豚）中存活数量最少的一种。

白鳍豚是用肺呼吸的水生哺乳动物，喜在远离岸边的江心主流区活动，每隔一两分钟就要露出水面换一次气，有时会喷出水花。当天气闷热，暴雨即将来临之际，它便频频露出水面一起一伏，被人们称为“白鳍拜江”。

白鳍豚

是的，尽管这只是白鳍豚的生活习性，人们却赋予了它一种美感、诗意与神性，把它的起伏腾跃看作是江中精灵对母亲河的朝拜、对大自然的感恩，以及对人类友好相处的感激。千万年来，它们就是这样在长江中自在地游弋，自由地呼吸，生生不息，时时朝拜，心可谓诚矣，情可谓深矣。但谁也没想到，有一天，它们会变得比大熊猫还要珍贵，就像那渐渐消失的帆影，令人怅惘地吁叹：“孤帆远影碧空尽，唯见长江天际流。”

白鳍豚可谓江里的龙头老大，居于长江水生生物食物链的顶端，在漫长的水域里所向无敌，其濒临灭绝的直接原因只能是来自强悍的人类。

人类对鱼虾进行过度捕捞，使白鳍豚得不到充足的食物。日益繁忙的水上交通，船舶的噪声，使白鳍豚精神紧张、声呐系统失灵，以致直接被高速旋转的螺旋桨撞杀。被水电工程截断的河流也压缩了白鳍豚的生存空间，破坏了它的栖息地，阻断了它的洄游路线。还有可怕的工业污水和农药存积，使它食物短缺，繁殖力更加衰微……

总之，长江越来越不适合豚居。20 世纪 80 年代初，它们的种群数量被认为有 400 头左右。1997 年，农业部共调集渔政船 53 艘，组织沿江渔政人员和科技工作者 300 多人，分成 22 个考察组细致观察，认定共观察到 13 头。1999 年，再一次细致观察，只见到 5 头……显然，如果不采取特别措施紧急抢救，这个古老而美丽的精灵就会灭绝消失。

最先拉响警报的，是中国科学院水生生物研究所。如果说“春江水暖鸭先知”，他们显然比常人更深切地感受到白鳍豚衰微之痛。

多年来，他们一直密切地关注着长江生物的变化。白鳍豚是研究鲸类进化的珍贵“活化石”，对仿生学、生理学、动物学和军事科学等都有重要的科研价值。1980 年 1 月 11 日，中科院水生所的专家接到湖南省城陵矶水产收购站的电话，说有渔民在洞庭湖口捕到了一头活的白鳍豚。于是他们立即赶赴岳阳，小心翼翼地把白鳍豚运回武汉。

这是一头两岁的雄性白鳍豚，著名鱼类学家伍献文先生给它取名“淇淇”。淇淇住进了特地为它建的一个大水池子里——后来这里被戏称为“白公馆”，前来参观者络绎不绝。1980 年，邮电部发行了白鳍豚特种邮票，淇淇便是模特儿。

淇淇的存活是一个奇迹。它曾屡次病重，但最终都起死回生。研究人员曾费尽心机给它寻找配偶，开展了几次捕捞，但均以失败告终。它直至约 25 岁（相当于人类 70 多岁）去世，一直是孤零零的。人工繁殖白鳍豚的梦想也因此破灭。

淇淇走了，长江中还有白鳍豚吗？

2006 年夏天，来自中、美、日等 6 个国家的鲸类权威组成国际联合考察组，耗时一个多月，从湖北宜昌到上海，往返行程 3000 多千米，连一头白鳍豚的踪影也没有发现。虽然根据国际自然保护联盟的定义，50 年内没有在野外观测到任何的个体才能宣布一个物种灭绝，但是这一次，专家们使用了声学技术，其精确度与可信性不容怀疑，人们在长江里再见到漏网之豚的希望基本没有了。

这次伤心的探索之旅，最终成就了《纽约时报》当年的普利策新闻奖，但毫无疑问，谁都不愿意以这样的新闻成就职业声誉，向世界怆然宣布：白鳍豚成为世界上第一个被人类消灭的鲸类动物。

同时，长江江豚数量已不到 1000 头，很可能在未来 15 年内走向灭绝。

我曾在“白公馆”里听到淇淇生前的录音，听到它所发出的啸叫声，那应是一声声饱含焦虑的呼唤——

人类呀，让我们能够真正与自然和谐相处！

保护长江，保护生态环境，就是保护我们人类自己！

最后，说说“四大家鱼”。

在我国主要的35种淡水鱼养殖对象中，长江自然分布的有26种，其中“四大家鱼”是适应长江中下游江湖复合生态系统的典型物种，其资源动态是水生生态系统健康状况的重要表征。

过去人工饲养的“家鱼”鱼苗、现在人工繁殖用的“家鱼”亲鱼，都是取自长江。

长江干流是中国“四大家鱼”的主要天然原产地，也是受三峡工程建设、运行影响较重的物种。每年的4月底到9月是长江“四大家鱼”的产卵期，其自然繁殖离不开特定的水文条件，如持续的涨水过程、一定的水流流速、18摄氏度以上的水温等。

但三峡水库蓄水以后，改变了河流天然的水文情势，长江自然涨水过程消失，尤其是“四大家鱼”自然繁殖所需要的涨水时间以及水温条件发生了变化。在20世纪60年代，长江干流“四大家鱼”鱼苗

青鱼

草鱼

鲢鱼

鳙鱼

数量在1000亿尾左右，而现在宜昌产卵场每年的“四大家鱼”产卵量仅有数千万粒。

为促进长江中游“四大家鱼”的自然繁殖，在确保防洪安全的前提下，2011年6月，长江防总组织三峡集团公司、长江委水文局等，进行三峡水库生态调度试验及同步监测。

所谓生态调度，就是在“四大家鱼”产卵期间，三峡水库持续增加放水量，人为造成江水持续上涨过程，刺激“四大家鱼”产卵，影响范围在宜昌至武汉江段。

通过调度三峡水库，每日出库流量增加2000立方米每秒左右。三峡水库从6月16日开始的4～6天内逐步增加下泄流量，通过模拟自然洪峰流，向长江中下游的鱼苗释放产卵信号。

2011年12月14日，长江委公布了运用三峡工程展开首次生态调度试验的监测结果。此次监测结果与早期监测结果对比，“四大家鱼”产卵时间与历史自然涨水条件下的响应时间一致，并与其自然繁殖时的习性相符。试验初步证明生态调度对“四大家鱼”自然繁殖产生了促进作用。

自2011年起，长江防总每年都对三峡水库实施生态调度试验，为长江主要渔业资源“四大家鱼”创造产卵条件，结果表明生态调度达到预想效果，“四大家鱼”“鱼卵汛”多次出现。

根据2013年的监测结果，生态调度使得宜昌站产生了10天的持续上涨过程，流量增幅达10650立方米每秒，中下游沿江各水文站点均产生了明显的涨水过程；在整个监测过程中，湖北沙市断面共观测到4次涨水过程与3次“四大家鱼”“鱼卵汛”；据沙市断面数据估算，监测期间“四大家鱼”鱼卵径流量约为1.16亿粒，其中生态调度期间“四大家鱼”鱼卵径流量为0.584亿粒。

生态调度期间的鱼卵径流量超过了总量的50%，高于非生态调度两次涨水过程鱼卵径流量的总和，这反映了试验性生态调度形成的水文过程对“四大家鱼”自然繁殖具有明显的促进效果。与2011年相比，2018年实施三峡水库生态调度试验后监测产卵量增长近86倍。

其实，生态调度试验是一种补救措施，因为不同的水生物种对生存环境的要求不同，不同河流的水文条件也不同，推广开展生态调度试验还需要做大量的基础性研究工作。

长江上游保护区干支流各江段分布有达氏鲟、胭脂鱼等产黏沉性卵鱼类，其繁殖对水文条件也有要求。在天然情况下，金沙江下游3月中旬水温可达到16摄氏度，但溪洛渡、向家坝运行后，向家坝下泄水温在4月21日才达到16摄氏度。这意味着现行调度方式下，3、4月的大部分时段不满足产黏沉性卵鱼类繁殖的水温条件。

为此，2018年，长江委和三峡集团公司成功开展了溪洛渡水库、向家坝水库和三峡水库联合生态调度试验，在溪洛渡水库采用叠梁门取水方式使坝下泄水水温有所提高。监测数据显示，叠梁门落门完成后，取水高程由518米抬升至530米，对应机组的流道所取水温升高约0.4摄氏度。

为了降低水利设施对水生物种的影响，长江委还有针对性地开展了增殖放流、栖息地保护、建设过鱼设施等一系列工作。如首次在金沙江中游增殖放流圆口铜鱼幼鱼1万多尾、首次在丹江口库区增殖放流鱼苗12万尾、丹江口水库鱼类增殖放流站正式运行等，都显示着长江生态保护取得可喜的进展。

鱼之乐，人知也。

清平乐·江山如画

第八章

“江山如此多娇，引无数英雄竞折腰。”

新中国的成立开创了长江治理开发的新纪元。经过 70 年的艰苦奋斗，我们已初步建成了由堤防、水库、蓄滞洪区、河道整治工程及非工程措施组成的综合防洪体系，并取得了一次又一次防洪斗争的胜利。

但是，我们也应该清醒地看到，伴随着长江流域经济社会的迅猛发展，由此带来的生态环境压力越来越大，洪水灾害依然是心腹之患，水污染问题尚未得到有效遏制，水土流失严重，过度、无序开发引发出新的环境问题。从巴山蜀水到江南水乡，生态系统警钟频敲，到处都有令人痛心的场景：厂房污水横流、码头砂石漫天、轮船肆意排放、水质持续恶化、航道不断堵塞、河湖湿地萎缩甚至干涸……当我们拥抱着波涛涌动的长江，怎能不思考人与自然和谐共生的辩证法则！

从工业文明跃迁到生态文明，是世界大势。顺势而为，方能载德造福，行稳致远。进入新时代，人民群众对充足水资源、优质水环境、健康水生态有了新期待，保护母亲河的呼声越来越响亮，终于汇成了气势磅礴的交响曲。

长江委自然是站在前列的乐手，手持画笔的先锋。回首征程，有丰收也有欠缺，有欣慰也有遗憾。为长江经济带高质量发展提供全面的水利支撑和保障，使长江成为福祉河、生态河，永远润泽华夏，造福人民，是长江委人所肩负的新使命。于是，所有的足迹，都化为温故知新的音符，奏响了“生态优先，绿色发展”的主旋律。大江上下，回荡着铿锵有力的“十二字令”：“抓保护促发展，补短板强监管”；万千画笔，尽情描绘安澜长江、绿色长江、和谐长江、美丽长江！

一张蓝图画到底

又是一个春天。

2018 年 4 月 24 日，中国新一代领导人习近平登上了三峡大坝的坝顶。细雨如织，岁月如歌，多年前他主政浙江省时曾带队参观三峡工地。喜看旧貌变新颜，他充满感情地对工程技术人员说：“今天到三峡大坝来看一看，感到很高兴、很激动。国家取得这么伟大的成绩，这也是你们做出的贡献。国家要强大、民族要复兴，必须靠我们自己砥砺奋进、不懈奋斗。行百里者半九十。中华民族的伟大复兴，不会是欢欢喜喜、热热闹闹、敲锣打鼓那么轻而易举就实现的。我们要靠自己的努力，大国重器必须掌握在自己手里。要通过自力更生，倒逼自主创新能力的提升。试想当年建设三峡工程，如果都是靠引进，靠别人给予，我们哪会有今天的引领能力呢。我们自己迎难克坚，不仅取得了三峡工程这样的成就，而且培养出一批人才，我为你们感到骄傲，为我们国家有这样的能力感到自豪。希望我们共同努力，上下同心，13 亿多中国人齐心合力共圆中国梦。”

告别宜昌，习近平乘船顺水而行。他站在甲板上，迎着风雨，久久地观望着蜿蜒的荆江大堤，得知荆江航道整治工程竣工，过去险象环生的九曲十八弯如今大船也能远航，感到十分欣慰。他详细询问：

“船上生活用水还是直排吗？”“非法码头取缔，有奖惩措施吗？”“老旧航船拆解以后回收吗？”“环保堤岸成本多少？”……

今天的中国领导人，更加重视生态文明建设。两年前的1月5日，推动长江经济带发展座谈会在重庆召开，习近平代表党中央发出了振聋发聩的号令：“推动长江经济带发展必须从中华民族长远利益考虑。”“当前和今后相当长一个时期，要把修复长江生态环境摆在压倒性位置，共抓大保护，不搞大开发。”

船泊石首，习近平驱车一个多小时来到岳阳，沿栈桥走进长江委城陵矶水文站。35.94米，1998年特大洪水的标示线镌刻在堤坝上。这里是洞庭湖及长江流域汛情、水情的“晴雨表”，也是洞庭湖及长江流域防控和水安全的关键哨所。他俯身察看跳动的数字，了解水位监测系统运行和水文资料分析情况，又走到狭窄的站房外长廊上远眺江天，似乎在感受洪水到来时这里紧张工作的氛围……

创新、协调、绿色、开放、共享。考察途中，习近平多次提起这些名词。他说：人与水的关系很重要，世界几大文明都发源于大江大河。人离不开水，但水患又是人类的心腹大患。人类在与自然共处、共生和斗争的进程中不断进步。和谐是共处平衡的表现，但达成和谐需要有很多斗争。中华民族正是在同自然灾害做斗争中发展起来的伟大民族。现在，水患仍是我们面对的最严重的自然灾害之一。要认真研究在实现“两个一百年”奋斗目标的进程中，防灾减灾的短板是什么，要拿出战略举措。说到“共享”，他即兴念起人们耳熟能详的诗句：“‘君住长江头，我住长江尾。’上中下游共进退，一损俱损，一荣俱荣。”

2018年4月26日，习近平在武汉主持召开深入推动长江经济带发展座谈会并发表重要讲话。他谈了成绩，更痛心地指出一系列问题：

长江三峡工程

生态环境形势依然严峻，流域生态功能退化依然严重，长江“双肾”洞庭湖、鄱阳湖频频干旱见底，接近30%的重要湖库仍处于富营养化状态，长江生物完整性指数到了最差的“无鱼”等级……

人类的每一段文明，都离不开大江大河的哺育。可“长江病了”，而且病得还不轻。习近平强调：治好“长江病”，要科学运用中医整体观，追根溯源，诊断病因，找准病根，分类施策，系统治疗。推动长江经济带发展涉及经济社会发展各领域，是一项系统工程，不可能毕其功于一役。要做好顶层设计，要有“功成不必在我”的境界和“功成必定有我”的担当，一张蓝图绘到底，以钉钉子的精神，脚踏实地抓成效，积小胜为大胜。

“我们搞的开发建设必须是绿色的、可持续的。”习近平把脉长江，挥洒新绿，也是再一次昭示民族复兴征程上生态文明建设举足轻重的分量。必须保护好中华民族母亲河，绝不容许长江生态环境在我们这一代人手上继续恶化下去，一定要给子孙后代留下一条清洁美丽的绿色长江！

设计、蓝图、系统工程，学习领会总书记的讲话精神，长江委人倍感亲切，更深感任重道远。

规划、规划，一张蓝图画到底。

进入新世纪以来，长江委人探江源、登高原、涉河川、察湖库，栉风沐雨，足迹遍布大江上下。根据详细的实地调研，大胆创新，先后编制完成汉江、金沙江、嘉陵江流域和洞庭湖区、鄱阳湖区等综合规划，《长江流域防洪规划》《长江岸线保护和开发利用总体规划》《长江经济带沿江取水口、排污口和应急水源布局规划》等一批专业、专项规划。2012年，长江委又在全国七大流域中率先完成了流域综合规划修编。

这是对未来整体性、长期性、基本性问题的思考和考量，是设计未来整套行动的方案，是在画长江之梦，画美好的前景——

按照《长江流域综合规划》实施，到2020年，长江流域重点城市和防洪保护区在遇标准以内洪水时基本不发生灾害，在遇超标准洪水时最大限度地减少人员伤亡和财产损失，山洪灾害防御能力显著提高；城乡供水和农业灌溉能力明显增强，城乡居民生活用水全面保障，水能资源开发利用程度稳步提高，航运体系不断完善；水生态环境恶化趋势有效遏制，饮用水水源地水质全面达标，水土流失得到控制；最严格水资源管理制度基本建立，涉水事务管理全面加强。到2030年，流域防洪减灾体系更加完善，防洪减灾能力进一步提高；节水型社会基本建成，水资源和水能资源开发利用程度进一步提高；水生态环境明显改善，河流生态系统良性发展，水土流失有效治理；流域综合管理现代化基本实现。

每项规划设计，都植入了绿色发展的基因，都是从源头上挥洒浓浓的新绿。

再次寻源

长江是中华民族的母亲河、生命河，山水林田湖浑然一体，形成独特完整的自然生态系统，具有强大的涵养水源、繁育生物、释氧固碳、净化环境功能，是我国重要的生物基因宝库和生态安全屏障。

随着经济社会发展和长江治理开发，长江的水量水质状况、水沙关系、水生生物生境、河道完整性、河岸河床稳定性、蓄泄能力以及服务功能已经或正在发生许多新的变化，河流健康状况已经或正在遭受各种各样的损害。

同时，三峡工程建成后，长江中下游水沙关系、江湖关系与河势河床稳定将出现新的变化，这些变化将会对长江河流生态系统带来新的影响。

饮水思源，治江寻源。早在1976年，长江委就组织江源考察，首次探清了长江的真正源头，打破了千古悬疑，弥补了历史的遗憾，为人类理清了长江这条世界第三大河的头绪，从此改写了世界江河的排序。

30多年过去了，长江源地区发生了哪些变化？为描绘绿色长江，加强江源地区水资源的管理与保护，经过多年酝酿筹备，2010年秋天，长江委人再次寻源，组织了近百人的江源考察队奔赴青藏高原。

这次寻源求索与前两次相比，可谓鸟枪换炮，兵强马壮。考察队由多个学科和专业的顶尖专家组成，将从水文、水资源、水生态、水环境、地理、冰川、气象、地质、江源区地球空间信息变迁等9个方面进行考察，揭示江源的发展变迁。

“同志们，让我们向着江源挺进！”

10月25日清晨，随着长江委主任蔡其华一声号令，江源考察队从格尔木市出发，进入江源区。

统领长江水军的历任领导，都是水利专家，唯一不同的是，当蔡其华上任后，被大家笑称为“穆桂英挂帅”。这位清秀而干练的女主任以细致果断著称，可在出发仪式上讲话时却显得格外多情，说前往

考察队到达大本营

人迹罕至的雪域冰川，探寻江源的奥秘，多么令人神往、令人自豪，这一刻终于来到了！这是治江史上的一件大事，也是长江委与青海省团结护江的一件盛事。说艰苦，我们不怕吃苦；谈缺氧，我们不缺精神；风暴强，我们意志更强；海拔高，我们追求更高！

历经近 9 个小时，考察队成功抵达沱沱河水文站。这是长江委于 1958 年 9 月设立的长江上游第一个水文站，其控制面积为 1.5 万平方千米，距长江源头河道里程为 290 千米。看到长期坚守的水文站职工们晒红的笑脸，考察队员们都感到格外亲切。

27 日清早 8 时，考察队发起最后的冲刺。翻过了一座座雪山，跨越了一个个冰谷，在河床上、草地冻土上艰难行车 6 个多小时，最终抵达姜根迪如冰川。“姜根迪如”，藏语的意思是“狼山”，含有人

藏羚羊

牦牛

高原苔藓

高原地质

冻土

草甸

无法越过之意，位于唐古拉山各拉丹冬雪山西南侧，海拔 6542 米，长江正源沱沱河就发源于此。

在雪山下，考察队举行了隆重的“长江委江源综合考察纪念碑”揭碑仪式。然后迅即投入工作，对长江源头进行查勘观测，并郑重地收集“长江第一滴水”……

这是一个庄严的仪式：在长江源获取“第一滴水”水样时，长江干流沿线沱沱河、直门达、宜昌、汉口、南京、徐六泾近 70 个主要水文站和水位站也同时开展了水质取样作业，从而第一次完整地收集到从长江源头到入海口的水质样本。

考察队在通天河支流楚玛尔河冰川下取样时，意外发现了冷水鱼，最大一条有一斤重。同时发现了浮游生物，这是前次考察没有看到的，充分说明长江源水质良好。源头有些地方长满苔藓，也引起了考察队员的关注，这些地方过去是冻土层，这意味着长江源地面气温在逐步升高……

江源考察历时半月，行程超过 7000 千米，收获颇丰。蔡其华不禁感叹：“30 多年前，长江委组织的科考团主要是去发现长江源头在哪儿，长江到底有多长，并填补长江源头水文、地理、气象等方面的空白。而这次考察的目的在于客观评价长江源地区水资源、水生态、水环境现状，探查存在的问题并提出解决问题的对策措施，并为精心编制长江流域（片）水利发展规划提供第一手资料。我们对母亲河认识得越来越清晰，也越来越深刻了！”

随后，考察队在武汉发布考察报告——

近 50 年来长江源区降水、蒸发及日照变化不明显；长江源区年平均气温从 20 世纪 60 年代开始缓慢上升，近 10 年来气温上升较快，近 10 年平均气温比 20 世纪 60 年代增加了 1.42℃。总体来说，水资源量无显著变化趋势，但源头区有些站点近 10 年来水资源量增加较为明显；主要水文站的来沙量无趋势性变化。

冰川面积总体处于退缩状态，虽有 1 个小冰川处于前进状态，但总体处于退缩趋势。姜根迪如冰川是沱沱河的发源地，它的变化为世人瞩目。资料分析结果显示，在 1977 年基础上，南支冰川退缩了 690 米，年均退缩量为 21 米；北支冰川退缩了 490 米，年均退缩量为 15 米。

长江源区人类活动影响相对较弱，其主要生态环境问题大致可以归纳为冻土及冻土环境退化、植被退化、冻融侵蚀和土地荒漠化等方面。就整体生态环境发展趋势而言，长江源区生态环境恶化发展相对较轻。但水生生物种类数低，生物量低，生物多样性低，特有性高；水生态系统结构简单，功能较差，稳定性差，抗干扰能力较弱。河流基本保持天然状态，地表水水质较好，符合三江源自然保护区作为一级水功能区的水质保护目标要求。区域气候变化及冻土环境变化导致的区域草地植被退化，是长江源区水土流失的主要因素。20 世纪 80 年代中期到 2000 年，长江源区水土流失面积呈递减趋势，2000 年至今，水土流失面积呈递增趋势。

长江源区是维系整个长江流域水资源平衡的“水塔”。长江委将按照有序开发和可持续利用原则，将长江源区划分为水能资源禁止开发区、规划保留区和开发利用区等三类，源头区为禁止开发区。长江委建议要加强长江源区的湿地和草场的保护，控制和规范长江源区工程建设、采矿、旅游、探险活动。

从源头冰川下采集的“长江第一滴水”，是如此晶莹，如此清甜，就像母亲的乳汁，使人永远回味。

长江水啊长江水

2019 年冬天，笔者在长江委档案馆看到了 9 年前从长江源头到入海口采集的水质样本。金沙江水、川江水、荆江水、扬子江水……不同河段的长江水装在玻璃管中，依次排列，如同一架闪闪发亮的竖琴，使我忍不住轻轻抚摸，遐想一串清亮的水声。但细细观察，就会看到从上游到中下游，水质渐渐浑浊。

台湾诗人余光中曾隔着海峡，思念和吟叹长江水——

给我一瓢长江水啊长江水
酒一样的长江水
醉酒的滋味
是乡愁的滋味

是的，大江南北的人民是幸运的，在全球淡水资源告急时，我们却守着一条浩荡的大江，拥有源源不断的清波碧浪，染绿田野，染绿城镇，也滋润着我们的生命、情思与梦想。

长江流域的淡水资源总量、水能资源技术可开发量、内河通航里程分别占全国的 35%、48%和 56%，是中国水电开发的主要基地、南水北调水资源配置的战略水源地、连接东中西部的“黄金水道”、重要经济鱼类资源和珍稀濒危水生野生动物的天然宝库，在我国水资源优化配置和经济社会可持续发展中占有极其重要的战略地位。

可随着经济社会的快速发展，长江水却越来越浑浊。重化工产业沿江密集而建，城市集中式饮用水水源地与各类危、重污染源生产储运集中区和排污口交错布局，直接威胁饮用水水源地水质安全。

这是令人震惊和焦虑的数据：长江用水量和废污水排放量呈逐年增长趋势，20 世纪 80 年代全流域废污水排放量为 120 多亿吨，90 年代初为 140 多亿吨，2008 年超过 325 亿吨，2018 年已达到 338.8 亿吨，相当于黄河的年径流量！

而且，长江经济带大部分区域能耗、水耗和污染物排放强度是全国平均水平 1 倍以上，长三角地区污染物排放强度是全国平均水平 4 倍以上！

20 世纪 70—80 年代，湖北沙市农药厂的长江排污口旁边竖了一个牌子，上面写着“两千米范围内，禁止人畜饮用”，但是路过的鱼类不知道这里的水质，不少经过的鱼类在这里就被毒死了。

长江的污染问题集中体现在岸边污染带，虽然经不断治理，尚在可控范围，但水质趋向恶化，已直接影响到我们喝的每一滴水。长江生态保护刻不容缓，一条条宣传标语引人深思——

“母亲，你真的很累，保护长江就是保护我们的母亲。”

“长江被污染了，你还洁净吗？”

“保护母亲河，就是保护我们自己！”

国家环保部还没组建时，长江委就设立了一个护水专门机构。1976 年 1 月，国务院环境保护领导小组和水电部批准了长江委关于设立长江水源保护局的报告，由长江委主任林一山兼任局长，并于 1978 年 5 月成立了长江水源保护科学研究所和长江水质监测中心站。后来先后更名为“长江水资源保护局”“长江流域水资源保护局”，从早期以水质监测为主的“站岗放哨”，逐步发展到全方位地开展水资源保护。

2002 年 8 月，我国颁布了新修订的《中华人民共和国水法》（以下简称《水法》），强化了水资源统一管理和流域管理，明确了水功能区管理、入河排污口管理等水资源管理制度，使长江水资源保护步入了法制化新时期。

水资源保护以促进水环境良性循环为目标，加强饮用水水源地保护、入河排污总量控制、城市废污水处理力度，保持生态基流，实施河湖生态补水。重点地区为五大城市（沪、宁、汉、渝、攀）、5 条支流（岷、汉、湘、嘉、沱）、4 个重点湖泊（巢湖、滇池、洞庭湖、鄱阳湖）、2 个重要水库（三峡、丹江口）和 1 个河口（长江口）。

水质监测内容也日益丰富，由常规项目向微量有毒有机物、底质与水生生物拓展。

在长江行驶的船舶中，以“长清号”命名的轮船并不引人注目，却担负着特别的使命——水质监测。监测船往返于重庆与上海之间，对干流和主要支流、入河排污口等水质进行监测和巡测。2000 年，我国最先进的内河水环境监测船“长江水环监 2000”加入巡视队列，船上设有实验室，并装备了国内一流的自动采样装置，可采集 100 米水深范围内的水质、水生生物及底质样品。还配

水质监测

备了监测水艇，可在支流和浅水水域作业。

2006年，三峡水质自动监测实验站建成，位于三峡大坝前10多千米处（崆岭峡兰陵溪出口），可连续在线监测库首水质变化状况，充分发挥了前方“哨兵”的作用。

近年来，长江委还开展了“长江流域水生态及重点水域富营养化状况调查与评价”，先后完成了金沙江中下游、三峡水库、长江中下游干流、雅砻江、汉江、洞庭湖、鄱阳湖、长江口等10个重点水域40个断面的2次水生态现场监测，获取了水文、水质、沿岸带生境、浮游生物、微生物、着生藻类、底栖动物和鱼类的现场监测基础数据，构建了与调查指标相匹配的长江流域水生态信息库，实现河流物理形态、河岸带、水文水质、水生生物、空间地理信息数据等各类调研与监测数据的管理和基本统计分析功能。

由于长江在涉水监测方面存在多部门监测、标准不一、站网重复建设、信息难共享等问题，时任长江委主任刘雅鸣大力推进水利信息化建设，依托现有水文站网构建流域综合监测站网体系。2016年，她调任水利部副部长、党组成员，随后又调任中国气象局党组书记、局长。经过几年的努力推进，目前全流域有各类水文站点29117处（其中水文站1860个，水位站4577个，雨量站22680个），水量、水质、泥沙、水生态等涉水监测信息都来自这些站点，为有效开展长江大保护提供了坚实的基础。

2018年，长江流域控制断面监督管理告警平台上线试运行，实现了防汛抗旱、水资源管理、水资源保护等监控信息的实时告警。

入河排污口，可称为长江水系中的“黑洞”，对这些“黑洞”的管理，是控制入河湖污染物总量、改善河湖水质、保障水安全的关键环节。

由于长江流域入河排污口数量多、分布广、变化快，要查清“黑洞”相当艰难。但长江水资源保护局决心给它们“上户口”，从2003年就开展入河排污口普查登记工作，2017年5-6月，还开展了一场规模空前的大核查。

成千上万个规模以上入河排污口（废污水排放量大于300吨/天或10万吨/年），涉及长江经济带11个省（直辖市）及河南、陕西、广西、甘肃个4省（自治区）。点多、线长、面广，要在短时间内逐一核查，建立台账，纳入长江委“水利一张图”，难度可想而知。

“入河排污口管理是控制入河湖污染物总量、改善河湖水质、保障水安全的关键环节，一定要全面摸清和掌握现状，把好入河排污的重要关口！”时任长江委主任魏山忠字字铿锵，掷地有声。他多次主持召开专题会议并率队亲赴湖北孝感、武汉等地检查督促。在他的大力推动下，长江委举全委之力，组建精兵强将，奔向四面八方，迅速摸清了入河排污口的第一手资料，为推进长江大保护打下了坚实基础。同年，他调任水利部副部长、党组成员。

初夏时节，从海拔4000多米的雪域高原，到灌木丛生的高山草甸，哪里有规模以上的入河排污口，哪里就有长江委人的身影。“长江委来人了！”成为流域各地一抹鲜亮的记忆。

“不管山高路远，还是荆棘野草，也要把你逐一寻找。”核查人员用诗作抒发豪情，表达心声。白天，穿梭于脏乱不堪、气味刺鼻的入河排污口，APP定位、拍照、录视频、录信息；晚上，挑灯夜战，复核资料，比对信息，将最新数据上传至长江委“水利一张图”信息平台。电脑键盘的敲击声、鼠标的点击声，汇成了静夜里令人亢奋的节奏。

这次大核查历时 30 天，对流域 15 个省（自治区、直辖市）150 个地市 887 个区县的 8800 余处入河排污口进行了现场核查，并对其中 460 处入河排污口开展了监测，确定长江经济带共有规模以上入河排污口 8052 个。

大核查摸清了当年长江入河排污口的基本情况，也发现了许多令人忧虑的问题，如入河排污口布局不合理、管理制度落实不到位、监测和信息统计滞后……显然，必须严抓共管，审批巡查，建立国家—流域—地方的层级监督机制，才能让阳光照亮那些隐藏的“黑洞”。

长江流域水资源总量虽较丰沛，但时空分布不均，已建工程调控能力不足，导致局部地区和部分时段缺水，与经济社会发展需求不相适应。与之矛盾的是，长江流域节水意识相对薄弱，节水管理相对落后。流域万元工业增加值用水量（71 立方米）高于全国平均值（52.8 立方米），远高于发达国家 25 立方米的水平。

长江委根据水资源、水环境、水生态管理“三条红线”制定报告，组织开展了各省（自治区、直辖市）用水总量控制指标按流域细化分解工作，基本建立了流域水资源管理指标体系，并定期编制和发布《长江水资源质量公报》。

为落实最严格的水资源管理制度，长江委在汉江等 7 条跨省重要河流水量分配方案获批基础上，编制了沅江流域水量分配方案，推动金沙江多流域水量分配工作。深化汉江流域、澜沧江流域、金沙江中游水量调度协商，进一步梳理并确定了 14 条重要跨省河流名录，计划水量分配基本达到了全覆盖。

长江委在编制具体规划中，将流域生态保护、修复和环境治理优先考虑，充分考虑防洪和供水灌溉任务等安全保障，尽可能保留天然河段，保护敏感水域。以采砂规划为例，11 个国家级及省级自然保护区以及防洪敏感江段就全部列入禁采区。

但有些人就想不通：靠山吃山，靠水吃水，山水是国家的，企业也是国家的，难道国有企业取水还要花钱？

汉江某水力发电厂，长年在汉江干流未经批准擅自取水发电，根据《水法》及相关规定，应申办取水许可证。然而，该厂迟迟没有申办，一拖就是十多年。长江委依据职权，曾多次派员到该厂进行宣传，要求其办理取水许可手续，却屡遭拒绝。2002 年新修订的《水法》对未经批准擅自取水有了明确的处罚规定后，该案才有了转机。

2005 年 9 月 19 日，长江委对该水力发电厂无证取水正式立案调查。办理取水许可手续并不复杂，该厂为何迟迟不愿办理？水政局魏显栋等人赴安康调查后方知，该厂一是意欲逃避缴纳水资源费，二是有恃无恐，认为相关水法规没有明确规定对违规取水如何处罚。

找到了问题症结，魏显栋心里有了底，与该厂相关负责人多次沟通，摆事实，讲道理。在强大的法律攻势下，该厂最终依法履行义务，在限期内申请办理了取水许可手续，并缴纳罚款人民币 10 万元。长江委成功依法查处此案，使流域管理机构真正成为法律意义上的河流代言人。

这是全国首例国有大型企业无证取水被处罚的案件，成为典型案例编入相关培训教材，对非法取用水的单位起到了教育和警示作用。

在此，要特别提起对河道采砂的管理。

河砂，江湖之土也。非法采砂是伤害长江的一大毒瘤，不仅影响长江河势稳定，给防洪、通航带来危害，还严重破坏了底栖动物的栖息地，致使江湖生态系统的功能不断丧失。如果把湖底的沙子挖走，底栖动物就不能生存，这片水域就会变成一片死水。因此，长江委特

采砂管理之巡江检查

设立了砂管局。

长江采砂管理是一项艰苦而危险的工作，面对的不仅是披星戴月的辛苦，还有各种各样的利益诱惑和黑恶势力的威胁。非法采砂的暴利，驱使着一些不法分子铤而走险，疯狂盗采。从宜宾到长江口近3000千米，砂管局必须时刻紧盯江面的动向，敢于亮剑。

为逃避打击，非法团伙常在月黑风高之夜盗采江砂，执法人员也就披星戴月，通宵巡逻。督查处处长刘平刚感叹，无数个夜晚都是在江堤上度过的，是在无边的黑夜里孤独前行，风餐露宿。他这样记录执法经历：

由于非法采砂的暴利，一些非法采砂者组成了团伙，雇用社会闲散人员对执法人员进行盯梢。每一次过招，都是一次侦查与反侦查的斗智斗勇。砂管局督查处的同志都有多次被非法采砂者盯梢、跟踪的经历。一些黑恶势力也介入采砂行业，对我们暗访巡查人员构成人身威胁。

面对潜在的危险和困难，我们没有害怕，更没有退缩，始终坚守在采砂管理的第一线。督查处的同志每年在外暗访巡查超过100天，每年暗访行程达数万千米。而我们的辛勤付出也收到了回报，那就是长江采砂管理取得的良好局面，那就是长江的美丽和安澜。

仅 2018 年，长江委巡江 4.9 万余次，对非法采砂保持高压严打，查处非法采砂船只 1622 艘。目前，长江干流规模性非法采砂基本绝迹，河道采砂管理秩序总体可控。砂管局督查处荣获了一个特别奖项——第二届中国生态文明奖。

长期以来，因水资源的行政管理职能比较模糊，许多地区都出现了“跑马圈水、无序开发”的现象，如云南、贵州、四川等地持续兴起的中小水电开发热，因缺乏统一管理，导致上下游、左右岸和地区间利益关系难协调，水事纠纷不断；原有生态环境被破坏，河床干涸，河岸坍塌，甚至引发泥石流和滑坡等地质灾害，给这些地区水电事业的良性发展构成直接威胁。

由于饮水、用水问题往往涉及人的生存发展，是人们的根本利益之所在，因而许多水事纠纷具有矛盾尖锐性、斗争激烈性。在丹江荆紫关河段，左岸为河南省淅川县荆紫关镇，右岸为湖北省十堰市郧阳区白浪镇，自 20 世纪 50 年代后期，两岸群众为防止洪水冲毁耕地，争相修筑丁坝，引起纠纷，并发生械斗造成伤亡。经长江委历时数十年调解处理，与湖北、河南两省达成协议，由国家投资兴建荆紫关河段防洪工程，才使两省边界荆紫关水事纠纷得到圆满解决。

由此可见，长江生态问题不是一朝一夕形成的，解决起来也不可能一蹴而就。保护母亲河，珍惜长江水，是一场攻坚战、持久战，需要完善法律法规，需要全社会共同发力，也需要每个人的自觉行动。

聚力共护母亲河

“我住长江头，君住长江尾。日日思君不见君，共饮长江水。”这本是一首写男女爱情的宋词，却可以生动地形容我们的爱江之情、护江之责。

对河流、湖泊的治理，往往会涉及上下游、左右岸，因此，“共抓大保护”，关键在一个“共”字，必须打破行政区域、部门界限，绘就“水利一张图”。

马建华主任说，长江大保护是一项复杂艰巨的攻坚工程，必须在“共”字上做文章。持续深化实化长江大保护跨部门跨地区合作，逐步实现共商共建、共管共享。充分利用河湖长制平台，推动建立流域与区域、水利部门与其他相关部门的联动协作机制。

长江委充分发挥流域机构协调、指导、监督、监测作用，探索全方位合作机制，将长江的防洪安全与生态保护无缝融合，形成共抓长江大保护的合力。

近年来，长江委先后与交通运输部长航局、农业农村部长江办签署联合行动方案，与水利部太湖流域管理局签订协作方案，与湖北省人民检察院等单位共同推进生态保护公益诉讼，与中科院水生所、中国水产科学研究院水产研究所等单位协作科研。

2019 年 5 月 24 日，长江委组织并与生态环境部长江流域生态环境监督管理局，交通运输部长江航务管理局、农业农村部长江流域渔政监督管理办公室、国家自然资源督察武汉局、中国科学院武汉分院、中国气象局长江流域气象中心、中国长江三峡集团有限公司、中国节能环保集团有限公司共同发起，联合清华大学、河海大学等相关高校、科研院所和企事业单位，共 48 家单位组建“长江治理与保护科技创新联盟”。旨在打破部门条块藩篱，共担科技项目、共促成果转化、共享科技资源，共同感知长江的变化，揭示变化的规律，认清规律的机理，提出科学的对策，聚力解决长江大保护中重大科技问题。

长江治理与保护科技创新联盟成立

以法治保护长江，是推动长江保护与发展“一盘棋”的治本之举。

“一个流域一部法律”，这是近现代国际河川立法留下的箴言。从美国的科罗拉多河到西班牙的塔霍—塞古拉河，从莱茵河到多瑙河，都制定有相应的流域法或国际公约。然而，中国作为世界上大江大河数量最多的国家之一，至今却没有一部流域法。

长期以来，长江流域管理工作处于各自为政、条块分割、分散开展、工作重复的状态。各路诸侯“跑马圈水”，争相建坝，片面追求经济效益最大化，环境、生态和防洪等社会效益被束之高阁。这一切，都是因为长江流域缺乏一部“统揽全局”的法律。

鉴于长江的重要性、特殊性和复杂性，只有制定《长江法》，才能为全面系统地解决长江防洪、水资源配置、水土保持、水资源保护等重大问题提供法律保障；才能处理好流域管理与流域内 19 个省级行政区域管理的相互关系，把长江大保护向纵深推进，促进整个流域经济社会发展。

20 世纪 90 年代以来，长江委在水利部的统一部署下，同高校持续开展《长江法》立法基础研究，取得了丰硕成果。近年来配合全国人大环资委在重点议案办理过程中开展了立法专题调研和立法座谈会。2016 年以来，按照贯彻落实推动长江经济带发展的有关要求，在《长江法》前期研究的基础上，会同有关部门开展了《长江保护法》前期研究工作。2018 年《长江保护法》被列入全国人大立法规划。2019 年 12 月 24 日《长江保护法（草案）》首次提请十三届全国人大常委会第十五次会议审议，成为推进长江大保护的一大亮点。

2016 年 12 月，中办、国办印发《关于全面推行河长制的意见》，提出全面建立省、市、县、乡四级河长体系。按照要求，各省设总河长，由省委书记或省长担任；区域内主要河湖设河湖长，由省级负责人担任。各河湖所在市、县、乡均分级分段设立河湖长，由同级负责人担任。“千湖之省”湖北率先统筹“河长制 + 湖长制”，一年内，省、市、县、乡、村五级 37331 名河长、湖长全部上岗履职。

2018 年，长江委完成了湖北、湖南、江西、四川、重庆、西藏等责任片区的 5 次督导检查和 2 次明察暗访，覆盖了责任片区全部 66 个地级市和重庆全部 38 个区县，实地查勘河流 450 条、湖泊（水库）20 多个，掌握了河湖长制开展情况，指导各地“一河一策、一湖一策”编制工作，有力地推进了各地河湖长制工作。

2019 年，长江委全面落实水利改革发展总基调，开展了一系列前所未有的强监管行动，通过明察暗访等方式，开展了农村饮水安全暗访调研、水库超汛限水位运行情况现场核查等 21 项重大专项督查年度任务，其中完成小型水库督查 3168 座，建立干流岸线利用项目台账 5711 项，核查登记取水工程（设施）名录 25.98 万个，完成农村饮水脱贫攻坚 5 个省（自治区、直辖市）45 个县分片包干年度任务，完成长江经济带 5 个省（直辖市）生产建设项目水土保持监督执法专项行

调研督察长江武昌段岸线保护和利用工作

动年度任务。

“春风一曲鹧鸪词，花落莺啼满城绿。”

当长江委走向七十春秋里程碑时，终于迎来了喜讯：社会各界呼吁多年、水利工作者盼望多年的《长江保护法》已经进入立法实施阶段。2018 年 8 月 4 日，长江委主任马建华对“大江奔流”采访团说，谁来保护长江、谁对保护长江负有职责，长江流域涉水事务即将迎来这部长江“宪法”，统筹推进“安澜长江、绿色长江、和谐长江、美丽长江”的建设。

是的，地球是宇宙中的一叶孤舟，是我们所知唯一能承载生命进化的摇篮，它非常脆弱。地球以外没有人类可以迁徙的绿洲，我们没有近邻可以呼救！同样，我们也只拥有一条长江，保护母亲河就是保护我们自己，改善生态环境就是建设美好未来。

可喜的是，“共抓大保护”“生态优先”已成为共识，成为群众性社会公益活动。沿江各省（直辖市）逐渐摒弃各自为政，“去污还绿”“拒黑植绿”，推进环境保护联防联控、生态修复加强合作、环境犯罪联合执法……数据显示，沿江 11 个省（直辖市）GDP 增速接近或高于全国平均水平，有力说明长江大保护不会影响经济发展速度，绿水青山就是金山银山。

位处长江出海口的崇明岛，是中国第三大岛，曾经遍布棉纺厂、织布厂、调染厂，一度污水横流。经过大力整治，崇明岛如今鸥鹭翔集，鱼翔浅底，越冬鸟类数量逾百万只，成了名副其实的候鸟“国际加油站”。到 2035 年，崇明岛将基本建设成为具有全球引领示范作用的世界级生态岛。

拥抱海洋

在长江委大楼远眺，就可见大江东去。浩浩长江，奔向海洋，是长江委人走向世界的美好象征。

长江委人一直具有宽广的国际视野，密切注视着世界水利科技的发展与进步，并在从“学生”成长为“老师”后，热情无私地“援外”，传授中国经验、“长江智慧”，并自信地开展国际合作，大力开拓国际市场，为“一带一路”建设推波助澜。

早在20世纪50—60年代，在得到苏联专家援助时，长江委也积极履行着援助“第三世界”兄弟国家的责任。70年代，长江委就派专家组在援助阿富汗水利工地工作了5年。中国政府在那里援建了著名的帕尔旺水利工程的水电站和扬水站——尽管这些年阿富汗战火不息，但电站和灌区等都保存完好，谁都不愿破坏这些带来水源、带来光明的水利设施。

2010年初，刚从非洲回国的熊为军又飞往缅甸，担任伊江上游水电项目输变电项目部的副总工程师。他记录了这段经历：

一去就是3个月，战乱、疾病、林深茂密、毒虫横行，见惯了苦难也就不那么心怯，经历了风雨也就无所谓风雨，我们咬着牙，一切困难都被我们踩在脚下，按时提交了伊江项目电源电站送出工程架空线路的现场设计成果。

还记得6月初的缅北，正值雨季，瓢泼大雨能连续下一周。每天6点起床，冒着大雨与同事穿过山林，去山头的铁塔开展验收，夜晚回到营地还要参加安全值班巡夜。就在工作完成且准备回国之际，一场意外“中断”了返程。

当时，缅北地方武装与政府军再次发生冲突，安全形势恶化。我们回国必经的两处桥梁已被破坏，陆路交通中断，来自设计、施工、业主单位的 30 多人均被困在了施工单位营地。

营地位于一个山头，冲突期间，营地食堂和仓库都曾被流弹光顾，食堂的玻璃门也全部被击碎。这些“剧本式的镜头”画面，就实实在在发生在我的身边。听着枪声、爆炸声，我们每一个人都在相互鼓励，相互取暖，积极采取安全措施保卫自己。

我是共产党员，我站了出来，主动担当。因为年轻的我经历过类似的武装冲突，经历过类似的爆炸撤退，我知道此时此刻是自己海外经历发挥作用的时候了。

我请施工单位的同事将五星红旗悬挂在营地的最高处，配合参建各方完善营地安保方案，安排并参与每天的夜间巡逻。

最终，全体人员在湿热多雨、炎热无电的施工营地苦苦地熬了 30 多天，等到腾密路重新通车后才成功脱离险境。

长江设计院这个大家庭，还有许许多多长期坚守工地、坚守海外项目现场的同事，我只是海外开拓者中的普通一员。这些年，我们砥砺不辍，是新时代水利精神的继承者，在点滴平凡的工作中积极践行着长江水利人的担当。

2015 年 10 月 23 日，长江委收到水利部的一封特别信件，表扬长江委圆满完成了赴缅防洪咨询工作任务，在国际舞台展现了中国水利专家过硬的工作作风和高超的业务水平，为深化中缅全面战略合作伙伴关系做出了积极贡献。

2015年夏季，缅甸境内大范围强降雨，伊洛瓦底江遭遇了40年一遇的特大洪水，160多万民众受灾，3000多平方千米农田受淹，千余所学校停课，多地成为孤岛……

缅甸水资源极为丰富，主要河流包括伊洛瓦底江、萨尔温江等，支流遍布全国。伊洛瓦底江发源于中国，是缅甸境内长度最长、流域面积最大的河流，全长2714千米，流域面积41万平方千米，多年平均径流量约占缅甸全国河川径流量的40%。每年七八月是缅甸暴雨灾害的高发期，但缅甸对伊洛瓦底江尚无完整的防洪规划，洪水犹如一把利剑时刻高悬在该国百姓的头顶……

8月下旬，应中国驻缅甸大使馆和三峡公司要求，长江委派出长江设计院副总工程师吴德绪、胡维忠，国际部副主任张志坚，规划院副院长余启辉等四位专家赴缅进行防洪考察。他们精心谋划防洪策略，向缅甸农业与灌溉部提交了《伊洛瓦底江防洪咨询意见》，得到了缅甸政府的充分肯定。

洪水退去后，缅方又邀请中方专家赴缅考察，为伊洛瓦底江治理和水毁工程应急修复提供技术支持。长江委四位专家于10月5日第二次赴缅。

这次援外极其辛苦，胡维忠说："有一次查勘，我们早上6点就乘车出发，道路崎岖，山高路远，前后颠簸了10多个小时才抵达现场，感觉身体就像散架了一般。可即便如此，没有一位专家抱怨或者叫苦。大家已经习惯了，搞水利勘察咨询，谁没经历过这些呢。因为在每个查勘点的时间不好确定，很难把握饭点，所以，每到一个地方，能吃上口热饭就成了我们最大的心愿。"

除了交通不便、饮食不习惯外，语言的沟通也是个不小的难题。

余启辉说，缅甸通用语言是缅语，所以通常要把他们的语言翻译成英语，然后再翻译成中文。这一来一去，也要耗费不少时间。尤其对专业术语的解释，更是难上加难。

白天考察水毁工程，晚上还要挑灯夜战，核对资料，讨论方案，精心编写咨询报告。10月的缅甸，气候炎热潮湿，各种蚊虫也来凑热闹，大家常常被咬得四处红肿，痛痒难耐，但没有人喊过一声苦，说过一声累。

为了报告的准确性，专家们跋涉在茂密的山岗、充满毒虫的丛林，调查了解伊洛瓦底江的下游、中游和上游水情，行程3000多千米。历经11天的艰苦奋战，将中英双文版《缅甸伊洛瓦底江流域防洪咨询报告》提交给缅甸政府，得到了缅方政府和有关部门的高度赞扬，吴登盛总统特地接见专家组成员，感谢中国对缅甸人民实实在在的帮助。缅甸水治理蓝图由此徐徐展开。

长江设计院因长江而生，为长江而画，进入21世纪以来，又以良好信誉和雄厚的技术实力开拓国外市场，已在亚洲、非洲、南美等地的60多个国家和地区承接水利水电、输变电、港口码头等工程，提供技术服务，成为“中国水利”一张亮丽的名片。

长江设计院副总工程师蔡耀军曾留学法国，仍吃不惯外国饭，常带着方便面出差。2005年，受商务部委托，他负责带队前往摩洛哥，考察该国3个水库项目的可行性，赴现场查勘坝址和水库条件，历时50天，圆满完成了3个水库的评估报告。因成天吃用瓦罐蒸的阿拉伯食品，大家肠胃都受不了，每周四吃从国内带的方便面，就像是享受难得的盛宴。

英加项目是未来全球最大的水电站，装机规模相当于两个三峡水电站，一年可以发电 8000 个小时，足可以照亮大半个非洲。因有多个国际一流公司参加投标，竞争十分激烈。2009 年，咨询阶段结束后，刚果（金）政府主持投标人会议，要求各个投标人用法语陈述自己的观点和意见，蔡耀军代表中方发言。他准备了 PPT 和视频动画，用一口流利的法语介绍中国的技术实力、技术标准，列举了三峡工程等成就，生动地阐述：中国的技术标准是国际领先的，建设的工程绝对安全可靠。结果，经过多轮的激烈角逐，中方团队始终处于主动地位。

2008 年 10 月，机电工程师熊为军作为第一批技术人员被派往赤道几内亚，进行吉布劳输变电项目现场设计。当工程进入施工终勘阶段时，需要电气设计人员对每条线路的路径、沿线交通、重要跨越建筑物等都充分了解，这意味着设计人员必须进行野外勘测，熟悉沿途地形地貌。

这是漫长而艰辛的线路野外调查，时而穿梭在茂密的丛林，时而遭遇遍布毒虫且充满危险的沼泽地；饿了就吃面包棒子，渴了就喝几口水，然后继续赶路；晚上还要加班协商，优化工作流程……

两年后，当他因工作原因重返赤道几内亚，飞机抵达首都马拉博上空时，他看到的不再是一条孤零零亮灯的机场跑道，而是一个流光溢彩的城市夜景，不禁深感自豪：这灯火中也闪烁着中国水利人的辛勤奉献，为造福异国他乡注入了活力。

近年来，长江委与许多国家开展了水利技术交流合作，参与全球水治理，实现软实力输出，“澜湄合作”就是一大亮点。

国际河流的管理由于涉及多个国家，一直都是流域管理的难点。中国、柬埔寨、老挝、缅甸、泰国、越南六国地缘相近，因澜沧江—湄公河紧密联系在一起。

长江委积极主动地为澜湄水资源合作提供支撑与服务，如 2015 年

3 次向湄公河委员会通报了我国上游水库调度的有关信息，得到湄公河委员会及下游国家的高度赞赏。还申请了亚洲区域合作专项资金支持，为湄公河国家举办洪水预报及山洪地质灾害防控技术培训。

2016 年 3 月，澜湄合作首次领导人会议通过的《三亚宣言》，将水资源合作列为澜湄合作五个优先领域之一。次年 6 月，澜湄水资源合作中心在长江委成立。依托长江委的技术人才优势，澜湄水资源合作中心在帮助湄公河国家开展流域规划、水资源数据信息中心建设、水资源科技研究和配套设施示范建设、人员培训等方面，都取得了显著成效。

武汉的长江委大院，“国际化”色彩越来越浓，常有国外代表团来访；长江委人的行李箱上，也系满了世界各国的标签。“一带一路”相关项目已遍布 50 多个国家和地区，长江智慧，正惠及世界。

画不尽绿水青山

“江山如画，一时多少豪杰。”

七十春秋，五星红旗下诞生的长江委，紧握神圣画笔，穿越重重风雨，画出了一座座大坝、一道道长堤、一个个水库，也把越来越多的蓝天碧水绿荫涂抹在长长的画卷上，把母亲河画得更加美丽，更加丰盈。

七十春秋，有多少激昂的浩歌、多少动人的故事，一代代长江委人前仆后继，把青春、汗水和热血都挥洒在长江的图画上，凝聚在长

江山如画

江的梦想中。

2012年，中国作家协会采访团行走长江后，深受感动。一位作家写道："我看到一座座脊梁般挺立的大坝，坚实而幻美，它们把长江水利人的生命历程和治江的使命浇铸在一起，镇住了长江万古风流，当年遥不可及的'凿石安澜'真正变成了现实。这现实让我不自觉地感觉到，长江是长江水利人赖以栖居的精神家园，是他们理想烛照的地方，是他们心之向往的理想情怀。一个人对一个群体的敬重，似乎无须太多理由。尽管我与长江水利人的相识十分短暂，但我想，在一个感动缺席的矫情年代，我以感动的心境读着他们，也是给予他们一种应得的尊敬。"

是的，历时半年的采写，使我深切地感受到长江委人竭忠尽智的精神风貌。这是一个人才密集的部门，一个具有高度文化素质和科技水平的群体：15000名在职职工中，各类专业技术人才就有7600多人，省部级以上专家400多人，其中有3位中国工程院院士，11位全国工程勘察设计大师。他们给我留下的最深刻的印象，就是忠诚、睿智、坚韧和开明。

工地，工地，工地就是郑守仁的家。直到今年，80岁的郑守仁仍坚守在三峡坝区一套简陋的工房里，夫妇俩一住就是26年。

凡是去过的人都会感动：两个小房间，分别只有十几平方米。卧室里摆下一张床后，空间就所剩无几——一张桌子、一个简易衣柜，桌上摆满了药瓶药罐，有郑守仁的，也有妻子高黛安的。两人前些年都患有癌症，至今还不能断药。

不方便生火做饭，坝区食堂就是他们的厨房——每天，郑守仁雷打不动地从宿舍步行去食堂打饭。身为院士和领导，他坚持和普通员工吃一样的三餐。

甘苦相伴，相濡以沫。郑守仁和高黛安在工地相遇、相知、相爱，又在工地相守了一辈子。也许，不愿离开，是因为他们的生命已经与大坝、与水利紧密地连在了一起，难舍难分。

为了水利事业，他们长年在一个个工地奔波，女儿不满周岁便被送到远在苏州的外婆家。18 年后，刚参加完高考的女儿到葛洲坝工地看望父母，父亲却忙得没有时间陪她逛逛。女儿摇头苦笑：爸爸爱工地，胜过爱女儿！这种对事业的“大爱”，深深地感染了家人，好多年后，外孙女立志继承外公的事业，报考了外公的母校——河海大学。

在三峡工作的人，都知道郑守仁有一个习惯：保存好每一次会议纪要，亲笔撰写现场设计工作简报，供技术人员和相关专家参阅。他主持召开三峡工程现场设计讨论会 2500 多次，形成会议纪要 6800 多万字。由他撰写的现场设计工作简报 500 多期，400 多万字，是一部最真实、详细的三峡工程建设史和备忘录，为确保三峡工程设计和施工质量奠定了坚实的基础。

现在，三峡工程已完工多年了，郑守仁却仍守在坝区，埋身于一摞摞材料中，专注而缓慢地在电脑键盘上敲击出一个个字符。这是白发苍苍的老人所奋力施行的最后一项“工程”：230 万字的《长江三峡水利枢纽建筑物设计及施工技术》已正式出版，200 多万字的《长江三峡工程关键技术研究与实践》雏形初现……他说：“一定要用尽生命最后的力量把三峡工程的资料总结好，这里有些是经验，有些是教训，要吸取教训，给后人借鉴。”

国庆 70 周年前夕，郑守仁被授予“最美奋斗者”称号。他平静地说：“三峡工程是我们水利人共同的孩子，这个荣誉，是党中央、国务院对三峡工程的肯定，对所有参与建设、维护、运营三峡大坝的人的肯定，感谢大家用行动守护长江，守护三峡。”

用一生书写忠诚、描绘梦想，郑守仁的履历是无数长江委人人生的缩影。

在采访中，不少人向我提到《长江志》及其总编洪庆余，说你一定要写写洪总。

洪庆余是全国工程设计大师，但长江委人始终称洪庆余为洪总。年轻人这么叫，林一山、文伏波、郑守仁等元老也这么叫。在当今社会“老总”“老板”多如牛毛的状况下，长江委人心中的洪庆余才像真正值得敬佩的老总。

如果说不像也有几点：洪总的办公室大门始终是敞开的，上下班是步行的，各种公款招待宴席是不参加的，穿的衣服总是中山装，鞋子也是布做的。据洪庆余家人介绍，他的好鞋子只有2双，一双皮鞋穿了8年，一双旅游鞋买了5年只穿了3次。

全国工程设计大师洪庆余

洪总经常告诫年轻人：神枪手都是子弹打出来的，一个有造化的水利工程师尤其是做设计的工程师，必须要经过几个工程的实践锻炼；设计是工程的灵魂，勘测和水文都是设计的基础，都是设计的依据，都是至关重要的；设计人员必须要懂得地质和水文，还必须与施工单位密切协作，不断地优化设计；一个高明的工程设计人员要始终考虑一个问题，就是既要把大坝做好，也要把大坝做美……

陈济生与洪庆余是黄金组合，后来，洪庆余当了长江委总工程师，陈济生担任长江科学院院长。陈济生说："洪总对长江、对中国水利的贡献和功绩有口皆碑，但他的人品更备受人崇敬，他给我印象最深的一句话就是：技术干部一定要懂科技，一定要严谨、细致和周密，一定要讲真话，在技术问题上不能谁官大听谁的，更不能人云亦云。"

全国勘察设计大师徐瑞春说："洪总的典范作用影响了长江委三代人，概括起来就是追求真理、崇尚科学、技术民主、敢于创新、提携新人和无私奉献的精神。"

"立德""立功""立言"，古人谓之"三不朽"，是洪庆余毕生追求的人生境界。早在壮年时，他就为千古长江没有一部"通志"而感到遗憾，决心填补这一历史空白。

修志写史，历来是饱学之士干的大事，也是一件足以"饿其体肤，苦其心志"的苦差。所幸长江委有洪庆余这位能胜任此项盛举的大师。1984 年，他出任总编，长江委第一次进行大规模的资料整理和编撰。

志书跨度上下几千年，修志工作涉及长江委各承编单位及长江流域各水利、水务厅局，其中长江委参与此项工作的专家、学者、高级工程师就达数百人。洪庆余再三强调：长江大事记不是长江委的大事记，而是长江、长江流域的大事记，一定要做到大事不漏，不受种种"气候"

因素影响，如实、准确、客观地记载，经得起历史的检验。

历时二十三载，一部厚重的《长江志》终于在2007年初由中国大百科全书出版社出版发行，含23分册，图文并茂，可总编洪庆余却因积劳成疾于年底去世。季昌化曾含泪献诗：

皓首何须计功利，书成济世慰平生。

长江委的历史，就是这样由长江委人前仆后继地书写的。第一代创业者已有不少人踏波远去，留下的遗言却常常相同：把骨灰撒在长江，洒在凝聚着青春和心血的大坝下、水库边。“长江王”林一山也化为了铜像，静立在大院的绿荫中，阳光时而照亮他坚毅的脸庞，使人们不禁停步仰望，感受到一种力量、一种精神、一种神圣而伟大的事业，如长江之浪奔腾而来。

尽管时光如水，霜染双鬓，许多创业元老仍像郑守仁一样坚守岗位，发挥余热。2010年3月，柬埔寨国内最大水电站——达岱水电站开工后，坝基及坝体发生严重渗漏。事故一出，准备实施放空水库处理，不仅危及柬埔寨全国供电安全，且成本昂贵，还可能影响中国企业在柬埔寨的声誉。情况紧急，长江设计院特咨询老专家杨光煦，他精准施策，提出采用可控灌浆技术，水下直接处理。此方案实施后，渗水量降到安全范围内，事故处理取得圆满成功。

出生于1938年的杨光煦，退休后比在职时还要忙，足迹遍布西藏、新疆、海南等29个省（自治区、直辖市）。三峡库区地质灾害、南水北调中线工程、武汉过江盾构隧道、广州珠江黄埔大桥……凡涉及地下与水下工程、特殊土质地基，只要他出马，就能提出妙计良策，破解关键技术难题。他在《岩土工程关键技术研究与实践》专著中，如此简洁地总结50余年的经验：“复杂问题简单化、技术问题具体化、工程问题数值化。”但很少人知道，他的妻子长年多病，为抱起出行靠轮椅的妻子上下楼梯，40 多年来，他一直用拉力器苦练臂力……

大江流日夜，慷慨歌未央。

如果不是这次采写，我很难想象，长江委这个机构是如此重要，职责是如此繁杂，不仅主管一条大江，也涉及国计民生的方方面面，紧贴着民族复兴大业跳动的脉搏。因此，他们书写的历史，也是中国现代史中不可缺少的篇章。在采访中，长江委的年轻人总是谦逊地说，我们的故事还在进行中，你就多写点历史，写点前辈们吧。

或许，今天的故事，不像过去那样曲折跌宕，但同样感人肺腑。长江委副主任戴润泉便难忘 10 年前的一件事。当时他去上游巴塘水文站检查防汛，高原上荒无人烟，却有一条大狗追车奔跑。车上人先以为是狼，后来才发现是狗，它一路尾随到金沙江边的巴塘水文站。站长蒲政平看见狗子，眼睛一亮，说太好了，这是最好的礼物，我今后就有个伴了！戴润泉望着空荡荡的小站深感心酸，这峡谷里往往是一人一站，有条狗就多了点声响，长江事业的词典中，除了牺牲、奉献，还有寂寞、孤独啊。后来，他听说老蒲给那条狗起了名字——蒲巴水。

我在长江水文网上读到了一篇年轻人所写的感想——

这不是一个盛产英雄的行业，在通往成功、行将成名的道路上，都要经历九九八十一难，而水文人即使“苦其心志，劳其筋骨，饿其体肤”，也未曾想过名留青史。因为当你选择成为一名水文人时，你就应该明白你踏上的是一个怎样的征程，就应该明白你承载着怎样的责任，这一路唯有信念与爱支撑你前行。看似平凡的水文人，虽不是英雄却是真正的“好汉”。

水质监测分析工作的苦如沙漠上的雨，不留痕迹。水质工作的

累如鱼儿的泪水，没有人看得见。但我热爱这份工作，就像遨游的鱼儿眷恋浩瀚江河的怀抱。

鱼水之情，瓜秧之恩，安澜之志，生死之恋……用再多再美的词汇，也难以形容长江赤子们对母亲河的热爱、守护与奉献，这是刻骨铭心的爱恋，是使命、信念与梦想浇筑的忠诚。

就在本书即将完稿之际，我看到了一条新闻：2019 年 9 月 30 日，长江设计院历时 15 年规划论证、勘测设计的拉洛水利枢纽成功下闸蓄水。这标志着国家 172 项节水供水重大水利工程之一——西藏水利发展史上投资最大、我国海拔最高的大型水利工程高歌奏凯。

这是在海拔 4300 米的高原筑坝。规划论证期间，长江委人走高原，蹚雪水，勘察钻探，日夜工作。白天热如夏，夜里冷如冬，常有呼啸的暴风雪……就是在这种极其艰苦的条件下，他们“画”出了海拔最高的丰碑。

也许，拉洛大坝难以与三峡、葛洲坝等宏伟工程相比，但它竣工于长江委七十华诞之际，就具有特别的纪念意义，象征着长江委人事业的高度、梦想的飞升。

因此，我抬起头来，久久地仰望云天，遐想那银光闪闪的丰碑上该铭刻着密密麻麻的名字，有的熟悉，如林一山、李镇南、文伏波、郑守仁……但大多数名字，都会是我感到陌生的“无名英雄”。

是的，我看不清那些灿若星斗的姓名，只能默默地捧着这部书稿，向所有的画梦人庄严致敬——

你们无愧为长江赤子，改变了山河，创造了历史！

因为你们的守护、描绘和奉献，我们的母亲河变得如此美丽，我们的梦想变得如此多彩！

后记

写完此书，就好像在长江里游了次泳，泡了个澡，真有说不出的痛快。不由想起童年，小伙伴们玩水归来，佯装无事，大人们会在那晒得黝黑的小胳膊上划划，看是否撒谎——凡是刚在江河里玩过水的，一划就有一条白印，逃不过父母的火眼金睛。我想，因为这本书，身上就有一条永远洗不掉的印痕了，这应是光荣的“水印”。

虽然在长江边长大，但我从来没想到，有一天会挥笔畅游长江，抚今怀古，上下追索，讲述波澜起伏的中国治水故事。因此，当去年初夏，长江出版社赵冕社长邀请我撰写长江委的报告文学，我就怦然心动，也深感荣幸。可冷静细思，又畏难而退，其因有三：一是长江委专业性极强，我纯属外行，就像不会玩水的旱鸭子，怎么去描绘波纹水性？二是这显然是一本“歌德”之书、“纪念”之作，要写得生动可读，极不容易。三是时间紧迫，半年内交稿，而长江委战线漫长，学科众多，采访量极大，这显然难负重任。

见我摇头，赵冕便含笑打气，说资料很多很全，您只需梳理剪裁。要不，看看资料再说？

所以，我走进长江委的大门，就淹没在浩瀚的史料中。长江出版社的确是个“水利宝库”，可尽情挑波选浪，如《林一山回忆录》，便成为我写作的重要参考书。另外，长江委的文化建设也令人敬佩，保存了不少老职工的回忆文章，可大大减轻写作难度，真实地追忆长江委的逝水年华。而最令我感动的，是长江委领导的高度重视，选派季昌化、成绶台、孙军胜等老领导、老作家为我解难答疑、纠错补缺，使我如逢良师，获益匪浅。初稿完成后，戴润泉副主任又特地召集各局负责人参加研讨会，提出了许多宝贵的意见，并补充素材，使内容渐渐丰满。修改定稿后，戴润泉副主任、徐磊副组长和委办公室等部门的同志逐字逐句审阅，字斟句酌，修订了不少错漏之处，每每看到他们“推敲”文字的意见，我油然而生敬佩，这就是长江委工匠精神的完美体现吧。

我就这样被感动得“下了水”，经受了一次刻骨铭心的洗礼，深切地感受到长江赤子们的艰辛与忠诚、光荣和梦想。所以，用“画梦”来形容长江委人事业的特色、理想的光彩，应是比较准确的喻意。而此书也显然重在写意，弱在纪实。因为追溯历史，尚有大量资料可借鉴选用，而一旦落笔现实，便因采访不足、缺乏细节而显得模糊沉闷，只能说是粗笔勾勒，匆匆交卷。这其中的遗憾，但愿今后有机会弥补。

本书参考书目甚多，并引用了不少文献资料，难以一一细列，在此，谨向有关专家、作者一并致谢！特别要感谢长江委为我提供了这个难得的机遇，畅快淋漓地“玩了一回水”，从此可向亲爱的母亲河展示一个游子痴情的“水印”。

2020 年 8 月于武汉

图书在版编目(CIP)数据

画梦长江：波澜起伏的中国治水故事 / 董宏量著.
—武汉：长江出版社，2020.8
ISBN 978-7-5492-7056-9

Ⅰ.①画… Ⅱ.①董… Ⅲ.①报告文学－中国－当代 Ⅳ.①I25

中国版本图书馆 CIP 数据核字(2020)第 127913 号

画梦长江：波澜起伏的中国治水故事 董宏量 著

责任编辑：赵冕 李海振 郭利娜
装帧设计：刘斯佳 彭微
出版发行：长江出版社
地　　址：武汉市解放大道 1863 号　　邮　　编：430010
网　　址：http://www.cjpress.com.cn
电　　话：(027)82926557(总编室)
　　　　　(027)82926806(市场营销部)
经　　销：各地新华书店
印　　刷：武汉市金港彩印有限公司
规　　格：710mm×1000mm　1/16　28.5 印张　320 千字
版　　次：2020 年 8 月第 1 版　2020 年 8 月第 1 次印刷
ISBN　978-7-5492-7056-9
定　　价：168.00 元